논문으로 읽는 문학사
4

근대문학100년 연구총서 07

논문으로 읽는 문학사 4 - 해방 후 북한

초판 인쇄 2008년 11월 10일 **초판 발행** 2008년 11월 20일
지은이 근대문학100년 연구총서 편찬위원회 **펴낸이** 박성모 **펴낸곳** 소명출판 **출판등록** 제13-522호
주소 서울시 서초구 서초동 1621-18 란빌딩 1층
전화 02-585-7840 **팩스** 02-585-7848 **전자우편** somyong@korea.com

값 19,000원

ISBN 978-89-5626-341-0 93810
ISBN 978-89-5626-334-2 (전7권)

ⓒ 2008, 근대문학100년 연구총서 편찬위원회

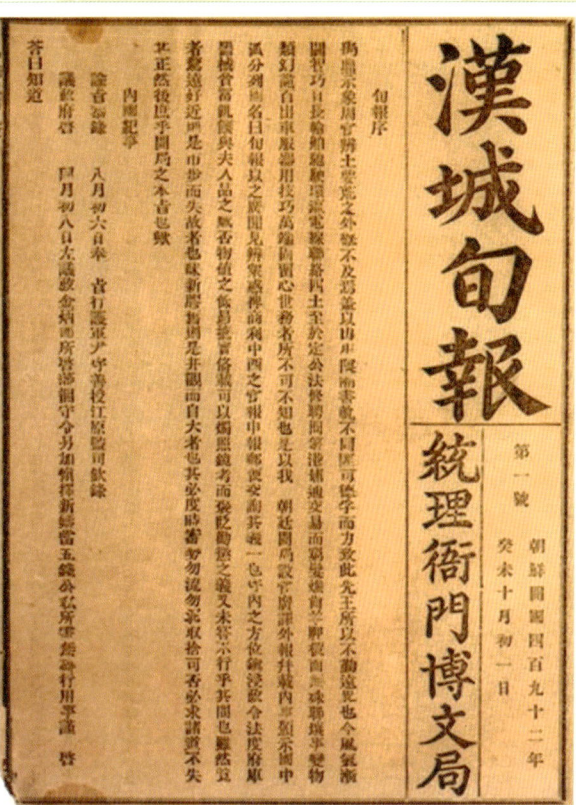

고종 20년(1883)에 창간된 우리 나라 최초의 근대 신문 『한성순보』. 순간(旬刊 : 열흘 간격으로 발행하는 발행물) 신문

(위) 1920년대 북경 망명시절의 단재 신채호
(아래) 신채호의 소설 『을지문덕』(1908)

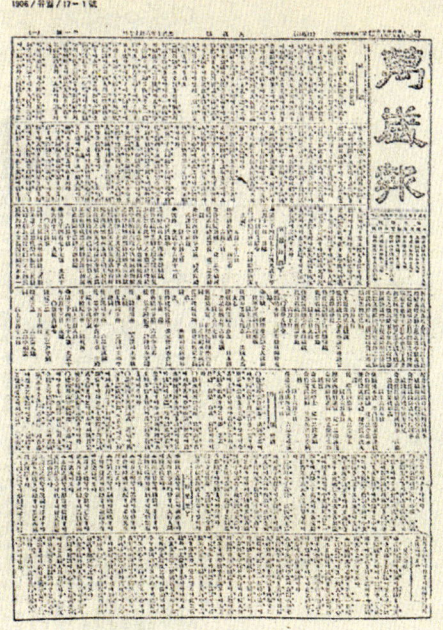

1906년 6월 17일 창간한 『만세보』

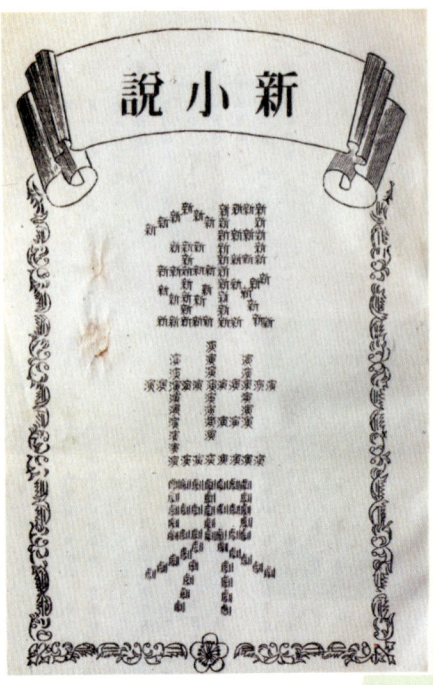

(왼쪽) 한국 최초의 신연극 소설인 이인직의 「은세계」
(1908). 그해 11월 원각사에서 상연
(오른쪽) 이인직의 『치악산』 상편(1908)

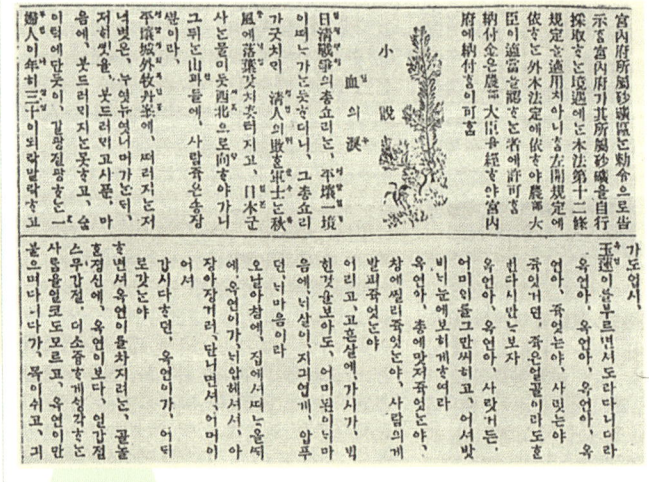

(왼쪽) 『만세보』 1906년 7월 22일자에 실린 이인직의 「혈의누」 연재 1회분
(오른쪽) 1907년 광포서관에서 발행한 『혈의루』

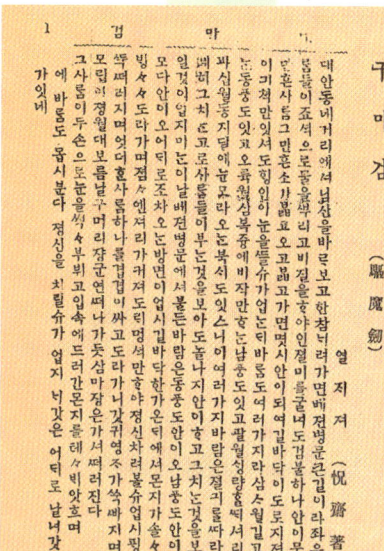

이해조의 『빈상설』(1907) 표지

이해조의 『구마검』(1908)

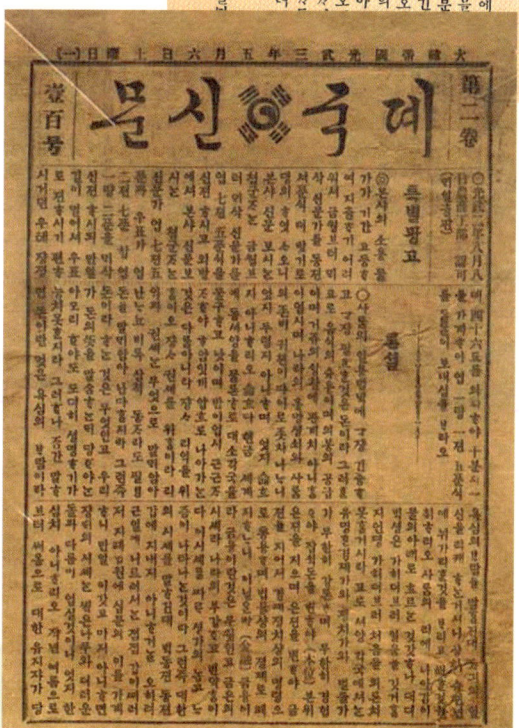

이해조의 소설들이 연재되었던
『제국신문』

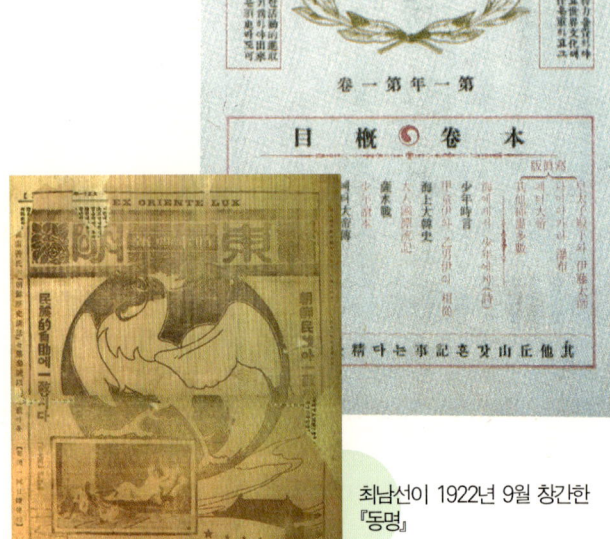

19세의 최남선이 1908년 발행한 『소년』

육당 최남선의 초상

최남선이 1922년 9월 창간한
『동명』

최남선의 육필 원고

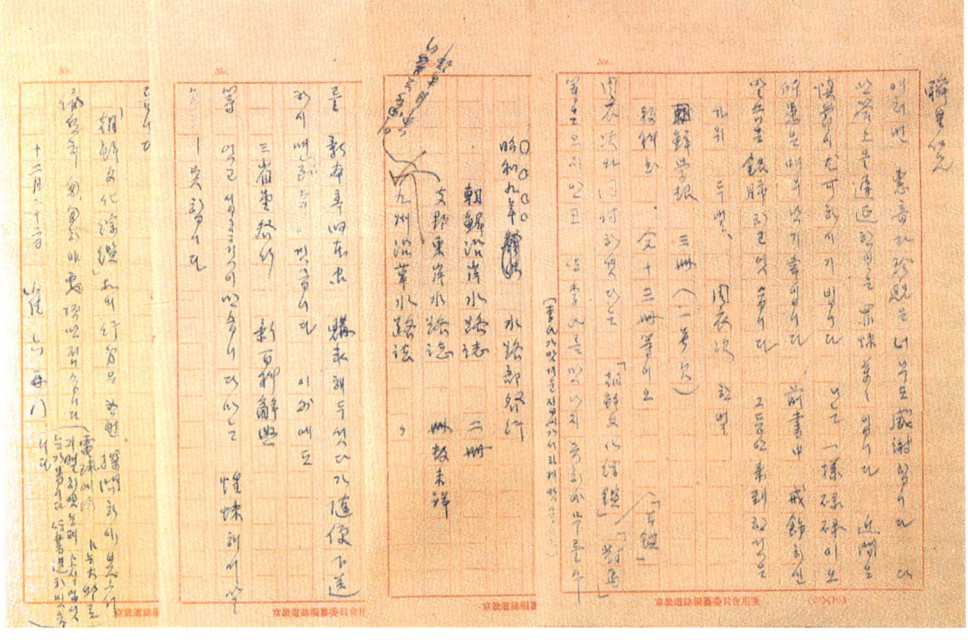

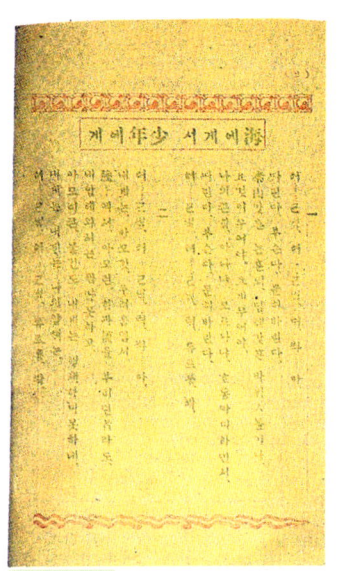

『소년』지에 실린 「해에게서 소년에게」

(위) 한말의 학자이자 독립운동가 박은식,
(오른쪽) 1915년 박은식이 지은 『한국통사』의 서문

1905년 이후에 발간된 학회지들

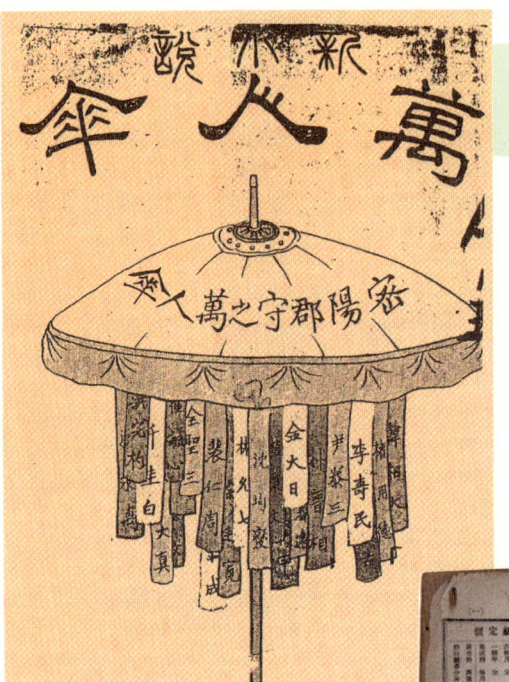

『대한민보』에 연재된 『만인산』(1909)
을 묶어 낸 단행본

1898년 9월 5일 창간된 일간신문 『황성신문』

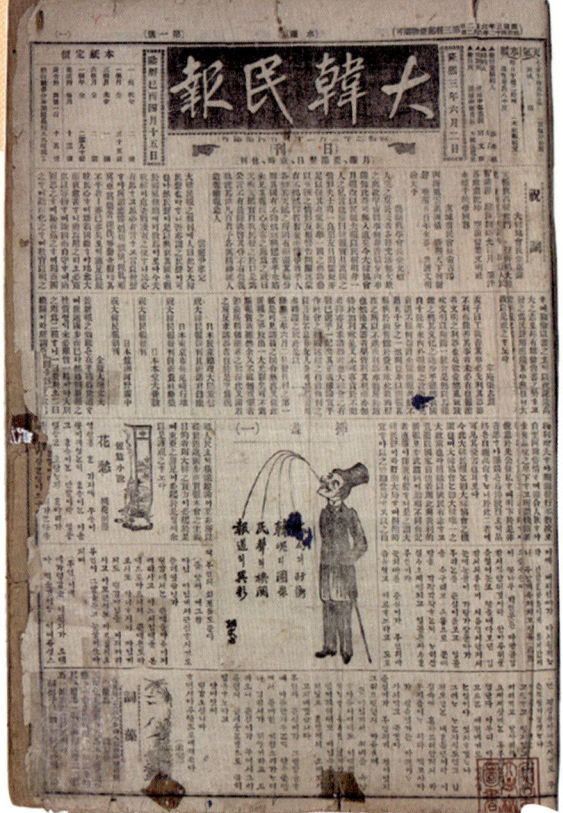

여러 편의 신소설이 연재된 『대한민보』(1909).

봉선사 광동학교 영어선생 시절 서재에서 집필하는
춘원 이광수(1941)

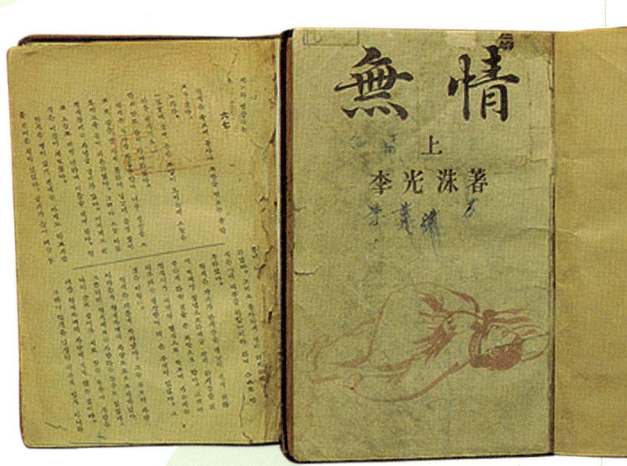

(위) 이광수의 소설 『무정』(1918)
(오른쪽) 주요한이 발행한 월간 종합지 『동광』(1926)의
제작에 주요섭, 김억 등과 함께 참여

이광수의 육필 원고

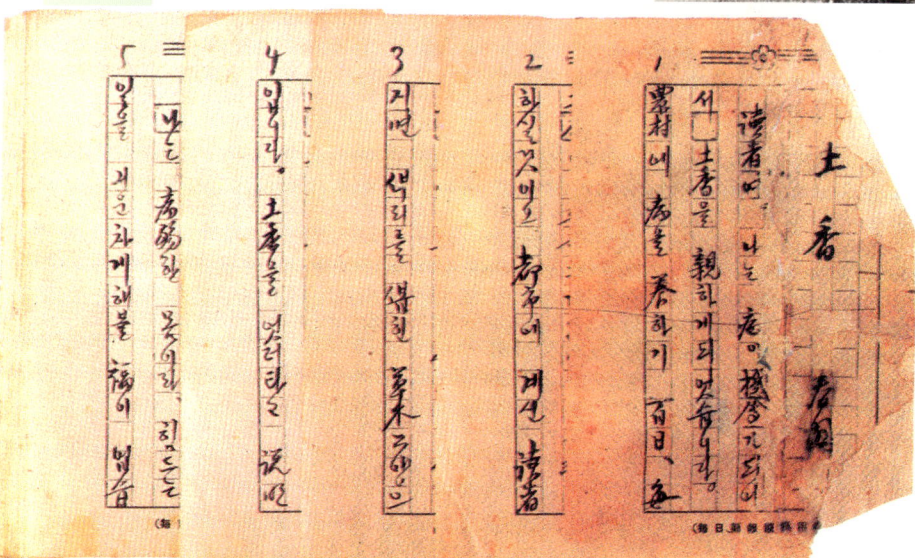

(위,왼쪽) 최남선 · 이광수와 함께 '조선문단의 혁명아'로 불린 현상윤
(위,오른쪽) 근대 최초의 여성작가이자 화가인 나혜석
(아래,왼쪽) 신파소설 『장한몽』(1913)
(아래,오른쪽) 시인 김억

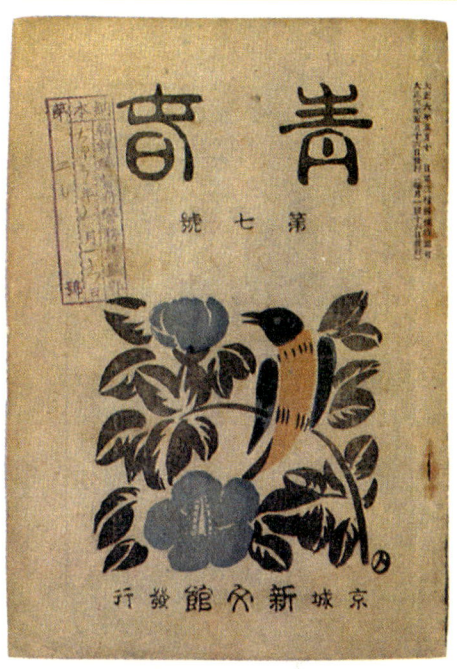

1914년 창간된 월간 종합지 『청춘』. 오른쪽 표지에 조선총독부의 납본인이 찍혀 있다.

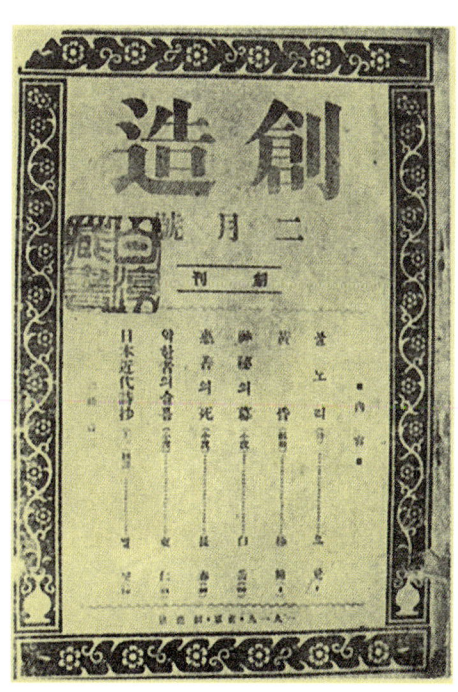

(왼쪽) 재일본동경조선유학생학우회의 기관지 『학지광』 창간호(1914)
(오른쪽) 『창조』 창간호(1919)

아동을 위한 정기간행물들. 왼쪽부터 『붉은 저고리』(1913), 『아이들보이』(1914), 『새별』(1914)

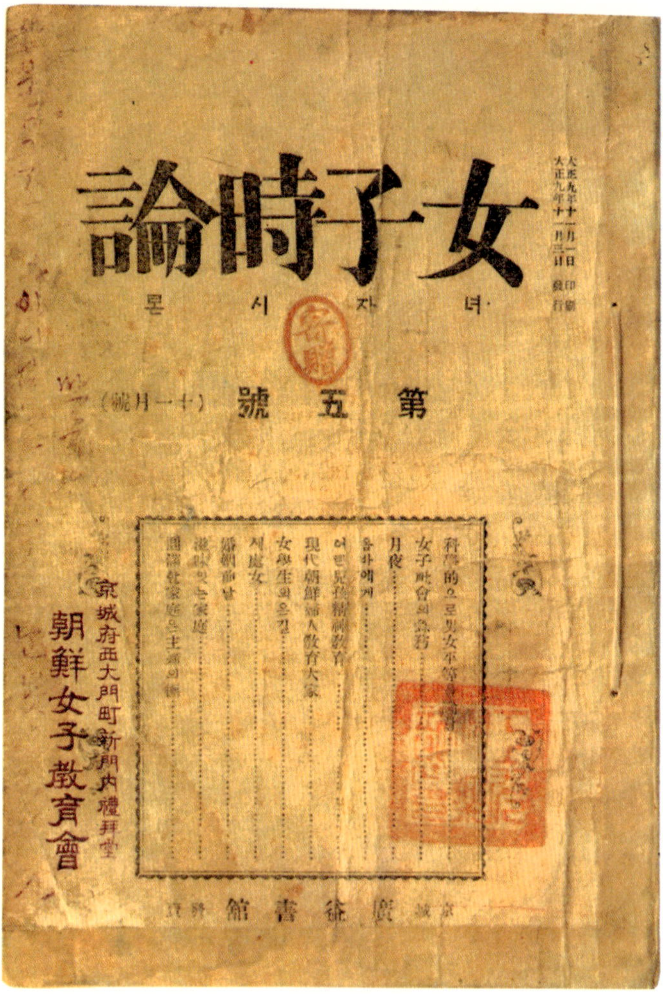

『여자시론』 제5호(1920). 조선여자
의 교육 보급을 목적으로 결성된 조선
여자교육회의 기관잡지

「만세전」의 작가 염상섭과 그가 쓴
장편소설『삼대』

소설가 현진건 초상과 그의 단편소설집
『타락자』(1922)

廢墟 Vol. I. No. 1.

創刊號

LARUINO

J AM Spiras aŭtuno
   Per aia maivarmo kruela;
   Malgaje malbrile rigardas la suno
   Kaj ploras pluvanta ĉielo.........

K AJ Ĉiam minace
   Alrampas grizegaj la nuboj;
   De pensoj malgajaj jam estas mi laca,
   Penetras animon la duboj.........

第 一 卷
第 一 號

에스페란토어로 꾸며진 『폐허』
창간호(1920) 표지

「탈출기」의 작가 최서해

「물레방아」의 작가 나도향 초상과 그의 장편소설
『환희』(1923). 이 작품이 발표되면서 나도향은
천재작가로 불리게 되었다.

幻戲

稻香 作

發行 朝鮮圖書株式會社 京城

(왼쪽) 신명서림에서 김재희가 펴낸 『박명』(1923)

(아래 왼쪽) 우리 나라 신문학의 개척기를 연 주요한의 대표시집 『아름다운 새벽』(1924)

(아래 오른쪽) 김억이 인도의 시성 타고르의 시를 번역한 『신월』(1924)

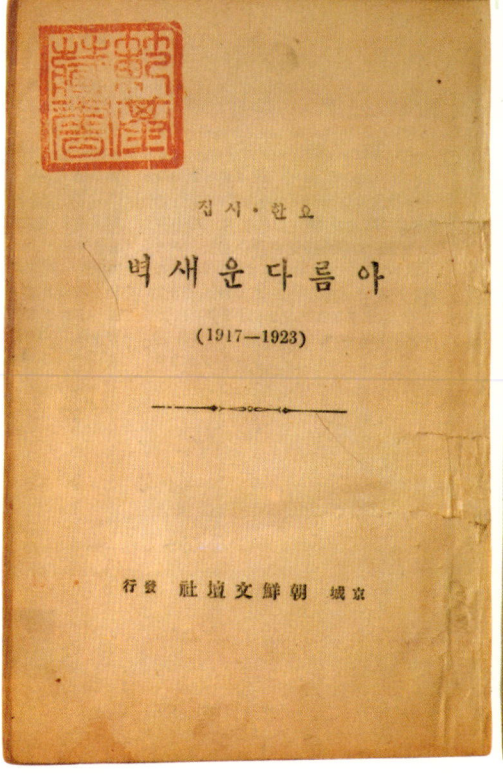

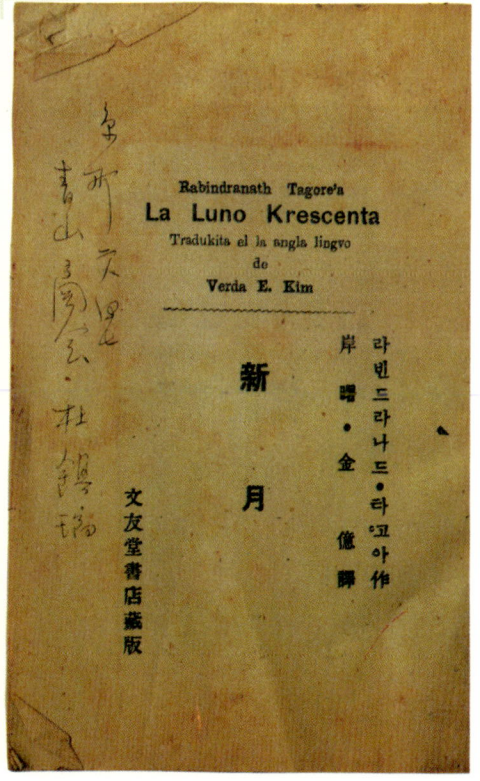

박문서관에서 발행한 『흥부전』(1924)

(위) 박문서관에서 간행한 『옥루몽』(옥연자 저, 1926)
(아래) 『삼천리』 창간호(1929)

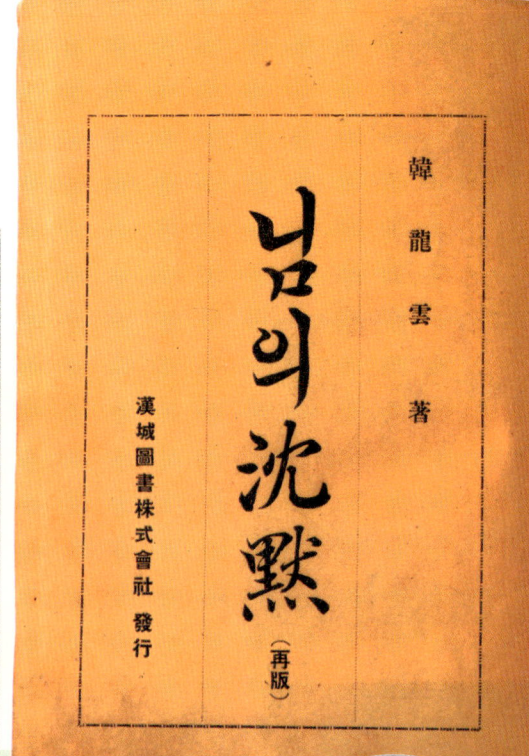

만해 한용운과 그의 시집 『님의 침묵』(1934, 재판)

만해 한용운 흉상(황성빈 작, 1992)

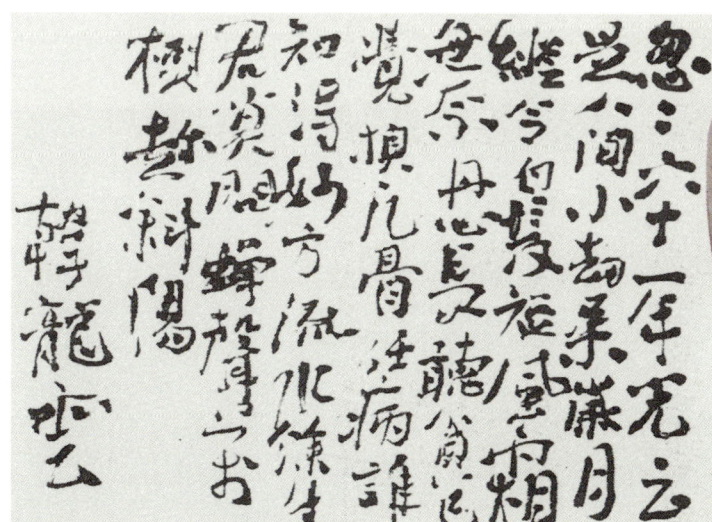

한용운의 친필

「진달래꽃」의 시인 김소월. 오른쪽 사진은 그의 젊은 모습

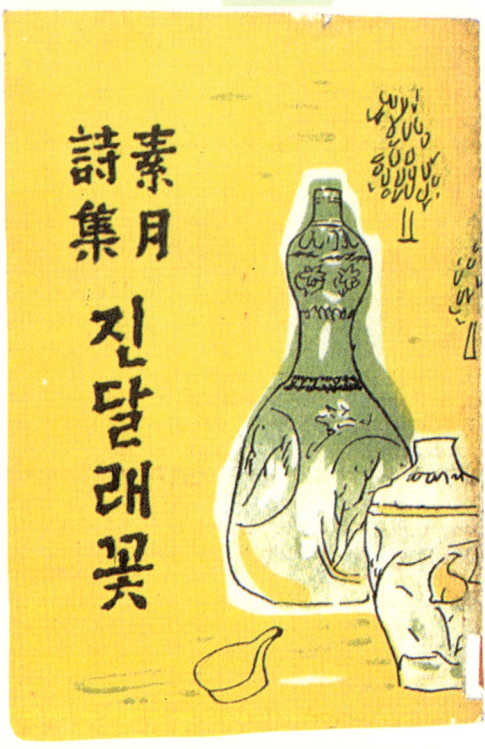

김소월 시집 『진달래꽃』(1925)

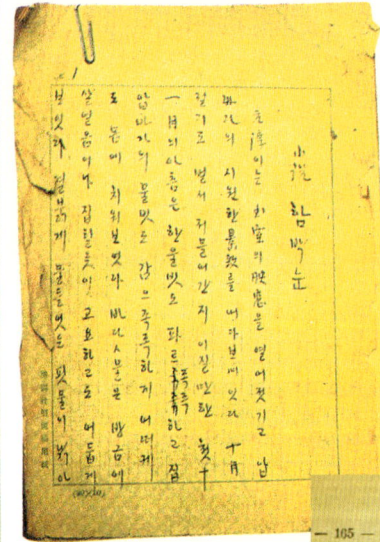

김소월의 육필 원고

『진달래꽃』에 수록된
김소월의 시 「초혼」

1920년 서울에서의 시인 이상화

빼앗긴 들에도, 봄은 오는가

李 相 和

지금은 남의 땅 ― 빼앗긴 들에도 봄은 오는가?

나는 온몸에 해살을 밧고
푸른하늘 푸른들이 맛부튼 곳으로
가름이 가튼 눈길을따라 꿈속을가듯 거러만간다.

입술은 다문 한울아 들아
내맘에는 내혼자온것 갓지를 안쿠나
네가 끌었느냐 누가 부르드냐 답답워라 말을해다오.

바람은 내귀에 속삭이며
한자욱도 섯지마라 옷자락을 흔들고
종조리는 울타리넘의 아씨가티 구름뒤에서 반갑다웃네.

고맙게 잘자란 보리밧아
잔밤 자정이넘어 나리든 곱은비로

『개벽』에 실린 이상화의 대표작 「빼앗긴 들에도 봄은 오는가」

초기 프로문학의 이론가
김팔봉과 박영희

근대문학 100년 연구총서

초기 프로문학 작품이 발표된 『개벽』

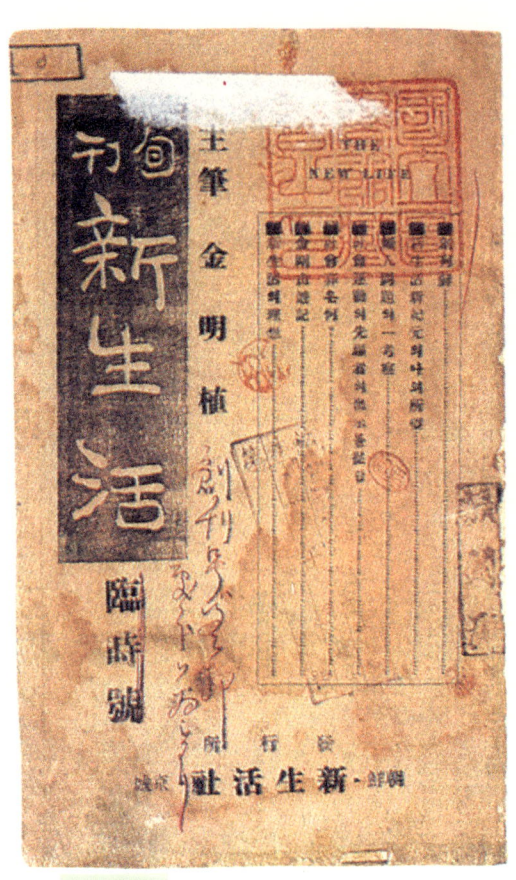

서울에서 창간된 사회주의 계열 잡지 『신생활』

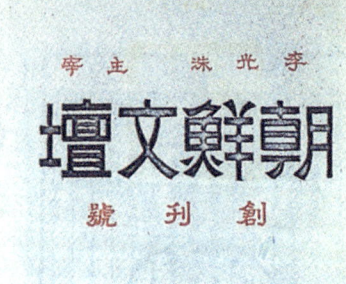

이광수가 주재해 발간한 순문예지
『조선문단』 창간호(1924)

프로문학의 대표작가 민촌 이기영

식민지 시기 한국 농촌소설의 대표작인 이기영
장편소설 『고향』(1934)

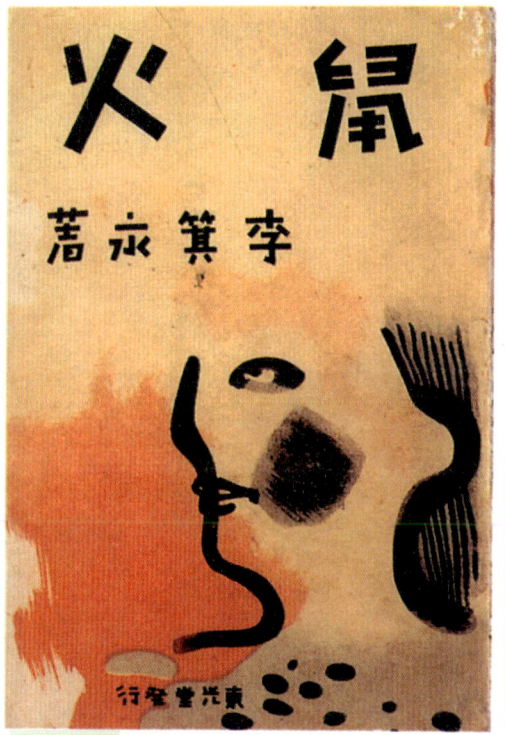

이기영 중편소설 「서화」(1933)

「과도기」의 작가 한설야

한설야의 꽁트 「한길」이 실린 『문예공론』(1929.6)

1930년 9월 함께 자리한 카프 맹원들

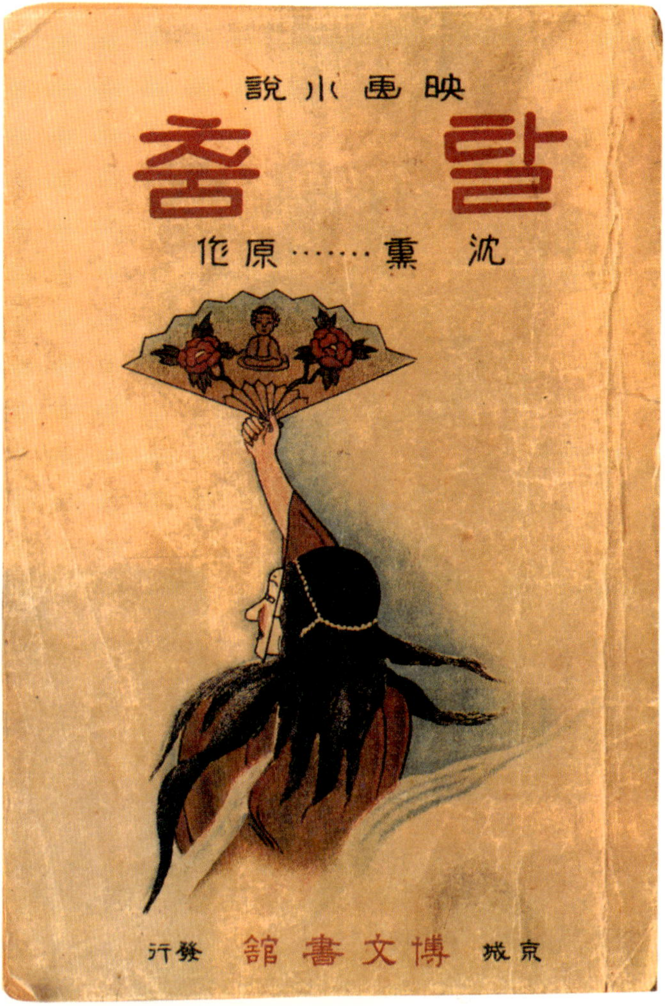

映畵小說

춤탈

沈熏……原作

發行 博文書館 京城

심훈의 『탈춤』(1930). 이 작품을 계기로 영화계에 투신하게 된다.

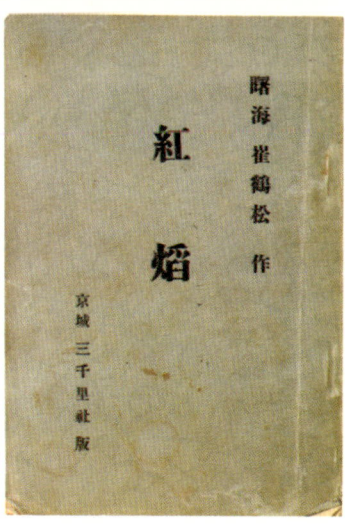

白衣人

發行 彰文書店 京城

曙海 崔鶴松 作

紅焰

京城 三千里社 版

(왼쪽) 이경손의 『백의인』(1929)
(오른쪽) 최학송의 『홍도』(1931)
는 프로문학의 성격을 잘 나타낸
대표적인 작품

근대문학 100년 연구총서

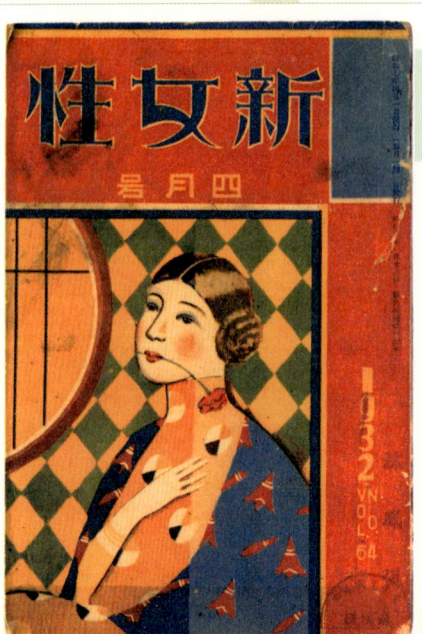

『신여성』 제6권 제4호(1932)

『비판』 제3권 4호(1933)

양주동의 『조선의 맥박』(1932). '조선'은 님 또는 민족, '맥박'은 저자이다. 표지의 재료가 직물이다.

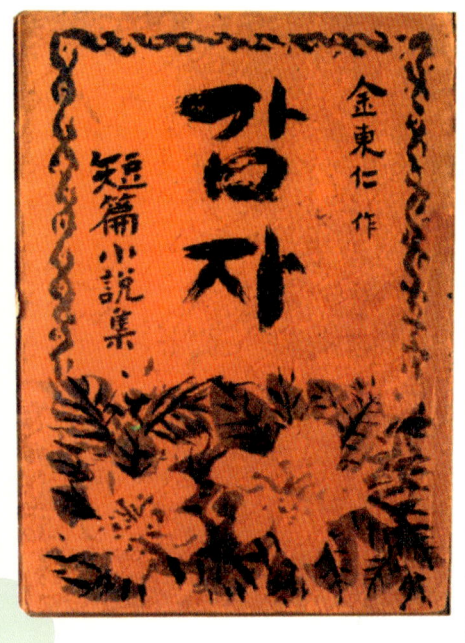

김동인의 작품들.
(왼쪽 위) 김동인의 자전적 중편소설 『여인』(1932)
(오른쪽 위) 초기 우리 나라 자연주의 소설의 대표적인 단편선 『감자』(1935)
(왼쪽 아래) 김동인의 단편 3편이 실려있는 『깨여진 물동이』(1936)

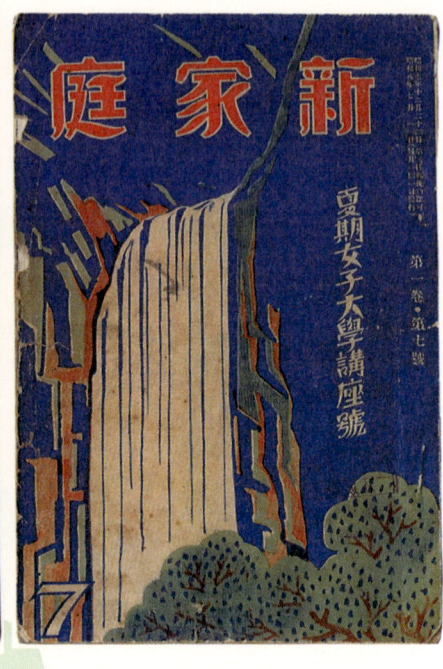

(왼쪽 위) 모윤숙의 처녀시집 『빛나는 지역』(1933)

(오른쪽 위) 『신가정』 제1권 제7호(1933). 1936년 일장기 말소사건에 연루되어 폐간되었다.

(왼쪽 아래) 이광수, 주요한, 김동환의 글을 함께 실은 『시 가집』(1934)

(오른쪽 아래) 박귀송의 『애통시집』(1934)

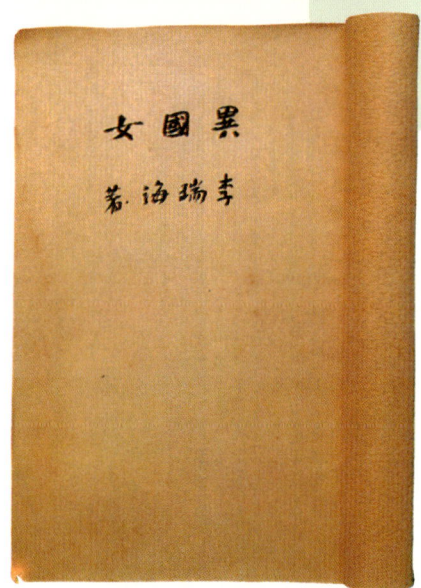

(왼쪽 위) 우정을 주제로 쓴 단편 6편이 실린 이무영의 『취향』(1937)
(오른쪽 위) 염상섭이 평론활동을 하면서 보낸 4~5년의 공백 후 쓴 최초의 장편 『이심』(1928)
(왼쪽 아래) 이서해가 2년간 만주를 여행하여 쓴 『이국녀』(1937). 잘 알려지지 않은 희귀본
(오른쪽 아래) 장만영의 처녀시집 『양』(1937). 최재서 등에게 격찬을 받았다고 함

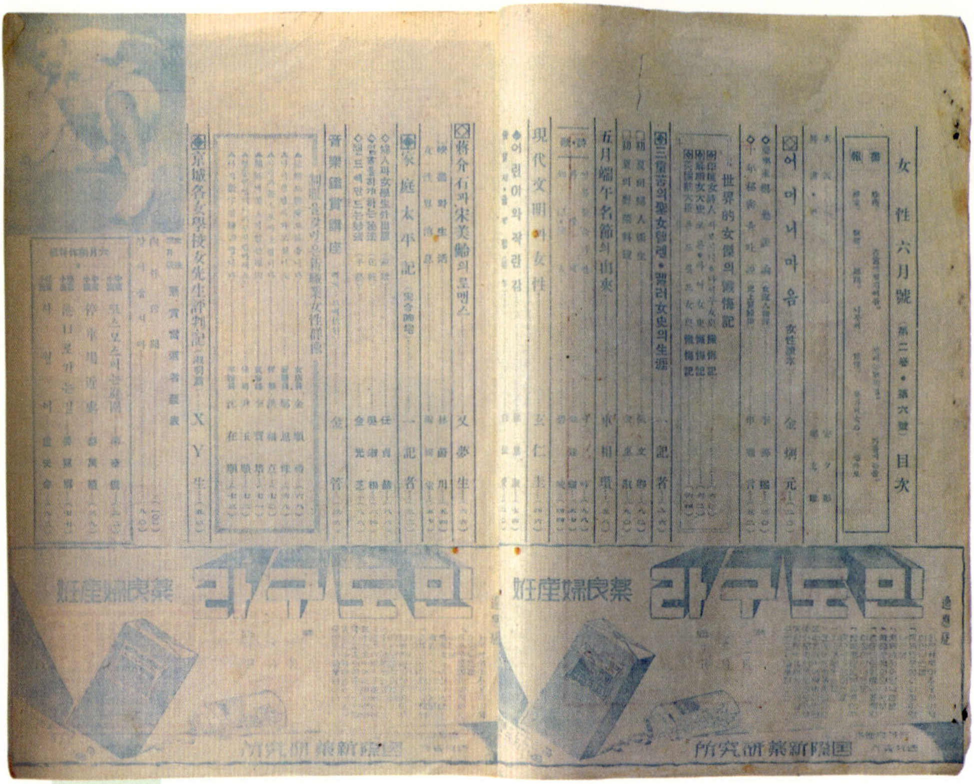

『여성』 제2권 제6호(1937)

(왼쪽) 강경애 외저, 『현대조선여류문학선집』(1937)
(오른쪽) 『여류단편걸작집』(1939). 장덕조, 이선희, 박화성, 백신애 등의 작품이 수록되어 있다.

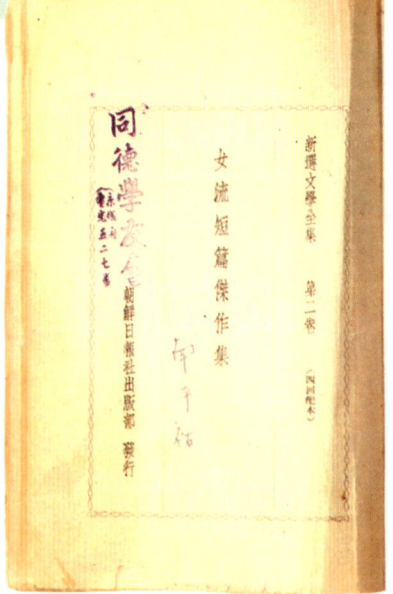

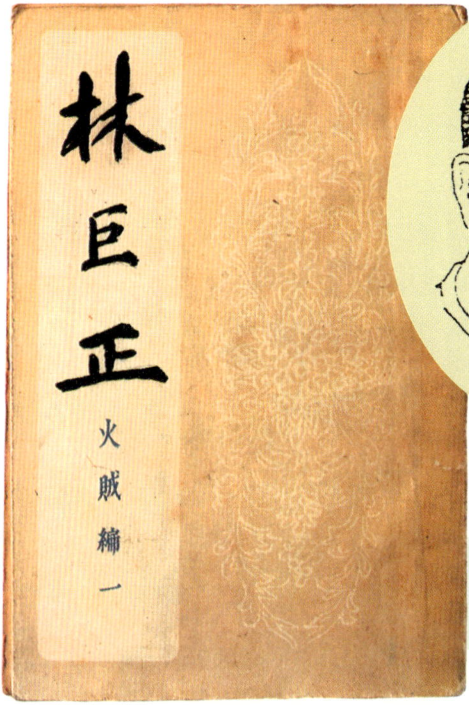

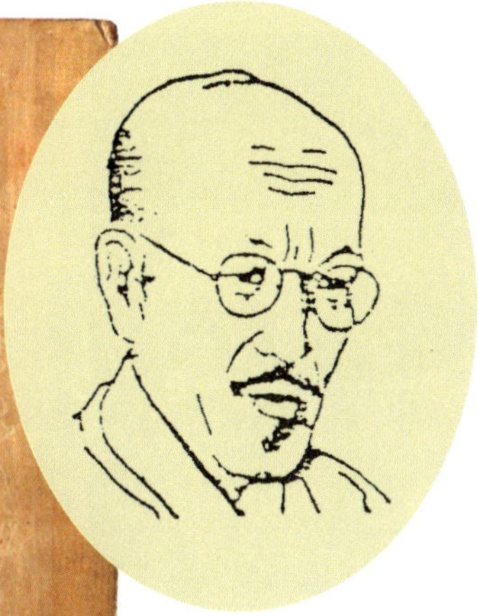

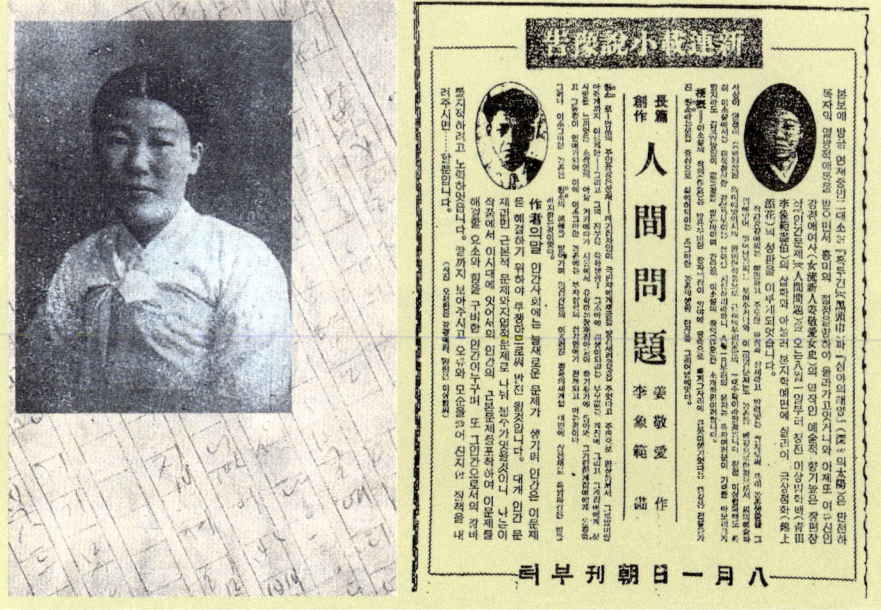

소설가 벽초 홍명희와 그의 작품 『임꺽정』(1948)

작가 강경애와 육필원고. 오른쪽은 『동아일보』 1934년 7월 27일자에 실린 강경애의 장편소설 『인간 문제』 연재 예고기사

소설가이자 시인 · 영화인으로 활동한 심훈

심훈의 대표작 『상록수』(1936), 아래는 그보다
2년 전에 발표한 장편소설 『영원의 미소』(1935)

일제하 노동현실을 다룬 작품을 여러 편
발표했던 이북명

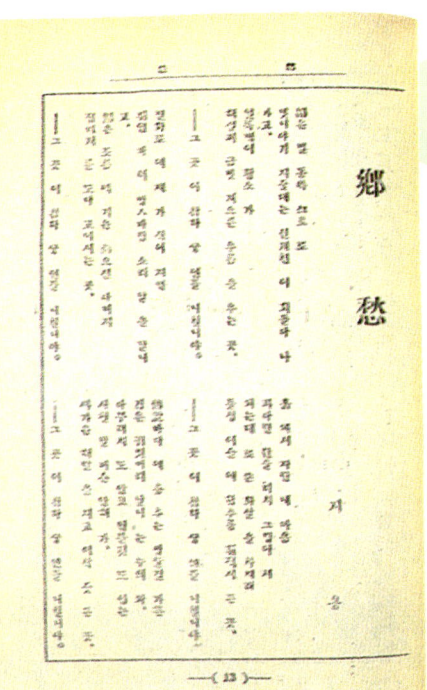

1930년대 초 휘문고보 재직 때의 정지용과 『조선지광』에 실린 그의 시 「향수」

시인 김영랑과 그의 첫 시집이자 한국 현대 시의 전환기를 마련한 『영랑시집』(1935)

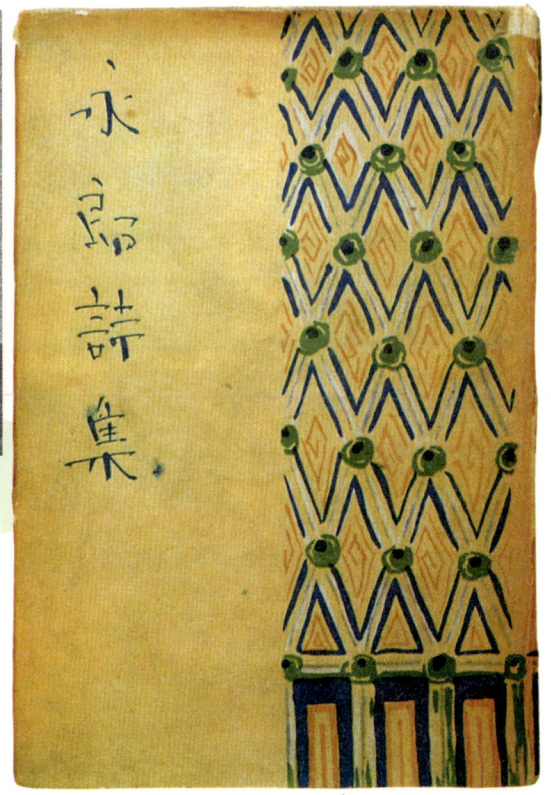

카프에서 활약한 시인 박세영 과 박팔양

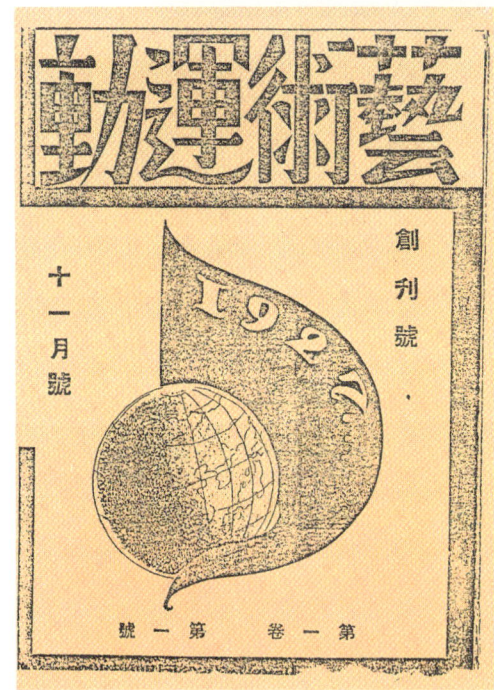

카프의 기관지 『예술운동』 창간호(1927)

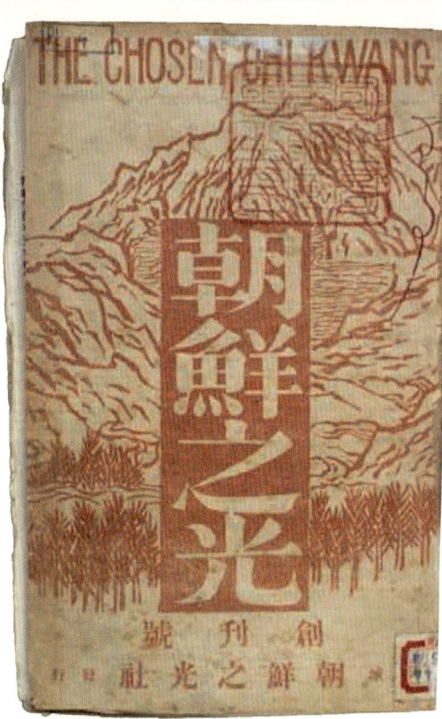

프로문학 작품의 발표 무대가 된
『조선지광』(1927)

문학지 『조선문예』(1929)

어린이잡지 『별나라』(1926)

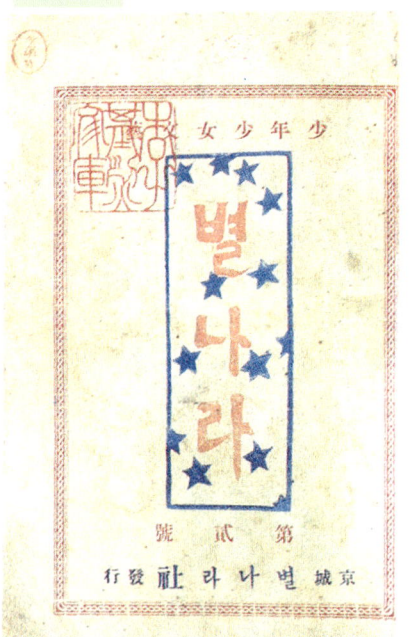

시문학파의 기관지 『시문학』(1930)

월간지 『비판』 창간호(1931)

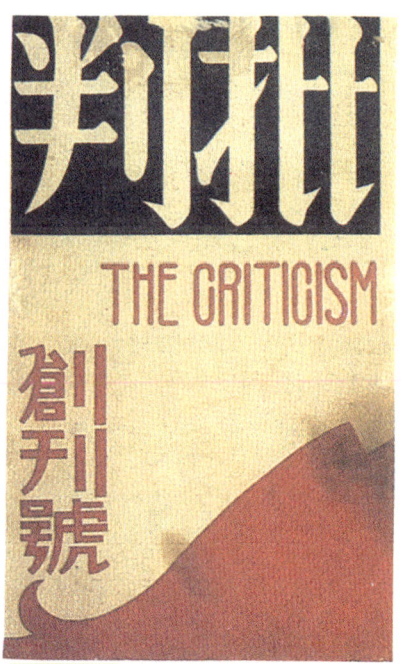

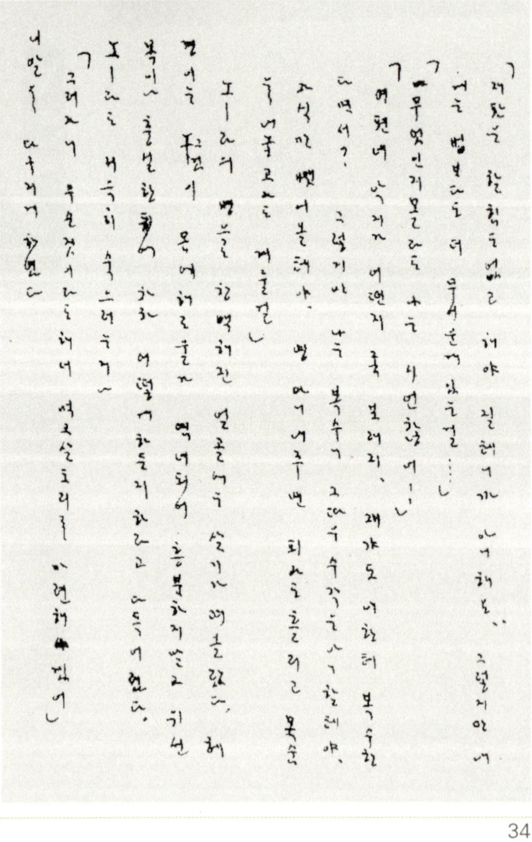

(위) 『탁류』 『태평천하』의 작가 채만식.
(왼쪽) 채만식의 장편소설 『탁류』(1939)
(오른쪽) 채만식 육필 원고

근대문학 100년 연구총서

작가 박태원과 그의 소설 『천변풍경』(1937)

「東洋」에 關한 斷章

金起林

문학친목단체인 '구인회'에서 함께 활동한 이상과 김기림.
왼쪽은 김기림의 「동양」에 관한 단장(1941)

1943년 낙향하기 직전 성북동 집에서 찍은 이태준의 가족사진

한국 문학사상 최초로 토착적 유머를 형상화시켰고, 30세에 요절한 김유정. 오른쪽은 그의 단편 21편이
수록된 『동백꽃』(1938)

유치환 초기 대표작인 「깃발」 「그리움」 「일월」
등 53편이 수록되어 있는 『청마시초』(1939)

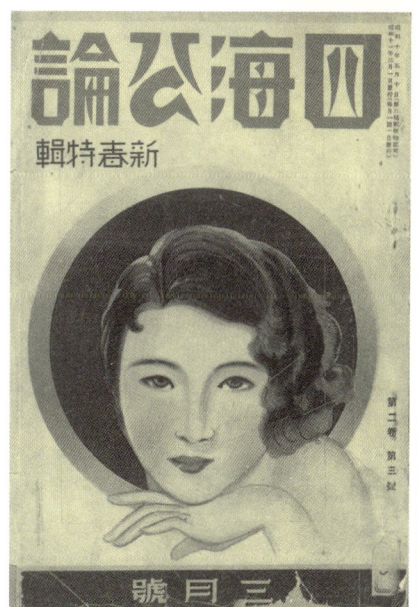

1935년에 창간된 월간 종합문예잡지 『사해공론』

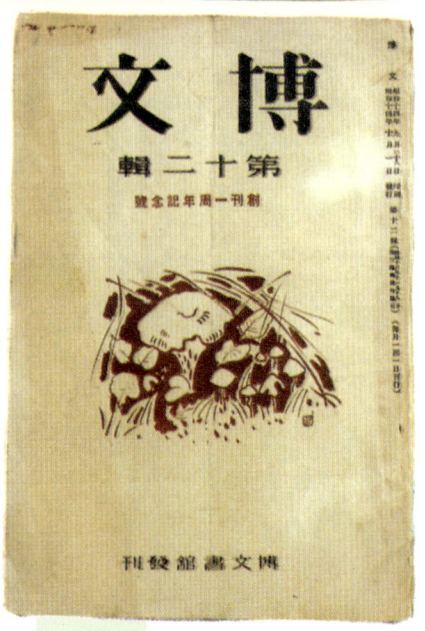

『박문』 제12집(1939)

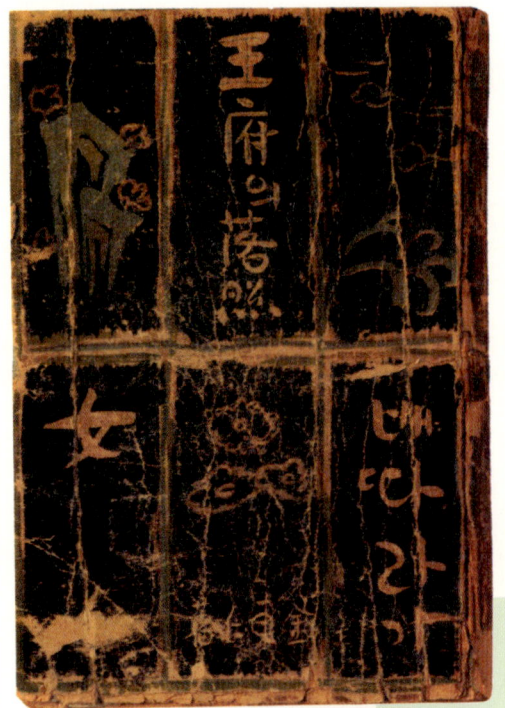
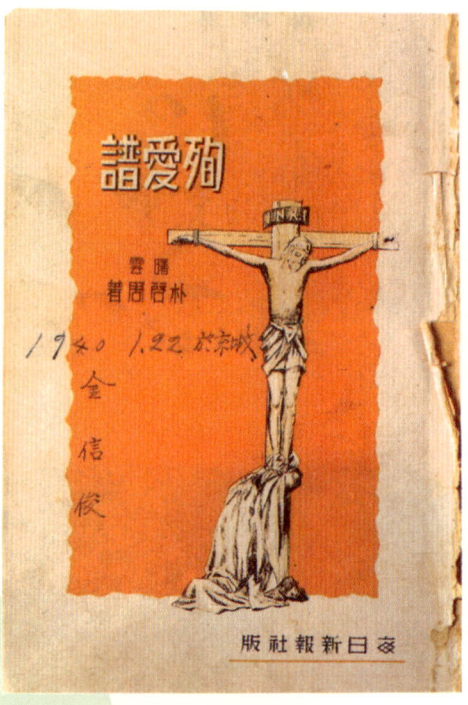

(왼쪽 위) 1941년 매일신보사에서 간행한 김동인 작품집. 김동인 스스로 한국 최초의 단편이라고 주장한 『배따라기』와 『왕조의 낙조』 『여인』이 실려있다.

(오른쪽 위) 박계주의 『순애보』(1940)는 당시 대단한 베스트셀러였다고 한다.

(왼쪽 아래) 이광수의 추천으로 1931년 동아일보에 연재했던 『백화』(1943)

(오른쪽 아래) 임경일의 『남한산성』(1943)

유치환과 서재에서 집필중인 미당 서정주

일제에 의해 검열 · 삭제당한 오장환의 육필 원고

근대문학 100년 연구총서

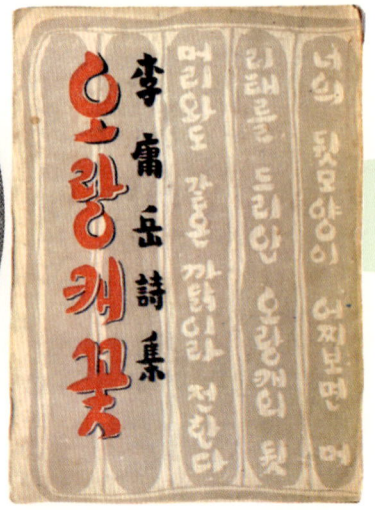

시인 이용악과 그의 제3시집
『오랑캐꽃』(1947)

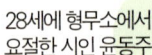
28세에 형무소에서
요절한 시인 윤동주

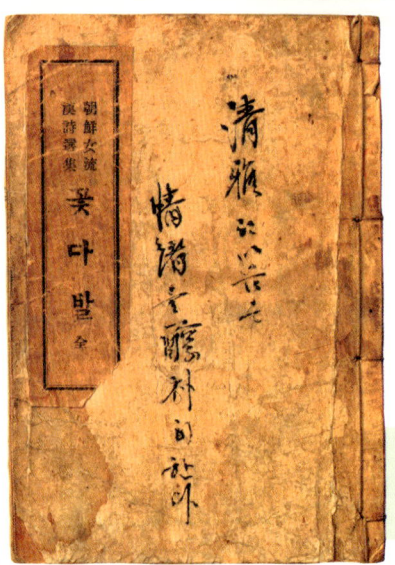

조선시대 여류시집을 김억이 번역하여 펴낸 『꽃다발』(1947)

시인 이찬과 백석

시인 이육사와 평론가 최재서

임화와 그의 평론집 『문학의 논리』(1940, 학예사)

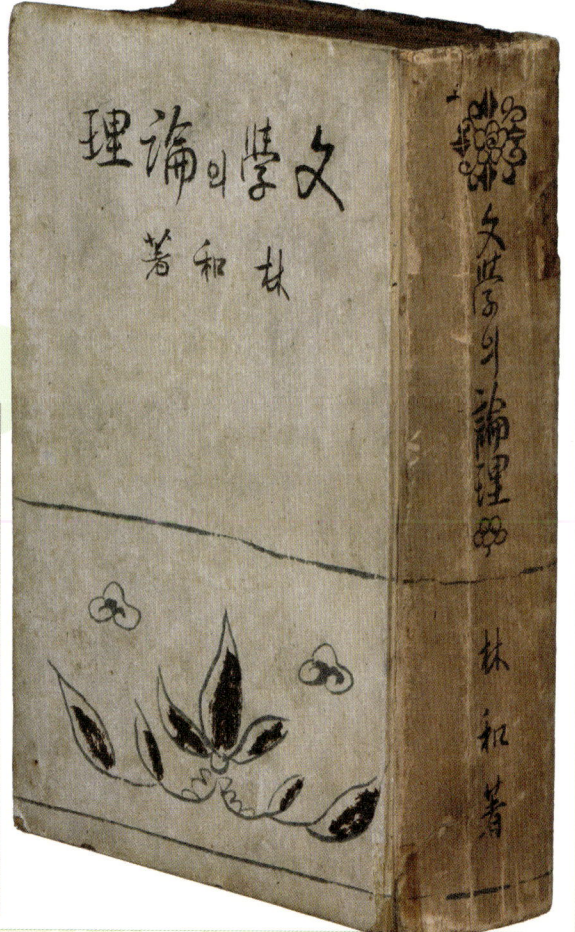

(위) 평론가 김남천
(아래) 평론가 안함광

권환의 시집『자화상』

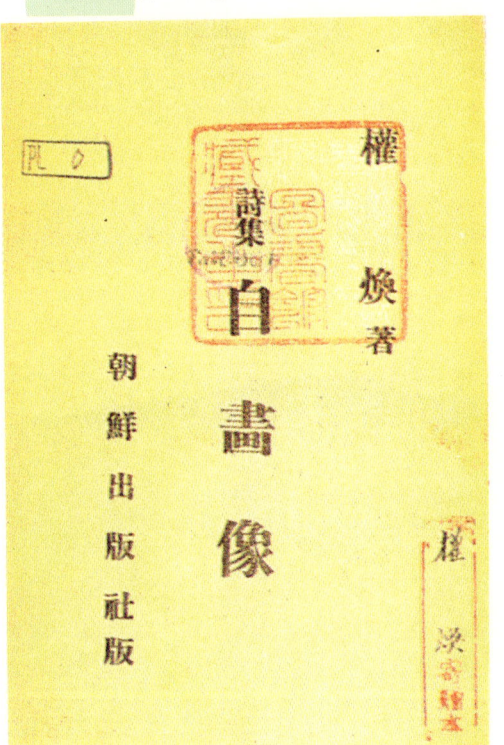

詩集
權煥著
自畫像
朝鮮出版社版

평론가 최재서와
평론가 백철

일제말에 창간되었다가 해방후에도
속간되었던 『문장』(1948)

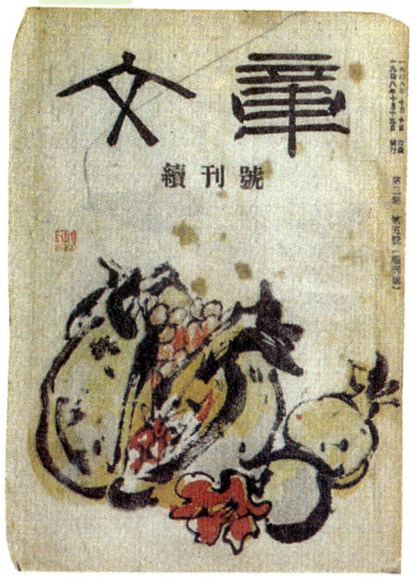

『인문평론』 창간호(1939)

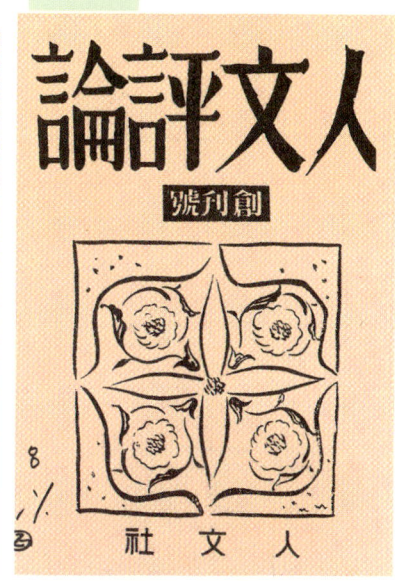

월간 종합지 『조광』 창간호(1935)

문학지 『조선문학』

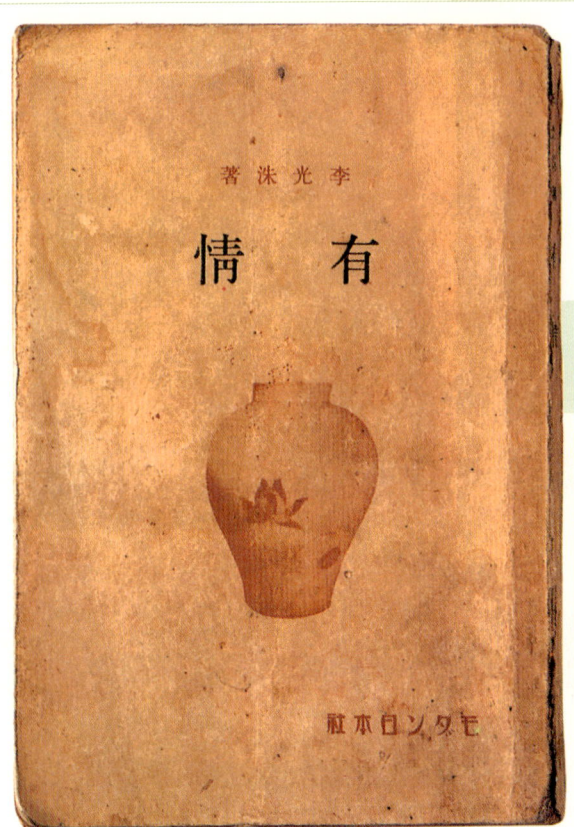

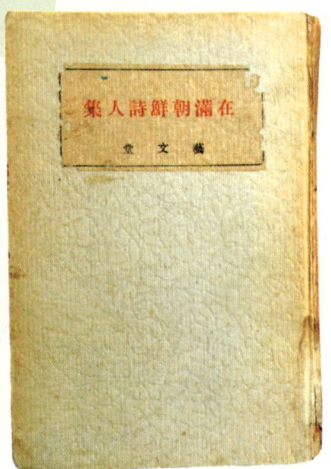

(왼쪽) 이광수의 『유정』(1940)

(오른쪽) 『재만조선시인집』(1942)은 지금까지 알려지지 않았던 만주 한인시라는 점에서 자료 가치가 큰 희귀본이다.

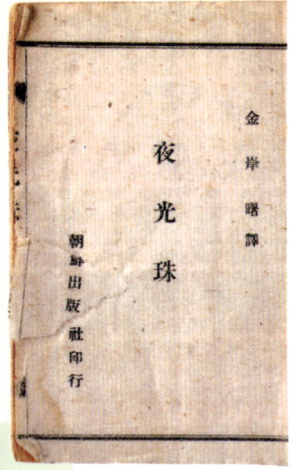

(왼쪽) 『조선동화집』(1941)

(오른쪽) 중국 한시를 김억이 번역한 시집 『야광주』(1944). 과감한 의역으로 한국 번역사에 크게 기여하였다.

정인택의 『청량리계외』(1944)

(위) 김동인이 아들 일환을 위해 쓴 작품 『아기네』(1944)
(아래) 이기영의 『처녀지』(상)(1944)

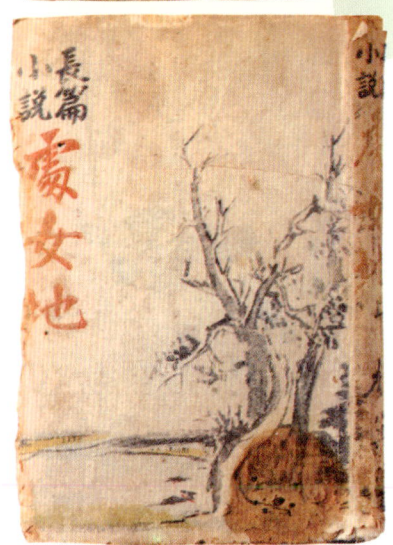

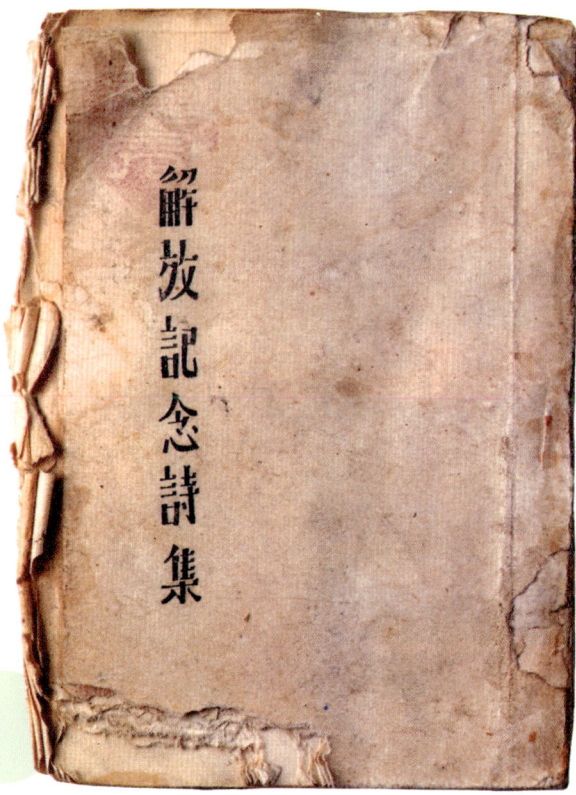

해방 직후 좌익계열 문화단체에 대립하여 양주동,
서항석, 유치진이 결성한 중앙문화협회에서 발행
한 시집 『해방기념시집』(1945). 정인보 등 24인
의 시를 모아 발행

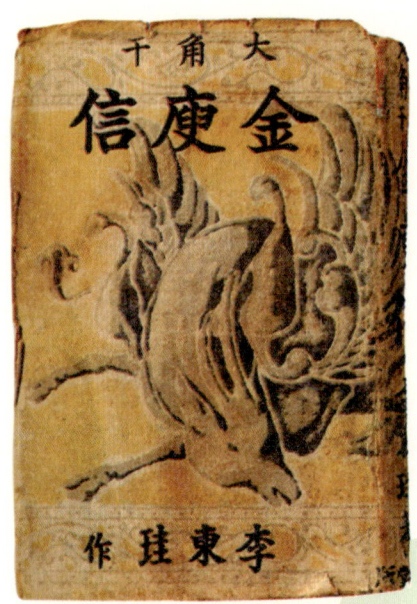

(왼쪽 위) 이동규의 『김유신』(1944)

(오른쪽 위) 당시 국내 유일한 탐정소설가 김래성이 외국 탐정소설을 번안한 대표작 『백가면』(1946)

(왼쪽 아래) 계용묵의 두번째 단편집 『백치 아다다』(1946)

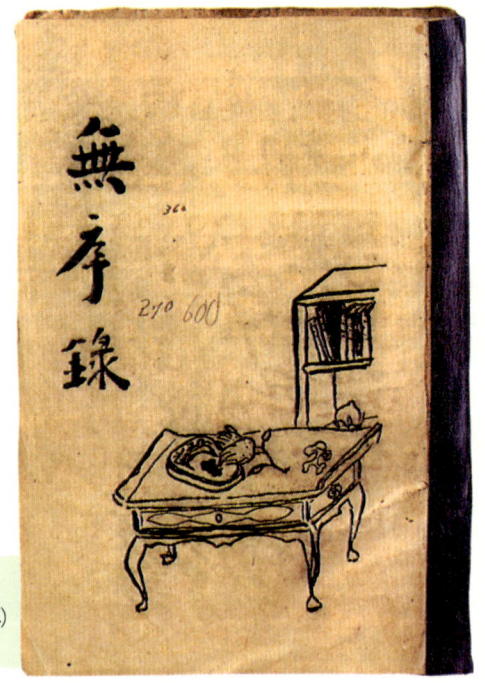

이태준의 『무서록』(1944)

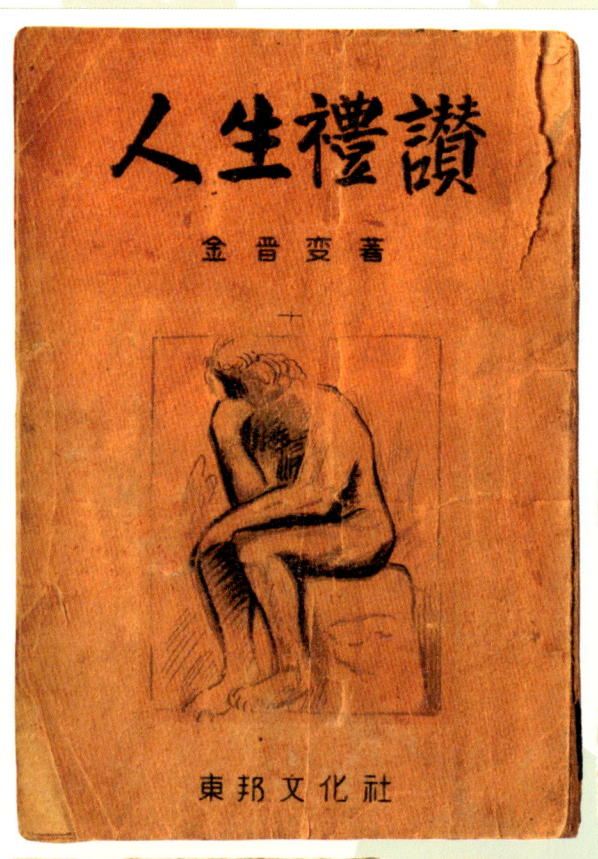

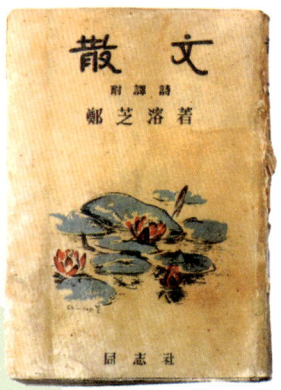

(왼쪽 위) 김진섭의 『인생예찬』(1947)
(오른쪽 위) 정지용의 『산문』(1947)
(왼쪽 아래) 정비석 외 『반도작가 단편집』(1944)
(오른쪽 아래) 이태준의 『상허 문학독본』(1946)

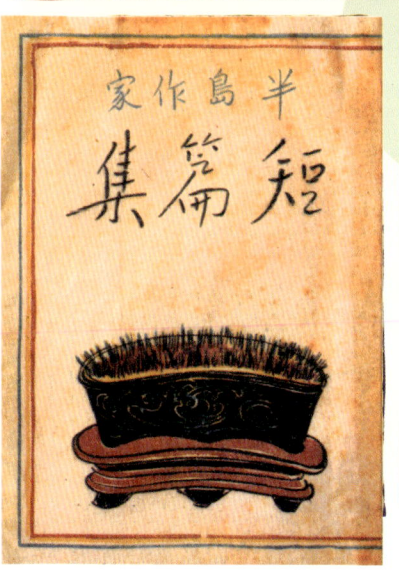

근대문학 100년 연구총서

(왼쪽 위) 1930년대 시단에 큰 공헌을 한 정지용의 첫 시집 『정지용 시집』(재판본, 1946)
(오른쪽 위) 신석초 등이 민족저항시인 이육사의 유작 20여 편을 모은 『육사 시집』(1946)
(왼쪽 아래) 일제시대에는 발행할 수 없었던 월북작가 권환의 시집 『동결』(1946)
(오른쪽 아래) 일제 말기의 억압을 달래기 위해 대자연을 노래한 정지용의 시집 『백록담』(1946)

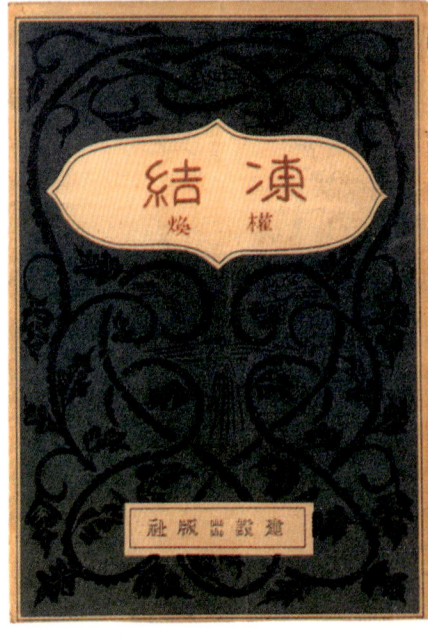
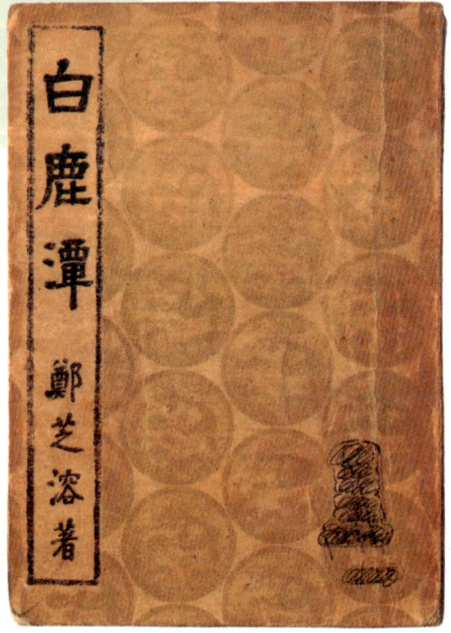

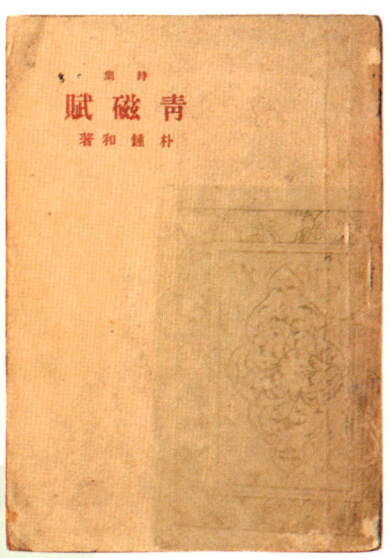

(왼쪽) 박목월, 박두진, 조지훈이 청록파로 불린
계기가 된 시집 『삼인시청록집』(1946)
(오른쪽) 박종화의 두 번째 시집 『청자부』(1946).
광복 후에 발행되었다.

(왼쪽) 여상현의 시집 『칠면조』(1947)
(오른쪽) 검열을 통과하지 못해 1931년에 내지 못하고 해방
후에 간행한 김억의 장편 서사시 『먼동틀 제』(1947)

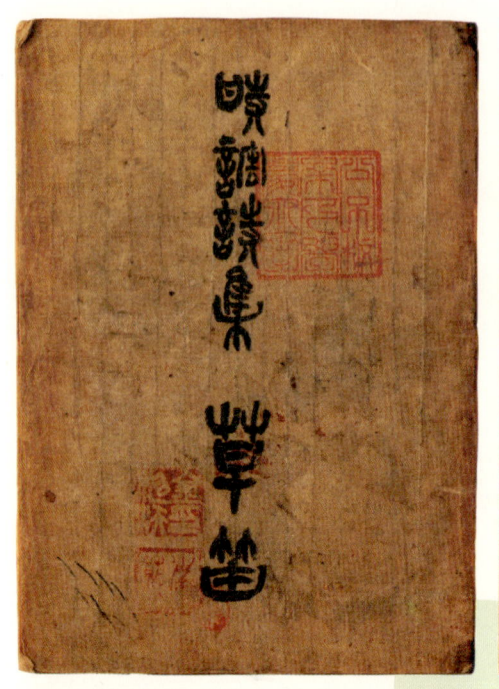

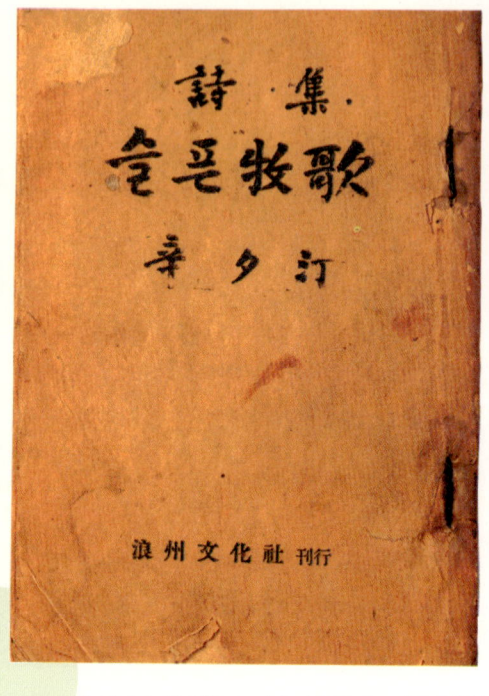

(왼쪽 위) 일제말 사상범으로 여러 번 감옥에 드나든 김상옥의 처녀시조시집 『초적』(1947)

(오른쪽 위) 검열에 걸려 해방 후에야 부인에 의해 발행된 신석초의 『슬픈 목가』(1947)

(왼쪽 아래) 김광균의 두 번째 시집 『기항지』(1947)

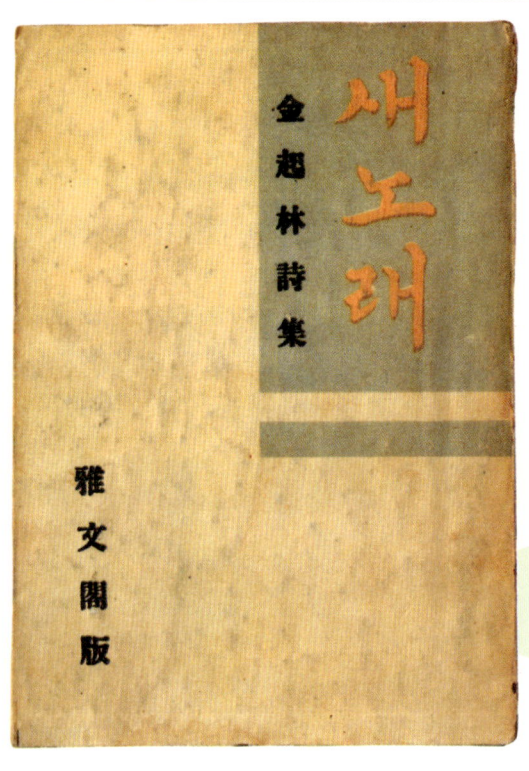

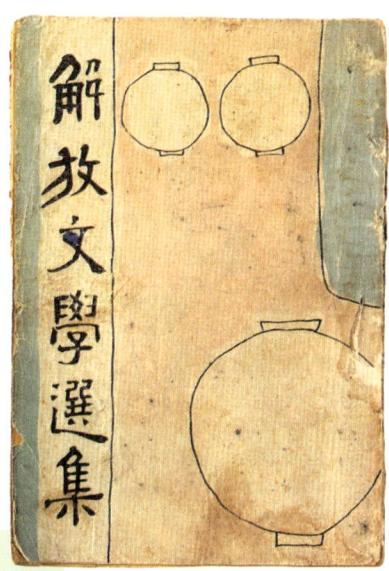

초현실주의적인 시인으로 알려진 김기림의 시집
『새노래』(1948)와 김동리 등이 참여하여 발행한
『해방문학선집』(1948)

김동인의 『발가락이 닮았다』(1948)와 정비석이 만주여행에서 습득한 작품을 모은 『고원』(1948)

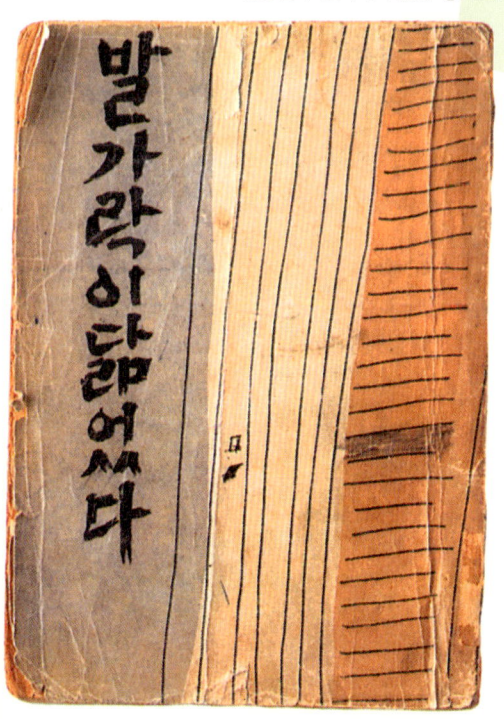

박두진의 처녀시집 『해』(1949)와 조병화의 처녀시집 『버리고 싶은 유산』(1949)

(왼쪽) 한국전쟁 중 부산에서 발행한 청마 유치환의
제5시집 『보병과 더부러』(1951)
(오른쪽) 황순원의 소설 『사예곡』(1952)

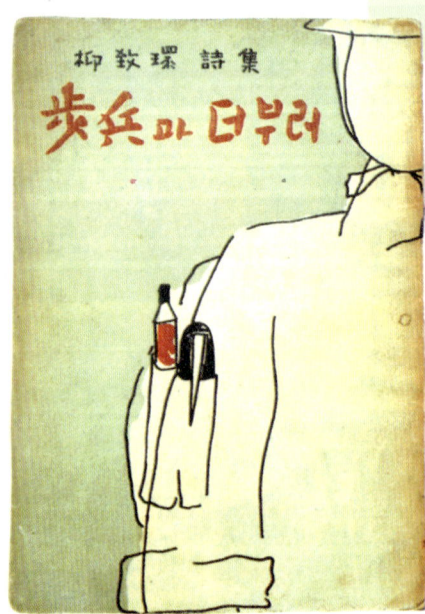

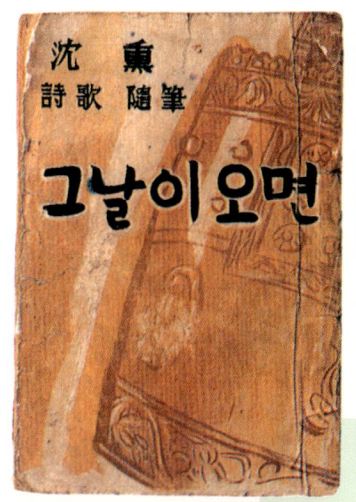

(왼쪽 위) 심훈의 작품집 『그날이 오면』(1953)
(오른쪽 위) 전영택의 작품집 『의의 태양』(1955)
(왼쪽) 변영로의 『명정 사십년』(1953)
(아래 왼쪽) 김팔봉의 『나는 살아 있다』(1951)
(아래 오른쪽) 마해송의 『사회와 인생』(1953)

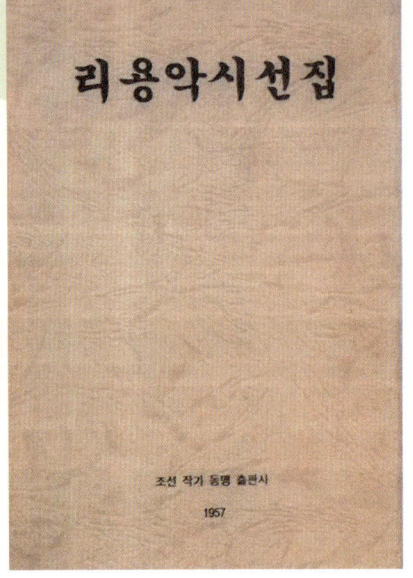

(왼쪽 위) 조기천 시집 『백두산』(1947)

(오른쪽 위) 한설야 단편소설 『승냥이』(1951)

(왼쪽 아래) 한설야의 『력사』(1956)

(오른쪽 아래) 리용악 시선집 『리용악시선집』(1957)

(왼쪽 위) 유주현의 소설 『자매계보』(1953)

(오른쪽 위) 송헌석의 소설 『미인의 일생』(1953)

(왼쪽 아래) 구상의 사회시평집 『민주 고발』(1953)

(오른쪽 아래) 조지훈의 『시의 원리』(1953)

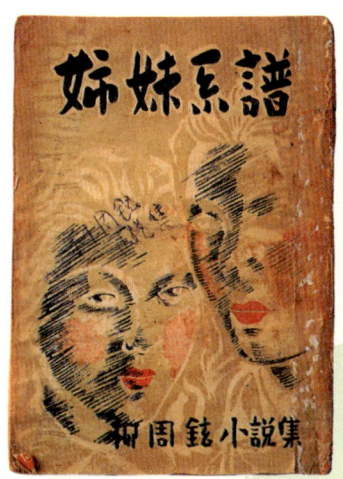

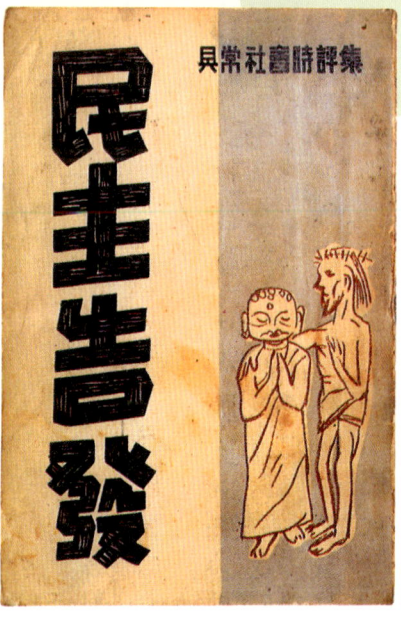

(왼쪽 위) 정비석의 소설 『자유부인』(1954)

(오른쪽 위) 심훈의 소설 『직녀성』 상,하(1953)

(왼쪽 아래) 31세로 요절한 박인환의 유일한 시집 『박인환 시전집』(1955). 시 56이 수록되어 있다.

(오른쪽 아래) 주요섭의 단편소설 『사랑손님과 어머니』(1954)

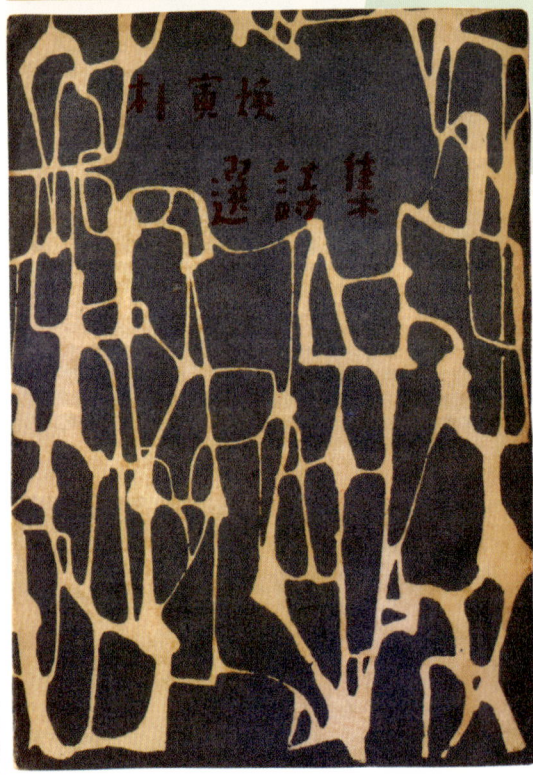

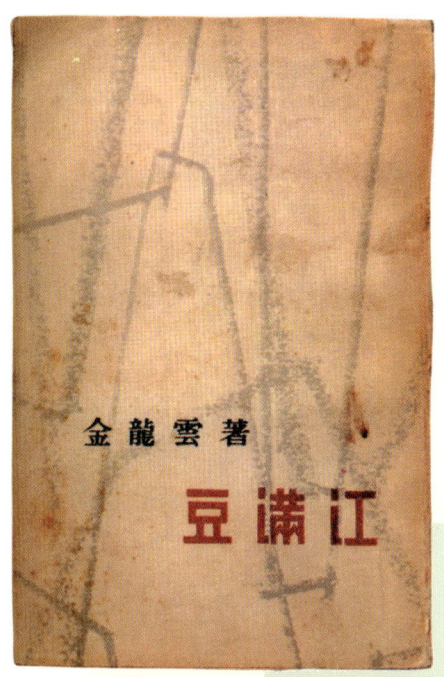

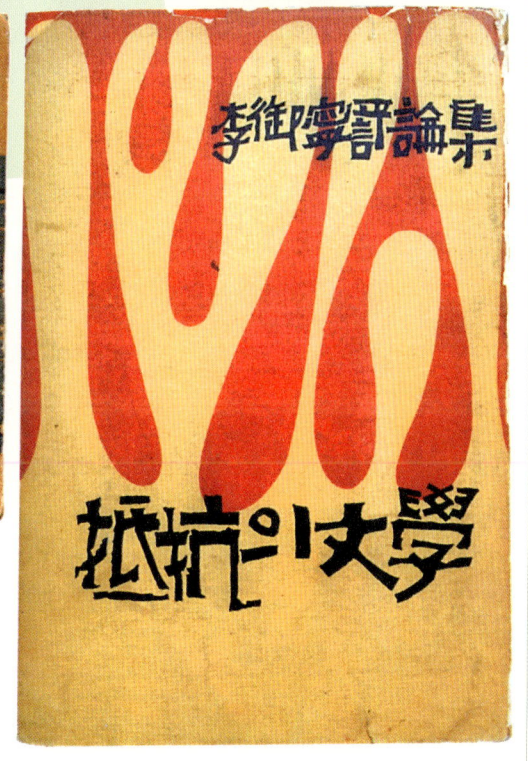

(왼쪽 위) 김용운 소설 『두만강』(1959)
(오른쪽 위) 한무숙 소설 『월운』(1956)
(왼쪽 아래) 이종택의 동시와 소년시집 『바다와 어머니』(1959)
(오른쪽 아래) 이어령 평론집 『저항의 문학』(1959)

이기영의 소설 『두만강』(1958). 1954년에 첫출간되었다.

왼쪽부터 시집 『빛나는 태양』, 『김우철 시선집』, 『벽암시선』

박팔양의 시집 『황해의 노래』(1957)

(왼쪽) 송영 희곡집 『불사조』(1959)
(오른쪽) 이기영의 소설 『인간수업』(1941)

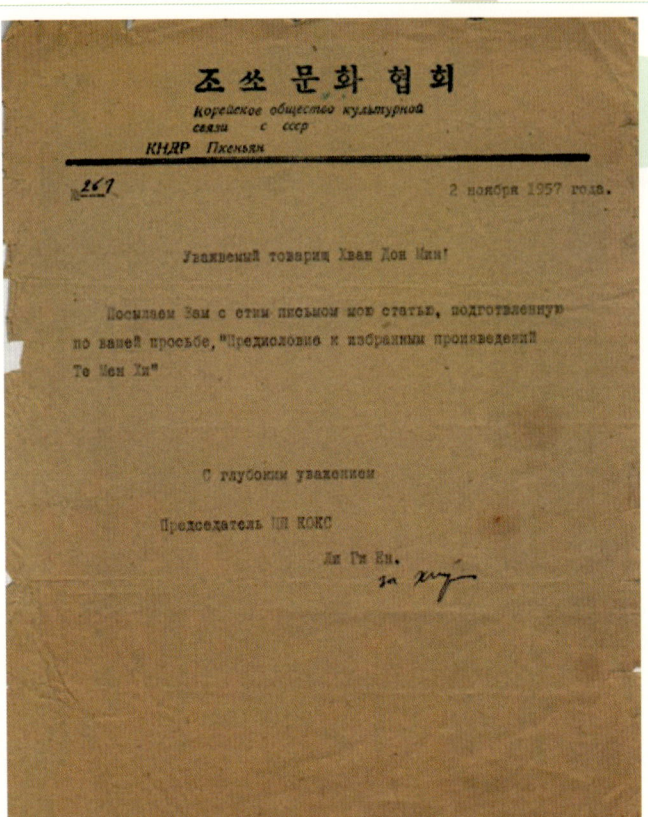

1959년 『포석 조명희 선집』 간행에 앞서 조명희의 처남이자 역사학자였던 황동민이 조쏘문화협회(대표 이기영)에 원고 청탁을 의뢰한 문서

(아래 왼쪽)
엄흥섭의 소설 『동틀무렵』(1960)

(아래 오른쪽)
박팔양 시집 『눈보라만리』(1961)

근대문학 100년 연구총서

(왼쪽 위)
박세영 시집 『밀림의 역사』(1962)

(오른쪽 위)
윤세중 장편소설 『시련 속에서』(1963)

(왼쪽 아래)
이기영의 소설 『한 녀성의 운명』(1963)

(오른쪽 아래)
박태원 장편소설 『갑오농민전쟁』(1977)

삼성출판사에서 펴낸 박경리 대하소설 『토지』 (1973)

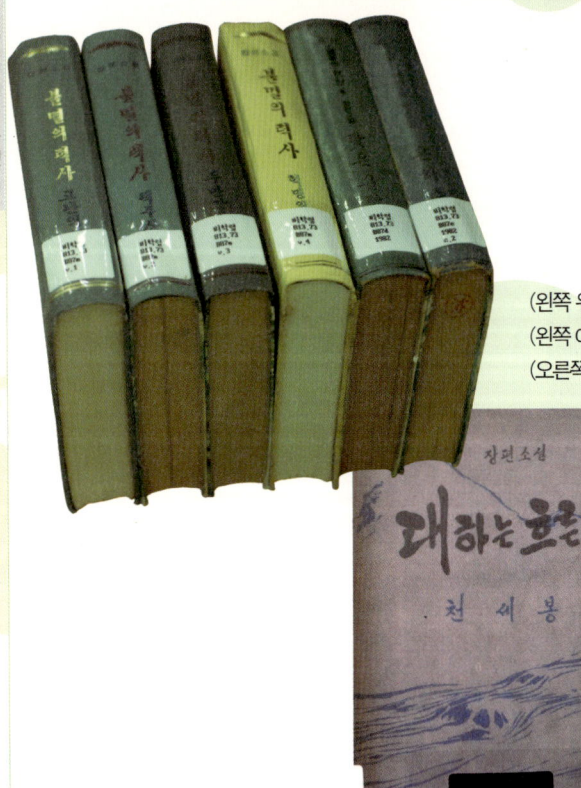

(왼쪽 위) 『총서 불멸의 역사』 (1991~2000) 외
(왼쪽 아래) 천세봉 장편소설 『대하는 흐른다』 (1964)
(오른쪽 아래) 이기영 장편소설 『땅』 (1973)

「풀」의 시인 김수영

「껍데기는 가라」「좋은 언어」의 시인 신동엽

근대문학. 100년. 연구총서. 07

논문으로 읽는 문학사
4

북해
한방
후

근대문학100년 연구총서 편찬위원회

소명출판

근대문학 기점 문제는 연구자들 사이에서 합의를 이루지 못하여 여전히 논쟁 중에 있다. 보는 이에 따라서 갑오개혁이 시작된 1894년을, 애국계몽기의 시작인 1905년을, 최남선의 신체시가 나온 1908년을 근대문학의 기점으로 잡는다. 상이한 주장이 있기는 하지만 분명한 것은 2008년이 근대문학이 시작된 지 100년이 되는 해라는 것이다. 근대문학의 기점을 늦게 잡아도 1908년을 넘지는 않기 때문이다. 그런 점에서 한국 근대문학은 한 세기를 맞이한 셈이다. 근대문학 100년의 축적 앞에서 우리는 지나온 문학의 여정을 돌이켜보고 새로운 100년을 준비해야 한다. 유럽 근대의 강한 자장 속에서 형성된 한국의 근대문학은 근대 자체가 심각한 반성의 대상이 된 현 시점에서 새로운 틀과 상상력을 요구하고 있다. 이를 위해서는 지나온 100년의 문학을 다각도로 조망할 수 있는 시야가 필요하다. '한국 근대문학 100년 총서'는 이러한 시대적 요청에 부응하기 위하여 마련되었다.

본 총서는 총 7권으로 구성되었다.

1권 『연표로 읽는 문학사』는 근대문학 100년의 기간 동안 발표된 주요 작품 및 문학, 사회 상황을 간략한 연표 형식으로 정리한 것이다. 연표 형식으로 정리된 문학사를 통해 근대문학 100년간의 주요 사건과 작품들을 한눈에 조망할 수 있을 것이다. 이 책에서 특기할 만한 사항은 해방 후 연표에 남북의 문학을 함께 정리하였다는 점, 연표와 함께 연표에 등장하는 주요 사건, 단체, 매체 등에 대해 간략한 설명을 덧붙였다는 점이다. 이러한 형식을 통해 남, 북을 포괄하는 명실상부한 한국 근대문학 연표를 지향했고 좀 더 입체적으로 한국 근대문학사를 이해하는 데 도움이 되고자 했다.

2권과 3권은 『약전(略傳)으로 읽는 문학사』이다. 위원들은 여러 차례의 논의를 거쳐 한국 근대문학 100년의 주요 문인을 선정하였고 이 문인들의 삶과 문학의 요체를 담아내는 서술식 약전을 해당 작가를 연구해 온 연구자들에게 의뢰하였다. 기존의 연대기식 연보 방식뿐 아니라 서술식 약전을 함께 수록함으로써 한국 근대문학을 빛낸 문인들의 문학세계를 좀 더 심층적으로 조망하고자 한 것이다. 작업의 전문성과 신뢰를 높이기 위하여 작성한 이들의 실명을 밝혔다. 작성자의 실명은 약전에 대한 독자들의 신뢰를 높이는 데 기여할 것이다. 2권은 해방 전 등단한 문인들을 중심으로 묶었으며 3권은 해방 후 등단한 남북의 문인들을 함께 묶었다. 일부 작가들의 경우 필자의 사정으로 수록되지 못하였다.

4권~7권은 『논문으로 읽는 문학사』라는 이름으로 한국 근대문학에 대한 연구논문들을 모아 엮었다. 한국 근대문학이 100년의 역사 동안 적지 않은 성과를 축적해 온 것과 마찬가지로 한국 근대문학에 대한 연구 또한 다양한 관점과 방식으로 의미 있는 성과를 축적해 왔다. 『논문으로 읽는 문학사』는 이러한 한국문학연구의 성과들을 시기별, 주제별로 가려 모아서 논문을 통해 한국 근대문학 100년을 심층적이고 다각적으로 이해하고자 기획되었다. 해방 전의 한국문학(4권), 해방 후의 남한문학(5,6권), 해방 후의 북한문학(7권)의 구성을 통해 한국 근대문학 100년의 역사를 깊이 있고 개성적으로 이해하는 데 도움을 주고자 했다. 좋은 논문들이 많지만 이 책의 편제상 다 싣지 못한 점이 아쉽다.

이상과 같은 구성으로 '한국 근대문학 100년 총서'는 그간 축적되어 온 한국 근대문학의 성과를 통시적, 공시적으로 조망하면서 좀 더 입체적으로 재구성하고자 하였다. 그간의 한국 근대문학을 총체적으로 정리, 반성하면서 이후의 한국 근대문학사를 준비하기 위해서이다.

이 중요한 작업이 구상에서 끝나지 않고 실현될 수 있는 물적 기반을 마련해 준 한국문화예술위원회의 김정헌 위원장에게 깊이 감사드린다. 이 작업의 의미에 대해 공감하고 후원하였던 김병익 전위원장, 구체적인 안에 대해서 조언을 아끼지 않았던 문학소위원회 분들, 그리고 자잘한 문제에 일일이 신경을 써준 문화예술위원회 관계자 여러분의 적극적인 관심이 없었다면 이 작업이 결코 빛을 보지 못하였을 것이다.

근대문학 100년 연구총서 편찬위원회 일동

차례

1 1945~1967   **9**

민주기지론과 북한문학의 시원   **김재용**
1. 북한문학은 언제 어떻게 시작되었는가?   11
2. 민주기지론과 북조선예술총연맹 조직의 논거   14
3. 분단과 통일의 기로―민주기지론에 대한 상이한 입장   20
4. 분단구조와 북한문학―평양중심주의를 넘어서   27

1950년대 북한문학과 사회주의리얼리즘   **김성수**
1. 머리말   30
2. 사회주의리얼리즘문학의 자기 정립   31
3. 사회주의리얼리즘의 좌우경화   41
4. 마무리   52

1950년대 북한농촌의 이중적 갈등과 형상화   **오창은**
천세봉의 『석개울의 새봄』론
1. 『석개울의 새봄』에 제기되는 몇 가지 문제   57
2. 텍스트 사이에 드러난 다양한 '모순들'   61
3. 인간 형상화에 나타난 '이념'과 '실재'의 갈등   67
4. 맺음말   78

북한 서정시에 나타난 민족적 특성   **이상숙**
1. 북한문학과 민족적 특성론   85
2. 서정적 주인공과 공산주의 전형   89
3. 『청춘송가』와 『천리마 나라』의 영웅현상   92
4. 결론을 대신하여   107

천리마와 같이 달리자　　　　　　　　　　　　　　　신형기
'천리마 대 고조기'-1958~1967
1. 천리마 시대의 문학　　　　　　　　　　　　　　　114
2. 천리마운동의 형상화　　　　　　　　　　　　　　118
3. 항일혁명전통의 부활　　　　　　　　　　　　　　123
4. 항일혁명문예의 발굴　　　　　　　　　　　　　　128
5. 대작(大作)이 요구되다　　　　　　　　　　　　　132
6. 주체시대의 출발　　　　　　　　　　　　　　　　137
7. 정리　　　　　　　　　　　　　　　　　　　　　139

2 1967~2000　　　　　　　　　　　　　　　　　143

북한의 항일혁명문학　　　　　　　　　　　　　　　임헌영
1. 개념설정과 대상　　　　　　　　　　　　　　　　145
2. 가요 또는 시가　　　　　　　　　　　　　　　　150
3. 연극분야 작품들　　　　　　　　　　　　　　　　156
4. 정론　　　　　　　　　　　　　　　　　　　　　166
5. 맺는 말　　　　　　　　　　　　　　　　　　　　167

『주체문학론』의 서술 체계와 특징　　　　　　　　　　고인환
1. 서론　　　　　　　　　　　　　　　　　　　　　171
2. 본론　　　　　　　　　　　　　　　　　　　　　173
3. 결론　　　　　　　　　　　　　　　　　　　　　185

1970~80년대의 북한의 서정시 고찰　　　　　　　　　염철
주체적 시 창작 이론을 중심으로
1. 북한문학과 만나는 일　　　　　　　　　　　　　　187
2. 주체적 시창작 이론　　　　　　　　　　　　　　　190
3. 류사성, 도식성의 극복을 위하여　　　　　　　　　198
4. 결론　　　　　　　　　　　　　　　　　　　　　204

1990년대 북한소설에 나타난 사랑의 담론　　　　　　최강민
『조선문학』을 중심으로
1. 북한소설과 사랑의 형상화　　　　　　　　　　　　207
2. 억압된 개인적 욕망과 지배체제의 강화　　　　　　211

3. 조국 근대화와 계몽적 사랑   217
4. 북한의 남근중심주의와 슈퍼우먼 콤플렉스   221
5. 창조적 오독과 대항이데올로기   225
6. 사랑의 규격화와 탈피 가능성   229

남과 북의 새로운 역사감각들   최원식
김영하의 『검은 꽃』과 홍석중의 『황진이』

1. 하위자집단의 반란   233
2. 집합적 자서전의 형식   237
3. 조숙한 자유인의 초상   244

1

1945~1967

민주기지론과 북한문학의 시원
김재용

1950년대 북한문학과 사회주의리얼리즘
김성수

1950년대 북한농촌의 이중적 갈등과 형상화
천세봉의 『석개울의 새봄』론
오창은

북한 서정시에 나타난 민족적 특성
이상숙

천리마와 같이 달리자
'천리마 대 고조기'—1958~1967
신형기

민주기지론과 북한문학의 시원

김재용

1. 북한문학은 언제 어떻게 시작되었는가?

한국 근대문학 연구가 아직도 밝히지 못하고 있는 영역 중의 하나가
바로 해방 직후 북한문학의 시원이다. 북한문학에 대한 연구가 나오고
있음에도 불구하고 아직 여기까지는 미치지 못하고 있는 형편이다. 또
한 해방 직후의 우리문학에 대한 연구가 꽤 진행된 것처럼 보임에도 불
구하고 정작 삼팔선을 경계로 하여 이남과 이북이 서로 어떤 연관을 맺
고 진행되었는가 하는 점에 대해서는 연구가 제대로 이루어지지 못하
였다. 그러나 해방 직후 북한문학의 시원이 해명되지 않는 한 북한문학
의 연구는 물론이고 해방 직후의 우리문학의 실상에 대한 전체적 조망
이 어렵다. 나아가 남북의 문학이 갈라지는 상황에 대한 연구의 결여는
남북의 문학이 합해지는 과정에 대한 우리 자신들의 전망 부재로 이어

질 수밖에 없다.

그러면 북한문학의 시원은 무엇을 말하는가? 8·15 이후 미소의 분할 점령과 이에 따른 삼팔선의 구획에도 불구하고 삼팔선 이남과 이북에 있는 문학가들은 각기 자신이 처한 지리적 제약 속에서 한반도 전체를 염두에 두고 사유하였기 때문에 아직 남한문학이라든가 북한문학이라든가 하는 구분은 생길 수 없었다. 그러나 일정 시점에 이르러 이러한 것은 더 이상 현실적으로 통용되기 어려워지게 되면서 각기 따로 논의하기 시작하였고 이에 따라 남한문학과 북한문학이란 범주가 생기게되었다. 물론 이것은 제도화된 수준의 것과는 거리가 먼 아주 불안정한 것이라 한국전쟁을 치른 이후의 그것과는 많은 차이점을 갖고 있다. 그렇지만 그 불안정함 가운데서도 분명 일정한 차이를 갖고 독자적으로 진행된 것은 사실이다. 이 점은 남한의 경우나 북한의 경우나 마찬가지였다. 단지 차이가 나는 것은 서울이 일제하부터 우리문학의 중심공간이었기 때문에 작가들은 자연스럽게 이 지역을 무대로 논의하였고, 따라서 상대적으로 남한문학은 불연속이 덜 드러나면서 남한문학의 시원에 대해 별로 자의식을 갖지 않았던 것뿐이다. 하지만 삼팔선 이북의 경우에는 사정이 달랐다. 서울과는 다른 정치적 중심으로서의 평양이란 공간이 대두하면서 자연스럽게 문학적 중심의 문제가 대두되었다. 서울과는 달리 평양에 새로운 문학적 중심이 세워지면서 북한문학이 시작된 것이다.

문제는 이 북한문학이 어떻게 시작되었는가 하는 점이다. '북한문학의 시원' 하면 우선 우리가 생각할 수 있는 것은 북조선예술총연맹의 결성이다. 이 조직의 결성이 바로 북한문학의 시작으로 볼 수 있지만 중요한 것은 이 조직이 결성되기까지 어떤 논의가 있었으며 그 논거는 무엇이었는가 하는 점이다. 북한문학의 시원을 제대로 밝히려면 그 지난한 논의의 외형적 결과로서의 북조선예술총연맹의 결성보다는 이에 이르기까지의 논의과정과 그것이 분단구조에서 차지하는 의미에 대한 천착이 긴요하다.

이런 점들을 이해하기 위해서는 우선 북한 내에 독자적인 정치조직이 만들어졌던 1945년 10월 10일부터 13일까지 열린 서북 5도 당 책임자 및 열성자 대회와 여기서 나온 조선공산당북부조선분국의 설치에 주목하여야 하고 이와 때를 같이하여 제기된 민주기지론을 분석하여야 한다. 이 대회를 기점으로 하여 부상한 북한의 민주기지론은 이후 북한문학의 독자적 출발의 논거가 될 정도로 북한문학의 시원을 해명함에 있어 결정적 중요성을 갖고 있다. 그렇기 때문에 우선 북한의 민주기지론과 이에 근거하여 북한 내에서 제반 사회단체들이 결성되는 과정을 살펴보고 그 과정에서 문학예술가들의 조직문제와 북한문학의 독자성의 논의가 어떻게 진행되었는가 하는 점을 밝히는 것이 중요하다. 또한 북한문학의 독자성에 대한 인식이 제도화되는 결정적 계기로 작용한 1946년 2월 8일의 북조선임시인민위원회의 결성에 주목하여야 한다. 북조선예술총연맹이 결성된 것은 바로 이 임시인민위원회 결성 직후이며 이 둘 사이에는 밀접한 연관이 있기 때문이다.

여기서 우리가 놓치지 말아야 하는 것은 당시 북한문학의 독자성 여부를 놓고 벌어진 논의들은 기본적으로 삼팔선 이남과의 긴밀한 연계 속에서 진행되었기 때문에 이 둘 사이의 연관성을 항상 염두에 두면서 분석하여야 한다는 것이다. 사실 당시 삼팔선 이남에서 벌어진 논의들도 이북의 논의와 떼 놓고 생각하기 어려웠던 것처럼 북의 경우에도 마찬가지이다. 그렇기 때문에 남과 북의 논의를 동시에 놓고 보지 않는 한 그 어떤 논의도 제대로 이루어지기 어렵다.

삼팔선 이북에서 북조선예술총연맹이 결성되었다고 해서 그곳의 문학가들이 모두 여기에 흔쾌하게 동의하여 전일적으로 움직였던 것은 아니다. 분단에 대한 우려로 인하여 그 내부에서는 북한문학의 독자성의 최대 근거가 되었던 민주기지론의 타당성 여부에 대해서는 이견이 존재하였던 것이다. 그렇기 때문에 다음으로 살펴볼 것은 바로 이 민주기지론에 대한 문학가들의 입장이다.

　마지막으로 검토해야하는 것은 민주기지론에 입각한 북한문학의 독자성이 이후 어떤 식으로 이어지고 있는가 하는 점이다. 분단의 형성과정은 물론이고 분단의 제도화 이후에 이러한 사고는 깊이 북한문학에 배여 있다는 것이 필자의 판단이다. 바로 여기에서 나온 대표적인 것이 이른바 조국통일주제문학들이다. 분단구조에서 이러한 문학이 어떤 의미를 갖는가 하는 것을 파악하는 것 역시 분단극복과 관련하여 매우 중요한 의미를 띨 수밖에 없다.

2. 민주기지론과 북조선예술총연맹 조직의 논거

　1945년 10월 10일부터 시작하여 13일 걸쳐 진행된 서북5도 당 책임자 및 열성자 대회에서의 가장 중요한 결정은 조선공산당북부조선분국의 설치이다. 이미 서울에 조선공산당이 설립되어 있는 상황에서 북한에 따로 분국을 설치하는 문제는 매우 예민한 것이었기 때문에 당시 평양의 당원들 사이에서도 이론이 분분했던 것으로 알려져 있다. 가장 큰 쟁점은 이미 서울에 당중앙이 있는데 따로 분국을 세울 경우 이것이 또 다른 당중앙의 설치가 아닌가 하는 점이었다. 이 문제는 각 분파가 자기에게 유리한 방향으로 해석하면서 일단락 되었다.

　이 회의에서 북한문학의 시원과 관련하여 중요하게 살펴보아야 할 대목은 민주기지론이다. 오늘날 이 회의에서 이 민주기지론이 공식적으로 제기되어 결정되었는가 아닌가 하는 문제는 여전히 쟁점이 되고 있는 상황이지만, 필자의 판단에 의하면 그것의 명문화 여부를 논외로 한다면 이 회의에서 이러한 전망이 기초되었음은 분명하다. 이 점은 이후 열리게 되는 조선공산당북부조선분국의 제2차 확대집행회의와 제3차 확대집행회의의 전반적 내용을 보면 쉽게 알 수 있다. 민주기지론은 미국과 달리 소련의 후원 하에 있는 북한이 남한에 비해 전반적으로 혁명을 건설하기에 유리한 여건을 가지고 있기 때문에 우선 북한에서 민주기지를 건설하고 이를 기초로 하여 한반도 전체의 해방을 꾀하자는 논리이다. 이 민주기지론은 당시 논의되고 있었던 통일보다는 먼저 북한의 민주개혁을 실시하겠다는 것으로 해석할 수 있다. 그런 점에서 이 논의는 당시 통일을 우선해야 한다는 사람들로부터 통일을 저해하는 방침이라고 비판을 받을 수 있는 소지를 안고 있었다.

민주기지론이 수립됨으로써 북한은 남한과는 별도로 자체의 중앙을 가지게 되었고 이어서 사회단체의 조직 사업이 필수적으로 제기되게 되었다. 당 외곽에 인전대로서의 사회단체의 역할이 필요하게 되었기에 이것의 건설이 중요한 사업으로 떠오를 수밖에 없었을 것이고 그 가운데 문학예술가들의 조직은 그 어떤 사회단체보다 긴요하였다. 이 점을 조선공산당북부조선분국 설립 직후에 김일성이 사회단체 중에서 문학예술가들의 조직을 건립해야 할 필요성을 제기하는 글에서 읽을 수 있다. 사회단체 중에서 선전부문을 담당하게 될 문학예술가 조직의 시급성을 인식하고 있었음을 잘 보여주는 대목이다.

> 작가 예술인들과 예술단체들을 통일적으로 장악지도하기 위하여 부문별로 동맹을 내오고 중앙조직으로서 예술총연맹 같은 조직을 결성하는 것이 좋겠습니다. 당 중앙조직위원회 선전부에서는 작가 예술인들 속에서 선진분자들을 료해 장악하고 그들을 발동하여 문학예술부문별 동맹과 예술총연맹을 결성하기 위한 준비사업을 진행하도록 하여야 하겠습니다. 해방 전에 문학예술활동을 하던 사람들 중에는 일제의 박해를 받으면서도 민족적 양심을 버리지 않고 사실주의적인 문학예술을 발전시키기 위하여 애써온 애국적이며 진보적인 작가 예술가들이 적지 않습니다. 이러한 사람들은 북조선에도 있고 남조선에도 있으며 해외에도 있습니다. 우리는 애국적이며 진보적인 작가 예술인들을 모

두 찾아 집결시키며 그들의 역할을 높여 우리의 문학예술을 개화 발전시키기 위한 제반 사업을 추진시켜야 할 것입니다.[1]

1945년 10월 22일 김일성이 당시 조선공산당북부조선분국의 선전부 책임자였던 김창만에게 했던 위의 연설은 사회단체의 필요성을 제기한 이 시기의 그의 연설 중에서 가장 이른 것이다. 이는 대중들에게 큰 영향을 미칠 수 있는 작가 예술인들의 중요성을 인식한 데서 나온 것이다.

실제로 김일성은 1945년 11월 2일 당시 평양에 있던 김사량과 최명익을 만났다.[2] 이 역시 문학예술가들의 조직 문제와 무관하지 않았을 터인데 이들로서는 이를 감당하기가 쉽지 않았을 것이다. 평양이 고향이었던 이들은 그 지역 내에서 영향력을 가졌지만 북한 전역을 포괄하는 문학예술가 조직을 만든다는 것은 거의 불가능하였다. 왜냐하면 일제하에서 카프에서 주도적인 활동을 하였던 이기영과 한설야가 이 무렵에 아직 각각 철원과 함흥에 머물러 있었기에 이들의 참가 없이 새로운 조직을 구성한다는 것은 거의 의미가 없었다. 따라서 이 논의가 당의 요청에도 불구하고 제대로 될 턱이 없었다.

북한문학의 시원에서 새로운 계기를 마련하게 된 것은 1945년 11월 중순 무렵 이기영과 한설야 등 예전 카프에서 문학활동을 해오던 작가들이 평양으로 올라와 본격적으로 문학가들의 진로에 대해 논의하면서부터였다. 이들이 처음으로 대면한 문제는 현재 서울에 꾸려져 있는 문학예술가들의 조직에 관한 문제이다. 이 무렵만 해도 당에서는 별도로 중앙을 만들어 나갔지만 당시 문학가들로서는 남북의 통일이 중요한 문제이고 따로 조직을 내온다는 것은 통일을 저해하여 분단을 초래하는 일로 여기고 있었던 만큼 북한에 따로 조직을 내온다는 것은 생각하기 어려운 일이었다. 이 점에 대해서는 당시 이 논의의 중심에 있었던 한설야의 다음과 같은 회고가 잘 보여준다.

그해 11월에 평양에 이르렀다. 이때에는 아직 기차가 평양까지 완전히 통행하지 못하였던 것이다. 그러나 그때는 다사다난하던 시기라 종시 수령과 면담할 기회를 얻지 못한 채 평양의 문화인들과 자주 회합을 가지면서 우리들의 지나간 경험을 이야기하고 앞으로의 사업 방향에 대하여 의견을 교환하였다. 그러던 중에 서울에서의 문화운동의 정형에 대하여 서로 알게 되고 따라서 이에 대하여 토의하게 되었다. 서울은 해방 후 문화부문에서 좌우 양익이 분열 대립되어 있었다. 더욱 우리는 이것이 일부 분자에 의하여 인위적으로 조성된 현상이라는 것을 알게 되었다. 이것은 두말할 것도 없이 좋지 못한 현상이었다. 우리는 이러한 좋지 못한 현상이 해방된 조국 땅에 존재하는 것을 허용할 수 없었다. 그래서 이것을 통일시키는 일이 문화사업에 있어서 남북의 통일성을 보장하는 사업과 아울러 필요하다고 생각하여 서울로 올라가 보아야 할 것을 느끼게 되었다. 그리하여 우리들 사이에서 토의된 바를 당에 보고하고 그 승인 밑에 당시 북조선에서 문화활동을 하고 있던 18명의 문화예술인들과 함께 나는 11월말에 총총히 서울로 떠났다. 그런데 미군이 남조선에 주둔해 있는 관계로 남북의 내왕이 막혀 있었고 더욱 나는 아직 보행이 부자유하였지만 그때의 의기는 뒹굴어서라도 능히 서울에 갈 만하였다. 사실 우리는 여러 번의 난관도 아랑곳 아니하고 서울에 이르렀다. 서울에 올라가 보니 남조선 문화전선은 사실상 좌우 양익으로 분열 대립되어 있었을 뿐만 아니라 이 분열 대립은 우연한 것이거나 자연발생적인 것이 아니고 분명 인위적인 것임을 알게 되었다.[3]

서울에서 이루어진 문학적 정형이란 당시 임화를 중심으로 만들어진 조선문화건설중앙협의회와 이에 반대하여 구카프 문학가들을 중심으로 하여 만들어진 조선프롤레타리아예술연맹의 대립을 말한다. 이러한 분열이 결코 바람직하지 않다고 생각했을 뿐만 아니라 게다가 북한에서 또다른 조직을 내온다는 것은 더욱 분열을 부채질하여 민족문학전선의 분산은 물론이고 통일을 저해하고 분단을 촉진한다는 절박한 판단이, 당중앙의 인전대로서의 문학예술가들의 조직설립의 필요성을 제기하였던 북한 당의 공식 입장을 넘어설 수 있었다. 그렇기 때문에 한설야와 이기영 등 문학예술가 18명이 서울로 떠나게 되었고 남북한을 통틀어

통일적인 민족문학의 조직을 건설하는 전망을 가졌던 것으로 보인다. 이 무렵까지만 해도 북한의 문학예술가들 사이에는 아직 민주기지론과 같은 사고가 스며들어 있지 않았고 남북한 전체의 통일이란 구상이 우선했다고 볼 수 있을 것이다.

실제로 이들은 서울에 내려와 양쪽의 사람들과 만나면서 조정역을 담당하였고 나름의 합의를 이끌어 내었다. 1945년 12월 3일 합동위원회를 열고 6일에 통합 성명서를 발표하였다. 12월 13일 통합을 위한 총회를 열고 여기서 전국문학자대회의 개최를 결정하였다. 이 일을 마친 후 이들은 다시 북한으로 넘어갔다. 그러나 이후 새로운 상황이 벌어지면서 이러한 노력은 새로운 국면을 맞이하게 되었다.

남북한을 포함한 통일적인 민족문학 조직을 내오려고 하던 노력이 결정적으로 좌절되면서 북한만의 문학가 조직을 내오게 된데 가장 결정적인 계기가 된 것은 북조선임시인민위원회의 결성이다. 조선공산당 북부조선분국은 1946년 2월 8일 그 동안 분산적으로 이루어져 오던 제반 행정업무를 통괄하기 위하여 일정한 부담4)에도 불구하고 북조선임시인민위원회를 결성하기에 이른다. 물론 이는 1945년 10월 10일의 분국 결성 후 내부적으로 가지고 있던 민주기지론의 연장이며 진척이라 할 수 있을 것이다.

1945년 11월 18일 민주여성동맹, 1945년 11월 30일 직업동맹, 1946년 1월 17일 민주청년동맹, 1946년 1월 31일 농민동맹 등의 사회단체 조직이 이미 결성되었다. 북조선임시인민위원회가 결성되던 1946년 2월 8일의 시점에서 보면 마지막으로 결성된 농민동맹도 이미 일주일전에 마무리되었던 것이다. 그런데 유독 문학예술가들의 조직만이 누락되었다.5) 결성된 이들 사회단체들은 이미 남한에 대응하는 조직을 갖고 있었음에도 불구하고 새롭게 조직을 만들었던 것이다. 그런데 문학예술가들은 남북한 전체에 걸쳐 통일된 민족문학의 조직을 내오는 것이 분단을 막고 통일을 하루바삐 내오는 길이라고 믿었기 때문에 따로 조직을 내오지 않고 서울에서 열릴 전국문학자대회에 기대를 걸고 있었던 것이다.

그런데 이러한 분위기에 전환을 가져온 것은 바로 북조선임시인민위원회 위원장이었던 김일성이 한설야를 중심으로 한 작가들에게 조직의 결성을 재촉하였던 일이다. 이에 대해 한설야는 다음과 같이 당시의 분위기를 전하고 있다.

> 바로 이 때에 수령은 시급히 그 조직을 가질데 대하여 지시하였고 우리는 그 조직에 착수하였다. 다만 우리는 이 조직 과정에서 하나의 사실을 사상 조직적으로 명백히 비판하는 일이 필요하였다. 그것은 우리가 이 조직 사업을 진행하는 시기에 남조선에서 간첩 박헌영의 졸도 임화 등에 의하여 남조선 문화전선에 재분열이 조성되었음을 알게 되었고 그들의 반계급적 '문화테제'가 발표된 것을 알게 되었던 것이다.6)

이때라고 한설야가 지칭한 것은 인민위원회 결성이 있는 다음날인 2월 10일을 가리킨다. 이미 한설야는 임시인민위원회 결성을 앞두고 김일성을 만난 상태이지만 문학사업을 두고 만난 것은 이때가 처음이라고 회고하고 있다. 이 만남에서 김일성은 조직을 시급하게 내올 것을 지시하였고 여기에 대해 한설야를 비롯한 작가들은 더 이상 자신들의 이전의 논리를 내세울 수 없었던 것으로 보인다. 그 동안 북한에 따로 조직을 내오는 것은 민족의 통일을 저해하는 일이기 때문에 남북한을 통틀어 하나의 민족문학 조직을 내올 것을 바랬던 이들의 지향은 일단 접어둘 수밖에 없었다. 통일을 향한 북한문학가들의 지향은 이러한 압력 속에서 좌절될 수밖에 없었다.

여기서 빠뜨려서는 안되는 것은 한설야의 인용문에서 드러나고 있는 것처럼 2월 8일과 9일에 걸쳐 서울에서 진행된 문학자대회가 이전의 약속처럼 되지 않아 한효를 비롯한 구예맹계 출신들이 반발하였고 이는 이미 자신들의 뜻과는 무관하게 정치적 현실에 의해 자신들의 방침이 제대로 관철되지 못하고 좌절된 상태에서 자신들의 일을 합리화하려는 태세가 갖추어져 있는 이들에게 그 계기를 마련해 주었다는 점이다. 결국 남북한의 문학예술가들은 통일된 민족문학의 조직을 만드는데 실패하고 결국 분단에 일조하게 되는 결과를 맞이하였다.

3. 분단과 통일의 기로 – 민주기지론에 대한 상이한 입장

1945년 10월 10일 조선공산당북부조선분국 창설과 더불어 물밑에서 모색되어오던 북한문학은 1946년 2월 8일의 북조선임시인민위원회의 조직과 더불어 표면화되었다가 결국 1946년 3월 25일 북조선예술총연맹의 결성으로 이어지게 되었다. 이로써 북한문학은 남한문학과 분리된 채 독자적으로 이루어지게 되었다.

그러나 앞서 보았던 것처럼 이러한 움직임은 전적으로 문학예술가들의 자발적인 결의에 의한 것이라기보다는 정치적 외압에 의해 이루어진 것이기 때문에 문학예술가들은 이러한 결정에 대해 내심 일정한 반발을 하게 되었다. 그러나 이후 일정한 편차를 보이면서 자신의 길을 걷는다. 이처럼 민주기지론에 입각하여 결성된 북한문학의 독자적 조직과 행보에 대하여 당시 북한문학가들이 어떻게 이를 받아들이며 대하고 있는가 하는 점을 세 사람의 대표적인 인물을 통해 알아보고자 한다. 첫째는 당시 이 조직의 결성에 가장 주도적으로 일하였던 한설야이고 다음은 이 조직 결성을 전후하여 민족문학론의 이론적 논자였던 안함광이고 마지막으로는 당시 이 조직의 결성에는 빠졌지만 이후 여기에 가담하였던 이태준의 경우이다.

한설야는 북한문학의 형성과정에서 가장 주도적으로 일하였던 사람중의 하나였기 때문에 그 동안 견지해오던 입장 즉 남북한 전체에 통일된 민족문학의 조직을 건설해야 한다는 입장이 정치적 상황에 의해서 좌절되었을 때 내면적으로는 갈등을 겪었을 것이다. 물론 자신이 새로운 조직을 평양에서 내오기 시작했을 때 서울에서는 구 문협 출신들이 조선문학가동맹을 주도하면서 이전의 합의를 깨는 상황이 벌어지자 이를 자신의 독자적 행동을 합리화시킬 수 있는 계기로 삼기는 하였지만, 여전히 민족 분열을 초래한다는 부담을 내심 가지고 있었다. 그런 점에서 이 시기 한설야의 고민은 컸을 것이고 이렇게 주어진 현실에 대해 자신의 입장을 새롭게 정리해야 할 필요성을 절감했을 것이다. 이 점을 잘 보여주는 것이 조직 결성 직후에 쓰여졌을 것으로 여겨지는 「예술운동의 본질적 발전과 방향에 대하여」이다.[7)

한설야는 북한문학만을 독자적으로 생각하면서 이를 남한문학을 포함한 한반도 전체의 문학과 통일적으로 사고하지 못하는 평양분리주의적 경향, 여전히 서울을 중심으로 생각하고 북한문학을 하나의 지방문학으로만 생각하는 서울중심주의적 경향을 비판하면서 평양을 중심으로 남한문학까지 포괄하는 평양중심주의를 내세웠다. 그가 서울중심주의를 비판하는 것은 이전의 행로에 비추어 볼 때 너무나 자연스럽다. 1946년 2월 10일 이후 새로운 문학예술 조직체를 만들기로 결정한 후부터는 서울중심주의를 내심에서 비판하고 나선 것이다. 서울을 중심으로 남북한 전체의 문학가들이 모여서 통일적인 조직체를 만들려고 하는 구상이 여의치 않게 되면서부터 이미 서울중심주의는 한설야의 마음속에서 떠났던 것이다. 이것을 버리지 않고서는 평양에 따로 조직을 내올 수 있는 근거가 없어지기 때문이다.

문제는 평양분리주의적 경향이다. 서울중심주의에서 벗어나기 시작하면서 평양은 독자적으로 분리되어 존재할 수밖에 없는 데 이럴 때 가장 큰 난제는 남북한 전체를 아우르지 못함으로써 우리 민족의 숙원인 자주적 통일독립국가의 성립을 담아내지 못하는 한계를 내적으로 가질 수밖에 없는 것이다. 이는 이전에 자신이 걸어온 길에 비추어보면 스스로 용납하기 힘든 것이다. 따라서 한설야는 어떤 방식으로도 이를 극복하여야 한다고 생각하였고 그 대안으로 내건 것이 평양중심주의이다. 즉 평양을 중심으로 하여 북한문학을 건설하고 이에 끝나지 않고 남한의 문학도 같이 포괄한다는 방침이다. 이렇게 된다면 남북한이 따로 독립되지 않고 내면적으로 통일된 운동을 할 수 있기 때문에 분단을 초래한다는 비난을 면할 수가 있다고 판단하였다. 바로 그런 점에서 그는 평양을 중심으로 한 한반도 전체의 문학운동을 머리에 그렸고 이를 새로운 방향으로 내세웠던 것이다.

> 북조선예술운동은 확실히 민주건설 도상의 북조선 인민 속에 뿌리를 박기 시작하였다. 우리의 예술운동이 대중을 파악하면서 있다는 사실은 우리의 운동이 조선예술운동의 통일조직으로서의 성격을 스스로 자체의 속성으로 하고 있다는 증명인 것이다. 이것은 조선예술운동의 중심이요, 모든 지방 예술운동은 이리로 집결되지 않으면 안될 것을 우리는 믿는 바이다. 서울 조직은 일 지방 조직으로서도 그 당연한 성격과 조직을 가지지 못하였으니 이제 이것을 스스로 인식 재조직하는데서 필연적으로 북조선의 노선에 합류될 것을 또한 우리는 확신을 가지고 단언하는 바이다.[8]

한설야는 남북한문학의 통일적 운동을 이야기하지만 이것은 어디까지나 평양중심주의에 지나지 않은 것이다. 그는 서울중심주의를 극복하였지만 진정한 의미의 한반도 전체의 관점을 갖지 못하고 결국 평양중심주의로 떨어진 것이다. 이 점은 이 시기에 오면 한설야 스스로 통일을 바라봄에 있어 민주기지론적 인식을 내면화하고 있음을 또한 말해주고 있는 것이다. 북조선임시인민위원회가 북한에서 독자적으로 결성될 때 그 최대의 명분이 남한에서는 미국이 있어 민주개혁의 방해를 받지만 북한에서는 소련이 있어 민주개혁을 하기 쉽다는 논리였고 이것이 또한 민주기지론의 일관된 배경이었던 사실을 고려할 때 한설야는 김일성의 급속한 예술가 조직의 결성 요구에 따른 이후에는 이러한 논리를 내면화하기 시작했을 것으로 보인다. 여하튼 이 시기에 이르면 한설야는 민주기지론의 입장을 분명하게 견지하면서 이에 기반을 두고 평양중심주의에 입각하여 사고함으로써 한반도 전체를 민족적 관점에 서서 사고하는 입장에서 점차 멀어지게 된다.

북조선예술총연맹이 1946년 3월 25일 결성된 후 이 조직의 민족문학론을 수립하면서 지속적으로 논의를 펼쳤던 인물인 안함광은 한설야와는 약간 다른 입장을 취하고 있어 흥미롭다. 그는 민주기지론에 대해서 시종일관 비판적 거리를 가진 드문 사람 중의 하나다. 물론 당시 당의 방침이 민주기지론이었기 때문에 이에 대해서 공개적으로 비판한다는 것은 생각하기 어려운 일이었기에 그의 글에서 이런 식의 논조를 직접 발견한다는 것은 어렵다. 그러나 그의 글들을 당시의 역사적 맥락을 염두에 두면서 읽게되면 민주기지론으로부터 일정한 거리를 두고 있었음을 어렵지 않게 발견할 수 있다. 이러한 점은 그가 황해도 예술연맹 위원장으로 일하던 당시에 썼던 글에서 처음으로 드러나고 있다. 해방 직후 북한에서는 각 도별로 자연발생적으로 예술연맹들이 생겼는데 황해도 지역은 안함광이 그 위원장을 맡고 있었다. 그러다가 1946년 3월 25일 북조선예술총연맹이 결성되면서 이에 합류하여 제1서기장으로 일하게 되는데 이 일을 맡기 직전에 쓴 「민족문학의 이념과 과업」에서 그는 계급적 입장을 강조하다가 민족문제를 망각하게 되는 우에 대해서 다음과 같이 쓰고 있다.

문학상에 있어서의 극좌적인 편향과도 용서 없이 투쟁해 나가야 할 것입니다. 조선의 오늘이 프롤레타리아혁명 시기가 아니라 민주주의혁명시기라는 것은 한 개의 상식이겠습니다 마는 그러기 때문으로 해서 우리의 문화활동이 오늘에 있어 계급대립을 위주로 삼는다고 하면 민족통일 대신에 민족분열을 획책한 전 죄과와 책임을 져야할 것입니다. 물론 우리는 현실 사회에 계급관계가 엄존한 이상 그것을 무시하거나 그것에 대하여 맹목일 수는 없는 일입니다. 그러나 지금 우리 조선에 있어서의 초미의 급무는 조선의 완전독립이며 그것을 위한 당면과업이 민족통일의 완성이라는 것은 모두에서 말한 바와 같습니다. 그러기 때문에 우리가 현실사회에 엄존한 계급관계에 대해서도 이것을 무시할 수 없다는 이 말은 지금에 있어서는 오직 민족통일을 바른 궤도로 올려놓는 원동력이 되어야 하겠다는 것을 의미할 뿐으로 결코 그 외의 길 다시 말하면 계급대립의 강조에 의한 민족분열의 타당성을 의미하는 것일 수는 없습니다.[9]

이 글을 쓸 무렵은 평양에서 남북한을 아우르는 통일적 민족문학 조직의 결성 대신에 북한만의 조직인 북조선예술총연맹을 준비하고 있을 때이다. 그는 당면과제인 민족통일의 완성을 위해서는 계급관계에 대해서 일방적으로 강조하는 것은 좋지 않다는 그의 논지를 미루어 볼 때 민주기지론과 같은 입장에 대해서는 일정하게 거리를 두고 있는 것으로 보인다. 민주기지론은 기본적으로 토지개혁을 비롯하여 제반 계급관계의 현실을 유리하게 할 수 있는 북한의 처지를 우선적으로 생각하는 것이고 따라서 민족통일이란 당면과제는 이후로 미루는 것이기 때문에 안함광의 입장으로서는 이를 그렇게 바람직하게 생각하지 않은 듯 하고 이를 일종의 좌편향으로 보고 있는 것이다. 어떠한 계급문제의 관심도 민족적 분열을 일으키지 않는 범위 내에서 이루어져야 한다는 그의 논지는 일차적으로 민주기지론과 배치될 수밖에 없는 것이다. 토지개혁은 북한 내부에서는 계급문제의 해결이지만 한반도 전체의 측면에서 보게되면 새로운 민족적 분열의 한 계기를 마련하는 일이었다. 그런 점을 생각할 때 전국적 범위의 문학가조직을 제쳐두고 북조선예술총연맹의 결성을 한다는 것 역시 안함광으로서는 쉽게 받아들이기 어려웠을 것으로 보인다.

이 점은 그가 결국 참여하게 되는 북조선예술총연맹의 결성식 때 이 조직의 민족문학론을 발표할 때에도 마찬가지로 드러나고 있다. 이 글을 쓸 때에는 이미 토지개혁이 이루어진 직후이고 또한 현실적으로 북조선예술총연맹이 결성된 때이다. 오히려 이런 것은 이제 기정사실화해 놓은 상태에서 최선의 선택을 해야 하는 그런 입장에 서 있었다. 그렇기 때문에 그는 다소 논조가 누그러지기는 했지만 여전히 민주기지론에 대한 근본적 의문을 제기하면서 이에 대한 경계를 늦추지 않고 있다. 그리하여 그는 이 발표문에서도 당면과제인 민족통일 대신에 민족분열을 초래할 수 있는 극좌적 과오를 범해서는 안된다고 하면서 일제하에 프롤레타리아문학을 했던 관행에 젖어서 여전히 계급투쟁의 테마에 몰두하게 되는 것에 대해서 일정한 비판을 가하고 있다.[10] 이런 것을 보면 당시 민주기지론이 북한문학계 전반에 걸쳐 보편화되어 있던 사고는 아님을 알 수 있다.

마지막으로 우리의 흥미를 끄는 것은 이태준이다. 잘 알려져 있는 것처럼 그는 북조선예술총연맹의 결성에는 참가하지도 않은 인물이고 이것이 결성될 무렵에는 서울에서 조선문학가동맹에 가담하여 활동을 벌이었다. 그러다가 1946년 7월 무렵 소련으로 들어가는 방문단의 일행으로 가기 위해 북한으로 잠시 갔다가 여행에서 돌아온 후 남한의 사정이 극도로 악화되자 그냥 평양에 남게 된 경우이다. 그곳에서 북한의 토지개혁을 다룬 『농토』를 비롯하여 일련의 소설을 발표하면서 이후 북조선문학예술총동맹에 가담하게 된다. 이런 이력을 가진 이태준을 민주기지론과 북한문학의 시원을 논하는 자리에서 거론하는 것은 이 민주기지론에 대한 삭가들의 길항작용을 그만큼 극적으로 보여주는 사람이 드물기 때문이다.

이태준이 북한에 머물고 만 이유는 당시 남한의 사정이 대단히 좋지 않은 데 있다. 1946년 몇몇 신문이 미군정을 비방한다는 이유로 하여 금지 당하고 여기에 관여하였던 인물이 검거를 피해 북한으로 넘어갈 정도로 정세가 좋지 않았다. 이원조가 바로 이러한 경우에 해당한다. 이런 것을 보면서 이태준은 남한 행을 포기하고 북한에 머물면서 민주기지론을 스스로 받아들이게 된다. 민주기지론의 핵심적 논리 중의 하나가 남한에 비해 북한이 민주개혁을 하기에 유리하다는 전제임을 생각할 때 당시의 상황은 이를 입증이나 해주는 것처럼 느꼈을 것이다. 그렇기 때문에 그는 민주기지론의 연장에서 이루어진 토지개혁을 보면서 이를 소설화한 『농토』란 긴 중편을 쓸 수 있었고 나아가 민주기지론에 입각한 전형적인 작품인 「첫전투」(1948년 12월)를 발표한다. 이 작품에서는 북한은 민주개혁이 이루어져 가고 있는 반면 남한은 그렇지 못하기 때문에 민주개혁이 먼저 이루어진 북한을 기지로 하여 이에 호응하여 남한에서도 반제민족통전의 투쟁을 하여야 한다는 것이다. 그런 점에서 「첫전투」는 전형적인 민주기지론의 작품이다. 이태준도 평양중심주의에 함몰되어 갔던 것이다. 그렇기에 그가 이 무렵에 북조선문학예술총동맹의 부위원장으로 선임되고 그 역시 이를 쉽게 받아들일 수 있었을 것이다. 그러나 그 스스로 민주기지론을 받아들인 후에도 남북한의 문제를 통일적으로 생각하고 사고하려고 하면 여전히 풀리지 않는 문제가 존재하였다. 그것은 민주기지론의 비현실성의 문제이다. 미국이 남한 뒤에 건재하고 있는 이 현실 앞에서 이를 무시하고 단지 북한을 기지로 하여 남한의 투쟁을 통하여 통일한다는 것이 얼마나 가능하겠는가 하는 점이다. 북한이 아무리 앞서 있다 하더라도 그것이 남한의 정치적 세력과 이들이 기대고 있는 미국이란 국제적 현실이 엄존하고 있는 한 민주기지론은 결국 민족의 분열만을 초래하고 나아가 민족상쟁의 도구밖에 되지 않는다는 냉엄한 현실인식이다. 바로 이러한 점 때문에 그는 이전에 지녔던 민주기지론에 일방적으로 기대할 수 없는 상황에 이르렀고 이 시기의 이러한 고민을 담아낸 것이 바로 「먼지」이다.[11] 그런 점을 고려할 때 이태준이야말로 민주기지론과는 무관한 자리에서 출발하였지만 한때는 이를 적극적으로 받아들이다가 다시 이것이 갖고 있는 한계를 느끼면서 결국 민족통일의 문제, 나아가 분단구조에 대해 눈을 뜨는 곡절을 겪는다.

4. 분단구조와 북한문학 -평양중심주의를 넘어서

민주기지론에 대한 입장 차이는 향후 문학의 진로와 전망을 가늠함에 있어 중요한 역할을 하게 된다. 위에서 지적한 대로 초기 북한문학 내부에서는 서로 다른 의견들이 제시되기도 하였지만 점점 민주기지론이 정치적으로 고정화 되어감에 따라 문학 분야에서도 이로부터 자유롭기가 쉽지 않았다. 특히 이 과정에서 냉전의 확산은 이를 심화시키는 분수령적 역할을 담당하게 되었다. 민주기지론이 세계적 차원에서 냉전이 시작되기 전의 상황에서 2차대전의 승전국으로서의 소련과 미국에 대한 다른 평가에서 연유했던 것을 고려한다면, 소련과 미국이 적대적 관계로 들어서기 시작한 냉전체제의 개막은 민주기지론적 사고를 더욱 심화시켰다. 이후 지속적으로 나오는 '조국통일주제문학'이라고 불리는 민주기지론에 입각한 작품들이 이 시기에 처음 나오는 것도 그런 점에서 우연이 아닌 것이다.12)

북한문학 내에서도 단연 민주기지론에 입각한 평양중심주의가 주류를 형성하게 되고 이에 대해 비판적 자세를 견지하던 일부 문학가들은 소수가 되고 마는 형국이 되었다. 특히 이러한 과정을 더욱 가속화시킨 것은 한국전쟁이다. 한국전쟁은 민주기지론에 입각한 통일전략이 현실에서 실패할 수밖에 없음을 잘 보여주었음에도 적대감이 강화되면서 주관적 감정에 기초한 민주기지론이 더욱 확고해져 갔다.

그렇다고 해서 이후 북한사회와 문학계 내에서 이에 대한 비판이 전혀 없었던 것은 아니다. 전쟁이 끝날 무렵에 시작된 농촌의 협동화 문제에 대한 찬반 시비는 북한사회 내에서 아직도 이에 대한 내부의 이견이 사라지지 않았음을 잘 보여주는 예이다. 당시 북한의 주류가 농촌의 협동화를 추진하려고 했을 때 일부의 논자들이 남북이 분단된 상태에서 북한만의 협동화 작업은 남북의 차이를 더욱 심화시켜 통일이란 과제를 더욱 어렵게 만든다는 주장을 하였는데 이는 주류가 갖고 있는 민주기지론적 사고의 관성에 대한 일정한 거리를 유지하려고 하는 노력의 일환이다. 바로 이러한 일에 사회과학자 뿐만 아니라 문학가들 일부가 동조의 의견을 개진하고 있는 것을 볼 때 이 시기까지도 북한문학계 내에서는 민주기지론이 전일적으로 관철된 것이 아님을 확인할 수 있다.

그러나 이런 반대에도 불구하고 북한농촌의 협동화가 진행되었던 것처럼 북한사회 내에서 민주기지론적 사고는 이후 일관되게 추진되며 또한 확고하게 제도화되어 물리적 힘으로 고착되었다. 이에 호응이나 하는 듯이 북한문학계 내부에서는 이른바 '조국통일주제의 문학'이 줄기차게 나왔으며 이는 주체사상이 유일사상으로 자리잡은 1967년 이후에도 변함없이 지속되었다.

1980년대 이후 표면적으로 민주기지론을 내세우고 있음에도 불구하고 북한의 경제상황의 악화와 남한의 외형적 성장으로 인하여 실제적으로 이 민주기지론에 대해서 북한 지도부는 비중을 두지 않게 되었다. 특히 남북한 이산가족의 상호방문이나 남한 사람들의 방북 등으로 하여 북한문학계 내에서는 기존의 '조국통일주제의 문학'에서 벗어나 분단을 다룬 문학들이 나오기 시작하였는데 이들 작품들은 전통적인 민주기지론에 입각한 작품과는 현저한 거리를 가지고 있는 것으로 이른바 평양중심주의에서 일정하게 벗어나려고 하는 긍정적 변화를 보여주었다.[13]

이런 점들을 고려할 때 북한문학이 형성될 때 민주기지론을 둘러싸고 벌어졌던 논의가 아직까지도 지속되고 있음을 확인할 수 있다. 긴 북한의 역사의 과정에서 기본적으로 주류를 형성하였던 것은 분명 민주기지론에 입각하여 평양중심주의를 내세우고 이 속에서 '조국통일주제의 문학'을 창작하였던 쪽이었지만, 항상 그 밑바닥에는 이를 비판하는 흐름이 끊어지지 않고 내려왔음을 알 수 있다. 분단의 감옥에서 벗어나 분단현실을 바라보려는 작가와 작품이 분단극복으로 가는 길목에서 매우 중요한 역할을 할 수 있을 것으로 기대한다.

주석

1) 김일성, 「예술단체들을 조직할 데 대하여—북조선공산당 중앙조직위원회 선전부장과 한 담화」, 『김일성전집』 1, 조선로동당출판사, 1992, 168~169면.
2) 장형준, 『위대한 수령 김일성 동시 문학령도사』 2, 문학예술종합출판사, 1993, 51면.
3) 한설야, 「수령을 처음 뵙던 날」, 『수령을 따라 배우자』, 민청출판사, 1960, 171~172면.
4) 김일성은 「북조선림시인민위원회를 수립할 데 대하여」(『김일성전집』 3권, 조선로동당출판사, 1992년, 89면)에서 북조선임시인민위원회 수립이 가져올 수 있는 부담을 다음과 같이 우회적으로 표현하고 있다. "반동분자들은 북조선임시인민위원회의 수립을 방해하려고 온갖 책동을 다할 수 있습니다. 그들은 북조선에 중앙정권기관을 내오는 것은 통일적 중앙정부수립을 반대하는 것이라고 비방할 수 있으며 각성되지 못한 사람들을 꾀여가지고 북조선임시 인민위원회 수립을 반대하는 소동을 일으킬 수도 있습니다."
5) 1946년 3월 6일에 발표된 「북조선토지개혁법령에 대한 공동성명서」를 낸 주체들의 명단을 보면 모든 사회단체들이 망라되었음에도 불구하고 문학가들의 조직으로서는 최명익이 회장으로 있던 평남예술연맹만이 들어 있다. 사회단체로서의 문학가 조직을 시급하게 내와야 할 필요성을 절감하던 당시 북한으로서는 북한 전체를 대표하는 조직이 아직 구성되지 못하였기 때문에 평양지역의 문학단체인 평남예술연맹만을 끼워 넣는 것으로 각 단체를 총망라하는 효과를 내려고 했던 것 같다. 여기에 들어 있는 사회단체로는 조선농민조합북조선농민연맹, 조선노동조합전국평의회북조선분국, 조선민주청년동맹북조선위원회, 여성동맹 등이 있다. 당시의 성명서와 이에 참여한 주체들의 명단은 『정로』 1946년 3월 8일자를 참고.
6) 한설야, 앞의 책, 181면.
7) 한설야, 「예술운동의 본질적 발전과 방향에 대하여」, 『해방기념평론집』, 문화전선사, 1946. 이 글은 이선영·김병민·김재용 공편의 『현대문학비평자료집』 1(태학사, 1993)에 수록되어 있다.
8) 한설야, 앞의 글.
9) 안함광, 「민족문학의 이념과 과업」, 『민족과 문학—안함광선집』 3, 박이정, 1998, 83면.
10) 안함광, 「민족문화론」, 위의 책, 21면.
11) 이 작품에 드러난 민주기지론에 대한 비판적 성찰에 대해서는 김재용, 「월북 후 이태준의 문학활동과 '먼지'의 문제성」(『분단구조와 북한문학』, 소명출판, 2000)을 참고할 수 있다.
12) 이 시기 북한문학의 변화에 대해서는 「초기 북한문학의 형성과정과 냉전체제」(『북한문학의 역사적 이해』, 문학과지성사, 1994)에서 이미 다룬 바 있다.
13) 이것이 갖는 의미에 대해서는 「최근 북한 소설의 경향과 그 역사적 의미」(『북한문학의 역사적 이해』, 문학과지성사, 1994)에서 다루었다.

1950년대 북한문학과 사회주의리얼리즘

김성수

1. 머리말

1950년대는 한국전쟁과 분단체제가 고착화되는 시기였다. 전쟁 이후 전후 복구 건설의 이름 아래, 남한에서는 자본주의가 북한에서는 사회주의가 물적 토대를 마련하고 좌우경적 이데올로기로 고정되었다. 문학 또한 이러한 분단 고착화적인 토대에서 자유로울 수 없었다.

북한에서는 한국전쟁을 계기로 하여 독자적인 사회주의체제를 구축한 결과 독특한 성격의 사회주의리얼리즘문학을 형성해갔다. 북한에서는 이 시기에 경제적으로는 생산수단의 사회주의적 개조를 본격화하여 사회주의제도를 정착시켰고,[1] 전후 복구과정에서 자립적 공업화 전략을 추구하였다. 정치적으로는 김일성을 중심으로 하는 단일지도체제가 형성되었다.

전후 북한의 가장 중요한 과제는 경제 복구를 통하여 자립적인 사회주의 건설을 추진하는 것이었다. 한국전쟁 이후 폐허가 된 상태에서 남한이 이른 바 '원조경제'에 의해 미국의 신식민지 지배질서에 편입되어 경제 파탄이 진행되었던 것에 비하여 북한 경제는 상당한 수준에 올라 있었다. 북한 경제는 1950년대에 연 40% 이상의 고도성장률을 기록하였던 것이다.[2)]

한국전쟁의 영향은 전후 북한의 사회주의체제가 독특한 성격을 띠도록 만들었다. 전쟁이 전후 북한사회주의에 미친 가장 커다란 영향은, 전쟁으로 파괴된 생산력을 전쟁으로 고양된 의식을 통하여 일거에 증대시켜 산업화하려 했다는 점일 것이다. 이러한 물적 토대에 의하여 이 시기 북한에서는 사회주의 건설과 사회주의적 문예정책이 다른 어떤 시기보다도 역동적으로 진행되었다.

이 글에서는 이러한 전제 하에 1950년대 북한 리얼리즘문학의 역동적 움직임을 비평 논쟁을 중심으로 살펴보고자 한다. 정책과 노선, 비평 논쟁과 문학 창작의 역동적인 전개양상을 살펴보면 이 시기 문학의 중요한 변모가 드러날 것으로 기대한다. 문예정책과 조직의 변모를 염두에 둘 때 1950년대 북한문학사는, 1953년의 제1차 작가예술가대회와 1956년의 제2차 작가대회, 그리고 1958년의 작가예술가 열성자대회를 계기로 크게 세 시기로 나누어볼 수 있다. 이들 각 시기마다 조직 개편과 함께 리얼리즘문학의 정립과 변모가 주요 쟁점으로 떠오르게 된다.

2. 사회주의리얼리즘문학의 자기 정립

1) 전후 문예조직의 개편

1950년대는 북한사회가 사회주의체제로 이행하는 과도기였다. '모든 것을 전쟁 승리를 위하여'라는 슬로건으로 이른바 '조국해방전쟁'을 시작한 북한은 전후 복구 건설과 전 사회의 사회주의적 개조 완성, 천리마운동으로 50년대를 마감한다.

전쟁 중에는 '모든 것을 전쟁 승리를 위하여'라는 슬로건 아래 사회의 역량이 집중되었다. 문학도 예외가 아니었다.[3] 한창 전쟁이 진행되던 1951년 3월 평양에서는 남북 작가 예술가 연합대회가 소집되었다.[4] 대회에서는 원래 북한에 존재했던 '북조선 문학예술총동맹'을 해체하고 남한 좌익 진영의 '문화단체총연맹'과 통합하여 '조선문학예술총동맹'(약칭 '문예총')이란 단일한 조직체가 결성되었다. 그러나 전쟁 중에 이루어진 인위적이고 갑작스런 조직 개편인데다, 임화·김남천·이원조 등 남로당계가 지도부를 형성했기 때문에 내부간 알력이 많아 조직활동에 문제가 적지 않았다. 결국 문예조직으로서 별다른 구실을 하지 못하고 전후 처리과정에서 새로운 조직으로 대체될 운명에 놓이게 되었다.

1953년 한국전쟁이 끝나자 당 최고 지도부의 '모든 것을 민주기지 강화를 위한 전후 인민경제 복구 발전에로'란 슬로건 아래 사회 각 분야에서 새로운 발전의 길로 들어섰다.[5] 당은 중앙위 6차 전원회의를 통해 3단계 '인민경제계획'을 제시하였다.[6] 먼저 1년간의 준비기를 거쳐 전후 인민경제 복구 3개년계획, 그리고 1차 5개년 계획이 이어져 사회주의체제의 기초를 세운다는 것이었다. 이를 통해 전쟁으로 폐허가 된 인민경제를 복구하고 혁명의 근거지인 '민주기지'를 강화하며, 평화통일의 토대를 구축하고 나아가 사회주의의 기초를 건설한다는 목표가 세워졌다.

전쟁은 당의 위상도 변화시켰다. 당은 이미 전쟁 전부터 내부적으로 당원들에게 마르크스레닌주의 이론학습을 독려하고 있었으나 통일전선 구축을 통한 통일에 대한 열망 때문에 공개적으로 자신을 공산주의당으로 부르는 것을 자제해왔다. 그런데 전쟁이라는 위기상황 속에서 당은 명실상부한 사회의 유일 지도역량으로 부각되었다. 특히 전쟁 초 후

퇴시기에 통일전선체인 조국전선 산하 정당·사회단체들이 피점령지역에서 보여준 '반동성'과 '기회주의성'은 조선로동당의 위상을 더욱 강화시켰다. 전쟁과정에서 그동안 통일전선문제 때문에 의도적으로 설치하지 않았던 당 조직이 군대 안에도 만들어졌다.[7]

전쟁 뒤에는 분단의 장기화가 예견되면서 북한의 정치과정에서 통일전선의 위상은 현저히 약화되었으며 조선로동당이 그 약화된 부분을 채워갔다. 당은 전쟁이 끝난 뒤 분단을 장기적인 것으로 인식하게 되면서 북한사회의 사회주의로의 이행을 본격화하고 공개적으로 마르크스레닌주의 기치를 전면에 내걸었다. 1956년 3차 당대회에서 당 규약 개정을 통해 조선로동당을 '노동계급과 전체 근로대중의 선봉적·조직적 부대'로 규정하고 마르크스레닌주의 학설을 자기 활동의 지도적 지침으로 삼음으로써 공산당으로서의 형식적 요건을 완비하였다.[8]

이러한 역사적 배경 하에서 작가대회가 소집되고 문예조직의 대규모 개편이 뒤따랐다. 작가들은 1953년 9월 제1차 전국작가예술가대회를 열고, 이른바 '부르조아미학의 잔재'에 물들어있는 기존의 조선문학예술총동맹을 해체하고 별도로 조선작가동맹 등을 발족시켰다. 그 토대 위에서 문예를 통해 전쟁 기간동안 형성된 미제와 남한에 대한 적개심, 증오감을 전후 복구 건설의 혁명적 역량으로 전화시키는 데 주력하였다. 적개심과 증오감 같은 감성을 전후 복구와 사회주의 건설의 에너지로 바꾸는데 문학예술이 일징하게 기여한 셈이다.

가령, 정문향 시 「새들은 숲으로 간다」(1954)를 보면 전쟁을 겪고 살아남은 근로자들의 감격과 투지를 전후 복구 건설에 대한 적극적 참여로 발 빠르게 변모시키고 있다.

> 얼마만이냐! 원쑤의 포화에
> 불에 탄 바닷가의 숲에서
> 습기찬 용광로의 부서진 철탑에 의지하여

싸움 속에 살아온 새들아!

다시 일어선 열풍로의
훈훈한 방부제 냄새
녹슬었던 철판에
다시 흐르는 증기소리 ……

이 모든 것을 다시 추켜세운 구내 위로
새들이 난다.
그 모진 싸움 속에서도 가슴 뛰놀지 않던
제철공들의 무쇠의 가슴을 치며,
가슴을 흔들며 ……

이 작품에서는 전쟁의 폐허를 딛고 복구 건설 투쟁에 참여한 인민의 모습이 '즐거움에 겨워 깃을 치며', '그리움에 찬 보금자리를 다시 찾아' 날아가는 새들의 이미지로 선명하게 형상화되었다. 전쟁의 고난을 딛고 살아난 새들의 환희가 복구 건설의 낭만적 형상으로 그려지는 것이다. 새와 용광로, 철판, 제철공은 서로 쉽게 어울리기 힘든 이미지인데도 전쟁의 폐허 위에서 힘차게 복구에 나선 제철 노동자의 굳어버린 영혼을 울리는 생명과 혁신의 상징으로 구체화되어 있다. 이를 통해 볼 때 이 시기 문학이 할 일은 복구 건설을 고무 찬양하는 선전대 역할로 모아진다고 할 수 있다.

한편, 작가 예술가 대회에서는 모든 문학예술이 복구 건설에 구체적으로 이바지해야 한다는 결정과 함께 고전문학 유산의 계승, 아동문학과 평론, 신인 육성사업의 강화와 전면적인 조직 개편도 이루어졌다. 문예총이 해체되고 조선작가동맹, 조선작곡가동맹, 조선미술가동맹 등 3개 동맹만 남게 되었다. 기타 문예총 산하조직이었던 조선연극동맹, 조선음악동맹(연주부문), 조선무용동맹, 조선영화동맹, 조선사진동맹은 해산

되고 맹원은 그가 소속되어 있던 해당기관, 단체에 이관되었다. 이에 대하여 공식매체인 『사업총화집』에는 기존 문예총이 자기의 역사적 사명을 다했기 때문이라는 근거를 댄다. 즉 각 동맹의 연합체적인 성격의 기존 조직체계는 산하 각 동맹의 사업 발전에 적응할 수 없는 낡은 조직체계가 되었으며, 새로 조직된 3개 동맹으로써 독자적인 사업조직 및 창조역량을 갖추게 되었다는 것이다.[9]

그런데 축소 지향적인 조직개편의 원인을 조직의 방만함만으로 설명하는 것은 무리가 아닐까. 물론 전후 복구 건설기의 사회주의 기초 건설에 부합하는 기동력 있는 조직의 필요성도 없지 않을 터이다. 그러나 이면적으로는 조직 개편을 통해 기존 문예총 지도부에 있던 남로당 계열의 인물들을 축출하고 그를 통해 '부르조아미학의 잔재'에 대한 이론투쟁과 정치적 공세의 기반을 마련하는 데 더 중요한 원인이 있지 않았나싶다. 1951년 남북 문화단체가 합동하게 된 새로운 조건 밑에서 급작스럽게 결성된 문예총 조직에서는 임화 등 남로당 계열 작가가 유리한 지위를 차지하고 있었기 때문이다.

훗날 안함광의 보고에 의하면, 임화 등 남로당 계열은 전쟁시기 문예총의 행정체계를 '종파체계'로 대치하려 하였고, 조직·선전·창작·출판 기타 일체의 사업에 걸쳐 모든 것을 종파의 이익에 복종시키려 하였으며 그들의 지배적 세력을 확장하려 했다는 것이다.[10] 임화 등 남로당 계열, 임밀하게 말해서 김남천 이태준 이원조 등 조선문학가동맹 출신 월북 작가들은 전쟁 중에 남북한 통합 문예조직의 중심부에서 활동하였으나 뚜렷한 족적을 남기지 못하고 결국 전쟁 직후에 권력 핵심에서 숙청당했던 것이다.[11]

전쟁 직후 북한 문예조직은 전면적인 물갈이가 이루어졌다. 주목할 것은 문예조직의 개편과 함께 기존 작가·예술가들의 농촌·공장 등지로의 '현지 파견'과 신인 육성 등이 다방면으로 이루어진 사실이다. 1차 대회에서는, "현실의 거대한 전변 속에 대담하게 들어가 노동계급의 실제생활을 체득할 것"을 결의함으로써, 이에 따라 작가 예술가들의 '현지 파견사업'이 지속적으로 진행되었다. 1953년 3/4분기부터 1954년 2/4분기 사이에만도 연 172명의 작가 시인들이 연 559일에 걸쳐 현지에 파견되었도. 이들은 복구 건설 현장에서 노동 체험도 하면서 그 체험을 바탕으로 창작도 하고 현지 노동자의 창작 의욕과 문화적 요구에 맞춰 문학지도사업도 진행하였다.12) 전쟁기간동안 고양된 의식을 바탕으로 하여 1954년만 해도 60여명의 작가가 흥남 질소비료공장, 청진제철소, 성진 제강소 등 대공장과 국영 농목장, 농업협동조합 등 생산 현장에 투입되어 노동에 종사했던 것이다.13)

지식노동자인 작가들을 대거 농촌과 공장 등 현지에 파견해서 육체노동을 맛보게 하고 재교육을 시키는 이유는 무엇인가. 이는 당이 문예와 관련해서 새로운 정책을 제시하는 것도 중요하지만 진정한 개혁을 위해서는 그보다도 의식개혁을 중시했기 때문이었다. 즉, '현지 파견'은 작가들을 노동현장에 보내 노동자 농민들을 지도하고 그들과 함께 노동에 종사함으로써 자신에게 남아있는 부르조아의식이나 인텔리의식의 잔재를 청산하고 노동계급의 의식을 체득하며 그 과정에서 겪은 생생한 노동생활의 경험을 작품화하라는 의식개혁운동이었던 셈이다.

이와 함께 북한 비평계의 인적 자원 측면에서도 지각변동이 일어났다. 해방 직후부터 전쟁기간동안 북한 비평계를 이끌던 일군의 남한 출신 비평가, 이론가들이 조직 개편과 현지 파견·숙청 등을 통해 무대에서 사라졌다. 해방전 카프와 해방 직후 문학가동맹의 지도적이론가였던 임화·김남천·이원조 등이 물러나고 대신 안함광·한효·윤세평(윤규섭)·신구현·김하명 등 구세대와 함께 북한 비평계, 학계를 이끌어갈 신인이 대거 등장하였다. 엄호석·김민혁·연장렬·현종호·장형준·강능수·방연승 등 10여 명의 신세대 이론가들이 이 시기에 대거 등장하여 50년대 리얼리즘 논쟁의 주역으로 활동하였다.

또한 1954년 작가학원을 설립하여 신인 육성을 체계화하고 그들의 발표지면으로서 기존의 『조선문학』(1953년 10월 창간) 외에 『청년문학』지를 따로 간행하게 되었다. 이러한 과정을 통해 김영철·홍건·권정룡·조정국·김철·이종렬 등 신인이 배출되어 더욱 창작의욕이 왕성해지고 생활체험에 근거한 다양한 제재의 작품이 양산되게 되었다.14)

2) 부르조아미학사상의 잔재 비판

전후 복구건설 시기에는 문예조직의 개편과 함께 종파주의에 대한 사상적 미학적 투쟁으로서의 '부르조아미학사상 잔재' 비판이 지속적으로 이루어졌다.15)

이 시기 작가, 비평가들은 '모든 것을 전후 인민경제 복구 건설에로'라는 당의 슬로건 아래 전후 복구 건설에 동원된 근로자들을 심정적으로 단합시킬 의무가 있었다. 즉, 복구건설에 나선 노동자 농민의 영웅주의와 혁명적 낙관주의를 고취시키고 새로운 현실을 감당할 미학을 연구하여 창작상 문제를 이론적으로 해명하거나 창작 실천을 이루는 데 앞장섰다. 그리고 이 작업과정에서, 전쟁기간동안 이루어진 문예진영에서의 부르조아적 잔재에 대한 경계 내지 증오심을 통해 새로운 미학이 오로지 사회주의리얼리즘 미학일 수밖에 없다는 절박한 의식이 공감을 불러 일으켰고 그 비판의 대상으로 부르조아미학사상의 잔재가 거론되었던 것이다.

부르조아미학 비판이란 원래 해방 직후 『응향』사건으로 처음 표면화되었던 것이다. 1947년 1월 북조선문학예술총동맹 지도부는 해방전 문단의 관행대로 순수서정시를 썼던 『응향』『예원써클』『관서 시인집』『문장독본』 등의 게재 작가 작품에 대해 조직 차원에서 직접적 제재를 가함으로써, 문학 일반의 성격을 사회주의 당문학으로서 분명히 규정하였던 것이다.16) 이는 1946년 당시 소련에서의 당문학 정립과정과 비슷하다고 할 수 있다.[17] 그 이후 북한문학에서 정치적 무관심과 무사상성은 부르조아미학이라고 하여 철저하게 배제되었고, 따라서 순수문학이나 낭만적 사조, 예술지상주의는 거의 사라지고 말았다. 북한문학은 그 출발부터 문학의 관료주의화·정치주의화에 빠질 우려가 적지 않았으며,[18] 이후 반 세기동안 부르조아미학까지 포용하는 역동적인 변화의 조짐은 별반 보이지 못하였다.

임화·김남천 등 조선문학가동맹 출신에 대한 비판은, 이들이 일제 시대 및 해방 후에 지속적으로 '민족문화론' '문화노선' '유일조류론' 등을 통해 부르조아미학을 유포했다는 것으로 일관되어 있다.[19] 즉, 계급문화를 부정하고 부르조아 반동문화를 선전하여 결과적으로 남한 이승만 정권에 기여하였다는 것이다.

또한 민족문학의 담당층 내부 구성에 대하여, 우리의 민족문학은 민족을 구성하는 모든 계급과 계층의 문학의 총칭이라는 주장도 '유일조류론'이라 하여 비판되었다. 레닌의 '두 개의 민족문화'론에 배치되는 이러한 주장도 역시 부르조아 반동사상이라는 것이다. 즉, 계급문화가 아닌 민족문화, 유일한 흐름의 민족문화의 구호는 계급사회에 있어서 불가능하며 계급문학과 민족문학을 모순되는 것처럼 대립시키는 것도 문제라는 것이다. 민족문화·민족문학은 하나의 흐름이기 때문에 어떤 특정한 계급의 문화·문학이 될 수 없다는 주장은 그 어떤 초계급적이며 초역사적인 불편부당(不偏不黨)의 문학을 염두에 둔 것처럼 생각되지만 사실은 그렇지 않다고 할 수 있다.

엄호석에 의하면, 부르조아문학에 있어서 초계급성의 본질은 계급성을 부정하면서 실은 노동계급의 이데올로기와 사회주의사상을 거부하고 근로대중의 투쟁의욕을 무화시킴으로써 몰락의 운명에 있는 제국주의적 부르조아의 처지를 연장하려는 계급적 기도와 목적을 추구하고 있다는 것이다. 따라서 '무당성(無黨性)'은 뒤집어놓은 당성이며 부르조아의 정치적 사상으로 비판받게 된다.[20]

따라서 '민족문화론' '유일조류론'에 기초한 임화 진영의 문학론은 부르조아미학의 잔재와 여독이 남아있다고 하여 전면적으로 부정되고 격렬하게 비판되었다. 사회 구성원 모두의 무차별적 연합체로서 계급성을 무시한 이러한 의미의 민족문학 개념은 사회주의리얼리즘문학에서 원래부터 배제되는 것이 사실이다. 사회주의리얼리즘론에서는 민족문학 개념을, 민족을 구성하는 여러 계급문학의 혼성체로 보지 않고 민주주의적인 민족문학이라 하여 민족 구성원 중에서 가장 민주주의적인 계급인 노동계급이 주도하는 것으로 규정하고 있다. 따라서 민주주의적인 민족문학은 무엇보다도 먼저 사상적 통일체이어야 하며 그 바탕이 되는 사상은 프롤레타리아 국제주의에 상응하는 사회주의적 애국주의가 된다는 것이다.

　　이러한 논의를 통해 볼 때 임화의 민족문화론·유일조류론에 대한 비판은 미학적으로 볼 때 '사회주의리얼리즘의 자기 정립'이란 의의를 지닌다. 하지만 이런 긍정적 평가는 일면적 타당성만 지닌다. 왜냐하면 사회주의리얼리즘론의 정립이 임화 등과 미학적 논쟁으로 이루어지기보다는 한쪽의 주장만 일방적으로 드러나고 반대쪽 주장은 철저하게 무시되었기 때문이다. 미학적 논쟁이 정치적 갈등에 의해 선험적으로 결정되어버린 셈이다.

　　문예노선뿐만 아니라 작품에 있어서도 전면적으로 부정이 이루어졌다. 이를테면 임화의 시집 『너 어느 곳에 있느냐』, 김남천의 단편 「꿀」, 이태준의 장편 「농토」 등을 패배주의적이고 자연주의적인 작품으로 단정하고 부르조아미학의 해독을 준다고 비판되었다. 21)

　　특히 전쟁기간 동안 널리 알려진 임화의 시 「너 어느 곳에 있느냐」, 「바람이 전하는 말」 등이 '종이장 같이 얇은 가슴'을 쥐어뜯으며 애태우는 어머니의 모습을 그렸다 하여 가차 없이 비판되는 모습은22) 문학의 인식교양적인 역할을 지나치게 협소화시키는 경직된 면모를 드러내는 것이다. 감상주의에 대한 비판이 문예창작이 반드시 전제해야 할 일체의 감상을 불허하는 수준에까지 이르렀을 때 문학의 정서적 폭은 심하게 제한될 수밖에 없을 것이다. 객관적 현실을 외면하고 과장된 상황 속에서 극단적인 신파조 감정에 빠지는 것을 부르조아적 퇴폐주의나 센티멘탈리즘으로 비판하는 것은 타당하다. 하지만 다양한 시적 감수성 자체를 원천봉쇄하는 것은 문학을 판에 박힌 이념 전달의 도구로 전락시키기 십상이다.

원래 이러한 '부르조아미학의 잔재'에 대한 비판은 당 지도부에 의해서 일찍부터 본격적으로 제기된 터였다. 1953년의 임화·김남천 비판은 그 자체로는 남로당 제거라는 정치적 사건의 일환이라는 의미가 크다. 그러나 문학사적으로 보면 이때 비로소 '사회주의리얼리즘의 자기 정립'이 완성되었으며 그 물적 토대로서 제1차 작가 예술가대회를 통한 인적 자원의 재편성이 이루어졌다고 할 수 있다.

부르조아미학사상 잔재와의 투쟁을 문예조직 내지 문학계의 반종파 투쟁의 일환으로 평가한다 해도 '반종파 투쟁'에 대한 시각 자체는 좀 더 예리하게 분석할 필요가 있다. 단순히 권력 투쟁으로 사태의 본질을 왜곡해선 곤란하다는 것이다. 1953년의 '박헌영 간첩사건'과 1956년의 '8월 종파사건'은 통념처럼 권력 다툼으로만 해석할 수 없다. 오히려 전후 복구건설의 방도를 둘러싼 경제정책상의 노선 차이가 권력 투쟁으로 표면화된 것이다. 즉, 김일성의 승리는, 소련파·연안파의 경공업 발전론을 비판하고 대안으로서 제시한 '중공업 우선의, 농업·경공업의 동시 발전' 정책의 성공을 의미하는 것으로 볼 수 있다는 점이다. [23] 이 사건 이후 북한의 50년대는 중공업 중심의 사회주의 건설이 이루어졌으며 그 과정에서 김일성 정권의 정치경제적 기반이 강화되는 방향으로 안정되어갔다. 이러한 사회경제적 배경과 관련되어 부르조아미학 비판과 리얼리즘문학의 도식화가 강화되었던 것이다.[24]

3. 사회주의리얼리즘의 좌우경화

1) 도식주의 비판

1956년 2월 사회주의 정세가 급변하였다. 소련 공산당 20차 대회를 통해 스탈린 사후 집단지도체제가 실시되고 흐루시초프에 의해 집체적 지도원칙이 강조되면서 스탈린 개인숭배가 비판되고 자본주의 진영과의 평화공존 및 사회주의로의 이행의 다양성이 인정되었다. 이런 정세와 맞물려 북한문학계는 '도식주의 및 비속사회학적 경향과의 투쟁'이 다각도로 이루어졌다. 이전에는 '부르조아미학사상 잔재'를 청산하기 위한 사상 투쟁이 주였다면, 이제는 그러한 문예정책 및 비평적 전개과정에서 역기능으로 생긴 좌경적 오류에 대한 자기반성이 새 관심사가 되었다.[25]

전후 북한 문예정책과 비평의 흐름이 사회주의리얼리즘론의 자기 정립이라는 틀 안에서 실제로는 심각한 도식주의적 편향에 빠진 증거는 곳곳에서 찾아볼 수 있다. 교조주의적인 문예정책과 비평의 지도 하에서는 도식적인 창작이 나올 수밖에 없었던 것이다. 즉, 유형화된 구호가 반복 나열되는 시라든가 긍정적인 주인공의 영웅적인 행동만 상투화되이 그려지는 소설, '낡은 것과 새 것'의 갈등을 부정하고 '좋은 것과 더 좋은 것'의 비적대적 모순만 그려내는 무갈등론적 경향이 팽배한 희곡(연극) 등이 양산되었다. 작가가 그리고자 하는 사상이 형상으로 승화되지 못하고 개념으로 직접 서술되고 공허한 구호의 나열만 반복되는 것이 문제인 것이다.[26]

전후문학의 교조주의적 경향에 대하여 우려하고 자기반성하는 비평도 적지 않게 나왔다. 예를 들어 엄호석·김명수·이정구·한효 등은 전후문학의 도식주의적·기록주의적 경향을 비판하고 사회주의리얼리즘 창작방법에 맞게 인물형상을 전형화할 것을 요구하였다.[27] 이들 비평을 보면 제2차 작가대회 이전인 1955년 말부터 이미 도식주의적 경향에 대한 비판이 내면적으로 이루어지고 있음을 알 수 있다. 이러한 내재적 요구 속에서 1956년 10월 제2차 조선작가대회가 열리게 되었다.

제2차 조선작가대회에서 조선작가동맹 위원장 한설야는 「전후 조선문학의 현 상태와 전망」이라는 보고를 통해 이 시기 문학의 성격을 도식주의경향으로 규정하고 현상 타개를 위한 조직 개편안을 제시하였다. 그는 이전까지 미학적 오류가 생긴 것은 당성·전형성을 관념적으로 사고하고 리얼리즘론에 대한 일면적이고도 교조적인 이해를 한 결과 기록주의·도식주의·무갈등론 등의 여러 편향이 만연되게 되었다고 하였다.

도식주의적 경향이란 현실생활에 기초하여 그것을 진실하게 묘사하는 대신에 작가 자신의 주관적 견해를 도해하는 것이며, 기록주의적 경향은 작가가 내세운 사상, 주제적 과업에 복종되도록 생활현상들을 선택하며 일반화하는 대신에 이것저것을 복사하는 것이며, 무갈등론적 경향은 현실에 존재하는 모순과 갈등을 예리하게 표현하는 대신에 난관과의 투쟁과 성격적 충돌이 없이 주인공을 안일하게 성공시키며 현실을 미화하는 것이다.[28] 결국 이러한 편향들은 작품의 예술적 전형화를 방해하여 리얼리즘적 성취에 이르지 못하게 만드는 것이다. 이를 극복하기 위해서는 사회주의리얼리즘에 대한 기계적 이해, 특히 전형화에 대한 일면적 이해에서 벗어나야 할 것이다. "전형적인 것을 다만 사회역량의 본질로서만 귀착시키는 정의는 개성화의 요구를 무시하게 되며 …… 전형화는 일반화와 개성화의 유기적 통일에서 지어지"는 것이다.[29] 맹목적인 당파성 중심의 사고에서 벗어나 전형화에 대한 올바른 이해를 한다면 작가들은 당 정책에 대한 관념적 추수에서 벗어나 생활 속에서 진실을 발견하여 창조적으로 표현할 수 있을 것이다. 따라서 작가들에게는 생활의 진실을 재발견하고 형상화기법에도 관심을 두어 진정한 의미의 사회주의리얼리즘미학을 확립하는 데 보다 많은 관심이 필요함을 환기시키게 되었다.

대회 이후 조직에도 적잖은 변화가 있었다. 작가동맹 밑에 따로 남조선문학분과 · 고전문학분과가 신설되었고, 기존의 분과 중심 사전심의제에서 편집위 중심의 원고 심의제로 검열체제가 바뀌었다. 또한 제1차 작가대회 이후 작가동맹 중앙위원회 기관지로 『조선문학』을 간행(1953.10)했던 것과 같은 맥락에서 주간신문인 『문학신문』을 창간(1956.12.6)하게 되었다. 이는 종래의 틀에 박힌 창작 관행에서 벗어나 보다 다양한 매체와 발표 기회를 마련함으로써 정책과 창작 양 측면에서 상대적인 유연성을 확보할 수 있는 물적 토대를 확보한 것으로 평가된다.

리얼리즘 일반론에 비추어 볼 때 이 시기 북한의 사회주의리얼리즘이란 현실을 긍정하는 고정된 실체로만 받아들여졌을 뿐 정작 가장 비판적인 리얼리즘이라는[30] 본질적 특성은 간과한 것으로 생각된다. 비판적 문제의식은 결여한 채 당 정책에 관념적 · 관성적으로 추수하고 속류사회학주의에 빠진 것이다. 속류화된 사회주의리얼리즘인 도식주의적 경향을 극복하려면 사상적으로는 교조주의의 극복, 미학적으로는 비속사회학주의의 극복으로 해석할 수 있다. 예를 들어 생활에 대한 실제적 탐구, 비판정신의 회복, 창작기교 등 예술성의 제고 등이 필요할 것이다. 이 당시 나온 김순석의 시 「마지막 오솔길」을 예로 들어보자.

> 맨밭에 밟히던 흙내음새
> 꼴단을 비어지고 소를 몰며
> 같이 비에도 젖었던 사이,
> 같이 해에도 말렸던 사이,
>
> 해 뜨기 전 이슬 무렵엔
> 머슴의 처지가 하도 애처로워서
> 너는 풀잎에 나는 두 눈에
> 같이 눈물도 흘렸던 사이,

우리 피차에 무슨 좋은 일 있었던가
너는 덤불에 묻혀 나는 가난에 묻혀,
기름치지 않은 달구지 소리처럼
어린 날의 짖궂은 세월은 구울러 갔지 ……

이 작품은 도식주의 비판 이전 시기였다면 부르조아미학사상 잔재라는 비판을 면하기 어려웠을 정도로 영탄과 낭만이 흘러넘친다.[31] 더욱 흥미로운 사실은 이에 대한 평론가 김명수의 해석 또한 시의 기교와 형식적 특징을 해명하는 데 진력한다는 점이다.

그 적절한 대비와 은유에 흐르는 깊은 정서, 날개 돋친 시적 환상, 섬세한 감정의 뉘앙스 등은 이 시인이 개척한 독자적 경지를 보여준다. 그런데 지금 서정적 주인공은 그 오솔길과 마지막 작별의 인사를 보내는 것이다. 전선줄이 노래하며 뻗어 나가고 지심을 흔드는 트랙터의 동음소리가 울려나가고 미래로 나가는 넓은 신작로가 줄기차게 깔려 나간다. …… 시인은 전변하는 우리 농촌에서 새 생활의 섬광이 번뜩이는 예각을 기민하고도 다감하게 붙잡아내고 있으며 정서 깊은 지성과 기지, 섬세하고 다정한 어조로 우리 생활과 함께 시인의 얼굴을 부각시키고 있다.[32]

이러한 문학적 흐름의 일대 변화는 이미 당 최고지도부의 문예 관련 정책에도 일정정도 반영되어 있다. 전후의 급변하는 세태를 반영한 좋은 작품이 나오지 못하는 이유로 문학예술부문에서의 '교조주의와 사대주의, 형식주의, 도식주의적 경향', 그리고 '주제의 협애성', '장르의 국한성' '현실 소재의 결여' 등이 거론되고 있는 것이다. [33]
하지만 이러한 도식주의 비판이 리얼리즘의 이름 아래 문학사에 복귀하지 못하고 2년도 되지 않아 또 다시 부르조아미학 잔재나 수정주의로 비판되어 안타까울 따름이다.[34]

2) 수정주의 비판

제2차 작가대회를 계기로 전개된 도식주의문학에 대한 비판은 1958
년 무렵에 이르면 문예계 내외의 강한 반발을 받게 된다. 비판의 핵심
은 김하명의 1958년도 평론분과 보고서에서 찾을 수 있다.[35] 김하명의
글은 비록 엄호석 개인에 대한 비판에서 비롯되지만 그에 그치지 않고
1956~58년 북한문학계의 도식주의 비판이 초래한 역기능에 대한 전면
적 비판이기 때문이다. 김하명은 엄호석이 신동철의 「들」을 긍정적으로
평했다고 비판하면서 거기서 출발하여 이전의 평론작업 전체를 비판의
대상으로 삼았다. 2차 작가대회 후 나온 도식주의 비판론의 대표적인
평론이라 할 수 있는 「문학평론에 있어서의 미학적인 것과 비속사회학
적인 것」도 예외는 아니었다. 엄호석 평론에 대한 비판의 핵심은, 문학
예술의 사회적 토대가 가지는 의의를 경시하면서 사상과 형상, 사상성
과 예술성을 분리시키려는 시도가 보인다는 것이었다.[36] 김민혁도 「미
학분야에서의 수정주의를 반대하여」에서 동구의 '인간의 얼굴을 한 사
회주의' 문예론을 비판하며 도식주의 비판론을 반비판한다.[37]

기실 도식주의 비판에 대한 반론은 이미 제2차 작가대회 직후의 김
일성 교시에도 나타나 있었다. 「현실을 반영한 문학예술작품을 많이 창
작하자」(1956.12.25)에서, 한편으로는 '현실을 그리자'면서 도식주의·교
조주의 경향을 비판하면서도, 다른 한편으로는 그러한 도식주의 비판이
가져올지도 모르는 역편향인 수정주의도 함께 비판하였던 것이다.

> 지금 일부 작가들은 당 조직이 작품 창작사업을 지도하는 것을 마치 작가들
> 의 의견을 무시하고 조직이 의견을 강요하는 것처럼 생각하면서 당 조직의 지
> 도를 잘 받으려 하지 않고 있습니다. 또 일부 작가들 속에서는 '창작의 자유'를
> 동경하거나 애상적인 작품을 쓰려고 하는 현상까지 나타나고 있습니다.
> 창작사업에 대한 당 조직의 지도를 못마땅하게 여기거나 '창작의 자유'를 부

르짖으며 애상적인 작품을 쓰려고 하는 것은 문학예술에 대한 당의 영도를 거부하는 자유주의, 수정주의적 사상경향의 구체적인 표현입니다. (…중략…) 작가들은 기회주의적 '문예이론'을 반대하여 견결히 투쟁하며 그 침해로부터 우리 당의 혁명적 문예이론을 철저히 옹호 고수하여야 하겠습니다.[38]

북한문학에서 이렇게 도식주의 비판에 대한 반발이 강력했던 이유는 여러 가지가 있겠으나 특히 정치적·역사적 배경을 고려하지 않을 수 없다. 1956년 이후 '도식주의' 비판의 역사적 배경에는 소련에서의 정세 변화가 주요한 조건으로 자리잡고 있다. 소련 제20차 당대회에서 채택된 '개인 숭배 배격' 슬로건으로 집약되는 스탈린주의의 청산은 모든 사회주의국가들에 영향을 주었는데, 북한도 예외는 아니었던 것이다. 조직론에서의 개인 숭배 배격은 사상적 측면에서는 '교조주의'의 비판과 극복으로 드러났으며, 미학적으로는 '도식주의'의 비판과 극복으로 나타난 바, 이러한 경향은 스탈린 사후 흐루시초프가 편 동서냉전의 해빙시대를 반영하는 이데올로기적 특징으로 생각되기 때문이다. 그러나 북한은, 수정주의노선으로 선회한 티토의 유고슬라비아와는 달리 김일성 권력의 중앙집권화를 멈추지 않았다. 1956년의 8월 종파사건은 이러한 정치역학관계의 흐름에서 매우 중요한 의미를 가진다고 할 수 있다. 앞에서도 말했듯이 이 사건 이후 중공업 중심의 사회주의 건설이 이루어졌으며 김일성 정권의 정치·경제적 기반이 강화되는 방향으로 안정되어갔기 때문이다. 이러한 토대 위에서 북한에서는 소련과 같은 스탈린주의의 비판과 극복이 자리잡을 수 없었던 것이다.[39]

소련과 다른 노선을 걸을 수 있었던 또 다른 사회역사적 배경으로는 1958년에 사회주의적 생산관계의 완성을 이룩하면서 독자적인 길을 갈 수 있다는 자신감이 생긴 것도 한 요소라고 할 수 있다. 이 무렵 소련군도 완전히 철수하고 해서 자주적인 노선을 지향할 수 있었던 것이다. 이러한 사회경제적 흐름 속에서 문학의 도식주의화가 진행되고 이데올

로기적으로는 '자주'를 핵심내용으로 하는 주체사상이 맹아를 보였다고
할 수 있다.

결국 이 시기에 북한 문예정책 및 비평에서의 '도식주의' 비판은 곧
바로 '수정주의' 비판의 구호 속에 묻혀버리고 말았다. '수정주의' 비판
은 미학적 측면에서는 사회주의리얼리즘론의 우경화를 막을 수 있는
슬로건이 되지만 결국은 이전의 도식주의로 되돌아간 감이 없지 않다.

전쟁 직후 유행했다가 도식주의 비판과 함께 수그러들었던 작가의
현지 파견이 다시 강화되기도 하였다. 물론 현지 파견의 의의를 긍정적
으로 생각할 수도 있다. 이를테면 소시민 출신 작가·예술가들의 노동
계급화가 급속하게 이루어지고 문예조직 지도부의 물갈이도 자연스럽
게 되며, 공장·농촌현장에서 신인을 발굴하거나 육성하여 새로운 창작
인자를 공급하는 구실을 하는 등의 성과가 있다.[40] 현실은 어떠한 문학
보다도 그 소재가 풍부하며, 생활 속에 이루어지는 사건들은 어떠한 작
품 속의 사건보다도 다양하다. 급변하는 현장이야말로 작가들의 창작적
실험실이며 생활이야말로 문학적 수련의 교실이라 할 수 있다. 작가 현
장 노동체험을 통해 역동적으로 변화하는 현실을 그때그때 포착하여
생동감 넘치게 표현할 때 리얼리즘문학은 그 수준을 고양할 수 있고 독
자들 또한 예술적 감흥을 받을 것이다.

그러나 긍정적 성과만 있었던 것이 아니라 문제점도 적지 않았다. 즉,
개인의 창작적 자유가 상대적으로 강화되었던 1956년의 제2차 작가대
회 이후 작가들이 이에 불응하는 경우도 많았던 것이다.

　　우리는 현지 파견 작가들의 사업을 재검토하여야 하겠습니다. 우리 농맹이
　　취하여 온 작가들의 현지 파견사업은 훌륭한 조직적 대책이었습니다. 그러나
　　여기에서도 약한 고리가 있습니다. 그것은 작가들이 생활 속에 깊이 침투되어
　　많은 생신한 소재를 수집했고 고귀한 경험들을 체득하였음에도 불구하고 공작
　　맡은 사업 분량이 많아서 작품을 구상하고 창작할 시간이 적다는 실정입니다.

우리는 대회 기간을 거쳐서 현지 작가들의 실정을 구체적으로 요해하고 매 개인의 능력과 실정과 희망에 따라서 개별적인 대책을 세워주어야 하겠습니다.[41]

하지만 이와 같은 문제점은 시정되지 않았다. 오히려 잠시 수그러들었던 현지파견이 도식주의에 대한 반비판이 득세하는 1958년 이후 다시 전면적으로 실시되는 등 정치적으로 이용된 감이 없지 않았다. 결국 작가 예술가의 현지 파견은 문예종사자의 노동계급화라는 사회주의 원칙이라는 일반적 목적에 의해서 이루어진 것 이외에도 정치적 상황과 밀접하게 관련되는 결과를 낳았던 것이다. 즉, 50년대 후반 문학은 이른 바 '천리마운동'의 일환으로서 그 이념을 관철시키는 수단으로 되었던 셈이다. 이렇게 되면 문예를 경제정책의 일환으로 파악하여 문예창작을 생산공정처럼 취급하는 무리를 낳게 될 것이다. 이는 리얼리즘론의 기본인 예술의 특수성에 대한 인식의 부정으로 생각되기 때문이다.

그런데 당 최고지도부는 사회주의 국가에선 보편적이라 할 전통적인 리얼리즘 규정을 낡은 사상의 잔재라고 비판하고 나섰다. 김일성의 1958년 10월 14일 교시는 이 점을 문제삼았다.

문학예술 부문의 당 조직들은 무엇보다도 작가, 예술인들 속에서 개인 이기주의, 공명주의, 자유주의, 가족주의를 반대하는 강한 사상 투쟁을 벌려야 하겠습니다. 작가, 예술인들은 자본주의사상 잔재를 뿌리 뽑기 위한 사상 투쟁에 적극 참가하여야 합니다. (…중략…) 작가, 예술인들은 사상 투쟁을 벌리는 것과 함께 공장과 농촌을 비롯하여 들끓는 사회주의 건설장들에 나가 현실 속에서 배우며 자신을 단련하도록 하여야 하겠습니다. 감수성이 빠른 작가, 예술인들이 약동하는 현실 속에 들어가면 당 정책을 관철하며 사회주의를 건설하기 위하여 몸 바쳐 투쟁하고 있는 근로자들에게서 많은 것을 배우게 될 것입니다.[42]

당 최고지도부는 낡은 사상 잔재의 예로 '개인주의 · 이기주의 · 공명주의 · 자유주의 · 가족주의' 등을 거론하면서 창작에서 자유주의적 태도를 보이는 것은 당의 지도를 받지 않으려는 무규율적인 태도라고 비판하였다. 그리하여 대안으로서 공산주의사상으로 재교육하고 강한 혁명적 규율과 질서를 기르며, 작가 예술인들에게 남아있는 자본주의사상의 잔재를 청산하라고 하였다. 한창 도식주의 비판론이 고개를 들던 1956년 10월의 2차 작가대회에서 적나라하게 지적되었던 작가의 현지파견, 노동 체험이 지녔던 한계와 그 극복방안은 더이상 문제되지 않았다. 오히려 도식주의를 비판했던 많은 작가들이 '이색사상', '수정주의' 내지 '자본주의사상 잔재'의 혐의를 쓰고 농촌이나 공장으로 하방(下放)되었다. 이렇게 되어 작가들은 이전의 비판정신을 억제하고 오로지 '당 중앙에 대한 정치사상적 옹호와 당 정책에 대한 시비나 당 중앙에 반대하는 현상에 대한 투쟁'만 가능하게 되었다.

3) 천리마 기수 형상론

더욱 이러한 정치주의적 실용주의적 문예정책을 강화시켜준 것은 곧이어 나온 교시 「공산주의 교양에 대하여」(1958.11.20)였다. 이에 따라 조선작가동맹 중앙위 4차 전원회의에서는 '공산주의문학 건설'에 대한 문제가 가장 중요한 현안으로 제기되었다. 그 결과 작가들은 사회주의리얼리즘 방법을 '천리마운동'시대의 새로운 현실에 적용하여 더욱 강한 현대성 원칙을 부여해야 한다고 결의하였다. 즉, 1930년대 항일 무장투쟁과정에서 활동한 투사들의 영웅적 성격을 부각시키고 천리마시대의 주인공인 노동영웅에 대한 전형화문제를 중심과제로 삼으며, 그에 덧붙여 혁명적 낭만성 문제, 민족적 특성 문제 등을 거론하는 정도가 되었다. 이때부터 활발하게 토론되어 60년대까지 지속되는 이른바 '천리마 기수 형상론'이 바로 공산주의자의 전형 창조론의 모색 결과 나온 민족형식의 구체적인 예가 될 것이다.

문학예술분야에서 천리마기수를 형상화라는 문제는 북한 당국이 소련과 중국의 영향권에서 벗어나 주체성을 확보해가는 과정에서 중요한 역할을 하게 되었다. 원래 독자노선을 세우기 위한 주체에 대한 강조는 1955년 12월 28일 김일성이 행한 연설에서 최초로 공식화되었다.[43] 여기서 중요하게 강조된 내용은 사상에서의 주체였다. 사상에서의 주체가 강조된 이유는 혁명의 목표가 다름 아닌 '조선혁명'이었기 때문이다. 조선혁명은 조선역사에 대한 강조로 이어졌으며, 그 내용은 자연스럽게 김일성 중심의 항일무장투쟁과 조국광복회의 활동으로 연결되었다. 이에 따라 해방 직후 빈번하게 인용되었던 스탈린에 대한 찬양, 붉은 군대에 대한 칭송, 그리고 전체적으로 소련에 의한 조선해방이라는 소극적이고 피동적인 수사는 사라지고 주체에 의한 해방이 강조되었다. 이어 '소련을 따라 배우자'라는 구호도 자취를 감추었다. 모든 사업과 연설에선 주체가 강조되기 시작했다.

문학에서 천리마 기수를 형상화해야 한다는 논의는 원래 천리마운동에서 연원하였다. 1957년 1월 김일성이 강선제강소를 현지지도한 결과를 일반화한 천리마운동은 1956년 12월 전원회의의 결의에 대한 구체적인 실천으로서 등장했다. 이것이 천리마운동으로 명명된 것은 그 구호가 '천리마를 탄 기세로 달리자'는 것이었기 때문이다. 또한 그 방식은 혁명적 군중노선과 당의 지도를 결합하는 것이었다. 따라서 이 운동은 대외적 자주성의 확보와 대내 반종파투쟁이라는 정치적 목적, 사회주의 경리 수입의 증대와 최대 절약, 최대 증산이라는 경제적 목적, 그리고 협동화를 촉진하면서 사회주의 개조를 완수한다는 혁명적 목적을 지향하는 총체적인 운동이었다.[44]

문예조직의 경우는 어떤가. 1957년 12월의 작가 예술가 열성자대회 이후 현지 파견의 재강화가 이루어지고 천리마운동에 기여하는 '천리마창작단'이 결성되었다. 이는 나중에 문예조직의 '천리마작업반' 칭호 획득운동으로 진전되게 된다. 여기서 일관된 논리는, 작가들이 사회주건설현장에서의 자기 단련을 통해 근로자에게서 당과 혁명에 대한 충실성과 혁명정신을 배우는 한편, 근로자들에게 당의 정책을 선전하는 역할을 해야 한다는 것이었다.

> 조국이여!
> 더 빨리 다우쳐 내닫기 위해
> 네굽을 안으며 갈기를 날리며
> 먼 앞날을 주름잡아 나래치는
> 천리마로 내닫자 또 내닫자!
> 우리의 길 …… 주체의 큰 길로
> 젊음과 삶의 상상봉인
> 공산주의 위대한 봉우리를 향하여!
> 혁명의 폭풍을 천하에 일구며
> 힘차게 앞으로! 힘차게 앞으로!(45)

최영화의 시 「천리마로!」(1958)는 이런 천리마 기수 형상론을 잘 뒷받침해주는 작품이라고 할 수 있다. 하지만 구체적 형상화는 없고 개념이 직접 노출된 채 정치 구호의 나열과 슬로건으로 일관된 시를 선전선동의 이름으로 합리화하기에는 안스러움이 없지 않다. 이런 식으로 천리마운동을 문학화하는 것은 긍정적으로 볼 때 사상 개조를 경제 건설에 앞세우며 집단주의를 고양시키는 혁명적 낭만주의의 고취라고 할 수도 있다. 그러나 이상적 공산주의 사회를 향한 인민의 꿈을 현실로 만드는 노력이 강조되고 낭만적 이상이 현실을 압도하는 것은 리얼리즘의 대의에서 벗어난 비 이제 이미 북한문학의 궤도는 사회주의리얼리즘의 보편성에서 멀리 나아가버린 셈이다.

천리마 기수 형상론은 사회주의리얼리즘문학의 우경화 내지 수정주의를 비판하는 문제의식에서 출발했지만 결국 문예정책 및 비평이 당 정책에 전일적으로 종속 규정되는 결정적인 계기로 작용한 측면도 없

지 않다. 이후 사회주의리얼리즘론의 역동성이 드러나는 문학적 흐름은
상대적으로 위축되었다고 볼 수밖에 없다.46)

4. 마무리

　1950년대 북한에서는 '전후 복구건설과 사회주의 기초건설'이라는
물적 토대에 의하여 사회주의적 문예정책과 이론 및 창작 실천이 다양
하게 이루어졌다. 이 글에서는 이러한 역사적 조건과 문예비평사의 전
개과정을 유기적으로 관련시켜 분석하였다. 당 문예정책과 문예조직의
변모와 관련하여 비평논쟁 및 창작과의 관련 속에서 그 의미를 파악하
되 사회주의리얼리즘 미학의 틀을 전제하였다. 왜냐하면 이 시기 문학
은 사회주의리얼리즘론의 테두리 내에서 각각의 역사적 조건에 따른
내적 변모가 차별성이 좌로는 도식주의로, 우로는 수정주의로 나타나기
때문이다. 이러한 전제 위에서 1950년대의 역사적 변화에 따른 리얼리
즘론의 좌우경 편향과 그 극복과정에서 드러난 리얼리즘문학의 자기정
립과정을 중심으로 문학사 구도를 세워볼 수 있다고 생각한다.
　그 결과 사회주의 건설의 기초과정이라는 역사적 조건 속에서 사회
주의리얼리즘 창작방법의 확립과 좌우경화가 이 시기 문학의 가장 중
요한 특징이라고 결론지을 수 있었다. 전후 복구건설기에는 부르주아미
학사상의 잔재와 투쟁하면서 사회주의리얼리즘의 자기 정립을 보였다.
그 과정에서 생긴 좌경화의 오류는 1956년의 제2차 작가대회를 계기로
도식주의 비판이란 슬로건으로 전면 비판되고 극복의 길을 모색하였다.
그러나 당 최고지도부는 개인 숭배와 권력 독점에 대한 추호의 비판도
허용하지 않았고, 주체노선의 맹아와 천리마운동을 통해 유일사상체계

로의 길로 나아갔다. 그에 따라 모처럼 다양하게 전개될 수 있었던 리얼리즘문학의 폭과 깊이가 위축되고 말았다.

이러한 우여곡절이 있음에도 불구하고 1950년대에 들어서서 사회주의리얼리즘론의 이론적 심화가 다방면에 걸쳐 이루어졌다는 사실은 이 시기 문학사의 가장 중요한 성과라고 할 수 있다. 예를 들어, 우리 나라 문학에 있어서 리얼리즘·비판적리얼리즘·사회주의리얼리즘 발생·발전 논쟁, 민족적 특성 논쟁, 전형 논쟁 등이 장기간에 걸쳐 깊이 있게 진행되어 일정한 성과를 거둔 점은 높이 평가되어야 할 것이다. 리얼리즘 발생·발전 논쟁만 보더라도 북한문학의 현재적 위상을 역사적 근거에서 마련하기 위해 다양한 노력을 기울이고 있음을 알 수 있다.[47] 마르크스레닌주의 문예이론과 사회주의리얼리즘미학이 넓은 의미의 근대 민족문학론으로 구체화되는 데 1950년대 북한문학계의 관심이 집중된 결과 적잖은 성과를 올렸다고 할 수 있다. 이후로 이만큼 역동적인 문학 논쟁의 예를 북한문학사에서 다시 찾아볼 수 없기에 그 의의는 더욱 크다고 하겠다.(이 논문은 1999년에 발표한 원고를 줄여서 개고한 것임)

주석

1) "1958년 8월 도시와 농촌에서 생산관계의 사회주의적 개조가 완성됨으로써 우리 나라에는 사회주의적 생산관계가 유일적 지배로 확립되었으며 착취와 압박이 없는 가장 선진적인 사회주의제도가 세워졌다." 사회과학원 문학연구소, 『조선문학사(1959·-1975)』, 평양: 과학백과사전출판사, 1977, 1면. 앞으로 출판지가 평양, 서울일 경우 생략한다.

2) 김학준, 「제2공화국시대의 통일논의」, 『민족통일론의 전개』, 형성사, 1984, 323면; 최동희, 「북한의 변화 가능성」, 『통일문제연구』 제2권 1호, 국토통일원, 1990, 214면 참조.

3) "작가, 예술인들은 문학예술활동을 통하여 싸우는 우리 인민군대와 인민을 전쟁 승리에로 더욱 힘있게 고무하여야 합니다." 김일성, 「우리의 예술은 전쟁 승리를 앞당기는 데 이바지하여야 한다」, 『김일성 저작집』 6권, 조선로동당출판사, 1980, 225면 참조.

4) 엄호석, 「조국해방전쟁시기의 우리 문학」, 『해방 후 10년간의 조선문학』, 조선작가동맹출판사, 1955, 176~177면. 이후 안함광의 다른 글에서는 1951년 3월의 회의 명칭을 '조선작가대회'라 했지만 1953년 10월의 1차 대회와 혼동한 듯하다. 안함광, 「해방 후 조선문학의 발전과 조선 로동당의 향도적 역할」, 『해방 후 10년간의 조선문학』, 조선작

가동맹출판사, 1955, 33면 참조.
5) 「1953~1954년도 사업총화」, 『북한의 문학예술 사업 총화집』(1949~1970), 국토통일원, 1974, 57면.
6) 윤세평, 「해방 후 조선문학 개관」, 『해방 후 우리 문학』, 조선작가동맹출판사, 1958, 63~64면; 고정옥, 「해방 후 15년간의 조선 문예학」, 『조선어문』 1960년 5호, 105면.
7) 김일성, 「조선인민군은 항일무장투쟁의 계승자이다」, 『김일성 저작집』 12권, 조선로동당출판사, 1981, 73면.
8) 이종석, 「조선로동당의 형성과 발전」, 『한국사』 22권, 한길사, 1994, 142면.
9) 『북한의 문학예술분야 사업총화집(1947~1970)』, 국토통일원, 1974, 58~59면.
10) 안함광, 「해방 후 조선문학의 발전과 조선 로동당의 향도적 역할」, 위의 책 50면 참조.
11) 이종석, 『조선로동당 연구』, 역사비평사, 1995, 250~257면 참조.
12) 『북한의 문학예술 사업 총화집』, 60면.
13) 윤세평, 「전후 복구건설 시기의 조선문학」, 『해방 후 10년간의 조선문학』, 조선작가동맹출판사, 1955, 284면.
14) 위의 글, 293~4쪽.
15) 김재용, 「북한문학계의 반종파투쟁과 카프 및 항일혁명문학」, 『북한문학의 역사적 이해』, 문학과지성사, 1994 참조.
16) "당은 1947년 3월 「북조선에 있어서의 민주주의 민족문화 건설에 관하여」라는 당중앙위원회 제29차 상무위원회 결정서를 비롯한 문학예술에 관한 일련의 결정들에서 작가·예술가들을 내용에 있어서 사회주의적이며 형식에 있어서 민족적인 문화와 예술의 창조에로 추동하였으며 그를 위하여 사회주의적 사실주의 창작방법을 체득하도록 일상적인 지도와 배려를 돌렸다." 윤세평, 「사회주의적 내용과 민족적 형식」, 『우리 나라에서의 맑스·레닌주의 문예이론의 창조적 발전』, 과학원출판사, 1962, 180면.
17) 김윤식, 『해방공간의 문학사론』, 서울대 출판부, 1989, 45면 참조.
18) 김재용, 앞의 책, 129~130면.
19) 안함광, 「해방 후 조선문학의 발전과 조선 로동당의 향도적 역할」, 『해방 후 10년간의 조선문학』, 20~21면.
20) 엄호석, 「조국해방전쟁 시기의 우리 문학」, 『해방 후 10년간의 조선문학』, 196~7면.
21) 비슷한 시기에 나온 다음 글들을 보면 논리적 작품 분석에 기초한 비평이라기보다는 인신공격에 가까운 비난으로 일관하고 있어 비평논쟁이 정치 또는 정쟁에 종속된 감마저 주고 있는 것이 사실이다. 엄호석, 「이태준의 문학의 반동적 정체」, 『조선문학』 1956.3; 김명수, 「흉악한 조국 반역의 문학―임화의 해방 전후 시작품의 본질」, 『조선문학』 1956.4; 윤시철, 「인민을 비방한 반동문학의 독소―김남천의 8·15 해방 후 작품을 중심으로」, 『조선문학』 1956.5.
22) 류만, 『현대 조선시문학 연구』, 사회과학출판사, 1988, 19면.
23) 전후 복구건설노선과 당내 갈등, 이에 따른 '8월 종파 사건과 반종파투쟁의 진행 및 의미에 대한 자세한 서술은 다음을 참조할 수 있다. 이종석, 『조선로동당 연구』, 261~266, 275~284면.
24) 이상은 졸고, 「1950년대 북한 문예비평의 전개과정」, 『한국전후문학연구』(조건상 편), 성균관대 출판부, 1993을 요약한 것이다.
25) 이하 도식주의 논쟁의 전모에 대한 보다 상세한 분석은 졸고, 「전후문학의 도식주의

논쟁」, 『문학과 논리』 3호, 태학사, 1993을 참조할 수 있다.
26) 김북원, 「시문학의 보다 높은 앙양을 위하여」, 『제2차 조선작가대회 문헌집』(조선작가동맹 편), 조선작가동맹출판사, 1956, 114~115면.
27) 윤세평, 「전후 복구건설 시기의 조선문학」, 『해방 10년간의 조선문학』, 조선작가동맹출판사, 1955, 290~291면; 김명수, 「서정시에 있어서의 전형성·성격·쓰찔」, 『조선문학』 1955.10, 145~6면. 김명수의 경우 1954년에는 도식주의를 우려했으면서도 1955년에는 이정구의 논문을 비판하고 안막, 리순영의 시를 비판함으로써 스스로 도식주의경향에 빠지게 된다. 엄호석 또한 홍순철의 도식주의적 구호시 「삼천만의 목소리」를 긍정했다가(「조국해방전쟁 시기의 우리 문학」, 『해방 후 10년간의 조선문학』, 234~235면) 김북원에 의해 도식주의적 비평태도를 비판받기도 하였다. 김북원, 앞의 글, 114~115면 참조
28) 조선작가동맹, 「제2차 조선작가대회 보고 '전후 조선문학의 현 상태와 전망'에 관한 결정서」, 『제2차 조선작가대회 문헌집』, 조선작가동맹출판사, 1956, 311면.
29) 한설야, 「전후 조선문학의 현상태와 전망」, 앞의 책, 41면.
30) "사회주의 사실주의는 본래부터 가장 비판적인 사실주의인 동시에 현실을 긍정하는 사실주의입니다. 사회 발전에 있어 비판이 없이는 전진이 있을 수 없는 것처럼 문학도 사회현상을 비판함이 없이는 존재할 수 없습니다." 한설야, 「전후 조선문학의 현 상태와 전망」, 『제2차 조선작가대회 문헌집』, 조선작가동맹출판사, 1956, 35면.
31) 김순석 시집 『황금의 땅』(조선작가동맹출판사, 1957)에 실린 「마지막 오솔길」뿐만 아니라, 「황소싸움」이나 「산향」(『조선문학』, 1947.12) 또한 이 시기 리얼리즘미학의 잣대 덕분에 살아남은 수작이라 하겠다. 이런 작품이야말로 언젠가 이루어질 통일된 민족문학사의 반열에 오를 것으로 기대한다.
32) 김명수, 「시대정신의 날개」, 『해방 후 우리 문학』, 조선작가동맹출판사, 1958, 208~209면.
33) 김일성, 「현실을 반영한 문학예술작품을 많이 창작하자」(1956.12.25), 『김일성 저작집』 10권, 조선로동당출판사, 1980, 455,457면.
34) 전재경의 「나비」, 신동철의 「들」이 그런 경우의 좋은 예가 될 것이다. 한때 그 작품들은 긍정적으로 평가되었다. 서만일, 「작가와 시대정신」, 『해방 후 우리 문학』, 389면에서 전재경의 단편 「나비」(『조선문학』, 1956.11)는 농촌 건달 고영수의 인물 형상이 아주 생동하게 묘사되어 있는 바 이는 작가 자신이 현지 생활을 거쳐서 현실을 깊이 연구하고 체험한 데서 기인한 것이라고 고평되었다. 그러나 1958년 이후 이런 평가방식은 수정주의라 전면적으로 비판되고 그것을 옹호했던 평론가까지 함께 비판받는 지경에 이르게 된다. 김하명, 「평론의 선도성과 전투성에 대하여-1958년 평론분과 총회의의 보고」, 『문학신문』 1959.2.5, 3면 참조.
35) 김하명, 앞의 글. 이 문건에서 김명수의 「시대정신의 날개-시문학」, 『해방 후 우리 문학』(조선작가동맹출판사, 1958)를 비롯한 평론을 비판하고 그를 이색분자로 규정한다.
36) 엄호석, 「문학평론에 있어서의 미학적인 것과 사회학적인 것」, 『조선문학』, 1957.2 참조.
37) 김민혁, 「미학분야에서의 수정주의를 반대하여」, 『문예전선에 있어서의 반동적 부르주아 사상을 반대하여』, 조선작가동맹출판사, 1958, 56~57면.
38) 김일성, 「현실을 반영한 문학예술작품을 많이 창작하자」(1956.12.25), 『김일성저작집』 10권(조선로동당출판사, 1980), 460,461면.
39) 이에 대해서는 이종석, 앞의 책, 같은 곳 참조
40) 자세한 것은 한설야, 「문학창작의 결정적 앙양을 위하여-조선작가동맹 중앙위원회

제5차 확대전원회의 보고」,『문학신문』, 1960.1.22 참조.

41) 한설야,『제2차 조선 작가대회 문헌집』, 앞의 책, 60쪽.

42) 김일성,「작가, 예술인들 속에서 낡은 사상 잔재를 반대하는 투쟁을 힘있게 벌릴 데 대하여」,『김일성저작집』12권, 조선로동당출판사, 1981, 557~558면.

43) 김일성은 1955년 12월에 행한 연설에서 교조주의를 비판하면서 마르크스레닌주의를 "우리 나라의 구체적 조건, 우리 민족의 특성에 맞게 창조적으로 적용하여야"한다고 역설하였다. 이 문건에서 이태준 등을 반동적 부르주아 작가로 규정하고 이들과 결탁되어 있는 박창옥 등을 비판했는데, 이는 문학을 앞세워 사상 투쟁 나아가 정치투쟁까지 진전시키려는 의도라고 평가된다. 김일성,「사상사업에서 교조주의와 형식주의를 퇴치하고 주체를 확립할 데 대하여」(1955.12.28),『안보통일문제 기본자료집』(북한편), 동아일보사, 1972, 276면.

44) 천리마 기수 형상론의 직접적 배경이 된 군중노선과 천리마운동에 대해서는 김광동,「1960년대의 사회주의 건설과정」,『한국사』21권, 한길사, 1994, 238~242면을 참조하였다.

45) 최영화,「천리마로!」, 임진영,「북한의 문학과 문예이론의 변모」,『한국사』22권, 한길사, 1994, 354면에서 재인용.

46) 1959년에 이르면 당 문예정책의 중심은 공산주의 교양과 문학에서 공산주의자의 전형을 창조하는 문제로 모아졌다. 따라서 비평논쟁 및 미학적 쟁점은 부차적인 문제로 돌려졌다.안막, 윤두헌, 서만일 등의 부르조아미학, 수정주의미학 비판도 비평적 논쟁보다는 일방적 비판으로 일관되었다.

47) 1950년대에 벌어진 리얼리즘문학의 발생 발전 논쟁에 대한 소개와 평가는 다음과 같은 논저가 있다. 졸편,『우리 문학과 사회주의리얼리즘 논쟁』, 사계절출판사, 1992; 졸고,「우리 문학에서 사회주의적 사실주의의 발생」,『창작과비평』1990년 봄호; 졸고,「북한 학계 리얼리즘논쟁의 검토」,『실천문학』1990년 가을호 리얼리즘 발생 발전 논쟁뿐만 아니라 본 논문에 거론된 1950년대 북한 리얼리즘문학 논쟁의 전체 목록은「북한 사실주의 비평논쟁사 논쟁 목록」,『북한문학신문 기사 목록』, 춘천 : 한림대 출판부, 1994, 50~78면에 자세히 정리되어 있어 참조할 수 있다.

1950년대 북한농촌의 이중적 갈등과 형상화
천세봉의 『석개울의 새봄』론
오창은

1. 『석개울의 새봄』에 제기되는 몇 가지 문제

북한문학을 새롭게 읽는 작업은 연구자들을 매혹시킨다. 이는 북한문
학의 특이한 성격에서 비롯되기도 하지만 북한문학이 오랫동안 남한 연
구자들의 접근이 차단된 '금단의 영역'으로 남아 있었기 때문이기도 하
다.[1] 1980년대 중반 이후 북한 바로 알기 운동의 영향으로 북한문학 작
품이 남한사회에 봇물터지듯 한꺼번에 소개되기는 했었다. 그러나 체계
적 접근과는 거리가 먼 다분히 상업적이고 저널리즘적 수준에 머물렀넌
것이 사실이다. 게다가 최근까지의 연구성과도 북한문학사, 주체문학론
등 대부분 추상적 맥락 읽기가 주류를 형성하고 있다.[2] 작품론과 작가론
이라는 구체적인 연구가 결여된 북한문학 연구는 뼈대 없는 축조물이나
마찬가지다. 작품론·작가론 등이 토양과 자양분의 역할을 해낼 수 있을

때 남한에서의 북한문학 연구는 나름의 틀을 가질 수 있다.

이러한 맥락과 더불어 필자가 『석개울의 새봄』(1·2·3부)[3]에 관심을 가지는 것은 다음의 몇 가지 이유 때문이다.

첫째 북한문학사에서는 천세봉(1915~1986)을 특별한 작가적 위상을 지닌 것으로 평가하고 있다. 천세봉은 해방 이후에 등장한 작가이고 사회주의 건설과 함께 전근대적 신분의 굴레를 벗고 북한문학의 건설주체로 성장한 북한사회 변화의 '담지자'이다.[4] 그는 20여 년간 머슴살이를 했던 아버지 밑에서 태어나 그 자신도 보통학교를 졸업하고 머슴으로 일했다. 북한의 천세봉에 대한 평가도 머슴 출신이라는 점과 농촌에 뿌리를 둔 농촌작가라는 점이 강조되고 있다. 천세봉의 초기 단편들은 대부분 토지분배 이후 농촌사회의 변화상을 그리고 있는데 이러한 작품 경향은 「5월」(1949), 「호랑 령감」(1949), 「땅의 서곡」(1949) 등에서 잘 드러난다. 이후 그는 1962년 조선작가동맹 중앙위원회 위원으로 활동하면서 북한 문단의 핵심으로 부상했고, '불멸의 력사' 총서 중 『혁명의 려명』(1973)과 『은하수』(1983)를 창작해 북한의 대표적 작가로 추앙받았다. 천세봉은 빈농 신분에서 북한 최고훈장('김일성 훈장')과 최고 상('김일성상')을 수상해 북한을 대표하는 작가로 기억되고 있다.[5]

둘째, 북한문학계는 『석개울의 새봄』(1부)을 1950년대 북한의 대표적인 농촌소설로 평가하고 있다. 이 작품은 "농촌에서의 사회주의적 개조를 위한 투쟁을 폭넓게 형상한 이 시기 소설의 대표작"[6]이며, "농촌에서의 우리 인민의 투쟁을 폭넓게 형상"[7]화한 중요 작품으로 언급된다. 그리고 "극적인 정황과 첨예한 갈등, 풍부한 생활화폭, 각이한 계층과 계급을 대표하는 여러 인물들의 전형적 형상을 통하여 사실주의적으로 (농업협동화 과정을) 일반화"[8]한 작품이라고 평가한다. 즉, 『석개울의 새봄』이 전후 북한농촌사회의 재건을 형상화한 대표적 작품이라는 것이다. 그러므로 이 작품을 통해 북한의 전후 복구시기의 역동성과 구조적 특징을 도출해 낼 수 있으며 다양한 갈등양상을 통해 당시 북한사회의 일면을 읽어낼 수 있으리라고 본다.

셋째, 『석개울의 새봄』은 8년간에 걸쳐 창작된 작품으로 북한농촌을 총체적으로 형상화한다는 작가의 의도와 맞물려 있는 작품이기에 관심을 끈다. 1955년 『조선문학』 7월호에 연재되기 시작해 1963년 『조선문학』 6월호에서 3부가 완결되었다. 게다가 천세봉은 장편소설 『고난의 력사』(1964), 『대하는 흐른다』(1962), 『석개울의 새봄』을 전체 10부작으로 구성해 1920년대로부터 해방을 거쳐 농업협동화하는 농촌에서의 사회주의 건설 전체를 그린다는 구상을 했었다. 그러나 1920년대부터 1930년대 조선 농촌을 구상한 『고난의 력사』는 1부에서 멈춰버렸고, 해방 직후부터 조국해방전쟁 시기까지를 담으려고 한 『대하는 흐른다』도 역시 1부까지 완성했을 뿐이다. 『석개울의 새봄』만 3부까지 창작되었다. 이러한 거대한 구상의 맥락에서 보더라도 『석개울의 새봄』이 북한농촌의 총체적 형상화에 얼마나 고심한 작품인가는 잘 드러난다. 이 텍스트 분석을 통해 북한농촌소설에서 전후복구 시기에 대한 형상화의 방식이 다양하게 변화하고 있음을 밝혀내고 북한농촌의 지형변화를 나름의 독법으로 해독해낸다면 흥미로운 작업이 될 것이다.

넷째, 천세봉은 실제 농촌사회에서 생활하면서 작품활동을 해 온 작가이므로 작품 속에서 현실과 이상의 갈등이 직접적으로 드러난다는 점이 특이하다. 그는 전쟁 이후 고향 마을에 계속 머물러 있었기에 휴전 직후 그곳의 농업협동조합 장설 과성을 목격했고, 자신이 직접적인 조직자로 활동하기도 했다. 천세봉은 조합 준비위원회 위원으로 활동했으므로 북한농촌변화의 거대한 소용돌이의 한가운데 있었다.9) 『석개울의 새봄』이 획득한 리얼리즘의 성취는 바로 작가의 체험에 기반한 것이고 작품의 몇몇 부분에서 발견되는 의도하지 않았던 모순관계도 작가의 체험에 기반한 것으로 보인다. 『석개울의 새봄』이 비록 북한문학계에서 높은 평가를 받고 있지만 1950년대 후반에 칭찬과 비판이 교차한 것은 이러한 리얼리즘적 요소 때문이다.10) 천세봉의 현실과 이상사이에서 갈등하는 작가적 면모를 읽어내는 것도 의미있는 작업이라고 여겨진다.

『석개울의 새봄』은 전후 폐허가 된 북한농촌이 재건설되는 과정을 형상화해낸 일종의 창조신화라고 볼 수 있다. 전후 북한은 휴전 직후 국민소득이 1949년에 대비해 70퍼센트로 하락할 정도의 극심한 피해를 입었다.[11] 이 상황에서 북한은 '전후 복구 3개년 계획'으로 역동적인 사회주의 건설의 기초를 확립했다. 『석개울의 새봄』이 위치한 지점은 바로 이런 사회적 상황과 맞물려 있다.

혼란과 혼돈의 시기가 지나면 난장판을 수습하는, 그리고 새로운 장날을 준비하는 일이 남는다. 1950년대는 남북한 모두 '전쟁'이라는 카오스(chaos) 상태에서 결코 자유로울 수 없었다. 그러나 남한문학이 잔치상을 내부적으로 정리하는 문제에 골몰해 실존주의적 경향과 휴머니즘적 경향에 기울어 있었다면 북한문학은 다른 측면에서 '파괴와 건설'에 골몰하고 있는 듯이 보인다. 북한의 전후 복구문제는 일종의 전투였고, 그 전투는 적을 만들면서 사기를 고양시키는 양상이었다.

북한의 문학은 인민의 사기를 진작시켜야 한다는 과제를 안고 있었기에 "문학작품의 가치는 그의 교양적 가치에 의하여 규정된다"[12]는 지배담론을 형성했다. 이는 무엇에 대한 교양적 가치인가의 문제에서 공산사회 지향이라는 세계관과 연결된다. 1950년대 북한사회의 당면 목표로 삼은 '전후 복구'는 전쟁이전으로 돌아가는 것이 아니라 '사회주의적 생산관계'를 형성하는 것을 의미했다. 이 때 중요한 혁명의 대상이 되는 것은 인구의 대부분이 종사하는 농업부문이 된다. 공업부문은 1946년 이미 국유화되어 사회주의적 생산관계를 형성했다.[13] 해방 이후 북한농촌은 '무상몰수 무상분배'로 재편된 사적 소유제가 그대로 지속되고 있었다. 그러나 전쟁은 반혁명 계급이 소멸하거나 저항력을 상실하게 했고 국가에 강력한 힘을 실어주는 역할을 했다. 북한 전후 복구의 핵심적 과제로 '농업협동화'를 추진한 것은 새로운 생산관계의 형성이라는 측면에서 주목할 필요가 있고, 이를 형상화한 『석개울의 새

봄』은 이념이 아닌 실재 속에서 농업협동조합 건설 문제를 리얼리즘적
으로 다루고 있기에 풍부한 해석의 여지를 안겨준다.

2. 텍스트 사이에 드러난 다양한 '모순들'

『석개울의 새봄』 1·2·3부는 각각 1년이라는 농업주기를 기준으로
구성돼 있다. 제1부는 1953년 늦가을부터 1954년 가을까지이고, 2부는
1954년 겨울부터 1955년 가을까지이다. 그리고 3부는 조금의 간격을 두
고 대략 1958년 겨울에서 시작해 1959년에 이르는 시기를 시간적 배경
으로 한다. 물론 작품을 쓴 시기는 조금 다르다. 1부는 1955년부터『조
선문학』에 연재했다가 수정하여 1958년 재판을 발행했고, 2부는 1959년
부터『조선문학』에 연재한 후 1963년에 단행본으로 발행했다. 그리고 3
부는 1962년부터 역시『조선문학』에 연재해 1963년 완성했는데 단행본
으로는 발행하지 않은 것으로 알려져 있다. 3부가 단행본으로 발행되지
않은 것은 북한문학계에서『석개울의 새봄』을 평가할 때 3부는 전혀 언
급하지 않고 평가절하하는 분위기와도 관련이 있다.
천세봉이『석개울의 새봄』 1·2·3부에서 다루는 갈등들은 각각 층
위를 달리한다. 그 갈등들의 해석을 통해 북한문학계에서 1·2·3부에
대한 평가를 달리하는 이유를 밝힐 수 있으며, 더불어 이 시기 북한문
학의 지형도 변화가 어떤 방식으로 이뤄졌는가를 읽어낼 수 있으리라
기대된다.
『석개울의 새봄』의 대략적인 골격은 협동조합에 대한 반혁명 세력의
도전과 이를 극복하는 혁명세력의 투쟁이라는 틀을 유지하고 있다. 문
제적인 지점은 양대 세력의 갈등뿐만 아니라, 조합내부의 내면적 갈등

들이 『석개울의 새봄』의 극적 성취도를 높여주고 있다는 데 있다. 이러한 내부적 갈등은 북한농촌사회가 직면했던, 그리고 지금도 직면하고 있을 문제들을 리얼리즘적 형상화를 통해 드러내주고 있다. 이는 일종의 내적 진실이고 북한사회가 추구했던 이상과 실재의 대립에 따른 직접적인 갈등으로 해석할 수 있다.

1부의 갈등은 세포 당원인 억삼이가 당에 느끼는 다음과 같은 하소연을 통해 시작된다. "제기 난 그거 차라리 우에서 판에 박은 규칙이 내려오구 그대로 하라는 명령이 내렸으면 좋겠네. 이건 머 우경이야 좌경이야 하는 어간에서 조심스러워 해먹겠나."14) 이는 조합조직 과정에서 농민들의 정서와 조직적 과제가 충돌했을 때 터져 나온 불만의 목소리다. 조합원들은 땅을 조합이 합동경영하는 것에는 찬성하지만 개인소유로 돼 있는 농기구와 소를 어떻게 처리할 것인가에 대해 모두 의견을 달리한다. 농민들이 농기구와 소 값을 유상 보상받을 것인가 무상으로 내놓을 것인가를 놓고 옥신각신하는 장면은 물위로 솟아오르는 연어의 생명력만큼이나 생동감 있다. 천세봉의 진솔한 서사능력과 언어구사의 탁월함을 엿볼 수 있는 장면들이다.

1부는 조합원 개인이 가지고 있는 소소유제에 대한 집착들을 그리면서 자기 것을 지키고자 하는 이들의 욕망을 어떻게 해소할 것인가에 집중한다. 탁수일은 이 문제로 조합을 빠져나려고 하며, 조형모는 조합에 들여보냈던 소를 다시 끌고 오면서 조합을 탈퇴하기도 한다. 그리고 마영감은 마지막까지 조합에 들기를 거부한다. 거기다 부농층들은 빈농들을 제외한 여유 있는 부농끼리 따로 조합을 조직하려고 하는 등 조합가입을 거부한다. 실제로 농업협동조합 건설과정에서 주요한 고난은 북한사회가 공식적으로 주장하듯 미제국주의 간첩들의 책동에 의해 발생했다기 보다는 농민들의 이러한 국가정책에 대한 반대에서 비롯되었다. 미제국주의와의 투쟁이라는 이데올로기를 벗겨내면 이처럼 아웅다웅하며 생동감 있게 살아 있는 삶의 모습들이 알몸으로 드러난다.

2부는 농민들에게는 생소한 냉상모라는 농업기술의 도입에 따른 그들의 불안감과 이를 관철시키고자하는 관리 위원회의 갈등을 주요한 모티브로 하고 있다. 농업 생산력의 비약적 발전을 추구하는 농업협동조합이 냉상모를 도입하지만 농민들은 이전에 경험하지 못한 너무 급작스런 냉상모 경영은 많은 위험부담이 있다는 이유로 반대하고 나선다. 마영감은 냉상모에 대해 "좋구 나쁠게 없어. 나두 랭상모를 해 봤지만 잘못 잡도릴 했다간 농사를 망치는 판이야"[15)라고 경고를 한다. 이러한 갈등은 새것과 낡은 것 사이의 갈등과 당에서 하는 일은 올바르다는 지도층의 관념에 대해 기층농민들이 거부하고 나서는 지도층과 대중간의 대립의 한 단면을 보여준다. 당시 북한사회가 안고 있던 고질적인 문제에 대한 직접적인 문제제기이고, 이의 해결을 위해 택한 방식이 '모범을 창조하고 따라 배우자'이다. 창혁의 해결 방식 또한 평안북도 운전벌 대성농업 협동조합 관리위원장 황도일을 찾아가 두 묶음의 벼이삭을 얻어와 농민들을 설득하는 것으로 돼 있다. 이는 구체적이고 실증적인 자료를 제시함으로써 농민들을 설득할 수 있다는 신념을 제시하는 것과 같다. 육모 벼이삭들에는 벼 알이 백알 정도 밖에 안 달렸는데 냉상모 벼이삭에는 240알 이상이 달려 있음을 보여준 것이다.

또 하나의 갈등 축으로 농경 사회의 가족주의와 족벌주의에 대한 비판이 2부의 전면에 제기되고 있음도 주목할 만하다. 반혁명 세력 조맹원이 새로운 이당위원상 조경수의 7촌 숙벌되는 사람으로 설정돼 있어 조경수와 김창혁이 갈등하게 된다. 또 박씨 문중의 중종 토지를 관리하는 박중근이라는 중농이 박씨 문중을 동원해 조합과 갈등하면서 몇몇 박씨들은 조합을 탈퇴할 것을 결의 하기도 한다. "가문 사람끼리 모여서는 가끔 박중근을 욕하는 일이 있긴 하지만 가문 밖의 사람들과는 일체 가문 사람의 흉을 말하는 법이 없다"[16)는 족벌주의는 폐쇄적인 농경사회의 특성을 사실적으로 보여준다. 가족공동체와 가부장제로 유지돼오던 농경사회가 집단화되는 과정에서 드러나는 갈등은 북한사회의 핵심적 모순이었음을 『석개울의 새봄』을 통해 읽을 수 있다. 농촌공동체의 한 특징이 비록 '족벌주의'라는 부정적 모습으로 대표돼 제시되기는 했지만 농촌의 급작스런 '해체와 재구성'이 부작용을 야기하고 있음을 2부에서 읽을 수 있다.

3부에서 드러나는 북한농촌사회의 모순은 보다 더 직접적이고 북한사회의 입장에서 바라볼 때 위험스럽기까지 하다. 여기서는 농업진영과 농업을 지원하는 공업진영의 갈등이 직접적으로 드러나기 때문이다. 관료주의에 물들어 있는 군 농업임경소 지배인 윤병국은 반혁명세력이 아니다. 그러나 석개울의 농업 경영을 사사건건 문제삼아 지원을 회피한다. 농업 기계화를 지원하러 나온 농업임경소의 트랙터 운전수가 3센티 이상 깊게 밭을 갈아야 하는데도 목표량에만 급급해 한다. 이에 대한 김창혁은 "자기의 논갈이 계획을 150프로 200프로 해내자구 이렇게 가는 모양인데 글쎄 그렇게 해서 동무네 계획은 빨리 된다 쳐두 이게 농사가 되겠소?"[17]라고 질책한다. 이러한 집단이기주의는 맥여울 조합이 조합통합과정에서 사료 축적물 등을 공동관리하지 않고 조합원들끼리 분배해 버리는데서도 드러난다.

주목을 끄는 것은 3부에서 농업협동조합이 조합 경영자체에서 난관을 겪고 운영에 실패한다는 것이다. 세 개의 협동조합이 통합됨에 따라 조합 경영의 규모가 커지고 곳곳에서 대규모 경영에 실패하는 모습이 드러난다. 모내기 할 시기에 모가 모자라 급히 다른 조합에서 모를 꾸어 와야 하는 상황이 발생하는가하면 거름용 니탄을 산같이 채취하고도 운송을 못해 거름을 주지 못하는 일까지 발생한다. 또 조합원들의 일 배치도 합리적으로 이뤄지지 못해 곤란을 겪는 모습이 사실적으로 드러나 있다. 결국 3부는 김창혁이 조합경영의 실패에 대해 군당위원장 강영환에게 심한 질책을 받는 것으로 끝나고 만다. 생산규모가 커지면 계획·통제가 불가능해 진다는 지적을 통해 사회주의 사회에 가해졌던 일부 비판이 그대로 3부에서 드러나고 있음은 놀라운 일이다. 3부에서는 농·공갈등, 관료주의, 집단이기주의, 계획경제의 난점 등에 관한 언급들이 쏟아져 나오고 있다. 『석개울의 새봄』(3부)가 다루고 있는 이러한 갈등들은 북한사회에 현재에도 내재해 있는 갈등들이기도 할 것이다.

『석개울이 새봄』 1·2·3부 전체의 내용분석에서 가장 주의를 끄는 것은 혁명적 전형 김창혁이 주체적인 모습에서 당의 지도를 받는 '비주체적 모습'으로 변화해 간다는 사실이다.

1부의 김창혁은 조합원들의 의견을 민주적으로 수렴해 문제를 해결해 나가는 모습을 보여준다. 그는 토지의 조합 통합문제라든가 농기구와 소의 유상 통합을 조합원 총회를 통해 거수로 결정한다. 그리고 조합원들과 함께 일하면서 조합의 문제들을 파악해 내고 누구보다 헌신적으로 조합을 이끌어나간다. 2부에서도 김창혁의 헌신성은 유지되지만 조합원 총회는 조합원들의 과오를 비판하는 자리가 되고 정치학습이 이뤄지는 장이 돼 간다. 2부는 1부보다 군당 위원회와 석개울 조합의 관계가 보다 조직적 시각에서 강조되고 있다. 더불어 김창혁의 활동도 군당위원회의 지지·지원 속에서 이뤄지는 양상을 보인다. 게다가 3부는 농업협동조합의 통합을 급진적으로 추진하려던 김창혁이 과오를 저지르고도 간부 학교 농업협동조합 간부양성반에서 3년간 생활하고 돌아오는데서부터 시작된다. 김창혁은 3부에서 대규모 협동조합을 효율적으로 운영하지 못해 고난을 겪는, 헌신적이지만 조합경영에는 무능력한 관리위원장으로 선락하고 만 것이다. 1·2·3부의 전체적 흐름 속에서 바라보자면 창혁은 협동조합이 발전함에 따라 점점 당의 지도를 많이 받게 되고 창혁의 자발적이고 주체적인 모습은 점점 소멸해 간다. 또 1·2부에서 반혁명 세력들을 체포하는데 주동적 역할을 했던 창혁은 3부에서는 도 농업임경소에서 일하던 룡이의 기지와 도움을 받고서야 반혁명 세력들을 체포할 수 있게 된다. 3부의 마지막 부분에서 창혁은 자신의 실패에 대해 "조국의 땅 우에서 오직 한 곳 석개울만은 여전히 흑점으로 남아 있고 아니 그 흑점은 검은 빛은 더 심한 숯빛으로 된

듯 싶다"고 반성하면서 "어둡고 분한 마음으로 하늘에 끔뻑이는 별들만 쳐다보며 석개울로 돌아오"[18]는 것으로 대단원의 막을 내리게 된다. 초기의 개인적이고 영웅적인 전형이 결국에는 당의 역할이 강조되면서 '당적 전형'으로 변모해가는 변화의 패턴을 읽을 수 있다.

1부는 사회주의의 미래에 대한 낭만적 제시와 초기 농업협동조합 건설 과정의 역동성이 김창혁이라는 영웅적 전형을 통해 제시돼 있지만 2·3부는 건설의 역동성보다는 농업협동조합을 어떻게 지켜내고 발전시킬 것인가의 문제에 보다 집착하고 있다. 『석개울의 새봄』이 북한의 '농업협동조합 운동의 역사적 문건'으로 읽히는 이유가 여기에 있다. 1부의 협동조합 건설과정에서는 드러나지 않았던 문제가 2·3부에서는 세세한 문제에서부터 수면에 부상하기 시작해 북한농촌사회 내부의 근원적 문제까지 제기하기에 이른 것이다.

북한문학계에서는 1부의 창조적 성취만을 언급할 뿐 2·3부에 대한 문학적 평가는 유보하고 있다. 2·3부가 전후의 농촌건설의 역동적 모습과는 거리가 먼 북한사회 내부의 모순을 문학적으로 형상화했기 때문에 『조선문학사』나 『조선문학개관』, 심지어는 『조선전사』에서도 언급을 회피하는 것으로 파악된다. 특히 3부의 경우는 이러한 양상이 더욱 심한 것으로 드러나고 있는데 이 때문에 천세봉의 '과도기적 위치'가 지적되기도 한다.[19] 『석개울의 새봄』은 주체사상과 주체사실주의[20]가 확립되는 과정에서 창작된 소설이고 천세봉 자신이 농촌에 뿌리를 두고 농업협동조합의 운영과정을 직접 목격하면서 글을 썼기 때문에 드러나는 모순에 대한 리얼리즘적 기술에서 결코 자유로울 수 없었던 것이다. 게다가 『석개울의 새봄』이 농촌의 한 단면만을 드러내는 소설이 아니고 8년여에 걸쳐 창작된 대작이기 때문에 북한사회의 총체적 모습에 접근할 수 있었던 것으로 보인다. 『석개울의 새봄』에 나타나는 인간 유형을 분석해 보면 이러한 리얼리즘적 요소는 보다 구체적으로 드러난다.

3. 인간 형상화에 나타난 '이념'과 '실재'의 갈등

1) 가시적 갈등―이항대립을 통한 지배적 사회인식 반영

『석개울의 새봄』은 '혁명적 영웅(선)과 반혁명세력(악)'의 대결 및 그 중간의 변화하고 유동적인 중농들의 갈등으로 구성돼 있다.

1950년대 북한문학계의 과제가 새로운 사회주의적 인간형과 당적 전형 창조로 수렴되고 있는 상황에서 천세봉은 당시의 농촌을 치열한 계급투쟁의 장으로 묘사했다. 즉, 작가는 '소소유적 생산관계'의 변화를 실천하는 장으로 '농업협동조합'이라는 공간을 설정하고 이를 위해 혁명적 전형들이 헌신적으로 투쟁하는 모습을 그렸다.

『석개울의 새봄』의 핵심적 인물은 관리위원장 김창혁이다. 김창혁은 새것과 낡은 것의 투쟁, 공산주의적인 것과 자본주의적인 것의 투쟁에서 동요 없이 전진하는 북한사회의 한 이상적 인간형을 대표한다. 그가 자신이 직면한 현실에 대해 보이는 태도는 다음과 같은 대화에서 잘 드러난다. "난 이놈의 달구지가 용감하다고 봅니다. 얼마나 허다한 난관과 파란곡절을 깔아 뭉개면서 굴러 갑니까? 금방 저기 진창을 지나왔는데 또 이렇게 험한 바위길을 넘지 않습니까…… 나는 이놈의 산협길이 그냥 우리들이 나가는 사업행정과 같다구 봅니다. 어려운 진창길, 어려운 바위길…… 그렇지요. 우리들이 나가는 길과 같지요. 그런데 만약 그 어떤 목표가 없이 달구지처럼 진창길을 한없이 자꾸 굴러만 간다면 얼마나 한심스러운 일이겠소. 다행히 목표가 있으니까…… 전망을 가지고 있으니까…… 진창길도 성수가 나는 거지요." 『석개울의 새봄』은 1·2·3부에 걸쳐 다양한 진창길을 헤쳐나가는 창혁의 모습을 보여준다. 그 힘은 사회주의 미래사회 건설이라는 창혁이의 낭만적 정신과 당의 지도로부터 비롯된다.[21]

창혁의 주변에는 곽봉기·조경수·룡이·억삼이·엄대근·강영환 등 다양한 혁명적 주체들이 배치돼 있다. 이들은 창혁으로 대표되는 성격의 공유자들이며 창혁이의 모습을 부분적으로 공유하고 있는 창혁이의 분신들이기도 하다. 또, 작가는 이들이 '이상적으로 완벽한 인간형'으로 제시되지 않도록 다양한 디테일을 부가하고 있다. 창혁이가 조합경영에서 과오를 범하거나 룡이와의 애정문제에서 갈등을 일으키는 것, 혹은 조합운영을 급진적으로 추진하려다가도 간부 학교 농업협동조합 간부 양성반으로 들어가는 것 등이 그 예이다.

그러나 문제는 변하지 않는, '선은 항상 선'으로 드러나는 성격의 불변성이다. 과업 수행에 있어 실수는 존재하지만 배반은 없다. 선은 항상 선해야 한다는 이러한 신념은 어디에 근거를 둔 것인가? 1950년대 북한문학의 전형창조 과정을 통해 향후 북한문학에서 나타나는 절대적으로 선한 형상(예를 들면 수령형상)에 대한 절대적인 믿음의 성립배경을 밝힐 수 있으리라고 본다. '영웅적 전형'들이 북한문학에서 항상 선한 형상일 수 있는 근거는 갈등의 근원적 생산자이고, 결코 화해할 수 없는 적인 미제국주의자와 대립하는 것으로 설정돼 있기 때문이다. 전후 복구와 사회주의적 과제를 동시에 수행해야 하는 상황에서 미국과는 '철천지원수'일 수밖에 없다.

창혁과 대립하는 미제국주의의 핵심적 대리인은 강덕기다. 강덕기는 일제시대 순사였으며 북한의 후퇴시기에는 경찰대장으로서 북한에 위해를 가한 인물이다. 그는 미군 간첩기관의 지령을 받고 넘어온 인물로 북한사회에서 부정적인 것으로 규정된 모든 것의 응축체이다. 여기서 특이할 만한 것은 『석개울의 새봄』 전작에 걸쳐 등장한 간첩들은 모두 미국이 파견한 간첩들이라는 것이다. 이는 모든 적대적 모순의 대상을 '미국'으로 수렴시키려는 북한사회의 인식을 드러낸다. 강덕기가 그의 부하들에게 "당신들처럼 일을 이렇게 해 가지구야 어떻게 워신통의 충복이라구 말할 수 있겠는가? 이렇게 일을 하다가도 코 큰 상전들이 들어오면 나두 일 했소 하구 나설테야?"[22]라고 강변하는 대목은 절대악인 미국의 한 인상을 보여주고 있다.

강덕기는 미제국주주의를 구체화시킨 한 인간형이다. 그는 거침없이 윤리니 도덕이니 애정이니 의리니 하는 것은 무가치한 것이라고 말한다. 그는 육화된 욕망의 화신이며 살인과 폭행을 일삼는 반인륜적 인간이다. 자본주의와 제국주의를 인식하는 당시 북한사회의 태도는 2부에서 박중근과 조형모가 반혁명세력인 조맹원의 소개로 미 제국주의의 또 다른 대리인 김산해를 방문한 장면에서 극적으로 드러난다. 그것은 조선 것도 아니고 서양 것도 아닌 기괴한 모습으로 그려져 있으며 나체 입상과 발가벗은 모습의 예술품들에 대한 강조로 악마적 형상을 띄고 있다.

> 김산해의 말투는 어째 외국 사람이 조선 말 하는 것 같다. 그는 권연갑을 꺼내 놓았다. 박중근은 선뜻 김산해의 담배갑에서 한 대 뽑아다가 붙여 물었다. 그러나 조 형모는 제 주머니에서 담배 쌈지를 꺼내서 부시럭 부시럭 곰방대에 담았다. 박중근이는 모르겠지만 조형모는 당초에 김산해를 찾아 올 손님으로는 적당칠 않았다. 조형모는 동정에 진때가 낀 토목 두루마기를 입고 수염이 텁수룩한데 얼굴빛은 이 방안에 들어와 앉으니 더욱 시커멓다. 헌데 김산해는 해빛 한 번 보지 않은 얼굴에 테가 굵은 안경을 썼고 옷도 줄이 얼룩얼룩간 두터운 천으로 양복도 아니고 조선옷도 아닌 잠옷 비슷한 걸 입었다. 방안에 차려 놓은 것도 조형모 눈에 첨 보는 광경이다. 한쪽에 큰 테블이 놓여 있는데 초록빛 보가 씌워 있고 테블 우엔 사기로 만든, 서양 녀자의 라체 립상이 서 있다. 조형모는 그게 도무지 망측해서 볼 수가 없었다. 한 쪽엔 새가 나무등걸 우에 앉은 조각품이 놓여 있다. 그리고 무슨 책인지 횡서로 쓴 두꺼운 책이 몇 권 놓여 있다. 벽엔 그림을 넣은 액면이 둘 붙어 있는데 하나는 락엽이 지는 풍경화이고 하나는 발가벗은 녀자들이 강물에서 목욕을 감는 그림이다. 조 형모는 흘끔 쳐다보다가 외면했다. 구역질이 나서 견딜 수 없었다.[23](강조는 인용자)

김산해는 아편을 이용해 불순세력을 규합하고 미국의 사주를 받아 '대한 반공단'을 조직, 숭미사상을 고취시키고 있는 인물이다. 여기서

주의를 끄는 것은 김산해에 대한 세세한 묘사장면이다. 김산해의 형상은 모든 것이 기괴하기만 하다. 그의 어투·복장·취향은 모두 천박한 혼합물로 묘사되고 있다. 미 제국주의와 봉건적 조선의 기괴한 만남, 그 만남은 제국주의가 조선에 전파시킨 혐오스런 악의 형상으로 그려지고 있다. 김산해의 햇빛 한 번 보지 않은 얼굴과 굵은 안경, 그리고 두꺼운 책은 봉건시대 민중들을 노동 없이 착취했던 양반계급의 모습이자 부르주아의 모습이다. 서양여자의 나체 입상과 발가벗은 여자 그림은 자본주의의 퇴폐문화와 욕망을 상징한다. 나무등걸 위에 앉은 새는 미국의 상징인 독수리를 의미하고 있음은 바로 알 수 있다. 그리고 김산해가 양복도 아니고 조선옷도 아닌 복장으로 외국 사람의 조선 말투를 쓰는 것은 제국주의의 침투에 의해 오염된 '반(半)봉건 식민지' 모습을 은유적으로 표현한 것이다. 이러한 기묘한 모습은 조형모(갈등하기는 하지만 북한의 일반적 민중)에게 '구역질이 나는 존재'로 비춰지고 도저히 화해할 수 없는 '악'으로 인식된다. 다른 측면에서 주목할 만한 것은 천세봉의 묘사력이다. 일반적으로 1950년대 북한문학에서 미국은 승냥이·짐승·벌레로 형상화되고 있는데 비해 천세봉은 뛰어난 서사력과 사실적 기법을 통해 김산해를 형상화해내고 있는 것이다. 이는 천세봉이 지니고 있는 사실주의적 성격을 잘 드러내주는 것이기도 하다.

일종의 '악마주의적 형상'을 하고 있는 김산해의 모습은 북한사회가 인식하고 있는 '적'이라는 추상물을 구체화시킨 모습이라고 볼 수 있다. 사회주의라는 새것에 대한 이데올로기 투쟁전선에서 반인간, 반도덕으로 봉건주의, 자본주의와 제국주의가 제시됨으로써 프로파겐다(propaganda)의 효과를 극대화시키고 있음을 볼 수 있다. 즉, '절대 선'과 '절대 악'의 대치는 양자를 고정불변하게 하고 있으며 결국 '선'과 '악'이라는 이중대립 구도 속에서 유동적인, 그리고 갈등하는 인간의 형상들이 나올 수밖에 없는 근거가 마련되고 있는 것이다. 북한문학이 이들 '절대선'과 '절대악'의 대립으로만 읽힐 때 항상 선한 영웅이 승리하는 '영웅신화(수령형상)'

가 되고 만다. 당시 북한문학이 '도식주의' 논쟁의 와중에 있었음은 주목할 만하다. 이러한 '도식주의'[24]에 대한 비판이 천세봉에게 탁월한 '현실비판'적 글쓰기에까지 이르게 한 것으로 해석할 수 있다. 그 비판적 힘은 중농계층을 통해 구체적으로 드러난다.

2) 심층적 갈등—마영감의 '전형성'과 중농들의 방황

작가 천세봉은 '영웅적 전형'과 '악마적 반혁명 세력'에 대한 배치를 탁월하게 했으며, 더불어 보다 더 세심하게 애정과 주의를 가지고 이 영웅과 악마 사이에 갈등하고 동요하는 중농층들을 형상화했다. 이들은 작가의 사실적 체험에 근거한 구체적인 인간형들이고 북한농촌의 혁명적 재편시기에 동요하고 갈등하며 영웅적 전형들의 교양과 설득에 의해 체제 내에 흡수되기도 하고 반혁명세력들에게 포섭돼 비운의 길을 걷기도 한다. 협동조합 건설과정에서 국가와 농민간의 갈등이 존재했고, 이 갈등은 때로는 소극적 반발로 때로는 적극적 양상으로 표출됐다[25]. 천세봉은 농촌 생활과 협동조합 건설 사업을 현장에서 체험하면서 작품을 썼기 때문에 국가와 농민간의 갈등은 어떤 식으로든 작품에 영향을 줄 수밖에 없었다. 이는 사회주의 발전 초기 단계에서 원시 축적이 농촌에 대한 착취를 통해 이뤄졌다는 일부 주장과도 맥이 닿는 부분이기도 하다.[26]

개인경리에 대한 집착 때문에 협동조합과 갈등하는 대표적 인물은 탁수일 · 조형모 · 마영감이다.

탁수일이는 처음 "공화국이 사회주의로 나가는건 틀림없기 때문에 하루라도 먼저 조합원이 되는 것이 유리하다"는 생각을 가지고 조합조직에 적극적으로 참여하려고 했다. 앞으로 "국가에서는 개인경리보다 협동경리를 우선적으로 생각"할 것이기 때문이다. 그러나 조합조직의 과정에서 토지를 어떻게 공동운영할 것인가, 소의 축력을 사람의 노력과 어떻게 비교해 계산할 것인가, 그리고 농기계를 무상으로 조합에서 회수하느냐 하는 문제가 계속 제기됨에 따라 갈등하게 된다. 왜냐하면 "이 무서운 소용돌이 속에서 자기의 불어가기 시작하는 재산이 조합에 빨려 들어가고 말 것 같았기 때문"이다.[27]

탁수일은 보통학교를 나온 밑천이 있는 인물로 해방 전에 소유했던 약간의 재산에 해방 후 토지 개혁에서 더 분배 받은 토지로 생활이 비교적 부유해진 인물이다. 그는 정미소 주권까지 소유하고 있어 비교적 경제적 여유가 있는, 갈등하는 인물이다. 그는 반혁명세력 박병천으로부터 아비산을 가축들의 축사에 뿌리라는 유혹까지 받게 된다. 그러나 김창혁의 꾸준한 교양 속에서 조합경영의 핵심적 인물로 변하게 된다. '선'과 '악'의 치열한 투쟁에서 '선'의 우월성을 보고 변화하는 한 인간형으로 탁수일이 제시되고 있는데 여기에는 전혀 강제적 요소가 작용하지 않은 듯이 작가는 형상화하려 했다.

그러나 탁수일이 국가가 운영하는 문제에 순응할 때 자신을 유지시킬 수 있다는 문제를 강하게 인식하고 있음이 초반부에 드러난다는 것을 주목해야 한다. 즉, 작가는 탁수일을 통해 북한사회에서 북한인민으로 살아남기 위해서는 어떤 길을 선택해야 했는가를 은연중에 보여주고 있다. 물론 거기에는 강제와 강요가 없을 수도 있지만 한 체제가 공고화되고 주도권이 사회주의적 생산관계 형성으로 변화하는 와중에서 개인의 선택은 이미 결정돼 있는 것이나 마찬가지라고 볼 수 있다. 이렇듯 갈 곳 없는 개인의 모습은 조형모를 통해 더 잘 드러난다. 조형모는 소의 공동관리 문제로 협동조합과 충돌한 후 조합을 탈퇴하고 비방하는 인물로 나온다. 그는 아내마저 조합에 가입해 있어서 개인경리가 불가능한 상태이므로 조합에 대한 불만이 대단한 사람이다. 그래서 석 개울 내에서 소외받게 되고 다른 정착지를 찾아 이 마을 저 마을을 방황하게 된다. 그러나 북한 전역은 이미 '협동조합' 공고화가 진행 중에 있고 자신은 철저히 소외돼 있음을 이 여행을 통해 절실히 느끼게 된다. 결국 그가 전체에 의한 개인의 소외에서 벗어나는 길은 협동조합으로 통합되는 길 밖에 없음을 깨닫게 되는 것이다.

천세봉은『석개울의 새봄』을 통해 농업협동조합 건설이 '밀어내기와 감싸안기'를 통해 이뤄졌음을 사실적으로 드러냈다.[28] 협동조합 가입을 거부하고 개인경리를 주장하는 농민들은 집단에서 소외된 개인이라는 위기의식을 절감하게 된다. 그러나 그 작동양식은 보다 냉혹하고 철저하다. 왜냐하면 혁명적 영웅들의 계급투쟁이라는 '선'의 영역에서 밀려난 개인은 미제국주의인 '악'의 영토로 들어간 어둠의 자식들로 간주되기 때문이다. 미제의 간첩이라는 규정 이후에는 '일종의 마녀사냥'식 폭행이 엄중하게 가해질 것임은 자명하다. 마치 남한사회에서 무소불위의 권위를 가지고 '보안법'이 횡행했던 것과 같은 방식으로 말이다.

그러나 천세봉은 여기서 멈춰버리지 않는다. 마영감이라는 탁월한 북한 농민의 전형이 등장하기 때문이다.

마영감은 작가가 작품 속에서 김창혁에 못지 않은 애정을 쏟아 붓고 있는 인물이며 가장 생동감 있게 살아 있는 유동적이며 매력적인 인물이다. 마령감은 쉰 다섯으로 정직하고 양심이 곧고 성실한 농민이다. 그는 평생을 성실하게 땅과 씨름 해왔으며 매듭진 큰손이나 굵은 뼈마디도 흙 때문에 자라고 흙 때문에 세졌다. 투전을 해보거나 술을 먹은 적도 없다.

그런 그가 협동조합 건설 과정에서 김창혁과 첨예하게 갈등하는 것이다. 그 갈등의 양상은 간단하지만은 않다. 마영감은 그의 경험에서 우러나오는 이야기로 되려 심창혁을 설득하려 하는 것이다.

"아니 그것보다 조그만 품앗이반이나 소겨리반도 말썽이 많단 말이야…… 흥 금년에도 바루 우리 작업반에서 장마통에 밭김을 못 매고 있다가 말썽이 났네, 날이 들자 저마끔 제밭 김부터 매겠다고 야단이니 이게 딱하지 않은가?

그러니 누구네 밭을 먼저 매고 누구네 밭을 뒤에 매겠나. 모두 호미를 들군 제 밭으로 달아났네. 하마트면 품앗이반이구 머구 깨져 버릴뻔 했지……."

"아주버이 그러니까 그런 모순이 조합에선 해결된다는 말입니다. 토지는 개인 소유이지만 조합이 통일적 계획 밑에 경작하는 거니까 제 땅을 제가 먼저 하겠다는 그런 모순은 없어지고 맙니다. 어느 밭을 먼저 김 매서 다수확을 거두게 되던 그것은 조합원 전체의 리익으로 돌아가기 때문에 조금도 그런 말썽은 생길 리가 없습니다. 조합이 품앗이반이나 소겨리 반보다 우월한 점이 우선 거기 있지요"

"아닐세 그건 나두 알구 있네. 내 말은 그런 조그만 품앗이반두 운영하기가 어려운데 동네가 거의 합쳐서 하는 일이 그래 수월함즉 한가? 댓씩 사는 한 가정에서도 가끔 쌈이 나네."[29]

마영감의 말처럼 조합 내에서의 싸움은 계속되는 고난으로 실제화된다. 그것은 제국주의와의 투쟁이기 이전에 사회구성원 개개인의 내면에 잠재하는 깊은 목소리와의 대화이다. 마영감이 생각하는 땅은 찍으면 핏방울이 나올 육체의 한 부분이다. 논을 가는 호리나 쇠스랑, 호미 같은 것도 자신의 손때가 묻은 것이면 그걸 연장으로 알지 않고 그 이상의 소중한 것으로 여긴다. 토지도 농민들이 정을 붙이지 않고는 제 소출을 못 낸다는 것이 마영감의 주장이다. 그러나 이에 대한 김창혁의 대응논리는 구체적이고 실제적이지 못하다. 집단적 경리가 생산력에서 우월하다는 것에 대한 주장과 조합 관리위원장으로서 조합을 관리하기 위해 헌신적으로 투쟁하는 모습이 있을 뿐이다. 그리고 때때로 열리는 조합원 총회에서 행하는 몇몇 발언만이 대응논리로 등장할 뿐이다.

작가 천세봉은 이미 그의 단편 「5월」(1949)에서 형추라는 인간형과 「호랑령감」(1949)의 범영감을 통해 마영감의 모습을 제시한 바 있다. 형추는 50이 넘는 근면한 농민인데 토지개혁 이후 토지의 주인이 됨으로써 영농법을 과학적으로 설계하고 그것을 털끝만치도 어김없이 수행할 것을 자기 임무로 하는 인물로 형상화돼 있다. 범영감은 건장하고 유머

러스한 익살꾼이며 무슨 일에든 남에게 지기 싫어하며 자기가 맡은 책임은 끝까지 완수하고야마는 명랑한 성격의 인물이다. 이 두 인물은 해방과 토지개혁 이후 북한 농민들이 가지는 기쁨을 사실적으로 그려진 대표적 전형으로 북한에서도 평가받고 있다.[30] 형추와 범영감의 모습은 이제 마영감의 형상화로 이어졌고 이들은 또 다시 새로운 변화에 직면해 적응을 강요받고 있다. 이들의 기쁨의 근원이 토지개혁에 따르는 자기 땅의 소유였다면 협동조합 건설은 다시 토지 없는 과거로 회귀하는 모습으로 비춰지고 있는 것이다. 천세봉 또한 예전의 긍정적 인물의 모습을 띠고 있는 마영감에 대한 자신의 애정을 포기하지 못하고 있음을 알 수 있다.

마영감은 1부의 말미에서 조합의 농사가 상상할 수 없을 정도로 풍작을 이루자 결국 조합에 가입하게 된다. 그러나 마영감이 그간 보여 왔던 소소유제에 대한 옹호나 고집스러웠던 모습에 비추어 볼 때 모순은 여전히 내재해 있는 형식상의 조합 가입일 뿐이다. 마영감과 조합의 갈등은 마영감의 조합가입만으로 끝나는 것은 아니다. 마영감은 2부에서 보다 직접적이고도 사회적인 발언을 통해 북한사회가 안고 있는 문제에 대해 언급한다.

사실 그는 조합에 가입은 했으나 이 겨울 동안 조합에 대한 불만이 은근히 자라 올랐다. 마 령감으로선 그럴 만한 리유가 있다. 그는 조합 생활을 하게 되면서 늘 무엇인가 잃어 버린 것 같이 마음이 허전해지기 시작했다. 날이 갈수록 점점 더 했다. 일 년 동안이나 고집을 부리다가 조합에 들 때는 집안 식구들도 모두 기뻐했고 또 실상 자기의 마음도 무거운 짐을 벗어 던진 듯 거뜬했다. 그런데 조합에 들어서 석 달 가까운 동안 일을 했는데 도무지 일에 재미라곤 붙일 수가 없었다. 새끼를 꼬고 가마니를 꾸미고 잠구를 만들고 소 바를 드리고 …… 일은 허다히 했는데 하나도 자기 필요와 자기 계획에 의해서 한 게 아니고 작업반장이나 분조장이 시켜서 했을 뿐이다. 생각해 보면 자기 대로 한 일이란 하나도 없고 그저 시키는 대로 하면 그만이였다. 래일 할 일을 오늘 알 수가 없고 어떤 땐 서투른 작업반장이 작업 배치를 잘못해 놓았다간 금시 새끼를 꼬는데 와서 다른 작업에 가라고 소리를 지르기도 했다. 좋게 생각하면 기계고 나쁘게 생각하면 흉물이 된 셈이었다. 모두 조합이 좋다고들 하는데 마 령감은 조합 사업이 내 일처럼 안겨 오질 않았다. 자기의 토지, 축들이 조합의 어느 구석에 들어가 있고 농사 준비가 어떻게 되어 가는지 셈판을 알 수가 없었다. 관리 위원회에선 밤낮 수판을 튀기며 계획이야, 중간 총화야 하고 떠드는데 마 령감의 귀에는 그저 웅성웅성하는 소음으로만 들리었다.³¹⁾(강조는 인용자)

『석개울의 새봄』에 비판적 지식인은 등장하지 않는다. 그러나 위의 인용문에서 볼 수 있듯이 마영감은 비판적 기능을 탁월하게 수행해 낸다. 농촌사회에서의 자신의 실제 경험과 인간에 대한 통찰을 바탕으로 소소유제 부정에 따르는 '인간소외' 문제를 전면적으로 제기하고 있는 것이다. 전체적 생산관계 속에서 개체화되는 인간의 문제는 마영감으로 표상되는 한 중농에게는 심각한 무기력을 야기시킨다. 이러한 서사구조는 폭발적 힘을 발휘할 수 있다. 특히 주목되는 어구인 "자기의 필요와 계획이 아닌 시켜서 하는" 비주체화된 모습이나 "기계 내지 흉물"로 간주되는 인간의 형상은 개별적 인간이 느끼는 '최소한의 큰 저항'을 표현하고 있다. 전후 북한사회가 건설하려고 하는 사회주의적 생산관계에 대한 전면적인 문제제기와 연결될 수 있고 사회주의 전체 구조를 뒤흔들 수 있는 담론의 역할을 수행할 수도 있기 때문이다. 여기서 작가와 세계와의 모순이 드러난다.

천세봉의 마영감에 대한 집요하고도 끈질긴 애정이나 마영감을 통한 문제제기는 분명 귀 기울여야할 북한사회가 당면하는 문제였고 지금에 있어서는 현실사회주의 붕괴 이후 사회주의 전체에 대해 제기됐던 문제이기도 하다. 천세봉은 그의 창작영역을 보다 확장해가는 과정에서 현실과 이상사이에서 심각한 갈등을 경험하고 있음을 마영감을 통해 알 수 있다. 당시 북한사회는 전후 복구 과정에서 농촌에서의 잉여생산물에 대한 일종의 사회주의 착취를 통해 근대 공업화의 기반을 구축했다. 이는 사회주의사회체제가 농민에게 가하는 일종의 사회주의적 착취라고 할 수 있다.[32] 이러한 전체적 노동자 중심의 생산구조 속에서 느끼는 농민들의 소외감이 천세봉과 무의식적으로 교감한 것으로 볼 수 있다. 중농층의 국가정책에 대한 저항은 이러한 '농민의 소외'감을 저항적으로 표현한 것이다. 천세봉은 마영감이 가지고 있는 사회에 대한 폭발적이고 비판적인 힘을 '악'으로 규정하지 못한다. 그러나 결국 천세봉은 마영감의 문제를 세대간의 부조화로 해소시키는 방식을 택함으로써 질문을 우회해 버린다. 마영감의 이러한 현실에 대한 비판적이고 부정적인 시각은 김창혁이 협동조합의 주요한 일들을 마영감에게 책임지움으로써 부분적으로 해소된다. 늙은 사람으로서 젊은이들의 일에 적극적으로 도와야 한다는, 그리고 '새로운 것들의 시대'에 '낡은 것들'은 이제 서서히 자리를 양보해야 한다는 해결 방식이다. 여기서 마영감은 발전하는 인간으로서 전형성을 지닌 인물이다. 루카치가 말했듯이 작가는 자신이 그려낸 인물들과 융합되고, 자신의 소망이 아니라 그들의 운동 법칙들에 따라 삶을 영위하며, 그들로부터 배우고 그들의 운명을 받아들일 수 있다. 천세봉은 마영감을 작가의 의도에 의해 좌우되는 인물이 아닌 나름의 운동 법칙을 갖고 있는 살아있는 인물로 그리고 있다. 물론 마영감의 끝없는 탈주를 방지하는 차원에서 천세봉은 타협하고 말지만 『석개울의 새봄』이 엥겔스가 말한 '리얼리즘의 승리'[33]에 접근할 수 있는 이유가 여기에 있다.[34]

이러한 작가와 세계와의 모순은 작가가 발현해야 하는 계급의식과 실제 현실과의 괴리에서 첨예하게 드러난다. 영웅적 인물을 창조할 때는 사회주의적 인간형은 어떠해야 하는가에 대한 북한사회의 요구사항이 존재하고 그 요구를 염두에 두면서 전형을 창조해 나가면 된다.[35] 반혁명세력의 형상화도 비슷한 맥락에서 이해될 수 있다. 정서적 반감을 유발시키는 반인륜적 형태로서 기술될 때 그들은 모든 독자들의 공분의 대상이 될 수 있다. 그러나 중간적 인간들, 절대선도 아니고 절대

악도 아닌 바로 인간들의 모습인 탁수일과 조형모와 마영감의 형상은 보다 복잡한 모습으로 제시될 수밖에 없다. 그것은 '악'과 '선'을 공유하고 있기에 때로는 악마의 미소를 짓기도 때로는 인정어린 손짓을 할 수 있는 인간으로 형상화 된다. 비록 북한문학계에서는 『석개울의 새봄』을 영웅적 전형들의 진실한 형상화에 성공했는지의 여부에 초점을 맞춰 평가하지만 진정으로 『석개울의 새봄』이 훌륭한 문학적 성취를 이룰 수 있었던 이유는 '갈등하는 중농'들의 모습을 인간적으로 형상화했기 때문이다. 바로 이 인간의 모습을 어떻게 담아낼 것인가가 아직도 문학의 과제이고 이 인간의 모습에 대한 작가의 창조적 노력이 지속되고 있다면 현실에 대한 비판적 힘을 작가에게 기대할 수 있는 것이다.

4. 맺음말

북한문학 연구는 '북한'과 '문학'을 동시에 문제 삼는 작업이다. 그러나 문학과 북한이 복합됨으로써 보편적인 문학이기보다는 조금은 '특수한 문학'이라는 어감을 갖게 된다. 개별자이면서 특수자이기도 한 '북한문학'은 1970년대부터 '주체사실주의'라는 나름의 문학원리에 입각해 운용되고 있다. 1950년대는 북한문학이 사회주의리얼리즘에서 주체사실주의로 변화하는 과정의 시기였음은 분명하다. 북한문학의 변화 맥락에서 볼 때 이 작품이 북한문학의 격변기에 문학이 어떤 갈등을 겪고 있었는가를 나타내는 대표적 작품임을 알 수 있다. 『석개울의 새봄』이 가지고 있는 날카로운 현실비판 의식은 그것이 비록 전체적 주제로 드러나지는 않지만 분단 이후 남·북한문학이 공유하고 있는 '문학의 힘'을 드러내 보여준다.

1950년대와 1960년대에 씌어진『석개울의 새봄』이 북한의 사회적 당위에 짓눌리지 않은 평범한 인간들의 갈등하는 양상을 드러냄으로써 문학에서의 보편적 인간을 형상화내고 있음을 알 수 있다. 제1부는 전후 초기 북한사회의 역동성을 농업협동조합 건설 과정을 통해 보여주고 있다면 2부와 3부는 북한사회 내부의 모순에 보다 천착하고 있는 모습을 보여주고 있다. 이는 1950년대 북한문학이 도식주의 논쟁에 와중에 있었고 또 천세봉이 농촌현실에 뿌리를 둔 상태에서 작품을 창작했기에 가능했다. 인간이 파악하고 있는 어떤 법칙과 당위보다도 현실은 복잡하고 생생하며 풍부하다. 천세봉은 이러한 역동적인 현실과 계급의식이라는 당위 사이에서 갈등하면서 다양한 인간의 살아있는 현실을 형상화하게 된 것이다. 물론 천세봉도 북한문학의 당위적 과제에서 자유롭지는 못했다. '절대선'과 '절대악'의 대립을 기본구도로 하고 있다든지 당의 문학으로써의 기본적 임무에 충실하려고 하는 전체적 흐름을 통해서도 천세봉의 한계는 드러난다. 그러나 마영감은 스스로의 운동법칙에 따라 발전하는 동적인 인물로 그려지고 있어 당시 북한농촌사회가 직면하고 있던 다양한 모순들을 폭발적인 힘으로 드러내고 있다. 이후『석개울의 새봄』이 북한문학계 뿐만 아니라 남한문학계에서도 높은 평가를 받을 수 있는 근거가 바로 이러한 사실주의적 요소에 있다고 본다.『석개울의 새봄』은 사회주의리얼리즘의 경향의 작품이기도 하지만 현실에 대한 비판적 입장을 견지하고 있는 비판적리얼리즘의 경향도 지니고 있기 때문이다.

필자는 천세봉의『석개울의 새봄』을 나름의 독법을 통한 새로운 북한문학 읽기를 시도했다. 이는 북한문학계 내에서『석개울의 새봄』에 대해 행하는 평가와는 다른 방식의 갈등분석이었고 인물유형에 대한 심층적 분석을 통해 북한사회 내부의 갈등을 해석해낸 것이기도 했다. 남한 연구자들의 '북한문학'에 대한 연구는 끊임없이 어떻게 안티테제를 도출해 낼 것인가라는 문제로 수렴될 가능성이 높다. 남한 연구자들은 북한문학 작품을 읽으면서 등장인물과 독자가 동일화됨으로써 카타르시스를 느끼는 그런 행복한 경험과 만나지 못하곤 한다. 이는 분단으로 인해 남북한과 동일화되는 연구자의 의식이 억압당하고 있기 때문이며, 이로 인해 남한 연구자에 의한 북한문학 읽기가 어느 순간 무미건조한 객관물에 대한 냉철한 접근으로 유도되고 있기 때문이다. 어떤 연구자가 그 작품을 통해 감동과 진실을 발견할 수 없다면 그 문학작품은 '문학으로 향유' 되지 못한다. 남한문학계가 북한문학을 '수령형상문학'으로 재단하는 것이나 북한문학계가 남한문학을 '부르주아 문학'이라고 규정하는 것은 서로가 작품을 공유하지 못하게 하는 분단 이데올로기로 작용하고 있다.[36] 분단 이데올로기는 문학세계에도 깊이 자리하고 있으며 서로에 대한 이해를 끊임없이 방해하고 있다. 그럼에도 불구하고 북한문학에 대한 남한연구자들의 작품론과 작가론 같은 구체적 연구성과물들은 지속적으로 나와야 한다. 이것이 바로 이제는 체제화된 남・북한문학 내의 '분단이데올로기'에 저항할 수 있는 최소한의 방법이기 때문이다. 결국 남・북한문학은 '통일문학'이라는 이름으로, 혹은 동시대에 한 민족 내에 존재했던 문학으로 미래에는 새로운 이름을 가지게 될 것이므로 최소한의 저항은 여전히 유의미하다.

주석

1) 1976년에야 재・월북 작가에 대한 공식적인 언급이 시작됐고 1988년에 이뤄진 부분적 해금조치마저도 이기영・한설야・조영출・백인준・홍명희 등이 제외되었다. 아직도 남・북한문학간의 '전면개방' '자유왕래'는 요원한 일로 남아있다.

2) 북한문학과 관련해 남한의 주요 단행본들이 다루고 있는 내용을 보더라도 구체적 작품론과 작가론은 상대적으로 빈약함을 알 수 있다. 최동호 편, 『남북한현대문학사』, 나남출판, 1995; 김재용, 『북한문학의 역사적 이해』, 문학과지성사, 1994; 이기봉, 『북의 문학과 예술인』, 사사연, 1986; 이형기 외, 『북한의 현대문학』 I・II, 고려원, 1990; 성기조, 『북한의 비평문학 40년』, 신원문화사, 1990; 권영민 편, 『북한의 문학』, 을유문화사, 1990 등이들 대부분은 구체적 작가론과 작품론에 기반해 있다기보다는 북한문학에 대한 개관이나 비판적 소개에 초점이 맞춰져 있다.

3) 『석개울의 새봄』 제1부는 『조선문학』의 1955년 7월부터 9월까지를, 제2부는 『조선문학』 1959년 8월부터 1960년 12월까지 연재된 것을 원본으로 했으며 당시 『조선문학』은 조선작가동맹출판사(평양)에서 발행하고 있었다. 마지막 제3부는 1962년 3월호부터 1962년 6월호까지 『조선문학』(조선문학예술총동맹출판사)에 연재된 것을 기본 텍스트로 삼았다. 그리고 제1부는 가필 수정된 다음 1958년 조선작가동맹출판사에서 단행본으로 나왔다. 여기서는 1958년 본을 확인할 수 없는 관계로 1994년 문학예술출판사(평양)에서 발행한 『석개울의 새봄(제1부)』을 참고했다.

4) 처녀작은 단편소설 「령로(嶺路)」(함남도 문예총 현상모집 당선작, 지방잡지 『예술』에 게재)이고 이후 『조선문학』 창간호에 8 · 15 2주년 기념현상 모집 3등 당선작 「새로운 맥박」이 실리면서 본격적인 창작활동에 들어간다(김헌순, 「천세봉과 농촌」, 『조선문학』 1960년 7월호, 조선작가동맹출판사(평양), 1960, 112면.

5) 이명재는 천세봉의 정치적 여정을 다음과 같이 더 구체적으로 서술하고 있다. "정치적으로는 노동당 중앙위원회 후보위원(1970년 당 제5차대회)을 거쳐 1971년에는 작가동맹 위원장을 지냈다. 1972년에는 최고인민회의 제5기 대의원, 동 사설회의 위원, 1977년에는 중앙선거위원회 위원과 최고인민회의 제6기 대의원 및 상설회의 의원, 1980년에는 노동당 중앙위원에 이른다. 1981년에 『조선문학』(작가동맹기관지) 발행 400호 기념보고회에 참석한 그는 1982년에는 최고인민회의 제7기 대의원 및 상설회의 의원을 지냈다. 1985년에 김일성 훈장을 받은 그는 1986년 4월 18일에 71세를 일기로 세상을 떠난다."(이명재 편, 『북한문학사전』, 국학자료원, 1995, 1016~1017면)

6) 박종원 · 류만, 『조선문학개관』 I, 평양 : 사회과학출판사, 1986, 212면.

7) 사회과학원 문학연구소, 『조선문학사(1945~1958)』, 평양 : 과학백과사전출판사, 1978, 309면.

8) 사회과학원 력사연구소, 『조선전사』 29, 평양 : 과학백과사전출판사, 1981, 308면.

9) 김헌순, 앞의 책, 121면.

10) 『석개울의 새봄』에 대한 북한문학계의 일부 비판도 이러한 맥락과 닿아 있다. "사회주의 사실주의는 현실의 이모저모를 차별없이 사진 찍기를 요망하지 않는다. 그러나 작가 천세봉은 이 소설에서 적지 않은 경우에 사진사의 역할을 놓고 있다. 일단 그의 '렌즈'에 반영되기만 하면 그것이 우리 현실의 진실이건 아니건, 또는 아름다운 사물이건 오물이건 말끔히 찍어 내려고 노력했다. 이 장편소설에는 맨 처음 장부터 끝장에 이르기까지 거의 묘사의 농담이 없는 바 이것은 우연한 일이 아니다. 또 작가가 어느 부분을 투철히 뵈여 주려고 했는지 알아 보기 힘든 것도 우연한 일이 아니다."(김영석, 「우리 산문문학에 반영된 농촌생활의 진실」, 『조선문학』 1957년 5월호, 평양 : 조선작가동맹출판사, 1957, 130면. 강조는 인용자)

11) "공업부문에서는 8,700여 동의 공장 및 제조소 건물과 생산설비들이 파괴되었다. 그 결과 전쟁 이전과 비교하여 북한의 공업생산중에서 전력 생산은 26퍼센트, 연료생산은 11퍼센트, 야금생산은 10퍼센트, 그리고 화학생산은 22퍼센트로 감소했다. 농업부문에서는 37만 정보의 농경지가 피해를 입었고 9만 정보의 농경지가 감소되었으며, 25만두의 소와 38만 두의 돼지가 피해를 입었다. 과실수 역시 9만 본 가량 피해를 입었다. 비율로 환산해보면 전쟁이전과 비교해서 북한의 농업생산은 알곡생산이 88퍼센트, 면화가 23퍼센트, 과실이 72퍼센트, 고치생산이 56퍼센트로 각각 감소했다."(국가계획위원회 중앙통계국, 「3개년 인민경제계획 실행에서 조선 인민이 쟁취한 위대한 성과」, 1957년 2월 22일 보고(『로동신문』 1957년 2월 24일자 보도); 강만길 외, 『한국사21』, 한길사, 1995, 171면 재인용)

12) 천세봉, 「천리마 시대의 소설과 문학」, 『문학신문』, 1961.3.21.

13) 강만길 외, 앞의 책, 188면.

14) 천세봉, 「석개울의 새봄(1부)」, 『조선문학』 1955년 7월호, 평양: 조선작가동맹출판사, 1955, 8면.

15) 천세봉, 「석개울의 새봄(2부)」, 『조선문학』 1959년 9월호, 평양: 조선문학예술총동맹출판사, 1959, 55면.

16) 위의 책, 20면.

17) 천세봉, 「석개울의 새봄(제3부)」, 『조선문학』 1963년 1월호, 평양: 조선문학예술총동맹출판사, 1963, 102면.

18) 위의 책, 64면.

19) "소설사적인 면에서 그가 가지는 의미는 대체로 앞서 이야기한 바와 같이 그의 과도기적인 위치와 관련된다. 즉 그는 해방 이전의 문학사적 전통을 이어 받아 1960년대 이후에 형성되는 주체문학론 속에 넘겨주는 역할을 맡고 있는 것이다. 그 중에서 전자에 해당하는 대표적인 작품이 그의 대표작이기도 한 장편 『석개울의 새봄』이다."(이명재, 앞의 책, 1,017면)

20) "주체사실주의는 인민대중을 중심으로 하여 사회와 력사를 보고 그리는 창작방법이다. 인민대중을 중심에 놓고 사회력사발전을 그린다는 것은 인민 대중을 사회력사발전의 주체로, 사회력사적운동을 인민대중의 자주적이며 창조적이며 의식적인 운동으로 보고 그린다는 것을 말한다."(윤종성 외, 『문학상식』, 평양: 문학예술종합출판사, 1994, 701면)

21) 김헌순, 「공산주의 교양과 장편 소설 『석개울의 새봄』」, 『조선문학』 1959년 7월호, 평양: 조선작가동맹출판사, 1959, 129~130면.

22) 천세봉, 「석개울의 새봄(3부)」, 앞의 책, 16면.

23) 천세봉, 「석개울의 새봄(2부)」, 앞의 책, 16면.

24) 도식주의에 대한 반성은 안함광의 다음과 같은 언급에서 잘 드러난다. '도식주의'에 대한 논쟁은 북한문학에서 고정화된 인간성격에 대한 어느정도의 자기반성의 계기는 됐다고 본다. "우리들에게 있어 사회주의 사실주의의 론의는 그것이 문제의 기본적 미학적 측면을 손실하고 전진적으로 세계관적인, 혹은 정치적인 개념 속에 귀착되여버리는 경우가 적지 않았다. 그것은 우리 평론가들이 일정한 지나간 시기의 획기적 문학 현상에 대해서나 또는 오늘의 빛나는 창작 성과들에 대해서도 그것의 본질적 특성들을 미학적으로 천명 고찰할 대신에 사회주의 사실주의 자체의 일반적 규정을 추상적으로 첨가 적용하는 경향이 완전히 극복되지 못하였다는 사실에서도 알 수 있는 일이다. 이와 관련하여 창작 실천에 있어서도 사회주의 사실주의에 대한 전면적이며 본질적인 이해와는 거리가 먼 현상들이 가시지 못하고 있다. 실로 우리 작품들에 있어서 인물이 구체적 감성적 현상으로 묘사되지 못하며, 생활이 그것의 전면적 다양성에서 구체적 성격을 통하여 생동적으로 표현되지 못하며, 사상이 구체적 형상 과정에서 자연히 흘러 나오는 것이 아니라 개념적으로 로출 주장되여지는 일은 결코 드문 현상이 아니다."(안함광, 「문학 전통의 심의와 도식을 반대하는 투쟁에서의 새로운 도식을 중심으로」, 『조선문학』 1957년 4월호, 평양: 조선작가동맹출판사, 1957, 134면)

25) "농민들의 반발은 한편으로는 소극적으로 다른 한편으로는 적극적으로 나타났다. 소극적 반발은 수매사업의 비협조와 농업생산과정에서의 개인적 태업 등의 형태에서 찾아볼 수 있다. 한편 국가에 대한 농민들의 적극적 반발은 56년말에서 57년초까지 황해도 일대의 지방에서 발생하였다. 김남식(「북한공산화 과정과 계급노선」, 『북한공산화 과

정』, 고려대 아세아문제연구소, 1972)에 의하면 협동조합 가입전 부농 및 중농층에 속해 있던 사람들이 1956년 결산분배가 끝나자 마자 협동조합을 탈퇴하려는 움직임이 있었다고 한다. 이러한 현상은 특히 '신해방지구'에서 심했는데, 일명 '배천바람'으로 불리우기도 한다. 황해남도 배천지방에서 탈퇴운동이 공공연 했기 때문이다. 이러한 움직임은 순식간에 개성지구 일대와 황해도 일부로 전파되었다고 한다."(김연철, 「북한식 발전모델-역사적 형성과 구조적 한계」, 『해방 50년, 한국정치의 구조와 동학』(자료집), 한국정치연구회, 1995, 6면)

26) 즉, 중공업 우선 정책을 위해서는 이를 위한 축적이 이뤄져야 한다. 이 축적을 농업 부문 생산물의 가치를 공업부문으로 이전시킴으로써 이뤄냈다는 것이 그것이다. 이는 농공간 갈등의 핵심적 측면이고 일부에서는 이를 '봉건적 · 군사적 착취'라고 비난하기도 한다. 「신경제정책(NEP)의 전개와 1929년의 '대전환'-스탈린의 이행전략에 대한 비판적 재검토」(서울사회과학연구소, 『사회주의의 이론 · 역사 · 현실』, 민맥, 1991)을 참고하면 러시아의 현실이 잘 나타나 있다.

27) 천세봉, 「석개울의 새봄(1부)」, 앞의 책, 14~17면.

28) 이에 대해서는 그람시의 헤게모니 개념이 훌륭한 해설의 역할을 할 수 있을 것으로 보인다. 초기 북한 농업협동조합 건설과정이 헤게모니 장악과정이었다고 볼 있다. "정치적 통제의 두가지 기본 유형을 구별하기 위해 그람시는 '지배'(domination, 직접적 · 물리적 억압)의 기능과 '헤게모니'(hegemony) 또는 '지도'(direction:동의, 이데올로기적 통제)의 기능을 대조하였다. 그는 체제가 아무리 권위주의적이라 하더라도 조직화된 국가권력을 통해서만 그 체제를 유지할 수 없다고 믿었다. (…중략…) 그러므로 어느 사회에서나 그 자체가 헤게모니로서 성공적으로 인정을 받기 위하여서는 이중적인 방식, 즉 대중들에게는 '생활의 보편적 인식'으로서, 그리고 지식인들에 의하여 정교화된 '학문적인 프로그램'(scholastic program) 또는 일련의 원리들로서 작동이 되어야 한다."(칼 보그, 강문구 역, 『다시 그람시에게로』, 한울, 1991, 50~51면)

29) 천세봉, 「석개울의 새봄(1부)」, 앞의 책, 25면.

30) 김헌순, 앞의 책, 115면.

31) 천세봉, 「석개울의 새봄(2부)」, 앞의 책, 16면.

32) 『조선전사』에서도 사회주의 체제하에서 농민에 대한 착취가 있었음을 김일성의 언급을 인용하면서 다음과 같이 시인하고 있다. "위대한 수령님께서는 우리 나라와 같이 지난날 뒤떨어진 농업국가였던 나라에서는 혁명이 승리한 후 얼마동안 농촌에서 자금을 얻어쓰다가 일단 사회주의적 공업의 기초를 쌓은 다음에는 공업이 농업을 지원하는데로 방향을 돌려야 하며 모든 분야에 걸쳐 농촌을 더욱 힘있게 지원하여야 한다고 가르치시였다. 그리고 로동계급은 농민을 정치사상적으로 지도할 뿐아니라 물질적으로, 기술적으로, 문화적으로, 재정적으로 도와주어야 하며 로동자와 농민의 수준을 고르게 높이도록 하여야 한다고 강조하시였다."(사회과학원 력사연구소, 『조선전사』 30, 평양 : 과학백과사전출판사, 1982, 131면)

33) '리얼리즘의 승리'는 정통 왕당파인 발자크의 진보성에 대한 엥겔스의 긍정적 평가나 혁명적 변혁을 이해하지 못한 톨스토이의 탁월한 러시아 현실반영에 대한 레닌의 평가에서 잘 드러난다. '리얼리즘의 승리'는 과학적인 역사관에 의해 정식화된 어떤 법칙이나 진리보다도 현실은 더 유동적이고 다양하다는 인식에 기반한다.

34) 그렇다면 『석개울의 새봄』이 북한 내부의 모순을 사실적으로 드러내고 있음에도 불구

하고 단지 1부이기는 하지만 북한문학사에서 높은 평가를 받고 있는 이유가 해명돼야 한다. 이는 천세봉이라는 작가가 북한문학사에서 차지하는 절대적 위치를 통해 설명될 수 있다. 천세봉이 문제적 작가인 것은 이미 알려져 있다시피 그가『안개 흐르는 새 언덕』이라는 작품을 1966년 출판한 이후에 다시 한 번 김일성의 비판을 받은 일을 통해서도 확인할 수 있다. 그렇다면 북한문학계에서 숱한 문인들이 반종파투쟁의 와중에서 숙청됐음에도 불구하고 천세봉이 살아남을 수 있었던 이유는 무엇인가? 첫째, 북한사회가 지향하는 사회주의 사회와 그의 계급적 위치가 일치했기 때문일 것이라는 추측을 해 볼 수 있다. 그는 빈농출신인데다 북한사회가 성립되는 과정에서 문단활동을 시작한 작가다. 그의 성장과정은 북한문학의 성장과정이었기에 김일성의 천세봉에 대한 애정도 남달랐다고 한다. 문헌에 의하면 김일성은 1963년 11월초와 1966년 1월, 1967년 1월 초에 천세봉과 직접 만나 주체적인 혁명문학을 실제적으로 어떻게 건설할 것인가에 대해 논의했다고 한다. 특히 1967년 1월초에는 천세봉과 김일성이 17일 동안 함께 지내며 문학적 논의를 한 적도 있다는 사실이 주목된다. 이러한 관계는 김정일과도 지속된 것으로 전해지고있는데 김일성과 김정일과의 관계는 천세봉의 문학적 생명력을 강화시키는데 주요한 역할을 했던 것으로 보인다. 둘째, 그의 작품 경향은 1960년대 후반부터 급변해 활동영역을 농촌사회의 소설가가 아닌 수령형상문학으로 옮겨갔다. 그가 '불멸의 역사' 총서의 주요한 저자였다는 것은 북한문학계의 일반적 경향과 그의 문학적 경로가 함께 하고 있음을 반증한다. 그는 이후에도 김정숙의 혁명활동을 형상화한『유격구의 기수』(1975),『사령부로 가는 길』(1979)를 창작한 것 이외에도『조선의 봄』(불멸의 역사 해방 후편)을 창작했다. 이러한 주체사실주의에 입각한 그의 창작활동이『석개울의 새 봄』에 대한 북한문학계의 높은 평가를 유지시킬 수 있는 힘으로 작용했던 것으로 보인다. 천세봉이 북한문학계에서 문제적인 작가였음에도 불구하고 행복한 작가로 남을 수 있었던 것은 그의 문학적 여정의 변화가 북한사회의 변화와 상호 배반적이지 않았기 때문임을 알 수 있다. 그러나 그의 문학세계의 변화가 어떤 내면적 합의과정을 통해 이뤄질 수 있었는 지는 단지 추측으로만 남을 뿐이다. 천세봉의 변화과정 자체가 북한문학의 여정과 같기 때문이다.

35) 이는 다음과 같이 정식화된 언술에서도 확인할 수 있다. "문학예술에 있어서의 볼쉐비크적 당성의 원칙에 관한 이와 같은 고전적 강령들을 다시 한 번 요약하면 다음과 같다. 그것은 첫째로 문학 예술이 당과 조국과 인민의 이익에 복무하는 것, 더 구체적으로 말하여 사회적 정치적 문화적으로 위력 있는 인민 교양의 무기로 되는 것이며, 둘째로 사회의 발전과 인류의 해방과 번영을 위하여 투쟁하는 프로레타리아 계급의 위대한 사업의 한 개 구성 부문으로 되는 것이며, 셋째로 프로레타리아의 계급 사상으로 부장되고 당 및 국가의 정책에 견결히 의거하는 것이며, 넷째로 다채롭고 풍만한 새 문화의 건설을 위하여 인류가 달성한 온갖 고귀한 문화 유산을 성실히 계승 섭취하는 것이며, 다섯째로 그러하기 위하여 당은 반드시 문학 예술 사업을 조직하고 그의 승리적 발전 과정을 편성해야 한다는 것이다."(홍순철, 「문학에 있어서의 당성과 계급성」,『조선문학』1953년 12월호, 평양: 조선작가동맹출판사, 1953)

36) 남과 북이 서로 의존하면서 사회체제를 유지했다는 주장은 설득력 있게 받아들여진다. 특히 백낙청은 이를 '분단체제'라는 용어로 공식화해 사용하고 있기도 하다. 보다 구체적인 내용은 백낙청의 「분단체제의 인식을 위하여」(『분단체제 변혁의 공부길』, 창작과 비평사, 1994)가 참고할 만하다.

북한 서정시에 나타난 민족적 특성

이상숙

1. 북한문학과 민족적 특성론

'민족 형식과 민족적 특성론'은 1950~60년대 북한사회의 고민과 선택을 대변하는 명제이다. 국제주의와 민족주의가 대립구도로 재편되는 당시의 국제 정치적 상황에서 '사회주의적 내용에 민족적 형식'을 담는 방법으로서 민족적 특성론이 제기되었다.

물론, 이 명제는 북한 자체의 명제가 아니라 소련에서 1925년에 제기된 "사회주의적 내용에 민족적 형식"[1]이라는 사회주의 제반 분야에 적용되는 사회과학적 명제에서 파생된 것이다. 그 발생 배경은 19세기 러시아 문학비평의 슬라브주의와 서구주의까지 거슬러 올라간다. 슬라브주의와 서구주의는 명칭에서부터 일견 대립구도를 보이는 듯하지만 그 공통의 지향점은 러시아적인 것에 대한 탐구, 즉 '러시아의 정체성 찾기'였다. '정체성 찾기'의 명제는 1925년에는 '사회주의 원칙들이 각 민족의 특성에 맞게 서로 다른 형식으로 현실화된다'는 "사회주의적 내용에 민족적 형식"으로 재해석된 것이라 할 수 있다. 여러 민족의 연합이던 소련은 1953년 스탈린 사망 후 격변의 시기를 겪는다. 흐루시초프에 의해 스탈린 개인숭배가 비판되고, 소련내부의 권력투쟁의 와중에 공산권에서의 소련의 영향력은 약화되고 중국이 부상하며 '중소분쟁', '헝가리 사건'이 일어나는 등 공산권의 국제정세는 급변하였다. 1956년 20차 당대회와 '모스크바 선언' 등에서 소련 중심의 공산권 내부적 구심력이 각 민족, 각 국가의 자주성을 강조하는 쪽으로 옮겨갔다. 흐루시쵸프가 20차 당대회에서 행한 비밀연설의 주 내용은 스탈린 비판이었다. 스탈린이 개인독재를 했다는 것과 더불어 스탈린의 '민족정책'이 레닌주의적 기본 원칙을 위반했다는 것이 핵심사항이었다.[2] 이 연설 내용은 공식적인 당대회 보고서에는 '소 연방 민족들의 평등이라는 전제 조건'으로 반영되었다. 스탈린이 위반하였다고 비판받은 레닌주의적 기본 원칙이란, 사회주의 연방 내부의 제국주의를 경계하는 것과 러시아 비러시아를 구분하지 않고 각 민족의 긍정적인 특성을 인정하고 우호적으로 대하는 것이다.[3] 흐루시초프에 의해 환기된 이러한 원칙은 사회주의 연맹의 판도에 변화를 일으키기에 충분했다. 이 대회는 김일성에게, 국내 정치를 재편하고 장악할 중요한 명분을 제공한 셈이 된다. 귀국한 후 김일성은 '주체'와 '자주'의 기치를 내걸었고, 이에 관한 일련의 교시 이후 해석과 창작의 과정에 따라 문학에서는 민족적 특성론에 몰두하게 된다. 이러한 저간의 사정을 살펴보면, 민족적 특성론은 정치적 구도 아래에서 선택적으로 장려된 것이라 할 수 있다. 민족적 특성론을 추진시킨 동력이 문학 내부의 독자적이고 자발적인 요구가 아니고 정치와 권력 주체의 의도와 기획이라는 것은 중대한 한계이다. 하지만, 논의 전개 과정은 우리 문학의 고유한 특성과 정체성에 대한 실제적 성과를 함유하고 있었다.

민족적 특성론은 북한사회의 역사적 시기에 몇 차례 부각되었다. 해방 직후 새로운 민족국가 수립을 주장할 때, 전후 복구와 사회주의 건설의 기치를 높이던 1953년 무렵, 그리고 소련에서 민족적 특성이 강조되던 1957년 이후 1958년 무렵이다. 해방 후의 안함광이 주도한 민족문학론은 식민지를 거친 우리 민족의 특수성에서 볼 때 자연스러운 것이었고, 전후 북한 내부의 정치적 역학관계에 따라 다시 민족적 특성이 강조되었다.[4] 북한에서 공식적으로 문학예술의 민족적 특성이 강조된 시점은, 1947년 북조선 로동당중앙위원회 상무위원회 제29차 회의의 결정서에서 공식 문화노선을 민족문화로 결정한 때이고, 민족적 특성의 예술적 형상화에 대해 집중적으로 논의된 것은 1958년 이후이다. 1957년 보차로브의 「문학의 민족적 특성에 관한 문제에 대하여」[5]로 시작된 소련학계의 논의 이후 북한에서도 이에 대한 논의가 시작된 것이다. 1950년대 중반의 북한의 권력투쟁, 소련 개입의 실패, 스탈린 사후의 사회주의 진영 분열 등으로 이른바 북한의 자주적 외교 노선의 토대가 마련되었고[6] 그 표면적 시작으로, 진위 논란이 있지만[7] 1955년 12월 김일성의 「사상사업에서 교조주의와 형식주의를 퇴치하고 주체를 세울 것에 대하여」가 발표되면서 소련을 염두엔 둔 사대주의와 교조주의를 비판하는 정치적 맥락이 존재한다. 사회주의 분열의 시기에 강조된 민족 '자주'와 민족 '주체'는 북한문학에서 '민족'과 '민족적 특성'이 집중 탐구되는 토대였다. 이러한 배경 아래 민족적 특성과 그 문학적 형상화에 대한 논의는 촉발되었다. '우리의 민족적 특성은 무엇인가?', '문학의 민족적 특성은 내용인가, 형식인가', '민족적 특성이 문학적으로 어떻게 드러나야하는가?' 하는 몇 가지 질문에 답을 찾는 방식으로 진행되었고, 그 시작은 과거의 문학작품을 연구하고 현대에 맞게 계승하는 방식으로 진행되었다. '민족의 고전 문학에서 고유하면서도 특징적인 항목을 발견하고 이것을 현대에 맞게 계승하여 재창조하는 것'이 그것이다.

민족적 특성론에 대한 남한학자들의 연구 성과로는, 논의의 전개과정과 쟁점을 소개하는 몇몇 소논문[8]을 들 수 있는 정도이다. 아직 전면적이고도 정밀하게 논의된 바 없는 부분이지만 필자 나름대로 민족적 특성론을 개관한 결과를 정리하면 다음과 같다.

민족적 특성론의 논의 초기에는 민족적 정서와 기질·심리·성격에 대해 집중적으로 논의되었는데 이것을 '민족적 성격'이라 칭하였다. 고전문학 작품과 당시 북한에서 문학전통이라고 추앙하던 카프와 항일혁명문학의 주인공들의 긍정적인 성격과 기질을 우리 민족의 민족적 특성으로서 강조하는 것이다. 인물의 성격을 강조하는 민족적 성격론은 당시의 북한사회에서 요구하는 '인민'의 전형으로서 제시된다. 항일혁명영웅의 애국주의와 용감, 불굴의 정신, 또 천리마 시대의 노동영웅이 갖춘 근면과 투철한 사상성 등이 그것이다. 체제 순응적인 인물을 민족적 전통, 민족적 특성으로 내세우고 그것을 현재에 계승하자고 주장한 것이다. 이러한 민족적 특성론은 문학적 독자성을 상실한 정치적 수단으로 전락한 '유사 전통'이라고 할 수도 있다. 그러나, 민족적 성격론은 갈등론, 전형론, 형상화론 등, 다양하게 논의되었고 점차 문학적 형식론으로 확대되었다. 운율·수사법·묘사·표현·구성 등 민족어의 운용에 대한 논의는 민족문학의 함의를 풍부하게 하였다. 이 시기에 제기된 갈등론·전형론·혁명적낭만론 등의 문예이론들은 이후 주체시대의 문예이론으로 고스란히 전이되며 심화되는데, 이러한 측면에서도 민족적 특성론은 의의를 가진다. 뚜렷한 구심점 없이 개별 작품의 개별 사안으로 언급되던 문예이론들이 민족적 특성론으로 수렴되고 그것이 주체시대의 문예 이론으로 발산되고 심화된 것이다. 여기에 민족적 특성론 연구의 의의가 있다.

본문에서 논증될 것이지만, 1950~60년대의 민족적 특성론이 민족의 미덕과 고유한 품성을 주장하며 동원체제에 활용되는 등 사회주의 혁명을 위해 이용되었다면 주체시대에는 전제 군주와도 같은 김일성 1인을 위한 정치적 수단으로 이용되었기 때문이다. 또, 민족 의식과 애국주

의를 강조하는 것은, 타 민족 혹은 다른 이념 노선을 가진 민족에 대한
적개심을 강조하는 배타적인 전략이다. 정부, 당이 주도하는 배타 전략
은 국가를 전제화시키고, 이는 국가 전제 권력을 넘어서 1인 전제 군주
의 형상화에 몰두하는 주체문예이론의 예비적 과정으로 판단된다. 최근
북한의 '우리민족제일주의'를 필두로하는 '우리', '우리식' 강조의 연원
은 주체문예이론을 거쳐 1950~60년대의 민족적 특성론까지 거슬러 올
라갈 수 있다.

　이 논문은 민족적 특성론이 가지는 넓은 파장과 깊은 연원의 중요성
을 인식하고 서정시에 드러난 양상을 『청춘송가』와 『천리마 나라』라는
구체적 텍스트의 분석을 통해 살펴볼 것이다.

2. 서정적 주인공과 공산주의 전형

　민족적 성격이 민족적 특성의 핵심으로 논의되었을 때 그 대상이 되
는 작품은 거의 서사문학9)이었다. 그러나 민족적 특성을 드러내는 중요
한 수단으로서 민족적 성격은 시문학에도 적용된다. 북한에서는 서정시
의 화자나 전달자로서 '서정적 주인공'이라는 개념이 쓰이는데, 남한에
서 쓰는 '서정적 자아'와 비슷한 의미를 가지고 있다.10) 하지만, "진보
적인 서정시에서 서정적 주인공의 사상감정은 그 시대의 선진적인 인
간들의 사상감정을 대변"하며, "사회주의적 사실주의 서정시문학에서
서정적 주인공의 사상과 지향, 감정은 로동계급의 혁명적 사상과 시대
정신을 체현하"는 서정적 주인공이 좀더 적극적인 사상, 감정의 전달자
로서 기능한다. 주인공이란 서사구조의 핵심 인물로서 '주인공'의 형상
화 과정에서 전형·성격·인물형·인민성 등이 드러난다. 즉, 북한에서

는 서정시에서도 '주인공'으로서의 인물형·성격·전형이 중요시되고 있으며, 로동계급성·혁명성을 갖추어야한다는 점에서 소설의 인물이나, 서사시의 주인공과 다를 바가 없다. 때문에 민족적 성격의 시화(詩化)에 대한 논의가 가능해진다.

민족적 성격은 인물 묘사, 전형의 형상화·인민성·당성·계급성의 구현 문제와 밀접한 연관관계가 있다. 인물형이나 인민성 등의 형상화는 주로 소설이나 서사시 등 서사구조의 작품을 대상으로 논할 수 있는 것이다. 소설에 대한 논의는 한설야의『형제』를 중심으로 당시에 매우 구체적으로 진행되었고, 서사시의 경우 '서사 구조'와 '인물'에 대한 분석이라는 측면에서 소설 분석과 같은 양상을 보일 것이다.

이 논문은 민족적 특성 논쟁이 일단락 된 후 발간된 서정시집『청춘송가』11)와『천리마 나라』12)를 대상으로 그 구체적 반영을 확인하려 한다. 당 문예 정책을 관철하는 것을 자신들의 사명으로 인식하는 북한 문인과 작가 예술가들을 관리 지도하는 행정력으로서의 문학예술 운영 체계13)의 특성상 1960년 초의 시집에는 시대적 사명과 문학적 형상화의 요구가 반영되었으리라 판단한 것이다.

북한에서 서정시의 위상과 미학적 원칙을 해명한 박태상14)은 북한 서정시 이론의 두 가지 한계를 지적하기도 한다. 하나는 서정시가 개인의 감정, 정서에 바탕하는 데 비해 북한의 사회주의적 리얼리즘이론은 집단의식에 바탕하고 있다는 점과 서정시의 본령은 개인정서의 자유로운 표출인데 비해 북한에서의 서정시이론은 결국 혁명적 수령관의 표현으로 이어져 창작의 제한성이 이루어진다는 점이다.15)

남한에서는 대표적인 서정시인인 김소월에 대한 평가에서도 그 관점의 차이는 뚜렷하다. 남한문학사에서 대표작으로 언급하고 있는「진달래꽃」이나「산유화」보다는「밭고랑 위에서」와「초혼」이 노동의 신성성과 애국주의적 경향의 차원에서 높이 평가된다.16)

"시에서 사상은 정서를 통해서 흘러나와야 한다. 시 형상의 힘은 사람들을 정서적으로 공감시키는 것"이라는 김정일의 교시뿐 아니라 "우리의 서정시 문학은 우리 인민들의 전투적이고 혁명적인 사상감정과 시대정신을 민감하고 감명깊게 반영하는 기동적이고 전투적인 문학형식의 하나로 힘있게 발전하였다"[17]는 『문학예술사전』의 설명을 통해 북한 시문학의 혁명지향성을 알 수 있다.

박종식은 「서정시와 현대성─제3차 당대회 이후 시기 작품을 중심으로」[18]에서 '멋'이나 '은근과 끈기' 등을 주장한 남한 학자들을 염두에 두고 '부르죠아 복고주의자'라는 표현을 쓴다. 서정시에서 드러나는 민족적 특성의 요건을 다음과 같이 제시한다.

> 또 서정시에서 민족적 특성은 부르죠아 복고주의자들이 그러한 것처럼 서정시에서 어떤 민족 고유의 '멋'을 창조하는 것도 아니다. 서정시에서 민족적 특성은 바로 시인이 조선 인민의 참다운 아들의 안광과 심정을 가지고 현대를 재현하며 주체성의 립장에서 오늘을 노래한다는 것을 의미한다. (114면)

'조선 인민의 참다운 아들의 안광과 심정' 그리고 '현재의 주체적 립장'이다. 조선 인민의 참다운 아들의 안광과 심정이란 인민성을 지적하는 말로, 안광은 사상의 관점으로 심정은 혁명의 열정이란 뜻으로 치환하는 것이 가능하다. 또 사상과 혁명을 갖춘 인격화된 성격이라는 뜻으로 해석할 수도 있다. 즉 민족적 성격을 지칭하는 것으로 이해할 수 있다. 현대의 주체성이란, 1950년대 후반 당시 자주·독자·주체를 강조하기 시작하던 북한의 정치적 입장을 반영하여 마르크스─레닌주의를 창조적으로 적용하여 주체적인 입장을 확보하는 현실 감각을 가리키는 것이다.

아래에 분석할 시집 『청춘송가』와 『천리마 나라』는 민족적 성격과 당대의 현실이 요구하는 공산주의 전형을 서정적 주인공의 형상을 통해 잘 보여주는 대표적인 시집이다.

3. 『청춘송가』와 『천리마 나라』의 영웅현상

『청춘송가』는 민주청년동맹 제5차 대회에 즈음하여 발간된 시집답게 조국의 전후 복구와 사회주의 건설을 위해 기꺼이 청춘을 바치는 젊은 영웅들의 형상으로 가득하다. 영웅이란 가장 모범적인 인간형으로서 애국주의와 혁명사상을 체현하는 전형적인 인물이다. 이들이 가진 품성과 성격이 민족적인 특성이며 시의 전통성으로 이해된다. 영웅의 유형을 주제와 관련하여 몇 가지로 나누어 보면 다음과 같다. 항일혁명 영웅과 6·25전쟁 영웅, 천리마의 영웅, 남한주민을 계도하는 영웅이 그것이다.

항일혁명투쟁기는 고전 유산 작품과 함께 민족적 특성을 추출하는 중요한 '전통'의 보고(寶庫)로서 주로 민족적 성격의 모범을 찾는 근거가 된다. 앞서 밝힌 바있지만 북한문학이 강조하는 두 가지 전통 '카프 문학을 기반으로 한 사회주의적사실주의'와 '항일무장투쟁기의 혁명문학' 중 하나이다.[19] 김일성이 조직하고 지도한 항일무장 투쟁 군대가 갖춘 긍정적 품성과 성격이 우리 민족의 민족적 성격으로 칭송되는 것이다.

권순긍이 정리한 바 북한의 논자들이 주장하는 민족적 성격의 대부분이 항일무장투쟁시기에 추출된 것인데, 그 예들은 이미 앞에 소개한 바 있다.[20] 이 많은 성격들 중 한룡옥은 1930년대 공산주의자, 혁명가들에게서 찾을 수 있는 영웅성·용감성·강의성·혁명성·불굴성의 민족적 성격론이 오늘날의 창작과 실천에서 더욱 중요하다고 강조하였다.

1) 항일혁명영웅

카프문학전통과 항일혁명기에 자생한 예술 형식을 전통으로서 계승하자고 주장하는 북한문학에서 항일무장투쟁 시기의 영웅의 모습을 그리는 것은 서사문학뿐 아니라 시문학에서도 중요한 과제였다. 이 때 서정적 주인공들은 주로 극한 상황에서도 영웅적인 투쟁을 보여준 용감하고 강인한 인간형으로 설정된다. 이들의 영웅적 행적의 근원은 혁명에 대한 의지이며 그것은 혁명을 위한 애국주의였다. 일제에 저항하는 것은 민족과 조국을 위한 애국적인 행동이며, 그리하여 이룩하고자 하는 것은 공산주의 조국이기에 애국주의는 혁명성과 직결될 수 있는 것이다.

> ―마을은 불타고 있었습니다.
> 수놓은 꽃신 한짝만
> 세 아이와 함께 남았습니다,
> 그것은 아이들의 엄마였습니다,
> 아름답고 다정한 고향이였습니다.
>
> 아이들은 꽃 신 한 짝
> 온 일생을 가슴에 안고
> 만주'벌에서 15개 성상을 싸웠습니다.
> 불'길에 싸인 처녀 엄마,
> 세 아이에게 던진
> 그 아름다운 마지막 눈'길은,
> 먼 후일 그들의
> 엄혹한 투쟁의 길 우에,
> 언제나 빛나는
> 찬란한 별'빛이였습니다.21)

―「꽃신」 부분

위의 시 「꽃신」은 만주에서 무장투쟁하던 처녀 공청원이 일본군에 부모를 잃은 이웃집 아이들을 돌보았는데, 일본군이 지른 불 속에서 아이들을 구하고 죽었다는 일화를 바탕으로 씌여졌다. 동북 송강성 녕안

현에 전해지는 이야기를 시화한 것인데 항일투쟁의 기수였던 처녀 공청원은 아이들에게 진정한 어머니이며 애국주의의 모범이라는 것이 이 시의 주제이다. 항일무장투쟁군인 처녀는 아이들에게 '원쑤의 포악성'에 '신음하는 조국'과 조국을 구할 '혁명의 불바다'를 가르치는 어머니였다. 처녀는 아이들을 돌보고 꽃신을 만들어 신기는 자애로운 엄마일 뿐 아니라 애국과 혁명을 가르치는 혁명의 어머니로서 아이들과 혈연은 아니지만 혁명적 가족으로 맺어져있다. 이 시에서는, 이웃집 아이를 거두고 불길 속에서 아이를 구하는 거룩한 인도주의와 애국과 혁명을 가르치며 일본군을 끌어안고 산화하는 투쟁적인 영웅의 모습이 그려져 있는데, 소설 『형제』에서 보듯 인도주의는 애국주의 다른 이름이며 혁명을 위한 실천적 덕목과도 같은 것이다. "불'길에 싸인 처녀 엄마"의 마지막 눈길은 세 아이를 '엄혹한 투쟁의 길로 이끌고 그 길을 밝혀주는 지침'이 될 것이다. 먼 후일 세 아이 뿐 아니라 지금의 청년들에게도 귀감이 되고 그 모범은 별빛처럼 영원하다는 의미를 가지고 있다. 이처럼, 서정적 주인공의 성격이나 성품은 애국주의와 인도주의, 혁명성을 표현하는 중요한 수단이 된다. 이러한 경향은 비단 이 시만의 경우가 아니다. 『청춘송가』의 대부분의 시들에서 그러한 면이 발견되며 대표적인 작품으로는 위의 시 「꽃신」과 「첫 유격대가 부르는 노래」, 「연두봉 기슭에서」, 「북산 아지트」, 「새 교실에 들었습니다」를 들 수 있다.

> 하나의 미더움과 소망과 지향으로
> 눈보리 만리 험산 속을 의지로 걸은 사람들,
> 손과 발 족쇄에 채운 바 되었어도,
> 가장 자유롭게 산 사람들,
>
> 스스로 혀'바닥 깨물고
> 가랑'잎처럼 말라 드는 입술에
> 손'가락 더듬어 감방 돌'바닥에 남긴 글'자욱,

"살아야 한다,
살아 싸워야 한다! 혁명 만세!"

악형의 긴긴 밤이
몇 달 몇 해 거듭했던가,
철창 밖 흰 눈이 소리 없이 쌓이던 밤
운명하면서도 흐트러진 머리카락 치켜 올리며
이마를 밀영 쪽으로 돌려달라던 녀인……

아아 여기 누워 있기엔
너무나 젊은 이름들이다,
그러나 천 백 년을 젊어
조국과 함께 빛날 이름들이다.
─리 제순, 권영벽, 박록금……

누구나 부르기 쉬운 이름들이다,
그러나 그 높이에선 살기 어려운,
오르고 따라 가 반드시
그처럼 살아야 할 이름들이다.
─마동희, 리 룡술, 지 태환, 심창식……22)

　　　　　　　　　　　　　　─「연두봉 기슭에서」 부분

　"리제순 동지를 비롯한 혁명렬사들의 묘가 혜산에 안치되여 있다"는
부제가 붙은 이 시 「연두봉 기슭에서」는 만주항일투쟁 당시 죽어간 젊
은 넋을 기리고 있다. '혁명을 이룬 조국'이라는 하나의 믿음과 소망을
가지고 험한 유격대 생활을 감내한 젊은 대원들은 마지막 순간까지 "살
아야 한다! 혁명 만세!"라는 글귀는 새기며 혁명의지를 불태웠다. 이들
의 불굴성과 혁명 의지는 "조국과 함께 빛날"것이며 "오르고 반드시 따
라갈" 모범으로 추앙된다. 리제순·권영벽·박록금마동희·리룡술 등

은 조국광복회의 실제 인물들이다. 이들이 보여준 '불굴', '혁명'의 영웅성이 민족적 성격으로 제시되는 것이다.

2) 전쟁 영웅

『청춘송가』에서 시화된 청년영웅의 모습 중에는 전쟁 영웅의 형상도 한 몫을 차지한다. 북한은 한국전쟁을, 극도의 적개심으로 표현하는 '미제국주의'와 그를 따르는 반민족적 '도당'과의 싸움으로 보고 있으며 그 결과는 객관적인 지표와 관계없이 세계 대국 미국의 침략을 물리친 '승리'라고 규정하고 있다. 또, 전쟁을 승리로 이끈 '인민' 대중의 힘을 칭송하고 그것을 전후 복구의 추동력으로 전환하려 하였다. 전쟁 후에 산업현장에 복귀한 제대군인의 활약상을 전하고, 우리 인민은 이제 옛날의 인민이 아니라, 『전환』에서 보았듯 '미제의 침략을 타승한' 인민이라는 자부심을 고취하고 있다.

> 나의 학교명은
> 1211고지,
> 나의 스승―그는
> 영웅 리수복
>
> 하나 둘 셋……
> 나는 발'자욱을 센다,
> 영웅이 화점을 향해 달려 간
> 열 다섯 발'자욱……
>
> 나는 공부한다,
> 많지 않은 그 발'자욱에 새겨진

영웅의 붉은 뜻—
내 한생 배워 갈 학습 과정표—

이 과정표 속에서
나는 한 자 두 자 심장에 옮겨 적는다.
애국주의!
영웅주의!

(…중략…)

내 한평생 쉬임 없이 달려도
그 높이 그 길이에 이르지 못할
성스럽고 영광 찬 복무의 길을
열 아홉 청춘에 달려간 그대,
그대 참다운 나의 벗이여!
그대 참다운 나의 스승이여!

—「나의 스승」 23) 부분

　"리수복 영웅이 가슴으로 막은 1211고지의 옛화점 앞에서"라는 부제
가 붙은 이 시 「나의 스승」은 북한에서는 한국전쟁 당시 가장 치열하고
영웅적인 전투로 칭송되는 1211고지 전투24)의 어린 영웅 리수복에게서
애국주의와 영웅주의를 배운다는 내용으로 전개된다. 전략 요충지인 고
지를 지기기 위해 목숨을 버린 전쟁영웅을 스승으로 삼아 배우는 것은
물론이고 "참다운 나의 벗"이라 부르며 친근한 존재로 인식한다. 리수
복이 열 아홉 살의 어린 나이이기도 했지만 '벗'이라고 부름으로써 자
신도 그처럼 '애국의 영웅'이 될 수 있다는 자신감을 고취할 수 있는 것
이다.
　전쟁영웅을 형상화한 시들에는 민족적 성격으로서 '애국주의', '영웅
주의', '불굴의 의지'와 '헌신성'을 강조하고 있다. 전쟁영웅을 형상화한

다른 시들로는 「가장 큰 표창」, 「옛 싸움터에서」, 「한시도 총을 놓을 수 없다」 등을 들 수 있다.

3) 남한 주민을 계도하는 영웅

남한주민을 계도하는 문제는 북한문학에서 빠지지 않는 강조점이다. 북한문학계는 정기적으로 『문학신문』과 『조선문학』을 통해 남한문학계 소식을 전하고 있다. 대부분의 '반동적인', '부르죠아'문학이라고 비판하는 글이 대부분이지만 일부 필자가 밝혀지지 않은 시들을 인용하면서, 남한에서도 공산주의 혁명을 바라고 미제국주의에 반대하는 세력이 있음을 강조하기도 한다.25)

> 꽃이 피고 꽃이 지는 산 모퉁이가 아니다,
> 산새 우짖는 양지바른 비탈이 아니다,
>
> 기'발을 추켜들고 노래를 부르며
> 내달리고 내달려 갔던……
> 서울과 마산 대구와 부산,
> 남반부 땅 그 많은 네 거리와 광장은
> 사월의 용사들의 성스러운 싸움터다.
>
> 격노한 함성이 하늘땅을 잠그며
> 젊은 가슴들이 폭풍이 되어
> 내달린 한 발'자욱 한 발'자욱마다에
> 자유의 령토를 넓혀갔던 곳.
> (中略)
>
> 동무여!

혁명의 노래로 폭풍을 부르자,
동무여!
압제 없는 하늘에 우리의 기를 날리자.

—「폭풍의 거리에」[26] 부분

이 시에는 "남반부 청년들에게"라는 부제가 붙어 있다. 남한의 4 · 19
를 지켜 본 후 "미국 놈과 매국노의 구두'발"에 의해 쓰러진 젊은 투사
들을 찬양하며, 남한에도 '혁명의 기치'를 높이자는 격한 감정으로 씌여
진 시이다. 서울 · 마산 · 대구 · 광주에서 기를 들고 달려간 젊은이들은
"용사"로 칭송한다. 민족적 성격으로서의 혁명성은 비록 남한이더라도
같은 민족이므로 그 이념을 같이하는 서정적 주인공에 드러난다는 것
을 보여준다. 이 외에 적대적이든 호의적이든 남한에 대한 관심을 보이
는 시로는 「너는 언제나 내 마음 속에 산다—서울에 있는 누이 '정명'에
게」를 들 수 있다.

4) 천리마 영웅

시집 『청춘송가』 가장 많은 부분을 차지하고 있는 주제는 바로 천리
마의 기수이다. 증산과 속도의 산업 영웅이며 공산주의혁명의 대중적
전도자이기도한 천리마의 영웅는 「새세대」, 「영웅의 심장」, 「세상에서
가장 귀한 말」, 「좋다 청춘이여」, 「청춘의 노래를 부르며」, 「높은 곳에
서」 등 많은 시들의 서정적 주인공으로 자리하고 있으며, 시집 『천리마
나라』에는 거의 모든 시들의 서정적 주인공이 천리마의 기수 형상으로
드러난다.

천리마란 앞에서도 설명하였듯이, 역사발전상의 단계와 한계를 비약
하는 대중동원의 전략이다. 전후 복구와 공산주의 사회 건설의 기초를

닦는 당시 북한에서는 산업 제 분야에서 비약적인 증산이 필요했고 그를 위해서는 대규모 인력동원과 인력의 헌신적인 노동이 필요했다. 외국 원조 비율이 줄어드는 전후 복구 3개년 계획 기간 이후에는 내부동원이 강조될 수 밖에 없었고,[27] 그것은 혁명의 열기로 "집단적 도취"에 빠진 천리마의 기수를 강조하는 것이었다. 기술과 자본의 부족을 사상적으로 도취된 인력동원으로 돌파하려는 북한 권력 층의 대중동원 기획이었던 것이다. 천리마시대의 문학의 전형은 '사상과 기술 혁신을 통해 획기적 증산'을 이룬 노동영웅이다. 당시의 북한에서 혁명성 고취와 애국주의의 강조를 위해 필요한 민족적 성격이 항일무장투쟁군의 형상이었다면, 노동과 생산성을 위해 권장되는 인물형상은 천리마의 기수이다. 천리마를 탄 기세로 달리며 곳곳의 산업현장에서 속도전을 치루어내는 천리마의 기수를 형상화하고 그것을 대중에게 교육시켜 또다른 천리마의 기수를 생산하는 것이 당시 문학의 임무였다. 전형적 인물의 형상화는 서사구조가 아닌 시문학에도 요구되었다. 북한 시문학에서는 감정의 토로와 정서 영역인 서정시 또한 사상을 전달하고 사람들을 공감시키는 임무가 긴요하기 때문이다.[28]

> 해주—하성간 2백 리 철로를
> 뚫어야할 그 때도 당의 부름에
> 붉은 기'발 휘날리며 달려 나아가
> 4년 공사 두 달 반에 해 치웠거니,
>
> 어머니 당의 품 속에서 자란 그대들
> 어머니 당의 뜨거운 숨'결 느끼며
> 위대한 사회주의 내나라 건설의
> 가슴 벅차 오는 설계도 펼쳐 갈 때,
> 당의 구상 이룩하는 크나큰 기쁨
> 보람찬 희망의 나래 우에 실리여

영광스러운 당과 수령님을 노래하며

영원한 행복의 동산을 이룩하리라.29)

─「청춘의 노래를 부르며」 부분

　"농촌으로 배치되는 졸업생 동무들에게"라는 부제가 붙은 이 시는 젊은이들의 조국의 건설과 증산을 위해 매진할 것을 당부하는 시이다. 4년 걸릴 공사를 단 두 달 반에 끝냈다는 믿기 어려운 작업속도는 '당'과 '수령'에 대한 보은과 미래에 대한 희망의 구도 안에서만 가능한 '상상'의 속도일 것이다. 그 상상은 '영원한 행복의 동산' 속에 존재하는 비현실의 속도이며 '사상'으로 동원되어 그것이 행동으로 옮겨지길 바라는 '사상'과 '기대'의 속도일 것이다. 여기에 드러난 근로하기를 좋아하고, 이웃과 상호부조하며, 근면한 민족적 성격들은 이미 '사상'과 '동원'으로 논리로 동원된 긍정적 도취의 표상일 것이다.

　1950년대 후반에서 1960년대 초반은 전후 복구와 산업화를 위해 대규모의 인력 동원이 요구되던 때였고 이때 새로이 산업 노동력으로 편입된 이들이 제대군인과 주부·농민·각급학교 졸업생들이었다. 이들의 노동의 질은 낮았고, 노동규율은 매우 해이했으며 이것이 산업현장의 새로운 문제가되었다.30) 이에 대한 대책이 노동자를 사상적으로 무장시키고 추동하는 대중 교양으로서 '독보회'와 같은 조직이었다. 독보회의 교재는 주로 항일빨치산 회상기류나 천리마 기수의 증산 실화 소개 등이었는데, 노동자들은 매일 일과 후에 붉은 수첩을 펼치고 "하루의 생활에서 항일 빨찌산들의 혁명정신을 어떻게 구현하였는가를 일기 형식으로 적어 넣을 것을" 권장하였다. 또 모범노동자를 선정하고 포상하고 다른 노동자들을 가족적인 보살핌으로 관리하는 '모범노동자 운동'이라 할 수 있다. 이 때의 시와 소설·연극은 매우 유력한 대중교양의 수단이 되었다.31) 위의 시 「청춘의 노래를 부르며」를 비롯하여 『청춘송가』와 『천리마 나라』에 수록된 대부분의 시들이 그에 해당한다.

이 시에는 젊은이들의 형상이 집단 성격화되어 있다. 대규모 동원 체제 아래에서는 개인의 성격화보다는 당의 부름에 증산과 근로로써 즐거이 화답하는 젊은이들의 집단적 성격화가 더욱 중요하기 때문이다. 사회주의 건설의 희망, 당과 수령에 대한 동경으로 끝나는 이 시의 배면에는 사회주의에 대한 긍정적 세계관과 체제에 대한 자신감이 자리한다. 이러한 혁명적 낭만성은 천리마의 기수 형상을 모아놓은 시집 『천리마 나라』에도 잘 드러난다.

> 이 밤이 새도록 기쁜 노래 부르고 싶구나,
> 무쇠 주먹에 고삐를 틀어 쥔
> 저 용해공과 함께!
> 어렵던 나날의 이야기도 나누고 싶구나,
> 알알이 주먹같은 벼'단을 안은
> 저 수수한 농장의 녀인과 함께!
>
> 우리는 남에게 뒤진 길을 걸어왔길래
> 백 번을 넘어져도 다시 일어나
> 그들을 따라 앞서야 했던 사람들—
> 남들이 증기 기관차의 고동을 울릴 때,
> 우리의 조상들은 삐걱이는 수레를 몰아
> 이 땅에 가난의 력사를 실어다 주었더라.
> 물려 받은 것은 가난이였다만
> 물려 주어야할 것은 부강한 조국이였나니,
> 우리는 달려야 했다
> 하루에 천리'길을!
>
> ―「천리마」[32] 부분

『천리마 나라』는 증산과 건설의 역군인 천리마 기수들이 서정적 주인공으로 등장하는 대표적인 시집이다. 용해공이나 농장원・기계공・방직공・차장 등의 산업현장 노동자들이 시대의 영웅으로서 추앙되고, 시인의 목소리는 이들에 대한 동경과 독려 일색으로 드러난다. 서구 열강과 제국주의자들의 앞선 기술과 그 희생물이었던 식민지 조국의 후진(後進) 기술을 증기 기관차의 고동과 삐꺽이는 수레로 대조하며, 건설 역군을 대상으로 한 선동성을 보여준다. '물려받은 것은 가난이지만 물려줄 것은 부강한 조국이다'로 표현된 새세대에 대한 기대와 독려는 천리마의 속도에 정당성을 위해 마련된 것이다. "우리는 달려야 했다 / 하루에 천리'길을!"에서 볼 수 있듯 천리마의 속도는 선택의 여지 없는 당위의 속도이며 절대적인 선(善)의 속도였다. 당위와 절대선이 지향하는 바는 물론 당(당성)과 계급성(노동계급성)과 인민 대중의 집단적인 힘(인민성)에 의해 이룩되는 공산주의 혁명이다. 이는 당성・노동계급성・인민성[33]으로 대표되는 사회주의리얼리즘의 기본 이념을 충실히 수행하고 있는 것으로 판단할 수 있다. 당과 노동계급, 공산주의를 지향하는 인간형이 가장 잘 드러난 시로는 김죽성의 「벗들에게 보내는 노래」를 들 수 있다.

이 시에 드러난 서정적 주인공의 성격이 발현되는 배경은 모두 천리마 시대의 상징물이다. '수풍(발전소─필자주)', '비날론 첨탑', '신의주 화학 섬유 기초 공사장', '로동자 축전', '열성자 회의' 등이 배경이 되어 사람들은 '첫대면에도 호감을 갖게 된 동갑내기들'은 "훈장과 메달" 없이도 기계와 대공업지구 앞에 위훈이 빛나며 시대의 동반자로서 벗이 되고 "로동의 전우"가 된다. 북한사회에서는 사회건설의 노동도 민족해방투쟁의 한 과정으로서 전투가 된다. 투쟁의 과정에서 일탈과 나태는 용납되지 않는 악(惡)이다. "세기를 비약히는" 생산성과 "당이 가리키는 길"로만 향하는 충심은, 당시 북한 시의 일반적인 서정적 주인공이 체화하고 있는 모습이다.

오, 나의 벗들, 로동의 전우들아,

우리 어디서 무슨 일을 감당하건
조국의 오늘과 먼먼 미래까지를
우리는 당 앞에 책임 진 세대—

세기를 비약하며 달음질쳐 사노라
생활의 권한을 억척스레 틀어쥐고
닦아 놓은 길로만 걸어 가지 않는다
우리는 당이 가리키는 길을 따라
영웅적 로동 계급의 손으로
공산주의에로 가는 대로를 개척해 간다!

—「벗들에게 보내는 노래」34)부분

　　당과 노동계급·공산주의를 향해 나태와 일탈없이 매진하는 서정적
주인공이 반복하여 출현하는 북한 시에서, 서정적 주인공은 더 이상 개
인의 성격 혹은 개성적 화자일 수 없다. 민족적 특성이 개개 인물의 성
격으로 드러난다고 하지만 이는 결국 집단적 성격, 시대적 품성이며 정
치적 요구에 부합하는 인간형일 뿐이다. 이러한 집단성과 정치성은 유
일 주체사상의 토대가 되었을 것이다. 주체사상의 유일성과 도식성과도
연관되는 부분이다.

　　민족적 특성의 문학적 형식으로 드러난 민족적 성격은 애국주의와
혁명성으로 요약되고, 애국주의와 혁명성은 천리마 시대와 공산주의 건
설의 기수의 모습으로 일체화되고 집단화되면서 북한문학 전통론의 한
계가 노정되었다고 할 수 있다. 과거와 현재, 현재와 과거 그리고 미래
와의 소통이며 의미적 연관이 되어야할 전통이 현재적 필요 특히 권력
장악과 유지를 위한 정치적 필요에 의해 제시되고 강요되며 주입되는
양상을 보이는 것이다.

　　애국주의나 평화애호, 강인한 내면 세계, 노동과 평화애호 정신, 용감
성·강의성·불굴성 등의 긍정적인 인간의 기질과 성격이 민족의 고유

하고도 전통적인 특성이라는 순수한 의미의 전통론은 동원체제로서의 천리마운동과 당성 계급성·인민성에 충실히 복무하는 공산주의 혁명적 인간형으로 귀결되고 있는 것이다.

박종식은 「서정시와 현대성-제3차 당 대회 이후 시기 작품을 중심으로」[35]에서 당시의 여러 시인들을 언급하며 서정시의 현대성과 전통에 대해 논하고 있다. 그는 서정시에서의 현대성을 "인민의 아들로써 우리 시대에 대한 열렬한 공민적 빠포스를 가지고 주변에서 일어나는 사변들에 적극 참가함으로써 시인 그 자신이 오늘의 투사로 행동"하는 것으로 정의하였다. 즉 그가 강조하는 것은 인민성과 시대현실을 반영하는 현실성이다. 박세영과 상민·전초민·전동우·김철 등 당시의 대표적인 중견 및 신인 시인들의 예를 들어 그 경향을 자세히 분석하였다.[36] 그는 주로 서정적 주인공의 인민성과 천리마 농촌의 현실과 농민들의 생활 감정, 천리마 현실의 생동한 형상화, 통일에 관련된 '인민'의 시대적 염원 등, 앞서 말한대로 인민성을 갖춘 시대 현실의 반영이라는 기준과 일치한다. 그는 특히 김철의 두 번째 시집 『철의 도시에서』를 높이 평가하며, "천리마 시대의 로동 계급의 정신 세계, 불요불굴의 투쟁정신, 로동계급의 생활의 면모"가 잘 드러난다고 했다. 특히 「첫상봉」, 「수리개」, 「그들」을 비롯한 서정시에는 "강철 로동자들의 투쟁의 화폭과 고매한 정신"이 나타난다는 것이다. 그는 민족적 특성과 전통에 대해서도 언급하면서, 김철의 서정시가 "우리의 민족 전통이 뻗어 있으며 그는 이런 민족적 특성의 탐구의 길에서도 무엇인지 새것을 창조할 수 있다는 것을 보여주고 있다"고 하였다. "「포구의 겨울」, 「바다의 저녁」은 이 점을 말하여 주고 있다(다만 그것이 어떤 가벼운 '재산'으로 떨어지지 않는다면)"이라고 하였다. 박종식이 발한 민족전통과 민족적 특성에서 창조한 새 것의 모범을 「포구의 겨울」을 통해 확인해보자.

   숲처럼 솟은 돛대 사이를

흰 갈매기떼 멋대로 날고 있소
부둣가엔 명태 또 명태 더미들
포구의 아낙네들 얼싸춤을 추게 됐소.

고무 장화 허리를 반쯤 꺾어 신고
덕삼이네 마누라 굵은 팔을 휘두르오,
남편보다 제 벌이가 못하지 않다면서……

그러자 누군가 「에이구, 성님두!
그래두 남정네가 없어보지비ー」
부두를 들었다 놓는 떠들썩한 웃음 소리,
이런 데서 알맞구나, 저 말 본세.

생태국 홀ー홀ー 불어마시며
내 누이, 어머니, 이웃집 아주머니
근면하고 건강하고 두려움을 모르는
관북 땅 녀인들이 일하고 있소

나무람 마오, 저들의 말씨 거칠다고는……
어린 시절부터 귀에 젖어서
나도 쉬이 못 버리는 고향 사투리……

아! 녀인들의 기쁨을 산처럼 싣고
배는 나가고 배는 또 들어오오
아낙네들 없이야 그 무슨 포구겠소!
사투리 없이야 그 무슨 고향이겠소!

ー「포구의 겨울」[37] 전문

　박종식이 민족 전통과 민족적 특성의 요소로 주목한 것은 민족적 성격과 인민적 언어일 것이다. 관북 포구의 여인들의 '근면하고 건강하고 두려움 모르는 모습'에서 근면하며 강인한 민족적 성격을 보았을 것이며, '말 본세', '거친 말씨', '사투리'로 표현된 기층민들의 언어에서 '인민적인 언어'를 보았을 것이며, '부두를 들었다 놓는 떠들썩한 웃음소리'와 '아낙네들의 노동으로 활기를 띠는 포구'의 풍경을 통해 '인민성'과 '노동계급성'의 시화를 확인하였던 것이다. 박종식이 말한 바 '새 것'은 떠들썩한 웃음 소리와 '아! 녀인들의 기쁨을 산처럼 싣고 드나드는' 배로 은유된 시대와 현실에 대한 희망이라 할 수 있다.

북한의 논자들이 서정시의 민족적 특성을 서정적 주인공의 민족적 성격, 즉 인민성, 계급성을 체화하여 항일혁명전통과 사회주의 혁명의 전형으로 부각되는 민족적 성격에서 찾고 있다면 남한의 학자인 김대행은 민요에서 찾고 있다.

김대행은 북한시에 나타난 민족적 특성의 구체적 모습을 「도라지 타령」, 「양산도 타령」 등의 민요에서 찾는다. 「도라지 타령」이나 「양산도 타령」의 가사를 수령과 사회주의를 찬양하는 내용으로 바꾸어 부른 것과 북한문학의 혁명 전통 아래 발굴된 항일독립투쟁기의 김일성에 대한 구비전승 및 시가 창작을 그 예로 들었다.38) 또, 관동별곡이나 윤선도에 대한 긍정적인 재평가가 민족적 특성론의 범주에서 이루어진 것이라고 했다.

4. 결론을 대신하여

여태까지 북한 서정시에 나타난 민족적 특성을 '서정적 주인공'에 집중하여 살펴 보았다. 서정적 주인공은 서사문학의 민족적 성격에 해당하는 개념으로서 긍정적 풍모를 갖추고, 혁명성과 사상 지향성의 주제를 체현하는 '서정적 자아'라고 할 수 있다. 서정적 주인공 외에도 시에서 드러나는 민족적 특성론으로는 '운율', '수사법', '소재', '해학', '인민의 언어' 등을 들 수 있다.

고전과 항일혁명전통에서 추출한 인물의 긍정적인 성격을 '영웅'의 형상으로 드러내고 있으며, '애국주의', '인도주의', '용감성' 등의 민족적 성격을 강조하였다. '사회주의적 애국주의'란 민족과 나라, 향토를 사랑하는 것이 결국 사회주의 혁명을 앞당기는 절대 선(善)이라는 입론 위에 구축된 것이고, 이밖에 다른 민족적 성격도 결국은 혁명성을 위해 갖추어야하는 긍정적인 품성의 덕목으로, '현재의 요구에 맞추어 권장되는 창출된 전통'이라 할 수 있다. 항일혁명투사의 긍정적 성격과 함께 강조되는 서정적 주인공의 품성(민족적 성격)으로는 '천리마의 전형'을 들 수 있다.

전후 산업화 과정에서 요구되는 증산과 사상의 혁신을 '천리마의 전형'을 민족적인 특성으로 강조함으로써 전통과 민족이 가진 당위적인 지향을 정치와 동원의 논리로서 활용한 것이다. 천리마 기수의 전형은 문제는 '갈등론', '형상론', '전형론', '혁명적 낭만성' 등과 관련하여 심화될 수 있는데, 이러한 다양한 문예이론들은 민족적 특성론으로 통해 수렴되고 이후 '주체 문예이론'으로 전이되고 발산된다고 판단한다.

주석

1) 1925년 스탈린 「동방 인민 종합대학의 정치적 제과업에 관하여」라는 연설에서 명제화되었다.
2) 보호단 나할일로·빅토르 스보보다, 정옥경 역, 『러시아 민족문제의 역사』, 서울: 신아사, 2002, 161~175면 참조
3) 위의 책, 82~83면.
4) 김재용은 당시 북조선 노동당 선전선동부장이었던 김창만이 '진보적 민주주의'를 강조했었다는 것과 이후 선전선동부장이었던 박창옥에 의한 소련문화의 일방적 수입, 1958년 말 박창옥, 기석복의 축출로 저간의 사정을 설명한다. 김재용, 『분단구조와 북한

문학』, 서울 : 소명출판, 2000, 77~78면.

5) 김창석, 「문학 예술의 민족적 특성에 대하여」(『조선문학』, 1959.4)에 따르면 소련 학계의 '문학예술의 민족적 특성' 논쟁의 시초는 잡지 『인민들의 친선』 1957년 1호에 실린 보차로브의 「문학의 민족적 특성에 관한 문제에 대하여」라고 한다.

6) 백준기, 「1950년대 북한의 권력갈등의 배경과 소련」, 『1950년대 남북한의 선택과 굴절』(역사문제연구소 편), 서울 : 역사비평사, 1998, 439면 참조.

7) 이상 1955년 "주체를 세울데 대하여" 진위의 논의는 박광호, 「김일성 통치에서의 전통의 활용에 관한 연구」(서울대 박사논문, 2003), 106~110면 참조.

8) 권순긍·정우택 편, 「우리 문학의 민족적 특성」, 『우리 문학의 민족 형식과 민족적 특성』, 연구사, 1990; 김재용, 「북한문학과 민족 문제의 인식」, 『분단구조와 북한문학』, 소명출판, 2000; 박상천, 「북한문화예술에서 '민족문화'와 '민족적 형식'의 문제」, 『북한연구학회보』 6권 2호, 북한연구학회, 2003; 이상숙, 「북한문학의 전통론 연구-'민족형식, 민족적 특성'의 시(詩)적 형상화를 중심으로」, 『북한연구학회보』 6권 2호, 북한연구학회, 2002; 신형기, 「북한문학에서의 '민족적 특성' 논의-주체문학론의 발단」, 『민족이야기를 넘어서』, 삼인, 2003.

9) 북한문학에서 장르를 '쟌르'로 표기하며, 다음과 같이 구분된다. 서사적 장르에는 단편소설·중편소설·장편소설·영웅사시(에쁘뻬야)·서사시·담시·우화가 있고 서정시 장르에는 서정시·송가·풍자시·정론시가 있으며, 극장르에는 비극·희극·희곡이 있다. 강능수, 『문학의 기초』(東京 : 학우서방, 1967) 참조.

10) 과학백과사전종합출판사 편, 『문학예술사전』(평양 : 과학백과사전종합출판사, 1991), 244면의 서정시 「서정적 주인공」의 주인공. 서정적 주인공은 시에 형상된 사상감정의 담당자로 된다. 서정시에서는 객관적 현실에 있는 생활을 그대로 묘사하는것이 아니라 그 생활을 체험하고 느낀 시인의 사상감정을 직접 토로하므로 시인자신이 주인공으로 되는 경우가 많다. 그러나 서정적 주인공은 시인뿐아니라 임의의 인물이 될 수도 있다. 진보적인 서정시에서 서정적 주인공의 사상감정은 그 시대의 선진적인 인간들의 사상감정을 대변한다. 사회주의적 사실주의 서정시문학에서 서정적 주인공의 사상과 지향, 감정은 로동계급의 혁명적 사상과 시대정신을 체현하고 있다.

11) 조선문학예술총동맹 편, 『청춘송가』, 평양 : 조선문학예술총동맹출판사, 1964.

12) 조선문학예술총동맹 편, 『천리마 나라』, 평양 : 조선문학예술총동맹출판사, 1964.

13) 전영선, 앞의 책, 20~21면.

14) 박태상, 「새로 발견된 북한『서정시 선집』연구-월북시인들의 동향과 당대 사회현실을 중심으로」, 『북한연구학회보』, 2000년 하반기호, 276~278면.

15) 박태상은 같은 글에서 북한의 서정시는 시대의 주도적인 사상감정을 반영하는 것을 목표로 한다고 했다. 시대의 주도적인 사상감정이란 자주적이며 창조적인 인민대중의 염원과 의지, 신념이다. 박태상은 노동계급성을 반영한 사회계급적 성격의 서정이 출현하게 된 과정을 설명하면서, 북한의 서정시 이론이 시대의 주도적 감정을 거론하면서 "진실성과 민족성, 시대성"을 강화하여 "종국에는 충성의 서정"을 강조하는 것으로 귀결되었다고 한다. '충성의 서정'은 주체적 시문학의 본질적인 요인이라 할 수 있다.

16) 윤여탁은 「남북 문학의 이상과 현실-시에 대한 논의가 주는 시사」(『선청어문』, 서울대 국어교육학과, 2001), 53면에서, 북한문학사의 김소월에 대한 평가를 고찰하면서 여러 문학사들이 언급한 내용을 다음과 같이 종합하고 있다. "이런 김소월에 대한 북한문학사

의 평가에서 특기할 만한 사항은, 남한문학사에서 대표작으로 언급하고 있는 「진달래꽃」이나 「산유화」보다는 「밭고랑 위에서」와 「초혼」이 노동의 신성성과 애국주의적 경향의 차원에서 높이 평가되고 있다는 점이다."

17) 과학백과사전종합출판사 편, 『문학예술사전』, 평양: 과학백과사전종합출판사, 1991, 244면.
18) 박종식, 「서정시와 현대성—제3차 당 대회 이후 시기 작품을 중심으로」, 『조선문학』, 1961.7, 114면.
19) 신구현, 「해방 후 15년간 문학평론이 거둔 성과」, 『문학신문』, 1960.10.7.
20) 권순긍·정우택 편, 『우리문학의 민족 형식과 민족적 특성』, 서울: 연구사, 1990. 25~34면 참조 김하명의 총명·용감·인내성·애국주의·평화애호, 고정옥의 애국주의, 육친과의 사랑, 남녀 특유의 강의한 내면 세계, 노동과 평화 애호 정신, 겨레와 이웃과 화목을 즐기는 정신, 윤세평의 애국주의, 인도주의, 리상태의 검박한 소박성, 호상 방조와 부조의 미덕, 외유내강의 강직한 기질, 한룡옥의 영웅성·용감성·강의성·혁명성·불굴성 등이 그것이다.
21) 신진순, 「꽃신」, 『종합시집—청춘송가』(오영재 편), 평양: 조선문학예술총동맹출판사, 1964, 24~30면.
22) 김조규, 「연두봉 기슭에서」, 위의 책, 17~19면.
23) 리범수, 「나의 스승」, 위의 책, 39~42면.
24) 1211고지 전투는 북한에서 매우 영웅적인 전투로 칭송되는 전투이다. 1963년에는 리기성 연출의 「1211고지방위자들」이라는 영화가 제작되고, 1965년에는 정관철, 류현숙, 양재혁의 유화 「1211고지전투」가 369cm×195cm의 대작으로 제작되기도 한 북한에서 선전하는 대표적인 전쟁담이다. 전쟁 당시 동부전선의 전략요충지인 1211고지를 탄약이 떨어지는 어려운 상황에서 바윗돌, 나무등걸, 맨주먹으로 지켜낸 후 고지 위에 공화국기를 휘말리고 "김일성 장군 만세"를 외쳤다는 내용이다. 북한에서는 "혁명적 동지애로 굳게 뭉쳐 무비의 헌신성과 대중적 영웅주의"를 보여주는 모범으로 유명하다. 과학백과사전종합출판사 편, 『문학예술사전』(하), 평양: 과학백과사전종합출판사, 1993, 52~53면 참조 "강원도 금강군에 있는 6·25전쟁 당시의 격전지. 고지의 높이가 1211미터에서 붙여진 이름이다. 옆으로 1052고지와 무명고지가 있다. 1211고지는 전쟁 당시 밀고 밀리는 전투 끝에 북한이 차지하였으며, 이때 리수복이라는 병사가 '적의 화구를 몸으로 막았다'하여 영웅시하고 있다. 이로 인해 리수복은 북한의 대표적 전쟁영웅으로 꼽히며 1990년에 순천화학대학을 리수복대학으로 개명한 바 있다. 북한에서는 1211고지는 '물러서서는 안될 중요한 과업'의 다른 표현으로 쓰고 있다. 예를 들어 1998년 신년 공동사설에서는 "농업은 사회주의 경제건설의 1211고지"라고 표현한 바 있다. 또한 리수복은 위기에서 나라를 구한 사람의 대명사로 쓰인다. "90년대의 리수복이 되자"라는 정치 구호가 있었으며, 1211고지, 리수복과 관련한 문예창작물도 여럿 있다." (사)북한민주화네트워크, 「북한상식」, www.hwahai.or.kr.
25) 이에 해당하는 글들을 예시하면 다음과 같다. 장형준, 「남조선에 류포되고 있는 '순수문학'론과 그 문학의 반동성」, 서지사항 미상; 엄호석, 「남반부 인민들의 투쟁과 함께 있는 우리 문학」, 『조선문학』, 1956.2; 계북, 「남조선의 반동적 부르죠아 미학의 정체」, 『문학신문』, 1956.6; 리북명, 「조국의 평화적 통일과 우리문학」, 『조선문학』, 1956.10; 청암, 「남조선에서 미제가 류포하는 부르죠아 반동 미학의 본질」, 『조선문학』, 1957.10; 한설야, 「남반부 작가들에게」, 『문학신문』, 1960.1.1; 오정삼, 「권력과 폭력에 신음하는 남조선 예술인

들」, 『문학신문』, 1960.3.8; 김하명, 「남조선문학에 반영된 리승만 반동통치의 파멸상」, 『문학신문』, 1960.5.3; 리상현, 「남조선 반동문학의 15년」, 『문학신문』, 1960.8.12; 박호범, 「허무와 굴종을 설교하는 남조선 반동문학」, 『조선문학』, 1962.12; 김해균, 「남조선문학의 최근 동태」, 『조선문학』, 1964.7; 경일, 「남조선 반동문학의 조류와 그 부패상」, 『조선문학』, 1966.8.

26) 김순석, 「폭풍의 거리에」, 『종합시집-청춘송가』(오영재 편), 조선문학예술총동맹출판사, 1964, 141~144면.

27) 김연철, 「천리마운동과 대중동원의 정치 경제」, 『북한의 산업화와 경제정책』, 서울 : 역사비평사, 2001, 202면. "대외 원조의 감소와 축적 위기-한편 경제 건설과 관련하여 위기상황이 조성되었다. 바로 전후 복구 3개년 계획기간동안 축적 자금의 상당부분을 차지했던 대외원조가 급격히 감소되었기 때문이다.(표 2-21 참조) 이에 따라 축적 자금의 내부 동원이 강조되었다. 북한식 용어로 내부원천이라는 것이다.

28) 김재홍은 「광복 50년 북한 시의 지속과 변화」, 『한국현대시의 사적 탐구』(서울 : 일지사, 1998), 375면에서 "북한문학의 특히 시의 지향성은 사회주의 건설과 혁명투쟁을 핵심으로 해서 항일 혁명 전통을 계승하여 이른바 남조선 혁명과 통일정책으로 고무 추동해 가"는 것으로 요약한다. 김종회는 「북한의 문예이론과 문학작품에의 반영양상」, 『통일문제연구』(서울 : 평화문제연구소, 2001년 하반기호), 11면에서 "북한문학의 서정시는 남한의 경우와 같이 한 개인의 순수한 내면이나 정서적 분위기의 표현을 지향하지 않는다. 이는 반드시 인민의 진취적이고 사회주의적인 생활을 바탕으로 하고 있다"고 했다. 또, 그는 "김상오의 『나의 조국』을 김일성에 대한 흠모의 정을 강하게 담고 있으며, 이와 같은 시가 북한문학에 있어서 서정시의 모습이라고 했다. 북한 시에서 서사시는 조기천 『백두산』(1947) 이후로 북한의 대표적 계관시인 오영재의 『인민의 아들』(1992)에 이르기까지 북한시의 중심이었고, 서정시는 '감정과 사상의 지향을 결합시킨 형상적 사유의 산물로 규정되고 있으며, 당의 정책노선과 정치적 전략에 의거한 도구로서 시가 존재한다는 것을 잘 알 수 있게 한다"고 했다.

29) 박팔양, 「청춘의 노래를 부르며-농촌으로 배치되는 졸업생 동무들에게」, 앞의 책(오영재 편), 65~69면.

30) 조정아, 「산업화 시기 북한 공장의 노동규율 형성-교육과 동원의 결합을 중심으로」, 『북한연구학회보』 제7권 1호, 2003.8, 160면. 농민, 수공업자, 제대군인으로 구성된 북한의 신규 산업노동력은 대부분 산업노동 경험과 기술력이 부족할 뿐 아니라, 집단적인 규율로 단련되지 못하였으며 "소 부르죠아 의식과 심리 상태"를 지니고 있었다. 이들은 작업과정에서 사송 사고를 일으키고, "일하다가 말없이 작업장을 떠나 공장 구내를 돌아다니는가 하면, 어디선가 한잠 자고 다시 나타나"는 등 노동에 대해 "안일하고 부화하고 비규율적인 태도를 보였으며, 각종 노동규율을 위반하였다.

31) 위의 글, 172~179면.

32) 박호범, 「천리마」, 『천리마 나라』(조선문학예술 총동맹출판사 편), 평양 : 조선문학예술 총동맹출판사, 1964, 122면.

33) 김윤식은 「주체 사상에 기초한 사회주의적 문예 이론」, 『북한의 문학』(권영민 편, 서울 : 을유문화사, 1989), 102면에서 "주체 문예 이론의 가장 뚜렷하고 본질적인 부분은 다름 아닌 제3장에 규정된 사회주의문학예술의 당성・노동 계급성・인민성의 개념이 아닐까 한다"고 하여 인민성・당성・노동 계급성이 주체문예의 본질이라고 말하였고, 「50년대

북한문학의 동향」, 『북한문학사론』(서울 : 새미, 1995), 35면에서는 "내용은 사회주의적, 형식은 민족주의적이라는 문학 예술의 창작 및 해석의 기본틀이라든가 사회주의적 사실주의라 불려지는 미학원리라든가 계급성, 인민성, 당파성으로 말해지는 이념 노선 등을 공유하고 있는 국가 사회주의에서의 문학예술론이 북한에서도 얼마나 잘 발휘되었는가를 점검하는 일이 북한문학 이해의 기초라 할 것이다"라고 하여 인민성 당성, 노동 계급성이 북한문학의 중요한 이념노선이라고 설명한 바 있다.

34) 김죽성, 「벗들에게 보내는 노래」, 『천리마 나라』(조선문학예술총동맹 편), 평양 : 조선문학예술총동맹출판사, 1964.

35) 박종식, 「서정시와 현대성−제3차 당 대회 이후 시기 작품을 중심으로」, 『조선문학』, 1961.7, 114면.

36) 박세영에 대해서는 서정시 「신년송가」와 「라비냐」의 서정적 주인공의 성격이 소박하며 진실하고 고결하다며 시의 서정적 분위기가 은근하면서고 전투적이라고 했으며, 상민의 천리마 농촌을 노래한 서정시편들 「대지의 품에서」, 「다시 대지 우에서」, 「집터」에서 투쟁하는 농민과 농촌의 생활 감정 찾을 수 있다고 했다. 전초민 시집 『건설의 나날』에 실린 서정시 「평화의 화가들」, 「대동강」, 「또다시 모란봉 우에서」, 「나의 노래 나의 소원」 등의 시들이 전후 복구 건설 시기 현실과 사회주의 대고조기의 천리마 현실이 생동하게 반영되고 있다고 했고, 서정시 「평화의 화가들」, 「대동강」, 「또다시 모란봉 우에서」, 「나의 노래 나의 소원」 등이 이를 말하여 준다고 했다. 현대성을 취급한 서정시 중에서 '평화 통일'의 주제에 바쳐진 시들이 오늘 우리 인민의 진실한 시대적 념원을 재현함에 성공하고 있다고 하며, 전동우 「땀의 노래」를 "사품치는 쇠'들 속에서 창조와 번영으로 들끓고 있는 우리 시대의 오늘과 래일의 위용을 보고 있는 이 젊은 용해공의 형상은 얼마나 아름다운 것인가!"라며 격찬하였다. 위의 글, 114~116면.

37) 김철, 『철의 도시에서』, 평양 : 조선작가동맹출판사, 1960, 60~62면. 김경숙, 「북한시의 형성과 전개 과정 연구」, 이화여대 박사논문, 2002, 286~287면에서 재인용. 이 시에 대해 김경숙은 "시인은 노동 현장에서 배어 나오는 노동하는 인민의 소박한 인간미를 형상화함으로써, 그들과 그들의 삶에 대한 따뜻한 애정을 표현하고 있다"고 했다.

38) 김대행, 「북한의 문예정책과 시가」, 『북한의 시가문학』, 서울 : 문학과 비평사, 1990, 77면. 김대행은 북한의 민족적 특성론을 김일성에 대한 찬양과 사회주의 건설에의 찬양의 실천적 양상으로 판단한다. 그는 민족적 특성의 구체적인 모습을 1984년 김정웅의 『문학예술건설경험』(평양 : 사회과학출판사, 1984)을 근거로 다음과 같이 정리한다. 한국어의 특성을 살리는 작시법, 구전자료의 발굴, 민요의 정리, 항일 독립투쟁시기의 김일성 장군에 대한 구비전승 및 시가 창작 발굴이 그것이다. 김대행은 『조선민요곡집』(평양 : 문예출판사, 1979)에 실린 「도라지 타령」과 「양산도 타령」의 바뀐 가사를 소개한다. 그 일부만 옮기면 다음과 같다.

　도라지 도라지 도라지 / 눈물로 캐던 백도라지 / 내나라 주인된 오늘에는 / 흥겨운 노래로 캔다네 // 꽃피는 새살림 알뜰살뜰 / 도라지 캔다네 약도라지 / 어버이수령님 해빛아래 / 도라지꽃도 활짝 피네 //(후렴) 에헤요 데헤요 에헤요 / 우리네 농장 황금산 좋아 / 새들도 춤추며 날아든다(「황금산의 백도라지」 부분)

　에루화 좋구나 금수강산 / 인민의 락원이 여기로구나 // 1. 에헤에에 양덕맹산 흐르는 물은 / 청류벽으로 감돌아든다 //(후렴) 에루화 좋구나 금수라 강산 / 인민의 낙원이 여기로구나(「양산도」)

김대행의 이러한 지적은 적실한 것이지만 대상이 고전문학에 한정되어 있고 시기도 1980년대까지를 아우르는 것이어서 이 논문의 대상과는 차이가 있다.

천리마와 같이 달리자

'천리마 대 고조기' – 1958~1967

신형기

1. 천리마 시대의 문학

1) 천리마의 속도와 공산주의자의 대오

천리마운동을 통해 특별히 강조되었던 점은 '천리마를 탄 기세로 달리는' 속도의 초과였다. 천리마가 환기한 이미지는 매우 격정적이었고 그만큼 환상적이었다. 그것은 1958년 중국의 모택동이 일으켰던 '대약진 운동'과 같이, 역사발전의 단계적 제한성이나 그것을 불가피하게 하는 객관적 여건을 단번에 뛰어넘는 비약이 가능하다고 믿는 집단적 도취를 조장했다. 과거와는 전혀 다른 시대를 눈앞에 두었다는 열광의 분위기를 진작하려 했던 것이다.

속도는 결국 사상의 문제였다. 물론 생산의 비약을 위한 기술적 진보가 요구되었지만, 기술혁명은 과거에도 그러했듯 사상혁명과 다른 것이 아니었다. 노동자들의 정신 속에 "과학 이상의 과학"[1]이 들어 있다는 말은 이 시대의 금과옥조였다. 현상에 안주하려는 소극적이고 보수적인 태도, 과학지식과 기술에 대한 전문가적 폐쇄성을 고집하는 기술신비주의, 경험의 타성을 벗어나려 들지 않는 경험주의, 그 이외에도 이기주의나 개인주의와 같은 부르주아 사상의 잔재, 종파주의 및 관료주의 등은 물리쳐야 할 부정적 측면으로 지적되어온 것들이었다. 천리마운동이 요구한 혁명적 앙양은 그것들을 단번에 척결하고 일소함으로써 획득될 것이었다.

공산주의 낙원을 향해 천리마를 타고 달리는 새 기수들은 경탄의 대상이었다. 이들에 대해 경탄하는 것은 열광의 분위기와 집단적 일체감을 진작하는 방법이 되었다. 그런데 헌신의 격정을 나누기 위한 역사적 본보기는 항일빨치산이었다. 김일성과 그가 이끈 유격대 전사들이 천리마 기수들에 앞서 공산주의 혁명정신을 선취한 견결한 공산주의자들로 간주된 것이다. 그들의 삶과 투쟁은 열광에 의한 통제의 구체적 전례이자 모두가 본받고 따라야 할 영감의 원천이 된다. 그들은 이제 과거의 존재가 아니라 현재적 존재였고 추구해야 할 미래의 표상이었다. 항일유격대식으로 살고 투쟁해야 한다는 것은 최고의 명령이 되었다. 이로써 천리마운동은 '유격대 국가'[2]로 가는 길을 열었다.

김일성은 유격대를 이끌었듯 천리마 기수들의 영도자였다. 1959년 추 평안남도의 강선 제강소를 방문한 김일성은 '천리마 작업반 운동'을 가동시켰으며, 1960년대 초에는 '청산리 정신과 청산리 방법'을 창조해 농업생산의 비약을 위한 토대를 마련했고, 1961년 대안의 전기 공장에서는 공장참모부를 조직하고 자재공급체계 등을 확립케 함으로써 기술혁신과 공정개선을 가능하게 했다는 것이다. 작가 윤세중은 한 보고문에서 이런 변화가 '위대한 지혜'의 결과임을 칭송했다. 그리고 김일성의 영도 아래, 과거 유격대 전사들이 그러했던 것처럼 천리마의 기세로 달리는 공산주의자들의 대오가 형성되었음을 알렸다. 그는 이 '공산주의적 대 인간집단'을 '대 가정'으로 표현했다.[3] 모든 인민이 수령을 어버이로 육친(肉親)과 같이 결속한 대 가정을 이루어야 한다는 주장은 이후 주체시대에 이르면 국가나 사회를 보는 기본 틀이 된다.

천리마 시대의 문학은 천리마 기수들을 경탄의 시선으로 비추고 항일무장투쟁사와 빨치산들을 그려내야 했다. 혁명역사의 발굴은 전후부터 시작된 사업이었지만 이 시기에 이르러 그것은 여러 형태의 이야기로 씌어지기 시작한다. 빨치산 참가자들이 쓴 회상기는 그 가운데 대표적인 것이었으니, 혁명역사의 교과서로 읽혔다. 항일혁명역사의 발굴과 더불어 항일혁명문예도 혁명문학의 진정한 기원으로 복원의 대상이 된다. 물론 김일성은 이 새로운 기원의 창조자였다. 혁명역사를 쓰는 방법에 대한 지침도 제시되었다. 혁명역사는 대작(大作)으로 씌어져야 했다. 한편 공산주의 낙원이 눈앞에 있다는 열광 속에서 도탄에 빠진 남한을 구하는 통일에의 열망이 표현되기도 했다.

2) '우리도 천리마를 타자'

천리마 시대는 생산능률을 몇 배 이상 올림으로써 계획을 몇 배 더 달성했다는 '눈부신' 보고들이 끊이지 않던 때였다. 생산현장에서는 천리마운동이 빠르게 고조되었음에 비해 문학은 이 장엄한 현실을 옳게 반영하고 있지 못하다는 비판이 제기되기도 했다. 우선 작품생산이 양적으로 부족하고, 또 일부 작품들은 천리마의 기세로 달리는 노동자, 농민들에게 다가서지 못하거나 그들의 생활과 감정을 왜곡하고 있다는 지적이었다.

문학과 예술은 언제나 현실보다 앞서 가야 할 것이었다.[4] 이야기로 미래를 선취하는 역사 쓰기는 북한문학의 기본형식이 아니었던가. 미래를 선취하는 관건은 물론 사상이었다. 이 대대적 전환기를 맞아 작가·예술인들은 다시 사상적 무장을 새롭게 해야 했다. 김일성은 「작가 예술인들 속에서 낡은 사상 잔재를 반대하는 투쟁을 힘 있게 벌일 데 대하여」(1958.10.14)란 연설에서 작가와 예술인들이 개인이기주의적이고 공명주의적 행동을 하거나 자유주의로 빠지는가 하면, 서로의 잘못을 싸고돌며 묵과하는 가족주의의 경향을 보이고 있다고 질책했다. 그렇기 때문에 문학예술 부문에서도 혁명적 규율과 질서를 엄격하게 세워야 한다는 점을 못박아 요구한 것이다.

김일성의 이 연설이 있은 직후 「우리도 천리마를 타자」는 제목으로 『조선문학』에 실린 한 정론은 천리마 시대의 목표가 짧은 시간에 앞선 나라들을 따라잡아야 하는 것이라고 설명하면서, 그와 같이 천리마 시대의 문학도 짧은 시간 안에 한 계단 높이 올라가야 함을 역설한다. 이 정론의 처방은 평론과 비판사업을 강화해야 한다는 것이었다. 천리마 대고조에 부응하지 못하는 문학부문의 답보가 비판정신이 결여된 데서 비롯되었다고 본 것이고, 또 비판이 사상을 진작하리라는 묵은 생각을 드러낸 것이다. 정론은 작가들의 나태와 침묵을 지명을 하며 꾸짖는다.

몇 해가 지나도록 한 편의 작품도 쓰지 않고 있는 작가들이 있다. 극작가 백문환은 호평을 받은 「성장」을 쓴 지 거의 10년이 되었는데 그 후에는 독자들이 거의 그의 존재를 알 지 못하게 되었으며, (…중략…) 6~7년 전부터 장편소설을 쓰고 있는 리춘진은 언제까지나 소설을 쓰디듬고만 있겠는가? 10년을 채우고 내놓을 작정인가? 10년이면 강산도 변한다. 그 동안 주인공들은 놀라게 발전했겠는데 너무 오래 동안 만지기만 하다나면 그것은 낡은 문건으로 되어 다시 붓을 들어야 좋게 되지 않겠는가?[35]

천리마 속도에 발맞춘 작가들의 순발력 있는 대응을 요구한 것이다. 대 고조를 앞에서 이끌기 위해서는 작가가 먼저 자신을 집단적 격정 속에 휘몰아 넣어야 했다. 생산현장에서 기술신비주의가 배격되어야 했던 것처럼, 문학생산 역시 작가의 고유하고 신비한 영역으로 보는 태도는 배격되어야 했다. 그간의 '안일'을 깨는 경종이 울리고 있었다. 통제는 불가피할 뿐 아니라 절실한 것이었다.

2. 천리마운동의 형상화

1) 경탄의 시선과 낭만성

천리마 기수를 그리는 일은 천리마 시대를 맞은 작가들에게 부여된 최대 과제였다. 천리마 기수들은 대 고조의 주인공들이었다. 1960년 김일성은 모두가 천리마의 기세로 달리는 이 격정의 시대에 부정인물을 많이 그릴 필요는 없다는 교시를 했다.[6] 이미 긍정적인 것이 사회의 기본을 이루고 있기 때문에 부정적인 것을 많이 말한다는 자체가 현실을 왜곡하는 것이라는 내용이었다. 작가들에게는 긍정적 모범을 제시하는 일이 과제로 주어진 것이다. 김일성의 교시는 천리마 기수들을 그린 소설들에서 실천되고 있었다. 천리마 기수를 형상화한 수작으로 꼽힌 단편소설들은 김병훈의 「해주—하성에서 온 편지」(1960)와 「길동무들」(1960), 권정웅의 「백일홍」(1961), 진재환의 「고기떼는 강으로 나간다」(1963), 리병수의 「령북땅」(1964) 등이다.

김병훈의 「해주—하성에서 온 편지」는 해주와 하성간의 철도 건설에 전화교환수로 참여한 청년건설자인 누이동생이 오빠에게 보낸 편지를 소개하는 형식을 취한다. 누이의 편지가 내화(內話)인 셈인데, 순수하고 열정적인 처녀의 빠른 어조는 건설 현장의 생동감과 활기를 살려낸다. 그녀의 편지가 그려내는 동료 '칠성'은 어린아이같이 순진하고 부끄럼을 타서 겉으론 무뚝뚝해 보이나 더없이 진지한 열성자다. 대학추천도 마다하고 휴양소도 '탈주'하여 철도건설에 참여했다는 설정이 특별히 새로운 것은 아니지만, 작가는 그를 경건한 격정에 휩싸인 인물로 그리는 데 성공했다. 건설의 과정에서 제기되는 과제는 무엇이든 '돌격대' 방식으로 돌파되어야 대상이다. 미비한 여건이나 고난은 오히려 즐거움을 준다. 속도는 그들의 목표다. '시간이 따라오다 기진맥진하여 나자빠지도록 고삐를 채 달리자'고 그들은 서로를 고무한다. 준공 날짜는 이미 세 번이나 앞당겨졌고, 밤은 도적작업의 시간이다. 그들이 현장에서 제기하는 창안과 발명, 합리화 안(案)들은 기사장의 계산과 예측을 넘어서는 것이다. 칠성은 산의 흙을 캐 와 블록을 만들어 시간을 줄이고, 굴을 뚫는 데서 나오는 버력을 운반할 자동버력운반기를 설계한다. 암반에 부딪고 지하수가 터지는 등 장애는 끊이지 않지만, 그들의 전진을 가로막는 것은 없다.

이 소설은 놀라운 혁신의 속도감에 대한 경탄을 요구한다. 내화의 화자나 외화의 화자가 순수한 경탄의 시선으로 일관하기 때문에 독자들은 그로부터 벗어날 여유를 갖지 못한다. 이 소설이 낭만적이라면 그것은 에피소드가 새롭기 때문이 아니며 젊은 혁신자들을 그렸기 때문도 아니다. 낭만성은 경탄하는 시선의 순수함 속에 있다. 이들 천리마 기수들은 한 점 얼룩 없이 순수한 격정과 믿음, 그리고 기쁨으로 불타오른다. 그들의 시선이 관철됨으로써 현실은 아름다운 환상으로 제시된다. 이 환상은 새로운 시대, 공산주의의 빛으로 채색된 것이었다. 천리마 기수들은 이런 방식으로 공산주의를 선취한 존재였다.

김병훈의 「길동무들」 역시 경탄의 시선에 의한 발견의 형식을 취한다. 서술자는 기차 안에서 만나는 두 길동무, '아바이'로 불릴 만큼 나이 지긋한 군인민위원회 지도원과 담수 양어를 위해 잉어 치어를 옮겨가는 순결한 시골 양어공 처녀를 그려내는데, 지도원은 치어를 살리기 위해 기차가 역에 멈출 때마다 새 물을 떠와 넣어주는 처녀의 극진한 정성에 감복하는 역할을 한다. 경탄의 시선은 지도원으로부터 양어공 처녀를 향한 것이다. 고향사람들에게 아침저녁으로 펄펄 뛰는 싱싱한 생선을 들게 하겠다는 양어공의 꿈은 고난에 찬 과거를 물리치려는 지극한 정성을 대변한다. 지도원이 기성세대를 대변한다고 할 때 경탄의 시선은 기성세대로부터 새 세대를 향한 것이다. 이윽고 한 정거장에서 물을 뜨러 갔던 처녀가 기차를 타지 못하자 지도원은 잉어 양동이를 들고 다음 역에 내려 처녀를 기다린다. 지도원이 양어공의 정성에 감응함으로써 그가 대변하는 북한사회의 과거와 양어공 처녀의 현재는 하나로 결합된다.

「고기떼는 강으로 나간다」에서 경탄의 시선은 열성자를 비추는 데 머무르지 않고 그의 믿음과 기대에 부응하는 자연과 국토의 예찬으로 나아간다. 칠색송어를 자연 양식하려는 양어공과 기사가 대동강 수계를 거슬러 오르는 답사여행기이기도 한 이 소설은 강변의 아름다움에 대한 서정적 정경 묘사를 통해 애국적 감정을 자연친화적 미래에 대한 믿음과 결합해낸다. 적극적이고 건강한 낙관적 인물로 그려진 양어공과 기술적인 입장에서 송어의 자연양식이라는 과제에 회의적인 기사의 대립은 기술신비주의 비판과 관련된 것이다. 그러나 이 소설에서 둘은 오랜 동료이자 서로 애정을 갖는 친구로 그려졌다. 대립은 심각하지 않으며 갈등은 성심으로 극복된다. 양식에 성공하는 송어는 지극한 정성의 상관물일 뿐 아니라 자연적 생생력(生生力)의 상징이다. 정성은 모든 것을 새롭게 할 것이었다.

천리마 기수들은 대체로 순수한 신세대 젊은이거나 '보통사람'들이었다. 따라서 그들의 긍정적 면모가 항상 대단한 사업을 통해 발휘되는 것은 아니다. 그들은 곳곳에서 대 고조를 일으키고 이끌어 가는 무수한 여러 사람들인 셈이었다. 천리마 기수 그리기는 주인공의 의미를 생활적으로 확산시켰다.

2) 속도 예찬

공산주의는 무엇보다 과거의 결핍과 지체를 극복한 것이어야 했다. 그렇기 때문에 천리마운동은 개발을 긍정하고 도모했는데, 자본주의의 경우와 달리 이 개발은 사상의 힘과 제도의 우월성을 열쇠로 하는 것이었다. 중국의 대약진 운동이 그러했듯 서구와는 다른 방식으로 서구를 앞지르는 경주가 벌어진 것이다. 속도가 예찬의 대상일 수밖에 없었던 실제 이유는 여기에 있다.

한 서정시는 "달리는 천리마에 / 다시 한번 박차를!" 가해야 할 이유를 다음과 같이 설명했다.

> 우리는 남에게 뒤진 길을 걸어 왔길래
> 백 번을 넘어져도 다시 일어나
> 그들을 따라 앞서야 했던 사람들—
> 남들이 증기기관차의 고동을 울릴 때,
> 우리의 조상들은 삐걱이는 수레를 몰아
> 이 땅에 가난의 력사를 실어다 주었더라.
> 물려받은 것은 가난이였다만
> 물려 주어야 할 것은 부강한 조국이었나니,
> 우리는 달려야 했다
> 하루에 천리길을!7)

3) 공산주의 낙원의 이미지

서정시의 한 과제는 "공산주의 미래를 앞당기기 위한 대담한 환상"8)을 제시하는 일이었다. 낙원의 이미지는 전후 복구건설기 이래 축적된 물질적 성과를 반영하는 것으로, 전후시기에 유행한 목가적 서정시에

잇닿은 것이다. 그러나 그것은 목가적 서정시의 세계보다 훨씬 동적이다. 이 낙원은 "사람들의 지극한 사랑이 넘쳐 / 언제나 열대처럼 뜨거운 천리마 내 조국 / 나래 편 희망은 그대로 생활이 되어 / 온 땅에 가득한 행복의 노래"[9]가 넘치는 곳이었다. 그런데 이 지상낙원은 '그이'의 창조물이었다. "물어보자, 무릉도원 예 아니뇨? / 다름아닌 락원 동산 산수도로다 / 산과 물이 아련히 그림처럼 떠오르니 / 한 폭의 아름다운 그림"[10]이라는 국토예찬 끝에 안룡만은 이 궁벽한 산에 길이 뚫리고 공장이 들어서서 아름답게 조화를 이룬 낙원산수도를 창조한 것은 "그이"라고 말하고 있다.

4) 『거센 흐름』

윤시철의 『거센 흐름』(1964)은 천리마 기수를 그린 장편소설이다. 고층건물이 들어선 평양의 발전상과 노동자들의 윤택한 삶을 그리며 시작되는 이 소설은 열의와 현장의 노동경험을 바탕으로 한 기술적 창안의 이야기다.

겨우 대학 통신학부에 입학한 노동자지만 발전소 건설을 위한 실험실 사업에 참여하는 '서창주'의 연구주제는, 발전소 건설의 첫 공정인 언제(堰堤)를 쌓는 데 들어갈 막대한 양의 특수 시멘트를 현지에 있는 지방원료와 배합하여 쓰려는 것이다. 반면 창주와 대립하는 건설사업소의 기술부장 '리윤서'는 사업이란 확신성 있는 타산에 기초해야 한다고 하면서, '되지도 않을' 시멘트 현지 생산에 기대를 걸 것이 아니라 시멘트 수송로부터 새로 열 것을 성(省)과 내각에 제기해야 한다고 주장한다. 그는 창주를 비웃는다. 그가 갖는 전문가로서의 자부심과 차별의식은 한 때 창주의 애인이었던 자신의 처제에게 외국유학을 다녀온 후배 기사 '조관호'를 소개하는 장면에서도 드러난다. 하지만 '유행식 양복을 입은' 세련된 조관호와의 결혼을 상상하며 행복을 꿈꾸는 처제조차 막연한 불안감을 느낀다. 리윤서와 조관호는 옳지 않기 때문이다.

리윤서는 관료적일 뿐 아니라 직물공장 사장 아들이라는 출신답게, 태만하고 부화하며 음흉하기조차 하다. 그러나 실험실에서 창주를 배제하려는 리윤서의 공작은 현명한 지배인과 당일꾼에 의해 저지된다. 사려 깊은 지휘자로 그려진 당일꾼이 기술신비주의자 리윤서의 본질을 폭로하는 것이다. 한편 사업소의 실험실장으로 등장하는 '강은희'는 창주의 적극적 옹호자 역할을 하는데, 그녀와 창주는 조국해방전쟁시기에 간호원과 부상병으로 만나 서로 성심의 깊이를 확인한 인연이 있었던 것으로 설정되어 있다. 창주의 연구는 이윽고 한 시골노인이 등장해 '물속에서도 굳고 더 단단해지는 붉은 돌가루'가 있음을 알려줌으로써 급진전한다. 이 의외의 원조자는 지극한 정성에 답하는 마술적 형상인 셈이다. 결국 창주의 성공은 정성을 다하면 못해낼 일이 없음을 말하는 것이 된다. 젊은이들의 애정 문제를 다루기도 했고 여러 사람들의 구체적 생활 모습도 담아낸 이 소설은, 천리마 기수들의 이야기 역시 진정의 승리라는 윤리적 인과응보의 도식을 벗어나는 것이 아니었음을 보여준다.

3. 항일혁명전통의 부활

1) 항일빨치산, 공산주의자의 전형

사상혁명의 내용과 목표를 규정한 교시 「공산주의 교양에 대하여」(1958.11.20)와 더불어 항일무장투쟁의 전통을 되살리는 것은 이를 위한 구체적 방도로 지목되었다. 공산주의 교양이란 인민들에게 공산주의적 혁명정신을 불어넣어 주는 것인데, 항일빨치산들이 공산주의자의 풍모를 보이고 그러한 혁명정신을 실천한 예증으로 간주되었기 때문이다. 항일무장투쟁사를 발굴하고 알리는 대대적 사업이 전개되면서 항일유격대의 사상체계와 사업방식을 배우는 것 자체가 공산주의 교양을 뜻하게 된다.

항일무장투쟁의 전통이 공산주의 교양의 전거가 되고 항일빨치산이 공산주의자로 간주된 것은 '주체적' 선택이었다. 1956년의 8월 종파사건 이후 김일성은 '사대주의를 배격'하는 입장을 견지했다. 사회주의 선진국들이 항상 모든 면에서 귀감일 수 없다는 입장이었다. 천리마운동 역시 이런 주체적 노선에 따른 것이었다. 천리마운동이 공산주의를 향한 전망을 여는 것이었다면, 그것은 선진국의 예를 통해 제시되어서는 안 되었다. 항일무장투쟁사라는 자국의 '위대한 과거'는 부각되었고, 이 위대한 과거의 주인공들인 빨치산들이 진정한 공산주의자로 간주되었던 것이다.

항일빨치산이 공산주의자였으므로 그들을 가르치고 이끈 김일성은 최고의 공산주의자가 된다. 결과적으로 항일혁명전통의 부활은 김일성을 유일한 지도자로 하는 북한사회주의 체제를 강화하고 합리화한다. 이런 방식을 통해 김일성은 1950년대 중반 스탈린이 죽은 이후 소련에서 인 개인숭배 비판, 1968년 소련체제에 대한 동구의 반발로 본격화되는 관료적 억압 체제에 대한 저항의 영향을 차단했다. 이른바 주체시대가 1958년 무렵부터 이미 준비되었다고 할 때, 그 가장 큰 특징은 민족적 주체성의 강화와 외부와의 단절이었다.

2) 역사의 기원

항일빨치산은 하나의 믿음과 하나의 의지를 가졌던 사람들이었다. "하나의 미더움과 소망과 지향으로/ 눈보라 만리 험산 속을 의지로 걸은 사람들, / 손과 발 족쇄에 채운 바 되었어도, / 가장 자유롭게 산 사람들.”11) 그들은 천리마 기수의 기원이었다. 김상오는 평양의 대동문 거리의 건설공사장에 동원된 학생들이 피워놓은 모닥불을 보며 “백두의 밀림 속에 타오르는 불ㅅ길”을 연상한다. 그리고 그들이 간직해온 “신성한 불씨”와 “보천 마을의 하늘에도 올린 불길”이 지금 나라의 곳곳의 건설현장에서 세차게 타오르고 있다고 읊었다.12)

항일빨치산이 공산주의자의 본보기이자 기원이라면 그들을 이끈 김일성은 이 투쟁의 역사를 연 인물이 아닐 수 없었다. ‘혁명의 성지’ 안도를 답사한 안용만은 「첫 유격대가 부른 노래」에서 “예가 바로 그이께서 / 조국의 운명을 두 어깨에 짊어 지시고 / 혁명의 길에 오르신 자랑높은 지역— / 항일의 첫 유격대오를 / 몸소 모으시고 이끄신 력사의 땅이여”13)라고 외친다. 김일성을 역사의 기원으로 보는 입장은 그를 본격적으로 우상화하는 방법이었다. 1959년부터 김일성은 모든 것의 주재자로 그려지기 시작하였거니와, 그의 가계 역시 온 조선이 우러러보아야 할 ‘태양의 가족’으로 칭송되었다.

3) 회상기와 회상소설

항일혁명역사의 복원은 빨치산 참가자들의 회상기 출간으로 본격화되었다. 당중앙위원회 직속 ‘당력사연구소’의 주관으로 1959년부터 시작하여 모두 12권이 나온 「항일빨치산 참가자들의 회상기」는, 「혁명선렬들의 생애와 활동」이라는 3권의 회상기와 더불어 1960년대 북한에서 가장 많이 읽혔던 책이다.14) 대체로 회상기는 기왕의 문학작품들이 무색할 만큼 놀랍고 흥미진진하거나 극적이었다. 경험담을 직접적이고 또 핍진하게 살려낸 것이다. 예를 들어 오백룡의 『보천보』(1959)는 ‘보천보’ 전투의 정황을 상세히 전하고 있으며, 박영순의 『연길폭탄』(1962)은 스스로 화약을 제조하고 폭탄을 만들어 일제와 싸운 간고한 역정을 매우 실감나게 그렸다. 회상기 속에서 빨치산들은 한 줌의 미숫가루를 나누어 먹고 죽음으로 사령부를 보위하며 공산주의의 승리에 대한 신심을 굳힌다. 회상기는 드디어 항일무장투쟁사를 대중들에게 익숙한 것으로 만들었으니, 항일혁명역사를 알리는 훌륭한 교재의 역할을 한 것이다.

집필자들은 한결같이 자신의 투쟁이 김일성에 의해 인도된 것이었음을 밝혔다. 예를 들어 최현의 『혁명의 길에서』(1963)는 자신의 투쟁 역정이 '그이의 부름을 받고' 본격화되었음을 알렸다. 이 회상기들은 충실한 역사서술로 간주되었다. 과거를 돌이키는 노전사(老戰士)들은 어떤 역사가보다 앞서는 투쟁의 증언자들이었기 때문이다. 그들은 진정한 공산주의자인 빨치산이 아니었던가! 회상기는 항일혁명역사를 그리려는 작가들이 길잡이로 해야 할 역사적 원전이 되었다.

항일빨치산 참가자들의 회상기와 더불어 혁명가들 자신이 구술하거나 쓴 소설들이 출간되기도 했다. 회상기를 쓰는 데도 참여했던 박달의 『서광』(1959) 1, 2부와 림춘추의 『청년전위』(1962) 상·하가 그것이다. 이들 회상소설들은 회상기를 소설화한 형태로, 역사적 증언자를 자처한 작가 아닌 작가에 의해 씌어진 것이었다.

갑산공작위원회를 조직해 활동하다 1938년 체포되어 오랜 영어 생활을 했던 '견결한 공산주의자' 박달은 『서광』의 「저자의 말」에서 이 소설의 내용은 모두 자신이 '직접 체험하거나 보고 듣고 느낀 것'임을 밝혔다. 또 그는 '장편소설이 되는지 또는 기록적 실기가 되는지 그것을 따지지 않고' 이 책을 썼다는 것이다. 이어 그는 이렇게 말했다.

신체조건으로 나는 이 글을 누운 자리에서 썼으며 또 앞으로도 그렇게 쓸 것이다. 나와 같이 투쟁하다가 아깝게도 조국의 해방을 보지 못하고 희생된 동지들을 생각하면서, 일제의 교수대에서도 조국의 해방을 확신하면서 "동이 밝아 온다……"고 외친 그 귀중한 동지들의 최후의 목소리를 가슴에 새기면서,

오늘 사회주의 건설 사업에서 밤낮을 가리지 않고 싸우는 우리 당의 붉은 전사들을 생각하면서, 나는 계속 쓸 것이다.[15]

소설은 1930년대 함경도 갑산을 무대로 박달 자신의 이미지를 투영한 '김성호'라는 청년의 성장기를 뼈대로 한다. 일제와 맞서 나름대로 투쟁을 준비하는 청년들은 소문으로만 들은 김일성을 자신들의 지도자로 여긴다. 2부에 오면 김일성의 존재는 차츰 구체화된다. 성호는 공산주의자고 유능한 공작자다. 등짐장사로 위장한 그가 널리 조직을 넓히는 활약상을 비롯하여, 그와 여러 동지들이 붙잡혀 모진 고문을 당하면서도 조직의 비밀을 지키는 에피소드가 이어지는데, 이는 김일성의 휘하에 들기 위한 수련의 과정이기도 하다. 이윽고 그들은 김일성 부대의 연락원과 선이 닿는다. 연락원을 통해 듣는 조국광복회 10대 강령은 휘황한 복음이다. 소설은 그들이 장백지구에 진출한 김일성을 직접 만나는 감격적 장면을 길게 되살려낸다. 그들은 김일성의 도구가 되는 영광에 몸을 떤다. 성호 등은 당원이 되며, 이후 모든 조직원이 체포되고 여럿이 형장의 이슬로 사라지는 시련을 겪으면서도 의연히 혁명적 지조를 지킨다.[16]

이 소설은 기본적으로 열사전(烈士傳)의 형식을 갖는다. 혁명가들의 장렬한 투쟁과 희생을 그린 것이다. 김일성은 이 열사들의 정신적 근원으로 묘사되었다. 열사들의 투쟁은 김일성의 영도에 의한 것이었다. 이야기는 그를 만나기에 이르는 준비의 과정과 그를 만남으로써 새로운 투쟁을 하는 과정으로 나뉜다. 이 회상소설은 진정한 공산주의자의 길이 김일성을 믿고 따르는 데서 열리는 것임을 말한 것이다.

4. 항일혁명문예의 발굴

1) 항일혁명문예의 위상

항일무장투쟁의 과정에서 창작, 보급된 항일혁명문예의 발굴은 1950년대 말 항일혁명전통의 부활에 수반된 과제로 떠오른다. 항일혁명문예는 무엇보다 항일투쟁의 영웅적 현실을 그린 의의를 갖는 것이었다.[17) 그것은 인민과 혁명가들의 입장에서 '조선혁명'을 반영하였고 조선혁명이 요구하는 혁명정신의 높이를 보여주었다는 것이다. 요컨대 항일혁명문예는 민족적 특성을 구현한 공산주의 문예운동의 출발점이었다. 항일혁명역사가 북한 건국의 역사로 간주되었던 것처럼 항일혁명문예는 주체적 문예전통을 마련한 기원이 된다.

주체시대로 접어들며 항일혁명 문예작품들로부터 주체문예의 원칙들을 찾는 작업이 시작된다. 그것이 주체문예의 원칙을 구현한 완벽한 전범일 수 있는 이유는, 인민과 혁명가들 자신에 의해 항일투쟁의 와중에서 그 수단으로 씌어지고 공연되었다는 사실에 있었다. 이 점은 항일혁명문예를 기왕의 식민지시대의 프로문예와 구분하는 점이기도 했다. 그러나 항일혁명문예가 새 기원일 수 있었던 가장 큰 이유는 그것이 김일성의 창작으로 간주되었던 데 있었다. 1959년에 나온 『조선문학통사』는 항일혁명문예를 김일성 부대가 무장투쟁을 벌이며 창작·보급한 것으로 설명했다. 1960년도에 출간된 한 책은 1930년대 항일무장투쟁 과정에서 혁명연극이 융성할 수 있었던 이유를 1920년대 말 김일성이 공청운동을 하며 선전교양사업으로 '연극회'를 조직·지도한 데서 찾았다. 김일성의 '연극회'가 혁명연극의 모태가 되었다는 것이다. 그러나 이 책에서 기본적으로 강조한 사항은 혁명연극이 '집체적 지혜와 창발성'의 산물이라는 점이었다.[18) 이 문학적 유산들은 이내 김일성이 직접 썼거나 세심한 지도로 창조된 것이 되었다. 김일성은 항일혁명역사를 이끌었던 것처럼 혁명문예를 창도했다는 것이다.

2) 〈혈해〉와 〈혈해지창〉에서 〈피바다〉로

항일혁명문예를 대표하는 혁명연극 〈혈해〉의 존재가 처음으로 지면에 소개된 것은 1953년 무장투쟁의 전적지를 답사한 송영의 보고서 『백두산은 어데서나 보인다』(1956)에서였다. 송영은 만강 지방의 인민들이 기억으로 전한 〈혈해〉의 간략한 줄거리를 다음과 같이 요약했다. 〈혈해〉는 3막쯤 되는 비극인데, 아버지가 독립군으로 집을 나간 지 오래고 일제의 박해 속에서 큰아들 '원남' 역시 유격대로 떠나게 되어 어머니와 이별하는 1막에 이어, 부상당한 유격대원을 쫓아온 일본군이 그를 숨긴 곳을 말하지 않으면 어린 아들 '을남'이를 죽이겠다고 어머니를 위협하지만, 어머니는 이에 굴하지 않고 급기야 을남이가 희생당하는 데서 2막은 끝난다는 것이다. 3막에서 어머니는 유격대로 들어가 재봉대원이 되고, 유격대는 어머니가 살던 부락을 습격해 반동지주와 악질 군경들을 소탕하고 인민들을 해방시킨다.[19]

〈혈해〉의 소개는 항일혁명문예의 발굴을 위한 실마리를 제공한 것이다. 그러나 〈혈해〉의 내용은 확정되지 않았다. 안함광은 그의 문학사에서 두 가지 줄거리의 〈혈해〉가 전해온다고 하였거니와,[20] 〈혈해〉에 여러 '바리안트'가 있다는 짐작은 불가피했다. 그것은 이 연극이 여러 상황에서 공연되었고 그 내용의 첨삭에 여러 사람이 참여했음을 뜻했다. 혁명연극의 성격상 그것은 불가피했을 것이다. 김일성이 집단창작인 〈혈해〉를 '각색'했다는 주장[21]은 이를 염두에 둔 발언으로 보인다. 이런 가운데 한 비평가가 〈혈해〉의 각본으로 발굴되었다는 〈혈해지창(血海之唱)〉을 소개한다. 윤세평의 「혁명연극 〈혈해의 노래〉에 대하여」(1961)

가 그것이다.[22]

　윤세평은 〈혈해의 노래〉, 곧 〈혈해지창〉이 1930년대의 혁명연극을 대표하는 〈혈해〉의 바리안트 가운데 하나라고 주장했다. 그러나 〈혈해지창〉이 기왕에 구전되었던 〈혈해〉에 앞서는 것이라고 말하지는 않았다. 다만 〈혈해지창〉은 각본이 현전하는 유일한 경우였다. 더구나 각본의 마지막에는 '정축년(1937년) 음력 8월 샘물골에서 저자 까마귀'라고 창작년대와 필명까지 씌어져 있다는 것이다.[23] 윤세평은 〈혈해지창〉을 항일유격대에 의해 씌어지고 공연된 1930년대 혁명적 문학유산의 하나로 간주했다. 윤세평의 소개가 이루어진 후 안함광은 갑자기 김일성이 〈피바다〉와 〈성황당〉, 〈경축대회〉 등의 혁명연극을 '친히' 창작했다고 주장했다.[24] 항일혁명문예는 이 지점에서 김일성에 의해 마련된 것이 되었다. 그러나 김일성이 지은 〈혈해〉의 각본은 제시되지 않았다.[25]

　〈혈해지창〉의 내용과 형식은 구전된 〈혈해〉와 적지 않게 다르다. 이 각본은 1937년 음력 8월 14일 하루 안에 일어난 사건을 다루고 있다. 막이 오르면 '김 영감' 등 여러 농민들이 둘러앉아 고된 삶을 한탄하고 빨치산들의 소문을 주고받는데, 유격대 정찰대원 '뻐꾹새'가 등장해 농민들의 숙명론이 부당한 것임을 일깨운다. 그때 마침 김 영감의 딸 '분희'가 '황 지주'의 아들을 피해 도망쳐 온다. 뒤쫓아 온 '황 지주'의 아들은 김 영감에게 분희가 자신과 결혼하지 않으면 소작지를 떼겠다고 위협한다. 지주 아들이 뻐꾹새를 보고 의심을 품자 유격대원은 육혈포를 꺼내어 대번에 그를 처단하고 만다. 별안간 유격대원을 추격하는 왜병들의 호각소리가 시끄러운 가운데 1막은 끝난다.

　2막의 무대는 중국 농민 '왕펑'의 가난한 오막살이집이다. 왕펑과 그의 어머니 '송마마'는 부상을 당한 유격대원 뻐꾹새를 구호하는 한편, 왕펑은 그의 연락 임무를 대신 맡으려 한다. 그러나 일경이 몰려와 왕펑은 체포되고 뻐꾹새는 나뭇짐 뒤로 피한다. 헌병 오장은 어머니 송마마에게 '공산비적'을 숨겨 놓지 않았느냐고 다그치면서 그가 있는 곳을 대면 아들을 놓아주겠다고 한다. 복잡한 심경으로 눈물을 흘리는 어머니와, 곤경 속에서도 굳은 의지를 드러내는 왕핑을 보여주며 무대는 어두워진다.

등불이 다시 켜지면 부상당한 유격대원을 간호하는 송마마가 그와 지난 이야기를 나누는 장면이 이어진다. 왕핑의 아버지가 조선사람을 숨겨 주었다는 이유로 황지주에게 맞아 죽은 사정과, 어릴 때부터 탄광 노동자로 갖은 고통을 당하면서도 투쟁 의지를 다져 온 왕핑의 과거 모습이 돌이켜지는 것이다. 밤이 깊어 유격대원은 왕핑과 어머니 송마마를 모셔 가겠다는 약속을 하고 떠난다.

2막의 3장은 일제 군경의 총창에 떠밀려 왕핑이 들어오는 데서 시작된다. 헌병 오장은 유격대원을 내놓으라고 재촉하지만 왕핑은 태연하게 '혁명군의 노래'를 부른다. 결국 왕핑은 총에 맞아 어머니의 품속에서 숨을 거둔다. 어머니는 죽은 아들의 머리를 안고 호령을 하며, 이 때 산을 울리는 총소리와 나팔소리, 만세소리가 들려온다. 오장은 총을 들어 어머니를 쏘고 서둘러 도망치려 한다. 곧 유격대 5~6명이 등장하여 원수들을 체포하고 무릎을 꿇린다. 유격대원 뻐꾹새는 숨진 어머니의 가슴에 얼굴을 파묻고는 외치다가 통곡한다. 그리고 왕핑의 주검을 향해서도 비장한 조사(弔辭)를 읊는다.

중국인 왕핑과 그의 어머니 송마마가 유격대원 뻐꾹새를 구하기 위해 목숨을 버린다는 줄거리의 의미는 명백하다. 소개자가 지적하듯 이 2막은 조중(朝中) 인민의 피로써 맺은 연대를 보여주고 있다. 물론 유격대원을 구하려고 아들을 희생시키는 점은 다르지 않고, 피바다 속에서도 오히려 혁명과 투쟁의 의지는 거세게 타오른다는 작품의 기본주제 역시 변함이 없지만, 원남 을남의 가족 대신 중국인 왕핑과 그의 어머니가 등장하는 점은 사소한 차이가 아니다. 소개자는 이 〈혈해지창〉이 중일전쟁이 발발한 직후에 씌어졌음을 상기하면서, 조중 인민이 힘을 합쳐 공동의 적인 일제와 맞서야 한다는 점을 말하려 한 것이 작자의 의도였으리라 추측하고 있다. 〈혈해〉의 공연에 중국인민이 참여했을 가능성도 아주 배제할 수는 없다. 〈혈해지창〉이 이렇듯 정세의 추이를 민감하게 반영한 결과고 그것이 〈혈해〉의 한 종류라면, 〈혈해〉가 어떤 것이라고 확정하는 것은 쉬운 일이 아니다. 〈혈해지창〉에서도 분회가 등장하는 1막과 왕평의 집을 무대로 하는 2막이 '뻐꾹새'로 연결될 뿐 서로 다른 내용이거니와, 그것이 다른 이본을 이어 붙인 결과라면 〈혈해〉의 여러 이본들이 적지 않은 차이를 갖는 것이었을 가능성이 있다. 어쨌든 〈혈해〉는 그것의 원본을 확정할 때까지 일정한 차별성을 갖는 이야기들을 아우르는 총칭일 수밖에 없었다.

이 최초이자 마지막 각본이 소개된 지 10년이 안 되어 〈혈해〉는 〈피바다〉란 이름의 영화와 혁명가극으로 만들어진다. 그것들은 모두 원작을 충실히 옮겨낸 것이라는 점이 강조되었다. 〈혈해〉가 〈피바다〉로 확정된 것이다. 물론 〈혈해지창〉의 왕평이나 송마마는 〈피바다〉에 등장할 수 없었다. 〈혈해지창〉의 소개는 〈혈해〉의 존재를 구체화했지만, 동시에 이 유일한 각본은, 복원된 〈피바다〉가 그것과 얼마나 다른가를 보여준다. 〈혈해지창〉이 〈피바다〉가 되는 과정은 바로 항일혁명문예를 발굴하는 과정이었다.

5. 대작(大作)이 요구되다

1) 대작 논의의 발단

김일성은 「혁명적 대작을 더 많이 창작하자」(1963.11.5) 및 「혁명적 문학예술을 창작할 데 대하여」(1964.11.7)에서, 항일무장투쟁 참가자들의 회상기는 여러 권이 출간되었으나 항일혁명역사나 조국해방전쟁을 다룬 소설은 신통한 것이 없다고 하면서, 이 주제는 대작(大作)으로 쓰는 것이 바람직하다는 교시를 내렸다. 김일성의 교시로 대작이 무엇이고 그것의 창작을 위해선 어떤 원칙들이 지켜져야 할 것인가에 대한 논의는 시작된다.

혁명투쟁을 다루는 대작, 곧 혁명적 대작이란 서사적 화폭을 펼침으로써 그 시대의 주인공들을 보다 심오하고 풍부하게 형상화할 수 있는 형식이라고 규정되었다.[26] 그러나 혁명적 대작의 요구가 특별히 이 시점에서 제기된 것은 아니다. 일찍부터 역사 쓰기는 북한문학의 과제였고 그것은 장엄한 승리의 서사시로 씌어져야 할 것이었다. 나라를 세우고 지킨 위대한 과거 돌이키기란 대작을 지향할 수밖에 없었던 것이다. 1960년대 초까지 항일혁명역사와 조국해방전쟁사를 장편의 규모로 그린 경우가 많지는 않았지만, 위대한 과거를 장엄한 역사로 쓰는 일은 이미 하나의 흐름을 이루고 있었다. 1961년에 그 3부가 출간된 이기영의 『두만강』은 복잡한 사회적 지형을 떠올리는 여러 인물들과 간단치 않은 역사의 전경(全景)을 담아내려 한 대하소설이었다. 『두만강』과 더불어 해방 직후 토지개혁의 과정을 배경으로 한 천세봉의 『대하는 흐른다』(1962) 역시 역사적 전변 과정에서의 대립과 갈등을 화폭 넓게 비춘 것이었고, 『고난의 력사』(천세봉, 1964) 1부도 3·1운동 이후 농민들의 고난과 투쟁, 그리고 계급적으로 앙양되는 성장의 역사를 민족사로 쓰려는 의도의 소산이었다.

『두만강』이나 『대하는 흐른다』, 『고난의 력사』 1부 등은 성격의 발전이 생활의 발전과 얽히는 유기적 통일성을 획득한 것으로 간주되었다. 이들 경우는 곧 혁명적 대작을 선취한 예가 되는데, 화폭이 넓고 그런만큼 여러 인물들과 사건들을 그리면서 동시에 당대의 본질을 드러내는 슈제트의 선을 분명하고 일관되게 제시했다는 점이 그 이유였다. 대작은 단지 규모만 큰 것이 아니라 일관된 하나의 이야기를 전체가 잘 떠받치는 작품을 의미했다.

대작 논의가 시작되기 전부터 역사를 그릴 때는 세부적 사실까지를 그대로 옮겨 놓는 데 열중하기보다 사건의 전모와 의의를 심오하게 구현하는 데 치중해야 한다는 점이 지적되었다.[27] 회상기나 실기의 에피소드를 나열하는 경향은 항일혁명역사나 조국해방전쟁사를 그리는 옳은 방법일 수 없었다. 기록주의적 단편성은 가장 경계해야 할 바였다. 그것은 자연주의적 오류였다. 개별이란 전체와의 통일적 관련과 그 발전의 과정 안에서 그려져야 한다는 미메시스 원칙은 곧 대작의 원칙이었다. 형상의 화폭을 크게 잡아 역사적 사변들과 생활을 폭넓게 담아내야 한다고 해서 그 안에 잡다한 내용을 산만하게 담아서는 안 되었다. 중심 슈제트에 의한 전체의 장악은 대작 논의를 통해 계속 강조되었다. 대작은 입체적이면서도 집중적이어야 했다.[28]

2)『시대의 탄생』

석윤기의 『시대의 탄생』(1부)(1966)은 대작 논의가 진행되며 나온 장편소설로 그 본보기가 되었다. 조국해방전쟁사를 다룬 이 소설에서 전쟁은 1950년 6월 25일에 시작된 것이 아니다. 작가는 소설의 프롤로그에서, 1904년 노일전쟁의 와중에 일본측 관전무관으로 임명되어 한국에 온 맥아더와 그의 아버지를 그렸다. 일찍이 미국은 호랑이의 기상을 갖는 조선에 눈독을 들였던 것이니, 일제의 식민지배 뒤에는 '위험천만한 호랑이의 발톱을 일본인들로 하여금 뽑아 던지게' 하려는 미국의 음모가 있었다는 것이다. 전쟁을 제국주의 침략과 그에 맞선 투쟁사라는 긴 문맥 안에 놓음으로써 이 소설은 일단 화폭을 장대하게 펼친다.

이미 많은 북한소설들이 그렇게 씌어졌지만, 이 소설에서도 갖가지 관계로 엮이는 여러 인물들은 제가끔 역사적 내력을 가지며 이를 통해 사회적 위치를 표한다. 젊은 노동자로 대학 진학을 앞두고 있는 '세철'과 그에게 김일성 부대에서 싸우다 전사한, 김일성의 높은 신임을 받았던, 형의 소식을 전하는 '전학민' 군관은 새롭게 혁명적 혈연을 맺는 새 시대의 주인공들이다. 소설은 덜레스와 무쵸 그리고 신성모가 북침을 준비하는 과정을 상세히 묘사하기도 하고, 서울의 모습을 여러 인물 군상을 통해 그리기도 한다. 전쟁에 이르는 과정이 국제적 정세의 움직임과 계급적 역학, 정치문화 혹은 인간심리의 차원에서 조명되고 있는 것이다. 그러나 전쟁은 '20년 전 백두산 기슭에서부터 시작된 조국에로의 진군'이 계속되고 있는 것이다. 항일무장투쟁의 상상력은 전쟁을 묘사하는 배경이다. 인민군대는 항일혁명군의 전통을 잇는다. 인민군대와 '괴뢰군'의 차이, 그리고 전쟁에 임하는 북한과 남한의 차이는 근본적으로 민족적 정통성의 소재를 말하는 것이다. 서울을 함락시킨 인민군대는 곳곳에서 원한의 사연들을 접한다. 입대한 세철은 드디어 전학민을 만나며 금강 전투에서 큰 공을 세운다. 전쟁의 과정은 남한 매판자산가의 아들이지만 비판적 지식인인 '민환규'의 눈을 통해서도 그려지는데, 민환규는 밖의 관점에서 북한의 정당성을 인증하는 도덕적 동조자다.

이 소설 역시 승리를 그린 경축형 소설이다. 그러나 여기서 서술과 묘사는 다양한 인물들의 시점을 매개하여 이루어진다. 서술자가 서로 다른 생각과 입장을 갖는 등장인물들 사이를 오감으로써 여러 에피소드들을 역동적으로 교차해내는 것이다. 이 승리의 대서사시는 개인적 술회나 특별한 주인공들을 내세운 모험담으로부터 크게 벗어나 있다. 요컨대 그것은 폭넓은 역사적 무대를 확보하고 여러 인물들의 장성과 전락의 과정을 유기적으로 엮어냈다. 그리고 그 과정에서 하나의 주제는 일관하게 관철된다. 조국해방전쟁은 제국주의 침략에 맞서 민족의 정통성과 자주성을 지키려는 전쟁이며, 따라서 항일무장투쟁의 연장이라는 것이다.

3) 대작 논의의 귀결

대작은 물론 시대정신의 높이를 보이는 인물을 주인공으로 삼아야 했으니 대작 역시 '성격 장성(長成)의 역사'로 나타나야 할 것이었다.[29] 그 역사는 물론 조선혁명의 역사이며 공산주의 운동의 발전 역사였다. 그런데 이 과정은 김일성에 의해 주도되었으므로, 그 역사는 또한 김일성의 구상과 정치노선 및 전략·전술적 방침이 실현되는 과정이어야 했다.[30] 이렇게 볼 때『시대의 탄생』과 같은 경우는 오히려 대작의 요건을 결여한 것이 된다. 이야기의 궁극적 주인공이어야 할 김일성의 형상이 전체와 세부를 꿰는 통합적 구심점으로 부각되지 않았기 때문이다.

항일혁명역사나 조국해방전쟁사를 다룬 대작에서 전체를 꿰는 슈제트는 김일성이 유일한 영도자이자 승리의 담보라는 대 전제를 벗어나서는 안 되었다. 슈제트의 장악을 요구한 이유는 대작이 궁극적으로 하나의 이야기를 해야 한다는 데 있었다. 슈제트를 강조한 입장은 슈제트를 제한하기 위한 것이었다. 뒷날 김정일의 발명품으로 선전된 종자(種子)론은 이런 발상법에서 나온 것이다.

대작 논의는 혁명역사의 형상화를 주제로 시작되었지만 결과적으로 수령을 형상화하는 원칙과 방법들을 마련하는 계기가 되었다.[31] 김일성을 주인공으로 하는 영웅서사시는 대작의 내면적 형식이었다.

6. 주체시대의 출발

1) 1967년, 유일사상체계의 확립

1967년 5월에 열렸던 당중앙위원회 제4기 제15차 전원회의는 유일사상체계의 확립을 결정한다. 오직 김일성의 사상만이 모든 면에 관철되어야 한다는 결정이었다. 김일성이 이끌고 가르친 것이었기 때문에 항일무장투쟁의 전통은 그의 사상을 공부할 교과서가 아닐 수 없었다.

김일성을 향한 개인숭배는 이미 오래 전부터 준비되고 제도화되었던 것이지만, 이제 조직적이고 본격적으로 추진되어야 했다. 이 시기부터는 김일성의 가계도 우상화되기 시작한다. 예를 들어 김일성의 어머니 강반석이 '우리의 어머니'로 소개된 것이다.[32] 또 이 지점은 김정일이 특히 문학예술 부문을 통해 또 다른 지도자로서의 위치를 굳히기 시작한 때다. 김일성의 혁명역사를 그리기 위한 '4·15창작단'의 결성도 김정일이 주도했다.

김일성의 사상은 주체사상으로 표방된다. 주체사상의 기원은 항일무장투쟁의 과정으로 거슬러 올라가는 것이었다. 항일무장투쟁을 이끈 김일성은 주체사상의 창시자였다. 주체사상이 역사에 대한 최고의 통찰이었기에 김일성은 역사의 뜻, 곧 인민대중의 바램을 대변하고 실현하는 유일한 존재가 된다. 혁명적 수령관으로 명명된 이 주장이야말로 주체사상의 핵심이 되는 전제였다. 인민들 사이에 혁명적 수령관을 심는 일은 곧 주체사상을 알리는 일이었다. 주체사상은 1970년 11월 제5차 당대회에서 당의 유일한 지도이념으로 규정되었다.

2) 『안개흐르는 새 언덕』 비판

1967년 1월 김일성이 〈내가 찾은 길〉이란 영화를 보고 내린 교시 「혁명주제 작품에서의 몇 가지 사상미학적 문제」(1967.1.30)는 주체시대의 문학예술이 어떠해야 하는가를 알린 것이었다. 김일성은 이 영화를 호되게 비판했다. 영화는 천세봉의 장편소설 『안개흐르는 새 언덕』(1966)을 각색한 것이었는데, 원작에 결함이 있다 보니 영화가 잘 되지 못했다는 것이다.

비판은 노동계급과 항일혁명가가 잘못 형상화되었다는 데서 시작한다. 소설은 1920년대를 배경으로 노동자 '강민호'가 항일유격대원으로 성장하는 과정을 그리고 있는데, 김일성은 이 주인공이 사람이나 잘 치는 '왈패'로 제시되었다는 점을 지적했다. 노동계급의 위력은 그들이 단결하는 데서 나오는 것이지 주먹이 드센 데서 나오는 것은 아니라는 설명이었다. 실제로 이 소설은 행동 집착이나 행위 과잉의 양상을 보인다. 강민호의 형상은 곳곳에서 테러를 벌이는 과격한 응징자에 가까운 것이어서, 이야기는 적극적 인물들의 모험담으로 읽힐 수 있었다.

그러나 이 소설에 대한 비판은 주인공이 혁명가로 자라나는 과정이 진실하지 못하다는 점에 모아졌다. 소설에서 강민호는 이미 1920년대에 '문경태'와 같은 노동운동가의 가르침 속에서 공산주의자로 성장하는데, 1920년대 우리 나라에는 문경태와 같은 그런 '혁명의 스승'이 없었다고 김일성은 못 박는다. 강민호를 통해 그려낸 1930년대 공산주의 투쟁이 1920년대 공산주의자들의 영향을 받아 전개되었다는 것은 결국 혁명전통의 뿌리를 1920년대로 소급하는 결과를 낳게 되므로 문제가 될 수밖에 없었다. 혁명전통의 출발점을 마련한 것은 1930년대의 김일성이 연 무장투쟁이어야 했기 때문이다. 문경태를 일본유학생으로 만든 점도, 마르크스주의가 일본으로부터 온 것이 아니기 때문에 잘못된 점으로 비판되었다. 소설 상권의 마지막에서 유격대장이 된 강민호는 드디어 김일성을 만난다. 하지만 강민호로 하여금 유격대장이 되게 한 것은 김일성이 아니라 문경태였다. 문경태는 김일성에 앞서는 진정한 공산주의자였던 셈이다. 감옥에서 의연하게 희생되는 문경태를 김일성의 계보에 들지 않는, 오히려 그에 선행한 공산주의자로 그린 점은 이 소설의 가장 중대한 '결함'이었다. 항일혁명전통과 그 사상은 유일한 것이 아니었던가! 문경태는 진정한 공산주의자가 아니었어야 옳았다.

김일성은 교시에서 영화를 제대로 만들려면 원작을 바로잡아야 한다고 말했다. 『안개흐르는 새 언덕』이 잘못된 이유는 작가들이 공부를 않는 데 있다는 것이다. 김일성의 비판은 곧 혁명의 역사를 '왜곡'한 데 대한 경고였다. 혁명역사의 왜곡이 지적된 것처럼 당 정책을 모르며 계급적 관점이 똑바로 서 있지 않은 상태에서 비롯되었다면, 이제 작가들은 혁명역사와 그것을 형상화하는 관점을 학습하지 않으면 안 되었다. 나아가 이 경고는 집필과 검열에 대한 조직적 지도의 강화를 요구하는 것이기도 했다. 창작이론 역시 정비되어야 했고 공인된 본보기를 보이는 것도 절실했다. 북한문학은 새로운 출발점에 선 것이다.

7. 정리

천리마운동과 더불어 공산주의 교양이 요구되었고, 김일성이 이끈 항일혁명역사가 공산주의 사상과 공산주의자의 전형을 보여준 유일한 전통으로 간주되면서, 항일혁명문예가 발굴되고 대작 논의가 전개되는 과정은 자못 정연하다. 그것은 주체시대를 준비한 것이었고, 주체시대로 이어지는 것이었다.

천리마운동이 요구한 역사적 비약의 꿈은 순수하고 열의로 불타는 젊은이들과 보통사람들의 아름다운 헌신에 경탄하는 이야기로 나타났다. 천리마 기수들은 공산주의자의 고상한 풍모를 보여줌으로써 공산주의라는 미래가 멀지 않음을 말하는 형상들이었다. 그러나 이 미래를 가리키는 것이 당정책과 노선인 이상, 그것을 충실히 따르는 것은 미래를 꿈꾸는 조건이었다.

항일빨치산들이 진정한 공산주의자의 본보기로 간주됨으로써 공산주의라는 앞날을 향해 가는 일은 이 과거의 선도자들을 본받고 따를 때 가능한 일이 된다. 위대한 과거를 복습하는 것이 곧 새 역사를 건설하는 방법이 된 것이다. 항일혁명역사를 돌이킨 회상기와 회상소설들은 과거 공산주의자들의 모습과 투쟁 이야기를 되살려 생생하고 구체적인 사실로 제시하는 역할을 했다. 혁명역사의 복원을 위한 이정표가 세워진 것이다. 김일성은 이 공산주의자들을 키우고 이끈 인물로 그려졌다. 따라서 혁명역사는 그대로 혁명적 수령관을 말하고 확인하는 것이 된다. 혁명역사를 그리는 혁명적 대작은 김일성이 혁명역사의 궁극적 추진자라는 슈제트를 가져야 할 것이었다.

항일혁명투쟁을 반영한 항일혁명문예는 새 기원으로 제시되었다. 김일성이 그것의 작자가 되면서 그것은 또 조직적으로 복원해야 할 것이 된다. 〈피바다〉 등을 영화나 가극, 소설로 다시 써내는 1960년대 말, 1970년대 초의 '고전부흥'이 준비된 것이다. 항일혁명문예는 주체문예의 이론들을 구현한 전범이었다. 그러나 이 고전작품들은 다시 씌어짐으로써만 형태를 확정할 수 있었다. 요컨대 그것은 고전으로 발굴된 것이 아니라 고전으로 만들어진 것이었다.

유일사상체계의 확립은 오직 하나의 진정한 주인공과 하나의 이야기를 허용하는 것이었다. 그는 과거의 구원자이며 현재의 건설자이고 미래의 기획자였다. 이야기는 궁극적으로 그에 의한 구원의 이야기이자 그를 따르는 성장과 수련의 이야기, 그리고 그로 인한 승리의 이야기로 씌어져야 했다. 그 이외의 다른 기원이나 원천은 있을 수 없었다.

주석

1) 리동춘과 리서향이 1958년에 발표한 희곡, 「위대한 힘」에서 사용된 표현(『위대한 힘』, 작가동맹출판사, 1958, 44면). 과학적 기계주의를 넘어서자는 이 경구는 주의주의적 동원의 방식을 생산현장에 적용함으로써 나온 것이다. 용광로 복구 현장을 무대로 하는 이 희곡에서는 설비와 조건의 미비를 들어 새로운 시도를 거부하는 '머리가 랭랭한' 기술간부와, 현장의 경험으로 기술적 창안을 주도하는 마음 뜨거운 노동자가 대립한다. 물론 이야기는 과학적 타당성에 대한 열의의 승리로 끝난다. 이 희곡은 기술간부가 노동자를 무시해서는 안 된다는 것을 말하고 있지만, 노동자 역시 기술간부를 배척해서는 안 되었다. 기술간부는 노동자와 결합해야 했다.
2) 와다 하루끼, 이종석 역, 『김일성과 만주항일전쟁』, 창작과비평사, 1992, 314~316면.
3) 윤세중, 『천리마 공장 사람들』, 직업동맹출판사, 1965, 250,274면. '대 가정'론은 주체시대에 나온 것으로 알려져 왔다. 그러나 문학작품에서 대 가정론은 이미 이 시기에 형상화되기 시작했다. 대 가정론은 조선 사회 전체가 "무엇으로도, 그 어떤 힘으로도 가를 수 없는/오직 하나의 의지로 이어진 하나의 유기체"(36면)라는 생각을 바탕으로 한 것이었다.
4) 이 점은 1958년 들어 김일성에 의해 새삼 강조되었다. 김일성, 「영화는 호소성이 높아야 하며 현실보다 앞서나가야 한다」(영화예술인들 앞에서 한 연설), 1958.1.17.
5) 정론, 「우리도 천리마를 타자」, 『조선문학』, 1958.12, 5~6면.
6) 김일성, 「인민군대에서 정치사업을 강화할 데 대하여」(조선로동당 인민군위원회 전원회의 확대회의에서 한 연설), 1960.9.8.
7) 박호범, 「천리마」(1964), 『천리마 나라』, 조선문학예술총동맹출판사, 1964, 124면.
8) 엄호석, 「생활의 체험과 창작 빠포스」, 『조선문학』, 1958.12.
9) 박세영, 「지상락원」(1965), 『영광의 길 우에』, 조선문학예술총동맹출판사, 71면.
10) 안룡만, 「락원산수도」(1963), 『새날의 찬가』, 조선문학예술총동맹출판사, 1964, 120면.
11) 김조규, 「연두봉 기슭에서」, 『청춘송가』, 조선문학예술총동맹출판사, 1964, 18면.
12) 김상오, 「불씨」(1959), 『아름다운 기슭』, 조선작가동맹출판사, 1959, 17~19면.
13) 안룡만, 「첫 유격대가 부른 노래」, 『새날의 찬가』, 조선문학예술총동맹출판사, 1964, 28면.
14) 회상기가 출간되면서 회상기 학습도 광범하고 조직적으로 이루어진다. 그것은 당 역사 학습의 가장 중요한 교재였다. 회상기를 혁명적 삶의 거울로 삼고 있다는 결의문들과, 회상기의 혁명정신을 본받아 생산의 개가를 올렸다는 보고문들이 로동신문 등에 줄을 이어 게재되었다. 회상기의 정신을 되새기는 혁명전적지 기행문과 답사기도 씌어졌다.
15) 박달, 「직가의 밀」, 『서광』(1부), 민청출판사, 1960.
16) 이 소설에서 김일성 부대의 공작원으로 나오는 권벽은 조국광복회의 조직을 위해 김일성이 최초로 파견한 권영벽을, 리동순은 권영벽과 더불어 파견된 이제순을 가리킨다. 성호는 박달 자신일 것이다. 이들의 지도 아래 박달의 갑산공작위원회는 보천보 습격에 가담했고 이후 피체된 권영벽·이제순은 처형되었다.
17) 김재하, 「혁명전통의 심오한 형상화를 위하여」, 『공산주의 교양과 창작문제』, 79~80면.
18) 리상태, 「항일무장투쟁 과정에서 창조된 혁명연극」, 『항일무장투쟁 과정에서 창조된 혁명적 문학예술』, 과학원출판사, 1960, 63~69면.
19) 송영, 『백두산은 어데서나 보인다』, 민주청년사, 1956, 138~144면. 송영은 「혈해」의 소개와 더불어 뒷날 '불후의 고전적 명작'으로 불리는 혁명연극 「경축대회」와 「성황당」

의 내용을 역시 소개하고 있다.

20) 안함광,『조선문학사』, 연변교육출판사, 1956, 199~200면. ① 아버지가 독립군으로 출가한 지 오래고 큰아들도 항일련군에 참군한 혁명가정에, 밀정의 밀고로 일제 군경이 진입하여 둘째아들과 어머니에게 아버지와 큰아들이 간 곳을 대라고 강요하다 항거하는 모자를 살해하고 돌아간다. 학교에서 돌아온 딸은 어머니와 동생의 시체를 붙들고 통곡한 후 복수의 노래를 부르면서 혁명군에 참여하여 분투한다. ② 어머니와 둘째아들만 집에 있을 때 부상당한 혁명군 정찰대원이 뛰어들어 어머니는 그를 숨긴다. 뒤쫓아 온 군경은 혁명군이 간 곳을 대라고 강박하며 어린 아들의 가슴에 총을 겨누고 어머니를 위협한다. 어머니가 대답하지 않자 군경은 아들을 쏘아 죽이고 돌아간다. 마침 학교에서 돌아온 누이는 어머니와 함께 동생의 시체를 붙들고 비장한 노래를 부른다. 바로 그 때 유격대가 마을로 들어오는데 대장은 이 집 큰아들이다. 어머니와 누이도 혁명군에 참군한다.
21) 현종호,「김일성 동지의 혁명적 문예사상」,『조선문학』, 156호, 1960.6, 13면.
22) 「혈해지창」을 발견한 것은 북한의 전적지 조사단이 아니다. 1959년 항일혁명문학의 유실을 막고자 조직된 연변대학의 '조선족 문학자료 수집조'는 2달 동안의 답사 끝에 흑룡강성 밀산(密山)에서 「혈해지창」을 발굴했다(조성일, 권철 주편,『중국조선족 문학사』, 연변인민출판사, 1990). 이것은 1959년 9월 『연변문학』지에 게재되었으니, 윤세평이 1961년 4월 『조선문학』지에 소개한 「혈해지창」은 이를 그대로 옮긴 것일 가능성이 크다.
23) 윤세평,「혁명연극 〈혈해의 노래〉에 대하여」,『조선문학』, 1961.4, 5~6면.
24) 안함광,「혁명문학예술에 대한 김일성 원수의 지도 방침에 대한 약간의 고찰」,『조선문학』, 1961.5, 104면.
25) 연변대학의 권철 교수는 필자와의 인터뷰에서 1962년 북한의 역사연구소가 파견한 '역사고찰단'이 연변대학에 소장되어 있던 「혈해지창」 원본을 '가져갔다'고 증언했다. 비슷한 시기 북경의 한 회합에 참석한 북한의 '조선문화대표단'은 「혈해지창」 각본 마지막에 필명으로 부기된 '까마귀'가 바로 김일성이라는 주장을 했다고 회고했다. 권철 교수의 회고는 김일성이 「피바다」를 지었다고 한 안함광의 단정과 연결된다. '까마귀'가 김일성이라는 주장은 「혈해지창」이 소개되던 그 당시에는 제기되지 않았다.
26) 「머릿글」,「혁명적 대작의 창작은 시대의 요구이다」,『조선문학』, 1964.4.
27) 엄호석,「공산주의자의 전형 창조를 위하여」,『조선문학』, 1959.11; 장형준,「혁명전통 형상화에서의 사실과 허구, 원형과 전형」,『조선문학』, 1960.1.
28) 엄호석,「혁명적 대작과 구성의 기교(2)」,『조선문학』, 1965.11·12, 10면.
29) 엄호석,「혁명적 대작의 성과와 제기되는 몇 가지 문제」,『조선문학』, 1966.12, 23면.
30) 장형준,「혁명전통 주제의 대작 창작에서 제기되는 중요한 사상, 미학적 요구」,『조선문학』, 1967.9, 83면.
31) 엄호석,「혁명적 대작의 사상, 미학적 요구」,『조선문학』, 1968.5.
32) 〈우리의 어머니 강반석 여사〉라는 제목의 기록영화와 김일성 일가를 그린 영화 〈만경대〉가 상영된 것은 1968년이다.

2

1967~2000

북한의 항일혁명문학
임헌영

『주체문학론』의 서술 체계와 특징
고인환

1970~80년대의 북한의 서정시 고찰
주체적 시 창작 이론을 중심으로
염철

1990년대 북한소설에 나타난 사랑의 담론
『조선문학』을 중심으로
최강민

남과 북의 새로운 역사감각들
김영하의 『검은 꽃』과 홍석중의 『황진이』
최원식

북한의 항일혁명문학

임헌영

1. 개념설정과 대상

이미 반세기 이전에 피식민지적 상황에서 민족해방투쟁의 역사적 당위성으로 제기되었던 항일문학이 오늘의 북한에서는 어떤 의미와 값을 지니고 있는가를 간략하게 살피려는 것이 이 글이 노리는 바다. 왜 일제 식민지시대의 구전적 형태의 여러 문학 형식들을 산업화로 치닫고 있는 현대 사회주의 사회의 정서에다 접목시키려 하며 그 비중을 날로 높여 가고 있을까 하는 문제는 그리 단순치가 않다.

8·15 이후 분단 고착화 과정 속에서 북한이 제시한 정통성의 근거가 바로 항일무장투쟁이었다. 반일운동의 여러 흐름 속에서 조직적으로 연계된 무장투쟁만을 애국운동의 정통으로 삼았던 북한은 그 권력의 존립 근거로서 항일무투를 제기했다. 당연히 항일무투만이 민족 주체로

서의 정통성을 확보했다는 논리는 분단 이후 일본의 위치에다 미국을 대치시킴으로써 항일혁명문학의 절실성을 증폭시킬 수밖에 없게 된다.

그래서 항일혁명문학은 민족해방 투쟁사에서만이 아니라 문학예술사에서도 그 정통성을 확보시키면서 이밖의 많은 항일운동이나 문학운동은 항일혁명투쟁 문학의 한 지류나 그 영향력 아래 있었던 것으로 평가하는 주체사관이 이루어진다. 왜 무장항일투쟁만이 민족적 주체세력으로 부각되어야 하느냐는 반론은 북한에서 항일무장투쟁과 혁명이 결합된 때문이라는 논리를 내세운다.

"우리는 일제를 조국강토에서 몰아내고 조선을 해방하고 독립하여야 한다. 그러나 우리는 여기에만 머물러 있을 수 없다, 우리는 공산주의자들이다. 공산주의자들은 무산대중을 억압 착취하는 지주·자본가놈들을 또한 그대로 둘 수 없다"고 김일성은 말한다. 여기서 항일무장투쟁은 단순한 독립운동이 아니라 사회주의혁명을 수반한 것임을 알 수 있다. 즉 식민지시대의 다른 항일투쟁과 구별하여 이 세력만을 정통성으로 평가하는 까닭이 바로 이 점에 있다고 하겠다. 항일과 혁명이 하나로 일체화된 모습을 갖추게 된 역사적 계기는 북한의 여러 저술에 따라 조금씩 차이가 있으나 대체적으로는 타도 제국주의 동맹을 조직한 때(1926)로부터 남호두 회의(1936)를 거치면서 본궤도에 오른 것으로 볼 수 있다. 통일전선 결성, 맑스-레닌주의 당 창건, 장백·백두 등에 유격근거지 마련 등을 결정한 남호두 회의는 문학예술 운동에서 〈피바다〉를 비롯한 많은 작품들을 낳는 분수령이 되도록 만들었다.

그래서 30년대로 접어들면서 그 이전의 항일 투쟁적 이념지향성으로부터 맑스 레닌주의의 혁명적 이념 지향성으로 변모해 간 과정에 대하여 김일성은 이렇게 요약한다. "항일무장투쟁은 조선 공산주의 운동의 첫 시기에 있었던 본질적 약점들을 이겨내고 맑스-레닌주의당을 창건하기 위한 조직 사상적 기초를 닦았으며 우리 인민의 가장 영광스러운 혁명전통을 이루어 놓았습니다."

이 시기의 항일혁명문학예술에서 다뤄야 했던 주제는 당대의 민족사적 과업과 일치한다고 본 김일성은 이렇게 말한다. "첫째로, 조선의 독립을 위하여 일본제국주의를 반대하여 투쟁하는 것, 그러기 위해서 동맹원들은 선진 사회사상과 군사지식을 습득하여야 한다. 둘째로, 민족 해방과 동시에 계급 해방을 위하여 투쟁하는 것, 그러기 위해서 동맹원들은 부모들의 낡은 민족주의 사상에서 벗어나 새로운 선진 사상을 따라야 한다. 셋째로, 동포들 속에서 반일 선전과 계몽사업을 강화함으로써 그들을 정치적으로 각성시켜야 한다." 당면한 투쟁 목표로 설정된 이 세 가지 원칙은 문학사에서 "한 편의 시가 천만 사람의 가슴을 격동시키며 총칼이 미치지 못하는 곳에서는 우리의 노래가 적의 심장을 꿰뚫을 수 있다는 것을 항상 명심"해야 한다는 말로 대치되어 나타난다.

왜 항일혁명문학이어야 하며 어째서 반세기가 지난 시점에도 그 중요성이 거듭 강조될 수밖에 없는가에 대한 북한의 논리적 귀결은 바로 반제 민족해방투쟁사의 정통성과 그 계승의 전통으로서의 분단 극복론이기도 하다.

이런 항일혁명문학은 북한에서는 그간 여러 시각에서 접근·연구되었는데 이를 종합해보면 우선 그 발전사에서 4시기로 나눠 볼 수 있을 것 같다. 즉 첫 시기는 문학사에서 "항일혁명 투쟁의 첫 시기 혁명문학(박종원·류만, 『조선문학개관』 2, 1986)"이라 부르는 기간으로 1926년 10월~1931년 12월까지를 말한다. 이는 김일성이 타도 제국주의 동맹 조직부터 명월구회의(일제의 9·18 만주 침략전 이후 김일성이 항일전을 유격대 형식으로 할 것으로 결의함)때까지로 나눈 것이다. 이 시기는 〈꽃 파는 처녀〉, 〈성황당〉을 비롯한 많은 작품들이 나왔다. 그 뒤부터 8·15끼지를 제2기로 보는데 문학사는 이 시기를 '항일무장투쟁시기 혁명문학'으로 부르는데, 〈피바다〉, 〈한 자위단원의 운명〉 등 많은 작품을 내보낸다. 제3기는 8·15이후 60년대까지로 이 시기는 전문 문학인에 의하여 30년대의 항일혁명이 소재와 주제로 쓰여졌던 때이다. 북한문학사는 이 시기의 항일 혁명문학작품으로 다음과 같은 것을 들고 있다.

한설야, 「개선」, 『대동강』 「승냥이」, 「역사」, 『설봉산』
이기영, 「개벽」, 「땅」 「복수의 기록」, 『두만강』
송 영, 「백두산은 어디서나 보인다」, 『밀림아 이야기하라』 「불사조」
과학원 언어문학연구소 문학연구실, 『항일무장투쟁 과정에서 창조된 혁명적 문학예술』, 과학원출판사, 1960.

이 기록에는 물론 몇 가지 의문이 있으나 1960년 당시의 북한문학사가들이 항일혁명문학을 어떻게 바라보았느냐는 점을 감지할 수 있게 한다. 즉 항일혁명문학이란 범주에다 8·15 이후의 작품일지라도 김일성과 그의 항일혁명투쟁을 주제로 다뤘으면 포함시켰다는 것을 알 수 있다. 따라서 조기천의 『백두산』 같은 작품도 능히 이 범주에서는 들어가야 할 것이다.

제4기는 1970년대 이후부터 오늘까지로 이때는 항일혁명문학이 주체사상과 일체화되어 나타난 시점을 그 전환기로 잡는다. 즉 그 이전 시기는 문학인의 전문적 창작에 의한 창조작업이 그 주류였다면 제4기 이후에는 집체작과 1930년대에 실제로 있었던 작품을 재구성하는 것을 그 특징으로 삼았음을 알 수 있다. 최근 우리 주변에서 볼 수 있는 소설 형태의 작품들은 다 제4기의 소산으로 재평가 받는 것들이다.

이렇게 항일혁명문학은 그 시기별로 나눠 보면 우선 그 개념이 넓은 의미에서는 항일혁명의 이념을 지닌 민족주체적인 작품이라고 할 수 있으나, 좁은 뜻으로는 김일성 중심의 항일빨치산 무장투쟁을 주축으로 한 혁명문학으로 1926~1945년 이전에 창작 감상되었던 것에 국한된다. 그런데 북한은 여러 문학사에서 항일혁명문학에 대하여 항상 언급은 하고 있으나 그 발간 시기에 따라 입장을 달리함을 볼 수 있다. 항일혁명문학을 가장 본격적으로 다룬 두 권의 단행본은 불과 10여 년의 시간적 차이에도 불구하고 엄청난 가치관의 변모를 느끼게 한다.

① 과학원 언어문학연구소, 『항일무장투쟁 과정에서 창조된 혁명적 문학예술』, 1960.
② 김일성탄생예순돌기념, 『위대한 주체사상의 빛발 아래 개화 발전한 항일혁명문학 예술』, 사회과학출판사, 1971.(국내에서는 갈무지출판사가 『항일혁명문학예술』이란 제목으로 출판했음)

이 두 저술은 우선 그 시기 구분을 달리한다. ①은 8·15 후 일련의 창작까지도 항일혁명문학에 포함시키고 있는 데 비하여, ②는 철저히 좁은 의미로서의 항일혁명문학예술 개념에 충실한다. 즉, ②는 한설야·이기영 등의 작품에 대해서는 전연 언급이 없을 뿐만 아니라 오로지 2·30년대의 작품과 활동만을 그 대상으로 설정한다.

문학예술 형식에서도 ①은 혁명가요, 혁명적 연극, 혁명적 정론이란 세 가지를 주로 다룬 데 비하여, ②는 정론이 사라진 대신 무용과 미술이 추가된다. 그러나 역사적 사실로서 항일혁명문학을 엄밀히 연구하자면 이 두 책에서도 다루지 않은 오체르크 소설·가요 등에 대해서도 시선을 돌려야 할 것임을 ①은 밝혀 주고 있다.

이렇게 볼 때 우리 주변에서 흔히 말하는 북한의 3대 걸작으로 거론되는 소설 위주의 항일혁명문학론은 올바른 문학사적 접근법이 아님을 느낄 수 있다. 역사적 실체로서의 항일혁명문학론은 비단 그 소설들(그나마도 70년대 이후에 새구성된 것)에 국한될 것이 아니라 넓은 뜻으로서의 시가와 소설·연극 그리고 정론이 함께 논의되어야 할 것 같다.

여기서는 이 세 가지 문학형식을 차례로 살펴보기로 한다.

2. 가요 또는 시가

"혁명가요, 강연, 체육회, 문맹퇴치사업, 선전포스터, 격문 등 각종 형식으로써 그들의 비위에 알맞게 선전선동 사업을 진행하여야 한다. 그 내용은 현실생활에서 제기되는 아주 이해하기 쉬운 것을 취하되 반드시 명심할 것은 말 한마디, 노래 한 구절 할 것 없이 모두 일본제국주의 타도, 민족적 및 계급적 해방을 목적한 맑스-레닌주의의 보편적 진리를 인식시키는 것으로 되어야 한다"는 김일성의 말은 항일 혁명시가의 일반적 성격을 엿볼 수 있게 한다. 우선 이 무렵의 시가는 노래와 시의 구분이 애매할 뿐만 아니라 "빨치산 자신들이 창작한 것"으로 "기껏해야 중학 졸업 정도의 지식밖에 가지지 못한 근로 청년들이었"기 때문에 미학적 형상화의 시각으로 접근해서는 그 실체를 이해하기 어렵다는 점을 알 수 있다. 이 시기란 "그들이 자기의 생활과 투쟁에서 느낀 것을 자연스럽게 있는 그대로 그린 것이 오늘의 우리가 부르는 혁명가요들"이라는 말은 항일혁명가요(시가)의 성격을 단적으로 드러내준다. 따라서 "동무들의 글은 받침이 틀린 글자도 더러 있고 문맥이 잘 통하지 않는 데도 있지만 그것은 더 배우면 되오, 대중들에게 평범하면서도 친근감을 주는 솔직한 감정―이것은 지어낼 수도 꾸며낼 수도 없소. 항상 이렇게 솔직한 감정으로 글을 써야 하오"란 김의 지시는 이 시대 문학예술 창작의 기본윤리였던 것 같다. "작가도 없었고 작곡가도 없었지만 연극도 하고 노래도 짓고 잡지나 소책자도 만들어 냈습니다"는 김의 회상은 특히 항일혁명시가 분야 이해에 도움이 된다.

이런 항일혁명시가의 대표적 표본으로 거론되는 〈조국광복회 10대 강령가〉의 구성과 추이는 북한문학의 이해에 많은 시사점을 던진다. 1936년 5월 5일 창건된 조국광복회는 그 10대 강령을 내걸었는데 이를 쉽게 해설하여 계몽시키고자 창작된 것이 그 노래라고 여러 기록들은 쓰고 있다. 그런데 최근 『조선전사』에 이르면 이 노래가 김일성의 창작으로 되어 있는데 이는 문학사나 문학관계 기록과는 다른 것으로 주목된다. 그 작자가 누구이든 이 노래는 북한에서 항일혁명 시가를 논할 때 그 기능과 형식 등에서 반드시 거론되는 것으로 그 전문을 적으면 아래와 같다.

1. 이천만 조선동포 총동원하여 / 반일혁명 통일전선 굳게 다지고 / 왜놈의 야만통치 어서 때려부시어 / 인민정부 건설함이 제1조로다.
2. 노동자와 농민들은 한데 뭉치고 / 각계각층 군중들과 연합하여 / 있는 재부 지식능력 모두 다 동원하여 / 부강조선 건설함이 제2조로다.
3. 왜놈의 육해공군 신식무장을 / 모두다 우리 손에 빼앗아 쥐고 / 주저 말고 용감하게 모두 나가 싸우는 / 우리군대 조직함이 제3조로다.
4. 왜놈의 개떼들이 모아 둔 돈은 / 우리 동포 피땀 흘려 벌어 준 거다 / 모조리 빼앗아서 군비로 충당하고 / 동포도 구제함이 제4조로다.
5. 재촉하는 빚과 세납 물지를 말며 / 착취하는 전제제도 반대하면서 / 우리의 산업을 우리 손으로 건설해 / 순조롭게 발전함이 제5조로다.
6. 언론출판 사상결사 자유를 찾아 / 봉건세력 백색테러 반대하고서 / 체포된 우리투사 모두 탈환해 내어 / 배신자를 쫓아냄이 제6조로다.
7. 양반상놈 남녀노소 가리지 말고 / 한결 같은 평등행복 누려가면서 / 연약한 부녀들을 존중하고 돌보아 / 인격직위 보장함이 제7조로다.
8. 우리 민족 노예 삼는 동화교육과 / 쌈터에서 죽이려는 군사훈련을 / 굳세게 반대하며 튼튼히 뭉쳐나서 / 우리문화 보급함이 제8조로다.
9. 우리들이 쓰는 물건 만들어 주는 / 노동자의 임금과 대우 높이고 / 실업자와 병든 자를 지성껏 도와주며 / 치료하고 살려 줌이 제9조로다.
10. 우리들을 도와주는 나라와 민족 / 친밀하게 연합하여 하나가 되고 / 원수와 한편 되는 간악한 부르주아 / 한결같이 반내함이 제10조로다.

이 노래는 항일혁명시가의 한 전형으로서 평가받고 있는데 그 까닭은 항일혁명문학이 지녀야 할 모든 주제를 포괄하고 있기 때문이다. 이른바 항일혁명문학작품은 그 주제로 보면, ①반제 민족해방의 혁명과업 수행을 위한 항일의식과 투쟁 고취, ②사회적인 각종 불평등 해소를 위한 계급의식 고취, ③위의 두 이념의 성취를 위한 투쟁 방법론을 교화하기 위하여 기회주의·사대주의·종파주의 등 각종 비당파적 자세에 대하여 비판하는 것, ④국제주의 원칙에 입각하여 소련과 중국 등 혁명국들과의 연대의식 고취 등으로 나눌 수 있다. 물론 노래 부분 부분에서는 고향에 대한 정이나 자연풍정을 읊은 것도 전연 없지는 않으나 그것도 위의 4가지 주제를 강조하기 위한 보조적인 소도구로 등장할 뿐이다.

이 네 가지 주제도 바로 ①이 항일투쟁이고, ②는 혁명의식이며, ③은 국내(민족내)적 투쟁지침으로서 일체의 분파성 내지 종파주의에 대한 경계와 김일성주도하의 조직적인 연계만을 유일한 정통으로 평가하는 자세를 나타낸다. ④는 대외적인 투쟁방법으로 제국주의에 대한 결연한 투지와 사회주의 세력의 나라나 투쟁조직과의 연계성을 강조하는 내용을 나타낸다. 이 네 가지 주제가 〈조국광복회 10대 강령가〉에 모두 담겨 있기 때문에 이 노래는 항일혁명시가의 개괄적인 성격을 지녔다고 하겠다.

각 주체가 지닌 내용에 따라 몇몇 중요한 시가들을 살펴보면 이것들은 노래와 시의 구분이 있을 수 없음을 알 수 있다. 먼저 항일의식을 그린 작품을 보면 김일성이 지었다는 〈조선의 노래〉가 있다. 1926년 12월 15일 무송에서 새날소년동맹을 결성한 후 직접 가사와 곡을 부쳤다는 이 시가는 1절에서 아름다운 조선의 나라를 그린 후 2절에서 간악한 일인이 침략해 왔는데 이를 쫓아내고 3절에서는 새 나라를 세우자는 내용을 담고 있다.

〈조선인민 혁명군〉〈반일전가〉〈토벌가〉 등은 이 분야의 주제를 다룬 시가로 거의 비슷한 내용을 담고 있다. 이 일련의 시가는 조국의 아름다움과 일제의 잔학상, 이에 더 참을 수 없어서 일어서야 한다는 항일의식을 담는다. 어떤 면에서는 가장 초기적인 보편적 항일의식을 담은 노래들이라고 할 수 있다. 이 초기의 항일의식에서 벗어나면 항일시가에 혁명의식이 가미되기 시작한다.

〈통일전선가〉〈민족해방가〉〈총동원가〉 등은 항일을 위한 구체적인 전선 구축의 이념이 제시되면서 광복 이후에 세워야 할 국가체제에 대한 암시까지도 내비친다. 이어 〈인민주권가〉에 이르면 '노동자 농민의 피값에 인민주권을 세우자'는 내용을 담는다. 특히 이 시는 후렴으로 "공산사회를 만들려면 혁명투쟁을 힘쓰자 / 세계혁명을 위한 프롤레타리아 싸우자"고 강조한다. 〈일어나라 무산대중〉〈끓는 피는 더 끓어〉〈부시자 자본사회〉〈불평등가〉〈무산자의 노래〉〈가난한 자의 노래〉 등은 강력한 계급의식을 고취하는 내용을 담는다.

항일투쟁과 계급의식을 총화시킨 단계에서의 항일혁명시가는 〈파쟁반대가〉 등에서 분파성과 종파주의에 대한 비판적인 의식을 고취한다. 이어 〈메데가〉〈레닌탄생가〉〈소련옹호가〉〈시월혁명가〉〈일어나라 만국의 노동자가〉 등에서는 국제적 연대성을 강조하는 내용을 볼 수 있다. 물론 모든 시가들은 이 네 가지 주제를 꼭 나눠서 부른 것이 아니라 한 작품에서 항일의식과 혁명의식, 그리고 종파주의 반대와 국제적 연대성 강조를 두루 섞어 부르고 있다. 혁명의식을 고취한 〈무도곡〉의 10절은 "적발하자 몰아내자 개량주의 파쟁분자"라면서 반종파 투쟁의식을 강력히 호소한다. 항일의식이 주제인 〈반일혁명가〉 2절에서도 분파주의에 대한 비판이 나오며, 유명한 〈십진가〉 6절에는 "여섯이라면 여러 가지 해를 끼친 / 파쟁분자를 파쟁분자를 / 대열에서 깨끗이 쓸어냅시다 쓸어냅시다"고 쓴다.

그러나 이 시가들은 북한에서도 아직은 자료수집단계가 아닐까 싶다. 2·30년대에 만주에서 불려졌던 노래들이나 이 노래가 변형 또는 가사가 바뀌어 국내로 들어와 불려진 것까지를 정리하려면 아직은 더 정밀한 조사가 뒷받침되어야 할 것 같다. 지금 북한에서 나온 여러 기록들에 나타난 제목들만 봐도 각 감옥에서 달리 불려졌다는 감옥가들에 대한 자료는 그리 흔하지 않다. 또한 북한의 특이성 때문에 서정적인 노래들은 다수 탈락하고 투쟁성 시가만 정리된 느낌을 버릴 수 없다. 예컨대 1960년판 책에 의하면 〈아리랑〉 2절 가사를 바꿔 불렀다고 소개한다. "가시는 님을 붙잡지 마소/……/아리랑 아리랑 울지 마소/아리랑 고개에 깃발이 펄펄"로 바꿔져 불렀다는 소개는 많은 암시를 던진다. 이 글에 따르면 함경도와 경인지역에서는 혁명아리랑이 유행했다고도 하는데 그 가사는 실려 있지 않다.

뿐만 아니라 70년대 주체사상 문예이론이 본격화되기 이전의 저서들에 나타나 있는 고전적 형식에 대한 수렴자세나 서정성을 바탕한 작품들의 소개는 항일혁명 시가문학사가 언젠가는 재구성되어야 한다는 것을 느끼게 한다. '조선 예전 노래 곡조'를 이용하는 것을 원칙으로 삼았다는 항일혁명 시가곡은 당연히 〈아리랑〉을 비롯하여 〈농부가〉 〈양산도〉 〈창덕궁타령〉 〈육자배기〉 〈성주풀이〉 〈어랑가〉 등이 유행되었다고 전하는데 이에 대한 구체적인 자료수집과 사료는 없다. 요컨대 〈아리랑〉의 가사 바꿔 부르기를 볼 때 다른 민요들도 능히 창작 시가곡 못지않게 널리 혁명시가로 바꿔 불려졌을 가능성이 있었음을 느낄 수 있다.

이런 항일혁명 시가문학의 특징으로는 전통성과 인민성이 강한 언어를 쓴 점, 정서적 표현이 강한 점, 다양한 가요형식인 점 등이라고 지적하고 있다(『항일무장 투쟁 과정에서 창조된 혁명적 문학예술』). 그런데 주목할 점은 1920년대 프롤레타리아문학이 중국 동북지방에 침투하여 일정한 영향을 끼쳤다는 서술이다. 물론 이런 논리는 그 뒤의 모든 저술에서 일제히 사라지고 마는데 적어도 1960년경까지는 이런 주장이 북한에 있었음을 엿볼 수 있다. 다른 모든 문학예술과 마찬가지로 항일혁명문학도 북한의 경우는 60년대 후반기 이후 주체사상이 생활 전 분야에 걸쳐 가장 중요한 철칙으로 적용되면서 그 평가척도를 바꿨음을 알 수 있다. 즉 항일혁명시가 중 초기의 서정성과 전통성 위주의 노래에서 전투성과 김일성과의 직접적인 연결성 위주의 노래로 그 비중을 옮겼음이 여러 자료의 비교 속에서 나타난다. 이 점은 특히 두 가지 측면에서 70년대 각종 문학사적 평가 작업에 두드러지게 나타난다. 그 하나는 항일전 시기에 김일성 자신에 의한 창작을 높이 평가하는 경향이 눈에 두드러지게 부각된 사실이다. 다른 하나는 일반 인민들의 공동창작으로 된 작품으로 그 주제를 김일성과 그 산하부대의 활동을 다룬 것으로 크게 부각시키고 있다는 사실이다. 1971년판 『항일 혁명문학화예술』에 따르면 마지막 장에 "혁명의 위대한 수령 김일성 동지께서 조직 영도하신 항일혁명 투쟁시기에 창조된 인민창작"이란 부분이 있다. 이것은 특히 김일성의 개인적 업적을 그린 작품과 김일성 부대원의 업적을 그린 것으로 크게 나눌 수 있는데, 둘 다 주체사상이 확립된 이후(1970년대)의 새로운 평가 작업에 의한 것으로 풀이할 수 있다.

이런 김일성 찬양의 시가에 대한 효시는 북한문학사에서 〈조선의 별〉이란 시가로 잡고 있다. "조선의 밤하늘에 새별이 솟아 / 삼천리강산을 밝게도 비치네 / 짓밟힌 조선에 동은 트리라 / 이천만 우리 동포 새별을 보네"로 되어 있다. 마치 중국의 〈동방홍(東方紅)〉을 연상시키는 이 노래는 이후 첫 혁명송가로 평가받아 그 뒤를 이어 김일성 찬양의 시가를 낳게 만든 효시가 된다. 물론 김일성은 그 후 그 위대성이 별에 비길 수 없다하여 밝은 태양이 되어주기를 바란다는 뜻에서 일성(一星)으로 바뀌었다고 전한다.

김일성 송가로 전하는 인민창작으로는 〈백두산 장수〉〈김일성 장군부대 보아요〉〈우리 아빠 말 하더라〉 등이 있고, 김일성 부대원들은 찬양한 시가로는 〈유격대〉〈수림 속을 뒤흔드는 소리〉 등이 있다고 전한다.

3. 연극분야 작품들

"우리는 빨치산 투쟁을 할 때에도 청년들이 심심하지 않게 하고 또 그들을 교양하기 위하여 연극도 만들고 가극도 만들어 유격구역에서도 공연하고 산에서도 공연하고 가는 곳마다에서 공연하였습니다"고 김일성은 말한다. 이 시기 연극이란 개념 속에서는 그 형식에서 일반연극·독연극·창극·가극·가면극·대화극·촌극 등을 모두 포함한다고 이상태는 「항일무장투쟁 과정에서 창조된 혁명적연극」(『항일무장투쟁 과정에서 창조된 혁명적 문학예술』 게재)에서 분류한다. 그러나 항일혁명연극은 그 현장성 때문에 엄격한 극 형식적 분류보다는 즉흥적이고 집체적인 창작과정 속에서 탄생된 것으로 볼 수 있을 것이다. 1920년대 무송현과 안도현 일대에서 김일성 지도 아래서 조직된 연극회가 혁명극의 시발이라고 밝히는 북한문학사들은 다른 문학형식과 마찬가지로 정통적인 연극운동을 항일혁명극에서 찾고 있다. 물론 1960년판 『혁명적 문학예술』에 따르면 염군사 연극부의 활동과 전통이 카프 연극부로 이어져 불개미극단이 이룩한 성과를 높이 평가하는 모습을 보여준다. 그러나 다른 문학형식과 마찬가지로 이것 역시 1970년대 이후로 접어들어서는 슬그머니 사라지고 항일혁명극을 근대 연극사의 정통으로 부각시킨다.

특히 주목할 점은 김일성이 친히 〈피바다〉, 〈한 자위단원의 운명〉, 〈경축대회〉, 〈딸에게서 온 편지〉, 〈혁명가의 아내 수동이 어머니〉, 〈성황당〉, 〈후모의 학대〉 등을 창조했다는 사실이다. 이 중 북한 항일혁명문학의 대표작으로 알려진 〈피바다〉는 특별히 살펴볼 필요가 있을 것이다. 문학사나 여러 이론서에서는 논자에 따라 〈꽃 파는 처녀〉나 〈한 자위단원의 운명〉이 더 훌륭하다는 평가가 없지 않으나 역시 항일혁명문학의 최고봉은 〈피바다〉일 수밖에 없을 것 같다는 느낌이 든다. 우리에게 〈민중의 바다〉로 개제되어 출판 소개된 이 작품은 근대 식민지시대부터 오늘의 분단시대에 이르기까지 항일과 계급혁명을 함께 수행해야만 하는 역사적 당위성을 강조한다.

북한이 대내외적으로 대표작이라고 자랑하는 〈민중의 바다〉는 여러모로 주체사상의 문학예술론에 투철한 미학적 형상성을 갖춘 작품으로 볼 수 있다. 모든 예술의 종류를 총체화하여 이를 종합예술화 시킨다는 북한예술론의 지향성이 가장 모범적으로 반영된 작품이 바로 이것이다. 즉 〈민중의 바다〉는 1936년 처음 발표되었을 때는 연극형태였다. 항일무장투쟁사에서 중요한 뜻을 지닌 무송현 전투 이후인 8월 하순 경 만강부락에서 처음 공연을 하게 되었다는 이 연극은 그 뒤 여러 마을에서 거듭 공연되는 동안 상당 부분 첨삭되었을 가능성이 높으나 이에 대한 서로 다른 판본들의 연구는 우리로서는 알 길이 없다. 다만 결과론으로만 말한다면 이 연극은 당시 대중들에게 큰 감동을 주어 공연이 끝난 현장에서 항일유격대에 지원한 사람들이 있었다는 뒷이야기가 전할뿐이다.

이 항일 유격대를 다룬 연극이 북한에서 되살아난 것은 1969년 영화로 전할 뿐이다. 이어 1971년에는 집체작으로 피바다 가극단에 의하여 가극으로 만들어졌는데 이 때부터 이 작품은 모든 예술분야에 걸쳐 종합화를 지향하는 북한의 대표작으로 손꼽히게 되었다. 소위 '〈피바다〉식 혁명가극'이라는 명칭으로 불려지는 이 시기를 전후하여 이 작품이 이룩한 성과를 북한은 음악·무용·미술 등 모든 분야의 예술적 주체사상의 형상적 성공으로 풀이한다. 그 전의 가극과는 달리 '절가화'했다는 점과, '방창형식'을 도입했다는 사실을 들어 예술사의 혁명이라고 보는 이 가극에는 사회주의적 내용을 민족적 형식에 담는다는 주체문예이론이 전형적으로 형상화 된 것으로 평가된다.

이 작품속에 절가화된 명곡으로는 〈울지마라 울남아〉〈소쩍새야〉〈우리 엄마 기쁘게 한번 웃으면〉〈어머니는 글을 배우네〉〈광복의 새날 안고 돌아오너라〉〈일편단심 붉은 마음 간직합니다〉 등을 들며, 유명한 방창은 〈가난한 살림에도 알뜰한 정 오고가네〉 〈캄캄한 막장 속에〉 〈광복의 새날에 다시 만나리〉 등을 든다. 또한 무용에서도 물방아간 장면의 가무, 유랑민 가무, 마지막 장면의 대 군무 등이 뛰어나다고 기록하고 있다.

이런 종합예술의 본보기로서의 〈피바다〉가 소설로 창작된 과정은 다분히 우리 고전문학과 같은 광범위한 민중들의 의지가 반영된 것임을 느낄 수 있다. 가극이 나온 이후에야 소설로 형상화되었다는 사실은 〈춘향전〉이나 〈홍부전〉 등 우리의 고전적인 명작들이 설화, 판소리 등의 긴 역사적 · 민중적 여과기를 거친 후에야 소설문학으로 채록된 사실과 일치한다는 점을 지적할 수 있다. 말하자면 소설형식은 모든 예술의 총체화 작업과정에서 가장 늦게 완성하는 미학적 완결성을 지닌 것이다. 따라서 어떤 작품도 설화에서 소설에 이르는 과정 속에서 그 줄거리는 달라지기 마련이며 〈피바다〉도 여기서 예외는 아니다.

항일투쟁 시기에는 아마 '혈해(血海)'로 불렸을 가능성이 많은 이 작품의 줄거리는 오늘날 우리가 읽을 수 있는 소설의 줄거리와는 다른 구조를 갖추고 있었던 듯하다. 북한에서 나온 1959년도 판 『조선문학통사』는 제12장에서 〈혈해〉란 제목으로 그 줄거리를 소개해 준다. 여기에 따르면 여러 가지 연극 중 2막 3장으로 된 한 대본으로 소개하는데 첫 장면부터 오늘의 소설과는 다름을 알게 된다. 주인공 최순녀의 남편 윤섭은 소설에서는 지주와 한통속인 일제와 싸우다가 죽는 것으로 되어 있는데 〈혈해〉에서는 "수년 전 항일무장투쟁에 참가하여 집을 떠나고" 아내가 3남매를 데리고 살아가는 것으로 나온다. 이어 큰아들 원남이도 빨치산으로 집을 떠나는데 어머니 순녀와 두 동생(갑순, 을남)이 "집 걱정은 말고 끝까지 용감하게 싸우라고 격려하며 만만한 투지 속에서 석별의 정을 나눈다"고 〈혈해〉는 말하나 현대판 소설에서는 가족들 몰래 유격대에 가게 되는 것으로 바뀐다.

순녀는 남편과 큰아들을 보낸 뒤 자신도 조국광복회 회원으로 활동

중 막내 을남이와 일제 군경에게 빨치산 소재지를 말하지 않는다고 총칼에 맞아죽는 것으로 나오는 게 30년대 연극인데 이는 소설과 엄청난 차이가 생긴다. 소설에서는 어머니가 막내 을남이를 죽이겠다는 위협에도 굽히지 않고 조직의 비밀을 지켰을 뿐만 아니라 총공격 전투에도 주도적으로 참여하는 것으로 나오기 때문이다. 연극에는 딸 갑순이 혁명전에 적극 참여하여 가족의 원수를 갚는 것으로 나온다고 쓰고 있다.

그런데 1964년 판 『조선문학사』는 〈혈해〉를 또 조금 고쳐 소개한다. 일제 군경에게 남편과 맏아들의 소재를 추궁 당하던 최순녀는 막내아들 을남이를 죽이겠다는 위협에도 굽히지 않자 끝내 그를 죽이게 되나 그녀는 살아남는 것으로 소개한다. 그녀는 딸 갑순과 함께 원수를 갚으려고 유격대를 찾아 산으로 들어가는데 경찰서 습격에 앞장서는 것은 역시 딸로 그려진다. 여기서 주인공 이름은 편의상 소설의 것을 따랐다.

이렇듯 조금씩 다른 줄거리를 소개하는 까닭은 〈피바다〉가 얼마나 긴 세월에 걸쳐 많은 사람들의 의지가 직접·간접적으로 반영된 집체작인가를 엿볼 수 있는 자료이기 때문이다. 민중적 집체의지의 형상화로서의 소설 『피바다』는 1930년대 항일투쟁의 보다 완성된 민족해방을 위하여 세 가지 중요 노선을 제시한다. 그것은 민족·계급·인간해방의 동시적 추구로 요약된다. 소설에서는 민족해방을 위하여 빈농·노동자만의 투쟁대열이 아닌 양심적인 부르주아와의 굳건한 연대성을 무척 강조하고 있다. 최순녀가 공작차 만나게 된 자리에서 듣게 된 "땅마지기나 가지고 있는 사람"인 박봉사에 대한 처리문제를 둘러싸고 한정수에게 가한 운형보의 비판(하권 56~57쪽)은 민족해방을 위한 통일전선의 원칙을 가장 단적으로 표현해 준다. 적극 권장해야 된다는 이 논리는 광산주의 첩 귀순이까지도 포섭대상으로 삼아야 한다는 손녀의 주장(하권 147~150쪽)에 그대로 이어진다. 이는 또한 을남이가 물고기를 팔려다가 흥정을 깬 후 다시 찾아갔다가 친일파나 일본놈에겐 고기를 팔기 싫어서 다시 찾아왔다는 말에 선뜻 요구하는 돈을 내주는 식당주인에 대한 묘사나, 구장이자 자위대장인 변장극의 앞잡이 노릇을 하는 듯이 보이던 옹팔이까지도 폭동에 참여하도록 사건을 전개시킨 등등에서 "계급적 연대성의 감정"을 철저히 강조하고 있음을 느끼게 된다. 이는 민족 해방을 위해서는 모든 것에 앞서 항일 유격전에 나서야 한다는 강령으로 도식화되기도 한다.

두 번째의 계급해방을 위하여 이 소설은 빈농과 노동자의 연대성을 강조한다. 비록 노동자의 생생한 현장적 정서가 농민들의 그것에 비하여 좀 아쉽기는 하지만 광산노동자들의 합세는 계급적 연대성을 상징하는 것으로 중요한 뜻을 지니는 것 같다. 이는 또한 계급이라는 연대성 아래서는 지방색도 없다는 의미까지 가세시키는 뜻에서 경상도 출신 밀양댁의 등장을 지나쳐서는 안 된다. 그러나 『피바다』는 항일 구국투쟁이라는 민족사적 과제가 가장 중요하게 부각되는 시대를 배경으로 삼았기 때문에 계급적 연대는 민족 해방을 위한 가장 효과적인 투쟁방법으로 제기된 것이 아닌가 싶은 생각이 든다. 즉 『피바다』는 오히려 항일투쟁에 그 초점이 있다고 하겠다.

세 번째 인간해방은 당시 반봉건 사회가 지녔던 여성·미신 등의 여러 문제를 혁명의 커다란 장애물로 보는 데서 제기한 것으로 풀이된다. 소설에서 순녀는 "남에게 짓밟히고 빼앗기면서도 통곡밖에 할 줄 모르던 안해, 그리고 자라는 자식들에게 행여 무슨 일이 생길까봐 바람 소리조차 소스라치던 어머니"에서 막내 을남의 죽음 앞에서도 "혁명을 하자면 가슴 아픈 일도 겪어야 한다. 이번 싸움을 끝내 놓고 울 때는 울더라도 지금은 울음을 거두어라. 지금은 원수를 갚아야 할 때다"고 할 만큼 변한다. 그녀의 변모는 소설에서 이름 없는 한 남편의 아내로 등장하다가 이름이 나오는가 싶더니 중반을 넘어서면서는 어느새 "어머니"로 서술방법이 바뀌어 버리며 이는 조금도 어색하지 않게 보인다. 그녀는 세 남매의 어머니만이 아니라 등장인물 모두의 어머니로 부각되기 때문이다.

봉건적 윤리의식으로부터의 해방의식은 첩살이하는 귀순에게서 가장 잘 나타난다. 그리고 많은 작품들이 노동자·농민의 투쟁에 초점을 맞춘데 비하여 이 소설은 부녀회의 활동을 크게 내세울 뿐만 아니라 그 활약상도 매우 중요한 무장투쟁에 관련된 것으로 사건을 짜놓음으로써 남녀평등의 이념을 형상화한 것으로 인식토록 만든다.

민족·계급·인간해방을 위한 혁명은 "유별난 사람들이 하는 일이" 아니라 "살아가노라면 어차피 혁명을 하게마련"인 일상적 삶으로서의 혁명을 이 소설은 강조한다. 물론 그 혁명은 현실로부터의 도피나 자기 안일을 위한 방편이 아님을 첩살이에서 탈출하려는 귀순의 간청을 꾸짖는 어머니의 말로 알 수 있다. 어머니는 말한다.

"싸워보겠다는 생각은 못하고 고작 빠져 나갈 궁리나 해서야 되겠소?"

『피바다』는 이런 혁명을 위하여 풍부한 자연묘사와 전통적인 서정성 짙은 묘사를 곁들여 그 문학성을 확보하려는 의도가 보인다.

『피바다』는 항일혁명문학의 대표작이자 북한이 대내외적으로 내세우는 문학·음악·연극·가요 등 전 예술형식에 걸친 대표작의 하나이다. 따라서 이 작품을 이해하고 나면 항일혁명문학의 본질과 그것이 어떻게 주체사상과 연관되어 있는가를 알게 된다. 연극 역시 시가와 마찬가지로 그 주체는 항일과 계급 혁명의식, 종파주의의 극복과 김일성 주체노선 지지, 국제주의 지지라는 네 가지로 분류할 수 있다. 시가에서도 그렇지만 특히 진보적 혁명의식의 고취를 위해서 연극에서는 남녀평등을 둘러싼 애정문제나 미신타파를 위한 작품도 시선을 끌었다고 전한다.

김일성의 창작이라고 전하는 작품 중 〈안중근 이등박문을 쏘다〉와 〈만국회에서 피를 뿜다〉(원래는 〈혈분 만국회〉)인는 역시적인 사건 자체를 소재로 삼은 것이다. 안중근 의사의 사건을 다룬 앞의 작품은 아무리 훌륭한 한 개인적인 용맹성과 투쟁심일지라도 그것이 조직성을 갖추지 못하면 결국은 한계성을 드러낸다는 사실을 일깨우기 위한 것이었다. 비록 이등박문은 죽었으나 일제는 한반도를 침탈했으며 안중근 의사의 희생은 고귀한 정신으로는 전하면서도 많은 아쉬움을 남긴다고 평가한다. 항일운동 초기의 개인주의적 또는 소영웅주의적 투쟁 방법에 대한 비판과 반성으로 제기한 〈안중근 이등박문을 쏘다〉는 마지막 장면에서 안 의사가 사형장으로 끌려가며 부르짖는 말에서 김일성 노선의 단일화와 정통성을 강조함을 느낄 수 있다.

> "나를 옳게 이끌어 줄 그런 위인, 그런 영웅은 없었구나, 5천 년 역사를 가졌으나 짓밟히 고 천대받는 우리 민족을 구원해 주고 세계에 당당히 내세워 줄 그런 절세의 위인을 한번 만나 봤으면……
> 아, 그런 영웅은 언제나 나타나겠는지……"

이런 한풀이는 역사적 사건 자체를 역사의식으로 승화시킨 연극적 요소로 그 사실 여부는 제쳐 두고 30년대에 있었음직한 교훈성을 지닌 것으로 평가된다. 그것은 개인적 항일투쟁에서 집단성으로, 소극적 투쟁에서 무장투쟁으로 방향전환 시키는 계기를 찾는 이론적 근거를 마련해 준 것으로 해석된다.

〈만국회에서 피를 뿜다〉는 헤이그에서 열렸던 만국평화회의에 참석했다가 그 뜻을 펼치지 못함을 한으로 여긴 채 자결했었다는 이준 열사를 소재로 삼는다. 지금은 그 사실 자체가 잘못되었다는 것이 밝혀졌지만 그 당시로서는 커다란 충격이었던 이준의 애국적 결단은 시종 찬양 일변도였다. 그런데 김일성은 이 사건에서 사회주의적 투쟁 양식을 추출해 낸다. 이준의 자결 동기를 연극에서는 서구 제국주의 세력들의 실체를 인식하고서 절망한 나머지 선택할 수밖에 없었던 희생이라고 해석한다. 이준 일행은 서구 열강들에게 조국광복의 힘을 빌리기 위하여 커다란 희망을 품고 네덜란드로 향했다. 그러나 막상 제국주의 세력들은 일본과 다를 바 없는 침략의 야욕을 가진 나라임을 깨닫고 분격했을 뿐만 아니라 절망한 나머지 자결의 길을 선택했다는 풀이는 사회주의적 역사인식의 바탕에서 나올 수 있는 발상이다. 이는 또한 외세 의존으로 독립을 얻으려는 투쟁방법의 허구성을 폭로했을 뿐만 아니라 대중에 바탕을 둔 조직적 투쟁세력의 절실성을 암시하기도 한다.

〈딸에게서 온 편지〉는 시집보낸 외딸로부터 온 편지를 든 늙은 부부가 글을 몰라 쩔쩔매던 중 길가던 한 신사에게 읽어주기를 청한다. 겉만 번지르르한 신사는 편지를 받아들고는 눈물을 흘린다. 노부부는 딸에게 슬픈 일이 생긴 줄 알고 따라 울었는데 마침 그곳을 지나던 조선혁명군 대원이 그 까닭을 묻자 문제의 편지를 읽게 된다. 편지는 딸이 옥동자를 낳았다는 기쁜 소식이었다. 먼저 번 신사가 운 것은 자신이 글을 몰라 한스러워서였다는 한토막 소극이다. 교육계몽용 항일혁명극이다.

이와 비슷한 내용의 미신타파를 주제로 한 것으로는 역시 김일성의 작품이라는 〈성황당〉이 있다. 성황당만 믿던 복순 어머니가 일제 앞잡이와 그 권력에 속은 걸 알고는 성황당을 부숴 버린다는 이야기인 이 작품은 미신과 일제 세력을 결부시켜 미묘한 갈등 관계를 조성하여 극적인 효과를 낸 것으로 평가받는다. 성황당처럼 모든 것을 지배한다는 미신으로서의 일제에 대한 인식은 정작 그 성황당의 허위를 알고 나면 아무 것도 아닌 타파의 대상이라는 것을 생생하게 그려 준다.

〈3인 1당〉역시 김의 창작으로 기록하고 있는데 이는 송동국이라는 가상국에서 벌어지는 감투싸움을 풍자적으로 그리면서 당시의 종파주의와 사이비 민족주의자들을 비판하는 것을 목적하고 있다. 김의 창작으로 기록되고 있는 이 일련의 작품들은 초기의 항일 의식을 방향전환시키려는 의도에서 쓰여진 것으로 볼 수 있다. 그러나 〈지주와 머슴꾼〉이후의 작품은 철저한 계급의식이 가미된다.

한 지주가 머슴을 부려먹다가 끝내는 그의 아내까지 도시의 일본인에게 팔아넘기는 이야기인 〈지주와 머슴〉은 당시 사회가 지녔던 소작인 · 빈농과 지주 · 친일파의 갈등을 도식적으로 대립시킨 전형적인 연극의 한 표본이 된다. 아내를 강제로 팔아넘기는 데 항의하는 머슴을 때려 눈까지 멀게 하는 사건은 이 무렵 항일극에서 가끔 볼 수 있는 비참함의 극치를 보여준 예이다. 갓난아이까지도 후환이 두려워 죽여 버리라고 했으나 늙은 머슴 박서방은 도리어 지주를 쏘아 죽이는데서 사건은 반전한다. 머슴과 박서방은 팔려갔던 아내가 도망쳐 나와 셋이 함께 혁명의 길에 오른다.

이처럼 빈농상을 설정해서 그가 얼마나 가혹하게 학대받는가를 보여주면서도 그 스스로는 역사의식을 지니지 못했으나 끝내 더 이상 도저히 견딜 수 없는 지경에 이르러서야 현실적인 모순을 깨닫도록 만드는 것이 이 계열의 연극 구조이다.

〈딸을 빼앗긴 머슴군〉 역시 머슴이 착취당하다 못해 끝내는 딸까지 지주에게 빼앗겼을 뿐만 아니라 아내마저 죽는 지경에 이르러서야 계급의식의 각성에 아른 것으로 그린다.

김일성의 창작이라는 〈흡혈귀〉도 정미소 주인과 일꾼 사이에서 전개되는 착취의 극한 상태에서 계급의식과 민족의식을 깨우친다는 줄거리이다.

〈젊은 소작농〉 역시 지주의 선심을 기대했다가 결국은 천대 속에서 사회의식을 가지게 되는 과정을 그린다.

이 일련의 연극들은 〈피바다〉와 똑같은 구성을 갖춘다. 빈농이 어렵게 살아가려하나 식민지 현실은 이를 용납지 않은 채 점점 조여 가자 끝내는 항거하게 되고 그 저항은 계급의식의 단계에 이르러 조직적인 투쟁에 투신케 된다는 줄거리이다. 초기의 빈농주인공들이 점점 혁명의식의 강도에 따라 노동자나 직업적인 혁명가상으로 대치되는 모습을 나타내는 데 이런 현상은 〈아버지의 뜻을 이어〉〈혁명가의 아내 수동이 어머니〉〈혁명가의 아내〉 등과 같은 작품에서 그 예를 볼 수 있다. 이들 작품은 가족 중 한 희생자가 나도 다른 가족이 그 혁명정신을 이어받아 투쟁에 나선다는 것을 줄거리로 삼고 있다.

〈아버지는 이겼다〉 역시 아버지가 일본 경관을 물리치고 무기를 탈취했는데 그 기미를 눈치 챈 일경이 어머니와 아들을 위협했으나 끝내 비밀을 지킨 승리담을 그린 혁명극 형식이다. 아버지와 어머니가 희생된 뒤 혁명의 길에 나서는 줄거리인 〈유언을 받들고〉나, 반전 항일 내용을 담은 〈아버지와 남편을 찾는 사람들〉 등은 다 혁명의식의 전 가족 공감대 형성이라는 줄거리를 바탕 삼는다.

한편 일본을 비롯한 서구 제국주의 세력에 대한 비판 역시 신랄한 연극의 주제로 등장했음을 볼 수 있다. 〈승냥이〉는 유격근거지를 습격한 일군들의 잔혹상을 보여주는 한편 뒤이어 이를 격퇴시키는 유격대의 용맹성을 함께 부각시킨다. 이런 일본에 대한 저항의식은 〈승냥이와 여우는 때려잡아야 한다〉에 이르러 영국·미국·일본이 어떻게 하여 조선을 침탈했는가를 보여준 것으로 주목되는 작품이다. 여기서는 이미 미·일간의 조선침략에 대한 비밀협정까지 제기하면서 제국주의의 속성을 밝히고 있어 예언적 문학의 기능이 적중함을 느끼게 한다. 당시만 해도 상당수 조선 독립 운동가들이 미·영을 독립운동 지원 세력으로 알고 있었을 때임을 감안하면 이 연극이 지닌 의미는 증폭될 수도 있다.

일본과 제국주의 세력에 대한 비판의식을 그린 연극에 이어 등장한 것은 일본 침략군의 허위와 기만성 그리고 그 멸망을 예견할 수 있는 허약성을 부각시키는 작품들이었다. 〈경축대회〉는 일군들이 승리를 장담하며 술판을 벌이고 있을 때 혁명군이 기습하여 죽음의 잔치로 바꿔버린 사건을 다루며, 〈게다짝이 운다〉는 일인 경찰서장이 유격대토벌을 떠나자 그의 아내가 가미다나 앞에서 승전을 빌었는데 전사 통지를 받고는 게다짝을 치며 운다는 줄거리로 다분히 풍자성을 담는다.

이 일련의 연극들은 이미 항일의식의 단계를 지나 유격대의 필승을 다짐하는 혁명적 낙관성을 엿볼 수 있게 한다. 그러나 모든 항일혁명 문학작품과 마찬가지로 사건 구조는 지극히 단조로워서 고난-저항-승리라는 전개양식을 갖춘다.

물론 항일 혁명극에는 〈민며느리〉〈깨어진 죽사발〉처럼 반봉건 계몽의식과 자유결혼을 호소하는 내용이나, 중국 민간전설을 토대로 한 〈슬픔이 변하여 기쁨이 되도다〉, 공청의 단결을 주제로 한 〈10월의 결의〉, 유격대와 민중의 유대를 그린 〈소문 만복래〉〈용진〉, 머슴의 생활을 통하여 사회의식을 깨닫도록 하는 〈못난이〉, 농민 아들이 진학을 못한 걸 한탄하는데서 사회인식을 갖게 되는 〈조선의 고학생〉 등 여러 가지 주제를 다룬 작품이 있다.

이 많은 작품들을 여과하면서 항일 혁명극은 〈피바다〉와 함께 3대 명작이라고 일컫는 〈꽃 파는 처녀〉와 〈한 자위단원의 운명〉으로 승화된다. 둘 다 빈농출신 젊은이들이 학대에 견디다 못해 끝내는 혁명전선에 투신하게 된다는 줄거리인데 70년대 이후 주체문예론에 따라 연극에서 소설로까지 재형상화되어 북한의 걸작으로 꼽히고 있다.

4. 정론

이 분야는 무척 낯선 문학형식이다. 그러나 북한은 정론을 문학형식에서 매우 중요시했던 적이 있었다. 특히 항일혁명기에는 다른 어느 형식에 못지않게 정론을 강조했다. 레닌은 정론에 대하여 이렇게 말한 것으로 전한다.

"우리는 마땅히 정론가의 상시적인 사업을 해야 할 것이다. — 즉 현대의 역사를 써야 할 것이다. 그것도 우리의 역사서술이 행동의 현장에서 운동의 직접적 참가자들과 영웅 — 프롤레타리아들에게 응분의 방조를 줄 수 있게 그렇게 쓰도록 — 운동의 확대, 힘을 가장 적게 소비하고 가장 크고 가장 공고한 결과를 얻을 수 있는 투쟁수단, 수법 및 방법의

의식적 선택을 도와줄 수 있게 그렇게 쓰도록 노력해야 할 것이다."

정론이란 문학형식을 북한은 어떤 문학 장르에도 국한되지 않는 논문·기사·편지·일기체 등 모든 것을 포함한다고 정의한다. 따라서 항일혁명문학에서 정론이란 당시의 잡지·신문·단행문·포고문·격문 등을 두루 포함한다고 정리한다. 그 무렵 이 개념에 속하는 신문으로는 『서광』, 『반일보』, 『투쟁』, 『전투일보』 등을 들고 있으며, 잡지로는 『3·1월간』, 『화전민』, 『반일투쟁』, 『전기』, 『적기』 등을 들고 있다.

다른 문학형식과 마찬가지로 여기서도 김일성의 집필이라는 「강도 일제와 조선민족의 처지」, 「조선인민의 확대되는 반일운동을 어떻게 조직할 것인가」 등을 높이 평가하고 있다. 정론문학은 이 때 시가나 연극과는 달리 비교적 논리성을 갖춘 글이기에 반 민생단 투쟁과 혁명투쟁, 공산당 선전사업 등에 주로 유효했다는 것이 북한의 평가이다.

북한은 이런 정론문학의 문장은 "가장 아름답고 가장 친근한 말을 선택"해서 쓴 것으로 평가하는데 이는 선전선동의 기교를 그대로 반영한 주장이라 하겠다.

5. 맺는 말

이상에서 북한의 항일혁명문학에 대한 전개모습을 소략하게 살펴보았다. 이것은 좁은 뜻에서의 항일혁명문학으로 여기서는 당연히 70년대 이후 북한에서 성행하고 있는 항일빨치산 회상록류나, 옛 작품을 재구성하는 문제에 대해서는 언급을 피했다. 엄밀한 의미에서 항일혁명문학은 북한문학의 한 뿌리이자 정통이면서도 그것은 1945년 이전의 것이라고 봐야 하기 때문이다. 그렇다고 이것을 과거의 문학으로 돌려 버리자는 뜻은 아니나 현재적 의미를 재평가하는 데서도 역시 초점은 당시의 원형을 찾는 작업이 선행되어야 한다는 뜻에서 이 글은 좁은 뜻으로서의 항일 혁명문학을 살펴본 것이다.

북한은 우리 근대문학사 이후 사회주의적 미학원칙에 따라 당성·계급·인민성을 모든 예술적 가치기준의 가장 중요한 척도로 삼는다. 그런데 북한은 우리 문학이 당성을 구현한 시기를 처음에는 1920년대 카프문학 운동에서 찾았다. 프롤레타리아 혁명문학을 주창했던 카프는 많은 논란에도 불구하고 근대 우리 문학사에서 처음으로 당성을 구현한 것으로 평가할 여지를 남긴다. 그래서 북한의 문학연구서들은 처음에는 카프문학에 대하여 높이 평가하면서 그 계승으로서의 분단시대 문화적 정통으로서의 한 뿌리를 삼으려 했었다. 그런데 1970년대 이후 북한문학사 서술방법론은 확연히 달라졌다고 말할 수 있다.

카프의 혁명문학 전통론을 강력히 부인하면서 제기된 것이 항일 혁명문학론이다.

　　혁명적 문예전통은 아무 때나 그리고 아무 사람에 의해서나 이룩되는 것이 아니며 모든 민족문화 유산과 온갖 문화전통의 단순한 총화로 이루어지는 것도 아니다.
　　노동계급과 그 당의 주권을 잡은 다음 건설하는 새로운 사회주의적 문학예술이 전면적으로 계승 발전시켜야 할 혁명적 문예전통은 오직 노동계급의 위대한 수령에 의해서만 이루어질 수 있다. (『주체사상에 기초한 문예이론』, 1975)

이어 이 글은 이렇게 말한다. "수령의 영도를 받지 못하고 수령의 혁명사상을 구현하지 못한 문학예술은 공산주의적 사상성을 원만히 구현할 수 없고 당성·노동계급성·인민성의 원칙을 철저히 관찰할 수 없다."

이런 주체사상의 논리는 그 이전까지 당성의 구현문학으로 평가했던 카프문학을 재점검하는 계기를 만들었고 그 결론은 다음과 같이 나타났다.

우리 나라에서는 1920년대의 신경향파 문학이나 1920년대 후반기와 1930년대의 카프문학은 조선문학 발전에 일정한 기여를 하였다 하더라도 김일성 동지가 창시한 주체사상과 혁명노선을 반영하지 못한 것으로 하여 사상적 제한성을 가지고 있으며 따라서 사회주의 문학예술의 역사적 뿌리로 될 수 없다. 혁명적 문예 전통의 순결성을 보장하기 위해서는 또한 혁명적 문예전통을 견결히 옹호고수하며 그것을 헐뜯으려는 경향을 반대하여 날카롭게 투쟁하는 것이 중요하다. (『사회주의 문화건설이론』, 1985)

이로써 카프문학에 대한 근대 우리문학의 정통성은 항일 혁명문학으로 대치됨을 느끼게 된다. 카프의 만주지역으로서의 영향력 측정 같은 연구 작업은 북한에서 초기에는 좀 진행되는가 싶더니 중단되고 말았다. 그 이유는 문학사적 정통으로 주체문학론을 내세운 결과 때문이었다. 그런 이유로 북한은 카프문학을 항일혁명문학의 영향을 받은 것으로 기술하는 경향을 보이고 있다. 이점은 오늘의 북한문학이 지닌 연구방법론에서 가장 궁색한 출구인 것 같으며 특히 한국 독자들에게는 공감대를 확산시키기 어려운 대목이기도 하다. 한국의 일부 논자들은 항일 혁명문학은 나라 밖의 문학으로 이것이 근대문학사의 정통은 될 수 없다고 하는데, 위에서 보았듯이 그 지역성은 비단 만주만이 아니라 국내에서도 제한적이기는 하지만 여러 감옥가를 비롯한 문학형태가 있었음은 부인하기 어렵다. 또한 문학적 정통이란 특히 식민지적 특수성을 고려한다면 오히려 완전식민지가 아닌 지역의 민족문화활동 영역을 정통으로 삼을 수도 있기에 그것은 별 문제가 안 된다고 할 수도 있다. 그러나 카프문학과 항일혁명문학을 비교 검토하여 이를 양립시킬 수도 있는데 어느 한쪽을 다른 한쪽에다 편입시키려 한다면 문제는 달라질 수밖에 없다.

더구나 전통의 계승으로 볼 때 카프문학 세대들이 분단 이후에도 그대로 북한문학의 주류로 활약했었음을 감안한다면 문학사적 정통성의 문제는 앞으로 재검토될 여지를 너무나 크게 남긴다. 차제에 또 한 가지 지적되어야 할 것은 항일혁명문학의 중요성에 못지 않게 한반도에서 완전 식민지 상태의 압박 속에서 살아야만 했던 당대의 민중생활에 대한 반영으로서의 문학을 어떻게 평가하느냐는 문제이다.

그러나 이런 여러 가지 문제에도 불구하고 북한문학사는 항일혁명문학을 그 주체로 삼고 전통성과 한계성을 연계시킨다. 김일성은 이렇게 말한다. "우리가 계승해야 할 유일한 전통은 맑스－레닌주의의 깃발 밑에 근로인민의 이익을 옹호하여 투쟁한 항일 유격대의 혁명전통입니다." 이어 그는 "혁명전통을 계승한다는 것은 그 사상체계를 계승하여 그 작품을 계승하며 그 우수한 사업전통을 계승"하는 것이라고 말한다. 그래서 1975년에 나온 『주체사상에 기초한 문예이론』은 항일혁명문학에 대하여 이렇게 정리한다.

주체사상에 기초한 문예이론은 우리의 문학예술이 혁명적 문예전통을 계승 발전시키는 데서 가장 중요한 문제로 나서는 것은 항일혁명 투쟁 시기에 창작된 불후의 고전적 명작들을 여러 가지 문학예술 형식에 옮기는 것이라는 것을 심오하게 밝혀 주고 있다.

이어 "고전적 명작들을 여러 가지 문학예술에 옮기는 산업을 성과적으로 진행하기 위하여서는 원작에 무조건 충실하여야 한다"고 쓴다. 이 이론에 따라 70년대 이후 북한이 창조한 여러 가지 형태의 작품을 읽는다면 그 정확한 의미를 파악할 수 있을 것이다. 그러나 과연 오늘의 산업자본주의와 산업사회주의 사회의 변혁과정 속에서 항일혁명문학이 얼마나 오랫동안 얼마나 많은 독자들에게 공감대를 유지할 수 있을지는 아직 미지수일 것이다.

당위성과 예술적 현실상황은 반드시 일치하지 않기 때문이다.

『주체문학론』의 서술 체계와 특징

고인환

1. 서론

본고는 『주체문학론』[1)의 서술 체계 고찰을 통해 북한문학 내부의 미세한 균열을 포착하려는 의도로 쓰여진다. '~하여야 한다', '~이 중요하다' 등의 당위적 명제에 다소 거부감을 가지면서 읽은 『주체문학론』은 필자에게 착잡한 느낌을 주었다. 남·북 정상의 만남, 이산가족의 상봉 그리고 정부·민간 차원의 교류가 활발하게 논의되고 있는 지금, 표면적으로는 통일의 분위기가 무르익은 듯이 보인다. 문단 일각에서는 '분단문학'의 시대가 가고 '통일문학'의 시대가 오고 있다는 흥분을 감추지 않고 있다.[2) 그러나 1992년에 발표된 김정일의 『주체문학론』은 북한 체제의 근본적인 변화 가능성의 징후를 보여주지 못하고 있다.[3) 당위적 명제에서 한 걸음만 물러선다면 북한의 '주체문예이론'에 접근하는 것이 그리 간단한 일이 아님을 쉽게 감지할 수 있다. 이미 우리는 주체적 역량으로 이루어내지 못한 해방이 전쟁과 분단으로 이어지는 현대사의 비극적 경험을 갖고 있지 않은가? 『주체문학론』에 접근하는 필자의 마음이 착잡한 이유도 당위와 현실 사이의 거리, 바로 여기에 있다.

해방 이후 북한의 문예학은 1967년을 기점으로 커다란 변화를 보인다. 1967년 이전까지는 마르크스−레닌주의의 유물론적 문예이론을 당의 공식적인 노선으로 채택하였다. 그러나 1967년을 기점으로 북한은 이전의 문예이론을 주체적으로 계승한 '주체문예이론'을 당의 공식 문예이론으로 삼는다. 이후 지금까지 북한의 문학은 주체문예이론이라는 공식틀을 벗어나지 않고 있다.

북한문학을 바라보는 우리의 시각은 이러한 특수성을 고려하여야 한다. 이에 북한문학에 접근하는 데 있어서 주체문예이론 자체를 비판, 거부하기보다는 주체문예이론 내부의 미세한 균열의 징후를 포착하는 작업이 유효하다고 생각한다. 이러한 관점에서 많은 북한문학 연구자들이 1980년대 북한문학에 주목하였다. 주체문예이론의 틀을 크게 벗어나지 않으면서 다소 유연한 시각을 견지한 작품들이 발표되었기 때문이다. 80년대 현실 주제의 북한소설은 일상 생활의 '숨은 영웅'을 형상화한다든지, 애정 문제를 본격적으로 다루거나 북한사회의 관료주의적 속성을 비판하였다. 이는 주체문예이론의 경직성을 내부적으로 반성하는 징표로 해석되기도 하였다.4)

그러나 1980년대 후반의 국제정세와 뒤이은 내부적인 시련은 1990년대 북한문학에 새로운 영향을 끼쳤다. 동구 사회주의권의 붕괴, 그리고 가뭄과 기근은 북한 체제를 근본적인 위기 상황으로 몰고 갔다. 국제적인 고립과 내부적 문제를 해결하기 위해 북한의 문학은 다시 보수적인 경향으로 후퇴하였다. 이에 1990년대 북한문학은 1980년대 문학의 유연성을 확장, 발전시키지 못하고 과거의 주체문예이론을 강화하는 방향으로 나아간다. 그러나 이미 사회주의적 현실 문제를 나름대로 깊이 있게 형상화한 체험을 간직한 북한의 작가들이 주체문예이론의 당위적 명제 앞에 굴복하여 순순히 과거의 작품 경향으로 회귀하지는 않는 듯하다.

　김정일의『주체문학론』은 1980년대 문학의 유연성과 1990년대 문학의 경직성 사이의 이러한 딜레마를 반영한다. 본고에서는『주체문학론』에 나타난 주체문예이론의 미세한 균열을 이 저작의 서술 체계를 따라가면서 고찰한다. 당위와 개성(욕망), 내용과 형식 그리고 사상과 표현 등으로 다양하게 변주되는 이러한 균열의 모습은『주체문학론』을, 더 나아가 오늘의 북한문학을 이해하는 밑거름이 되리라 기대한다.

2. 본론

1) 새로운 시대와 '주체문예이론' 사이의 미세한 균열—제1장 시대와 문예관

『주체문학론』의 첫 장이 '시대와 문예관'이라는 점은 의미심장하다. "새 시대는 주체의 문예관을 요구한다"로 요약되는 이 장은 새롭게 조성된 정세에 대한 북한식의 대응방안을 잘 보여준다. 이는 1990년대의 시대적 상황이 요구하는 절박한 과제를 스스로 반영하는 것이다. 위기의 시대를 대응하는 북한식의 치방진은 과거의 주체문예이론으로 재무장하라는 것이다. 따라서 이 장을 이해하는 핵심은 주체문예이론 내부의 미세한 균열(새롭게 조성된 시대 상황과 주체문예이론 사이의 불균형)을 포착하는 작업이다. 변화된 시대에 능동적으로 대처하려는 고육지책에서 나왔지만 이러한 균열은 북한문학의 변화 가능성을 보여주는 소중한 지표가 될 수 있다.

　김정일에 따르면 '주체적 문예활동방법'이란 "문학예술 창작과 지도에서 나서는 모든 문제를 주체적 립장에서 우리식으로 풀어 나가는 것"을 말한다. 이러한 주체성의 강조는 새롭게 조성된 정세를 돌파하는 데 있어서 '민족적 특성'을 강조하는 방향으로 나아간다. 세계적으로 고립된 스스로의 정치 체제를 유지·보존하기 위해서는 '조선민족제일주의 정신'을 발양시킬 필요가 있는 것이다.

하지만 이러한 요구도 그 자체의 당위성만을 강조한다고 해서 이루어지는 것이 아니다. 우리가 주목하는 부분도 바로 여기이다. 구체적으로 어떻게 이러한 요구를 성취할 것인가? 이 점에서 북한문학은 미세한 균열의 징후를 보여준다.

가령, 김정일은 "문학에서 어떤 인물을 전형으로 내세우려면 일반화의 요구와 함께 개성화의 요구"도 실현하여야 하며, "문학에서 사상성이 없으면 예술성이 없고 예술성이 없으면 사상성도 있을 수 없다"고 말하고 있다. 물론 일반화의 요구나 사상성이 개성화의 요구나 예술성을 규정하는 일차적인 요소라는 단서를 달고 있지만, 개성과 예술성의 중요성을 구체적으로 언급하고 있다는 점은 의미심장하다. 보다 구체적으로 이 둘의 조화를 요구하는 방법이 이어서 논의되고 있기 때문이다.

> 문학의 묘사대상에는 자주성을 위한 인민대중의 투쟁뿐아니라 생활의 모든 분야, 모든 령역이 다 포괄되며 한 작품안에서도 생활분야가 국한되거나 한정되여있지 않고 여러 갈래로 복잡하게 얽혀있다. 문학은 복잡한 인간생활을 그 본래의 모습 그대로 묘사하여야 생활을 다양하고 풍부하게 보여줄수 있다.
> ─ 김정일, 『주체문학론』, 조선로동당출판사, 1992, 19면[5]

> 우리 시대 인간의 높은 혁명성과 뜨거운 인간성을 심오하게 그려내여 사람의 문화정서교양에 도움을 주자면 작품에서 딱딱한 정치적인 술어나 구호 같은것을 라렬하지 말고 현실에 있는 산 사람의 사상과 감정, 생활을 구체적인 화폭으로 생동하게 그려야 한다. (20면)

위의 인용문은 "자주성을 위한 인민대중의 투쟁"과 구체적인 현실의 다양한 감정을 있는 그대로 포착하여야 함을 강조하고 있다. 이는 '혁명성'과 '인간성' 혹은 정치적인 구호와 "산 사람의 사상과 감정, 생활"을 구체적인 화폭으로 생동하게 그려야 한다는 주장으로 변주된다. 예를 들어, "언어와 구성, 양상과 형태와 같은 일련의 형상수단과 형상수법을 다 동원하여야 내용을 충분히 살릴 수 있다"라든가 "사람의 구체적인 성격과 생활에 파고 들어야 하며 그 과정에 정치적 내용이 스스로 우러나오게 작품을 써야 한다" 등의 주장은 앞으로의 북한문학이 이념 중심에서 생활 중심적인 문학으로 나아가는 징후를 보여준다. 철학적인 것과 형상적인 것의 통일을 보장하는 데서 형상보다 결론을 앞세우지 않고 형상에 대한 결론을 독자에게 맡겨야 한다는 주장은 이러한 논의의 연장으로 이해된다.

이렇듯 '제1장 시대와 문예관'은 새롭게 조성된 시대에 대응하는 북한의 수세적 방어 전략을 보여준다. 위기의 시대를 과거의 주체사상에 대한 강조로 극복하려는 의도는 다소 무리한 시도로 보인다. 하지만 이러한 요구를 실현하려는 구체적 방법을 제시하는 부분에서 기존 문예이론의 경직성을 다소 탈피하고 있다는 점에서 긍정적으로 받아들여진다. 현실과 당위의 불균형을 극복하려는 시도는 '제2장 유산과 전통'에서 보다 구체적이고도 현실적으로 제기되고 있다.

2) 민족문화유산의 확장—제2장 유산과 전통, 제3장 세계관과 창작방법

김정일은 새롭게 조성된 정세에 대한 대응 방안으로 앞장에서 '우리식 사회주의'와 '조선민족제일주의' 정신을 주창하였다. 이에 대한 후속 방안으로 그는 '민족문화유산'에 대한 새로운 평가를 하고 있다. '제2장 유산과 전통'은 '민족문화유산'을 확장하는 작업으로 이해할 수 있다.

혁명적 문학예술전통도 민족문화유산 속에서 보아야 한다. (…중략…) 우리의 혁명선렬들은 공산주의자이기 전에 조선민족의 우수한 아들딸들이다. 공산주의 리념은 결코 민족적 리념을 배제하지 않으며 민족적 리념을 떠난 공산주의 리념이란 있을수 없다 (…중략…) 혁명적 문학예술전통을 민족문화유산의 중요한 구성부분으로 보아야 그 전통의 력사적 지위와 가치를 전민족사적인 견지에서 옳게 평가할 수 있으며 민족문화유산의 격도 높일수 있다 (…중략…) 혁명적 문학예술전통은 민족문화유산의 핵이며 중추이다. (60~61면)

물론 "혁명적 문학예술전통은 명실공히 모든 내용을 전면적으로 다 계승발전시켜야 한다"는 단서를 달고 있지만, 이러한 민족문화유산의 확장은 변화된 정세에 대처하는 북한 문예정책의 변화를 암시한다. '혁명적 문학예술전통'과 '민족문화유산' 사이의 정확한 경계선 긋기의 어려움, 그리고 이들 사이의 미세한 균열이 예상되기 때문이다.

이에 대한 구체적 예로써 김정일은 카프문학·신경향파문학·리광수·최남선을 비롯한 근대문학, 실학파문학·최치원·리규보·김시습·정철·허균·김만중·『춘향전』·『흥부전』·『심청전』·민요·시조·궁중예술 등의 정확한 평가를 당부하고 있다. 이러한 발언은 "자라나는 새 세대들에게 민족의 긍지와 자부심을 안겨" 주기 위해서이고 또한 "영광스러운 로동당 시대의 문학예술사에 훌륭한 작품"들을 많이 기록하기 위해서이다.

이러한 태도는 의식하든 의식하지 않든 '혁명적 문학예술전통'만으론 새로운 시대의 문예이론을 이끌어 나갈 수 없다는 인식이 깔려 있다고 보아야 한다. 1993년 봄 강동지역에서 출토된 단군릉의 재건을 국가적 사업으로 도모한 예도 이런 입장에서 이해될 수 있다. 물론 이러한 '민족문화유산'에 대한 재평가는 '주체문예이론'의 강화를 목적으로 시도되었다. 하지만 역으로 '민족문화유산'의 확장을 주체문예이론의 미세한 균열, 즉 한계를 암시하는 징후로도 읽을 수 있는 것이다.

'제3장 세계관과 창작방법'에서 김정일은 '주체사실주의'의 세계관과 창작방법에 대해 서술하고 있다. 그는 주체사실주의는 "선행한 시대와 구별되는 새로운 력사적 시대, 억압받고 착취받던 인민대중이 력사의 주인으로 등장하여 자기 운명을 자주적으로 개척해 나가는 자주시대의 요구"를 반영하여 나왔다고 주장한다. 이어 그는 '사회주의적사실주의'와 '주체사실주의'의 차이점을 분명하게 하고 있다.

> 사회주의적 사실주의는 유물변증법적 세계관에 기초하고 있지만 주체사실주의는 사람중심의 세계관, 주체의 세계관에 기초하고 있다. 주체의 세계관은 세계의 시원문제가 유물론적으로 해명된 조건에서 세계에서 사람이 차지하는 지위와 역할 문제를 철학의 근본문제로 새롭게 제기하고, 사람이 모든 것의 주인이며 모든 것을 결정한다는 철학적 원리를 밝힘으로써 사람중심의 철학적 세계관을 확립하였다. (95면)

김정일은 '주체사실주의'와 선행한 '사회주의적사실주의'의 관계에서 독창성을 기본으로 하면서 계승성을 결부시켜 보는 것이 중요하다고 주장한다. 주체사실주의는 사회주의적 내용을 민족적 형식에 담을 것을 요구한다. 여기에서 사회주의적 내용은 민족문화유산으로, 민족적 형식은 혁명적문학예술 전통으로 이해할 수 있다. 이에 따르면 주체사실주의는 민족문화유산을 혁명적 문학예술전통의 형식으로 계승하는 것이 된다. 카프와 신경향파문학에 대한 재평가를 혁명적 문학예술전통의 확장으로 해석할 수 있는 근거도 바로 여기에 있다.

하지만 김성일은 1970년대에 이르러 주체의 문학예술은 선행한 사회주의적 사실주의와 확연히 구별되는 주체적 문학예술로서의 새로운 성격과 체모를 완전히 갖추게 되었으며, 그 독창성과 위력을 온 세상에 남김없이 과시하게 되었다고 주장함으로써, 1970년대와 1990년대 사이의 변화된 정세를 인정하지 않고 있다. "세월이 흐르고 시대가 발전할수록 문학예술에 담아야 할 내용이 더욱 풍부해지고 새로워지는 것만큼 그에 상응하게 끊임없이 새로운 민족적 형식이 탐구되여야 한다"는 발언이 다소 공허하게 들리는 이유도 여기에 있다.

3) '사회정치적 생명체'와 문학의 형상화 문제
— 제4장 사회정치적 생명체와 문학, 제5장 생활과 형상

김정일은 '제4장 사회정치적 생명체와 문학' 첫머리에서 시대를 대표하는 새로운 계급이 출현할 때마다 문학의 기본 형상대상은 바뀌었지만, 자주시대에 이르러 문학은 영원히 변함 없는 복무대상을 갖게 되었다고 선언한다. 그것이 바로 "역사의 자주적인 주체인 사회정치적 생명체"이다. 이는 수령, 당, 대중의 통일체이다.

이어 그는 사회정치적 생명체의 지향과 요구는 수령의 사상에 집대성되어 있다고 주장하면서 수령 형상을 창조하는 것이 문학의 지상과업이라 말한다. 그는 "수령을 구체적인 인물로 그리면서도 개인으로 형상하지 말아야 한다"는 특수한 사정으로 하여 수령을 형상하는 작품은 자기의 고유한 생리가 있다고 말한다.

> 수령의 형상과제는 일반주인공의 형상과 다르며 력사에 이름 있는 걸출한 위인이나 영웅의 형상과제와도 다르다. (142면)

> 개별적 사람의 사회적 지위와 역할을 얼마든지 다른 사람이 대신해줄 수 있지만 수령의 지위와 역할은 누구도 대신할 수 없다. (143면)

> 문학의 일반적 요구를 철저히 지키면서도 수령을 형상하는 작품에 고유한 생리를 특색 있게 살리는 데 작가의 재능이 있고 형상을 성공에로 이끄는 비결이 있다. (149면)

수령 형상을 창조하는 작업에서 나타나는 개성과 전형 사이의 미묘

한 긴장은 당의 위대성과 주체형의 인간을 전형화하는 과제에서 보다 구체적으로 제시되고 있다. 당과 당일꾼을 형상하는 데 있어서 김정일은 특히 격식화된 틀을 경계하고 있다. 가령 기념일을 계기로 내보내는 헌시도 시인만큼 거기에는 서정적 주인공의 남다른 얼굴이 있어야 하고 시인만이 노래할 수 있는 독특한 세계가 있어야 한다는 것이다. 또한 당일꾼의 형상은 당일꾼이기 전에 인간으로 그려져야 하며 개성적으로도 다양하고 생신하게 그려야 한다는 것이다.

> 주인공의 내면세계를 깊이 있게 그려야 세상에서 가장 아름답고 고상한 주체형의 인간전형인 충신의 성격적 특성을 옳게 밝힐 수 있고 인간적 풍모를 선명하고 풍만하게 보여줄 수 있다. (165면)

인물의 내면세계는 생활에 바탕을 두고 있으며 생활을 통하여 발현된다는 것이다. 따라서 "라열식이 아니라 립체적으로", "일면적으로가 아니라 다면적"으로 그려야 한다는 것이다. 숨은 영웅과 숨은 공로자에 대한 형상화는 이러한 요구에 부합한다.

> 우리 시대의 영웅을 형상화하는 데서 그들이 처음부터 영웅적 기질을 타고난 기상천외한 인물이 아니라 평범한 출신의 근로자이며 직장과 가정에서 날마다 사람들과 함께 일하며 살고 있는 보통인간이라는 것을 잘 보여주어야 한다. (170면)

이러한 인물을 형상하는 데 있어서 요구되는 것이 개성적 특성을 생동하게 그리는 것, 성격과 생활을 여러 모로 입체적으로 묘사하는 것, 기질적 측면을 무시하여서는 안 된다는 사실이다. 같은 세계관을 가진 사람이라 하여도 그 세계관이 서로 다른 다양한 기질에 굴절되면 성격이 서로 구별될 수 있기 때문이다.

'제5장 생활과 형상'은 '종자'에 대한 올바른 이해를 강조하면서 시작된다. 김정일에 의하면 종자는 "작품의 형상을 이루는 모든 요소를 규제하고 통일시키며 이끌어 나가는 유일한 중심"이다. 이러한 종자, 즉 생활의 사상적 알맹이를 탐구하는 과정은 현상으로부터 본질에로 파고드는 과정이다. 이러한 종자에 대한 강조에 이어 "성격문학이냐 사건문학이냐", "형상의 힘은 진실성과 철학성에 있다", "문학의 지성세계를 높여야 한다", "구성이 좋아야 작품이 산다", "언어형상에 문학의 비결이 있다" 등의 구체적 문학론을 전개한다. '종자'에 대한 강조와 일상생활을 반영하는 문학 사이의 미묘한 긴장은 '제5장 생활과 형상'의 이러한 연역적 추론의 과정을 요구한 것이다.

> 작품에 펼쳐진 생활이 현실생활과 같으면 진실한 것이고 다르면 진실하지 못한 것이다. (196면)

> 생활을 진실하게 반영하는가 못하는가 하는 문제는 작가의 생활체험이 얼마나 깊은가 하는 데 따라 많이 좌우된다. (197면)

> 문학작품에서는 생활을 진실하게 그리면 그릴수록 철학성이 더욱 깊어지며 화폭속에 의의 있고 심오한 사상이 구현되면 될수록 진실성이 더욱 철저히 보장된다. (…중략…) 철학적 깊이가 있는 종자를 골라잡는 것은 작품의 철학성을 담보하는 선결조건이다. (200면)

진실성과 철학성은 현실을 사실적으로 재현하는 데에 달려 있다. 그러나 철학성은 "철학적 깊이가 있는 종자를 골라잡는 것"에 의해 담보된다는 발언은 이와 어긋난다. 다시 말하면 현실을 진실하게 반영하는 과정에서 철학성이 담보되는 것이지, 철학적 종자를 골라잡는 행위 그 자체만을 통해 철학성이 보장되지는 않기 때문이다.

이러한 자체 모순은 "리성적인 것과 감성적인 것의 통일"에서도 그대로 드러난다.

지성도가 높다낮다 하는 것은 작품에 보통사람들이 알고 있는 것보다 얼마나 더 깊고 풍부한 지식이 담겨져 있는가, 사람들이 경탄하고 높이 올려다볼 만한 고상한 미의 세계가 개척되였는가, 형상기교와 문화수준이 어느 정도인가, 한마디로 말하여 작품의 세계가 높은가 낮은가 하는데 따라 결정된다. (…중략…) 문학작품은 적어도 생활을 그리는 수준이 보통상식에서 훨씬 벗어져야 하며 사상적으로 건전하고 예술적으로 고상하여야 한다. (202~203면)

작가는 독자를 가르치는 사람이다. 사람들을 가르치자면 그들보다 아는 것이 많아야 한다. (206면)

김정일은 문학작품의 지성도를 높이는 데 있어서 "리성적인 것과 감성적인 것의 통일이 중요하다"고 강조하면서도, 뒤이어 "감성적인 요소는 리성적인 요소의 주도적 작용을 떠나서는 작품의 사상 예술성을 높이는 데 아무런 기여도 할 수 없다"라고 주장함으로써 스스로 감성적인 요소의 비중을 깎아 내린다. 이는 위의 인용에서 드러나는 바와 같이 그의 문예관이 계몽에 바탕하고 있기 때문이다. "작가가 독자를 가르치는 사람이다"라는 논리는 그가 앞장에서 주장한 "우리 인민들이 최고다" 또는 "인민은 가장 진실한 독자다"라는 주장과 상반된다. 이러한 논리적 모순은 당위적 명제와 구체적 형상 사이의 골 깊은 주체문예이론의 내부적 갈등의 발현이라 할 수 있다.

김정일은 언어 형상의 문제를 언급하는 부분에서도 "작가는 언어문제가 단순히 작품의 형상문제인 것이 아니라 자기 민족, 자기 인민의 자주성과도 관련되는 문제라는 것을 깊이 명심하고 언제나 주체적 립장에서 어휘를 고르고 문장을 다듬어야 한다"고 주장한다. 이러한 당위적 명제를 전세한 후, 그는 "백 마디의 말로도 대신할 수 없는 함축되고 명백한 표현", "개성적이고 참신한 표현의 탐구" 그리고 "자기식의 독특한 문체 확립" 등을 요구한다. "작가는 그 누구도 모방할 수 없는 자기의 얼굴, 자기의 고유한 언어밭을 가지고 문단에 나서야 한다"는 것이다. 그리고 마지막으로 언어 구사의 비결은 전적으로 작가의 재능에 달려 있다고 말한다. 그러나 이러한 주장이 민족, 인민의 자주성을 발현시키는 주체적 관점(당위적 문제)과 작가 스스로의 독창적이고 개성적인 문체(개인의 욕망) 사이에 가로놓인 심연을 이어 주지는 못하고 있다.

4) 당의 령도와 창작실천—제6장 문학형태와 창작실천, 제7장 당의 령도와 문학사업

'제6장 문학형태와 창작실천'에서 김정일은 시, 소설, 아동문학, 극문학 등의 형식과 창작실천에 대해서 구체적으로 언급하고 있다. 시문학에서는 당의 정책적 요구와 서정성을 조화시키는 문제를 주로 논의하고 있다.

> 시문학의 서정성을 높이자면 시인의 개성적인 얼굴을 뚜렷이 드러내는 것이 필요하다.
> 시의 서정은 시인 자신의 정서를 직접 표현하는 주정이다. (228면)

> 시에서는 서정적 주인공의 모습이 뚜렷하여야 하며 다른 사람이 대신할 수 없는 독특한 정서세계가 펼쳐져야 한다. (229면)

그러나 "다른 사람이 대신할 수 없는 독특한 정서세계"와 당의 정책적 요구를 어떻게 조화시킬 것인가, 인간 생활을 떠나 순수 자연을 찬미하는 시와 아름다운 자연을 통하여 거기에 비긴 인간 세계를 깊이 있게 드러내는 작품을 어떻게 구분할 것인가의 문제는 여전히 미해결의 과제로 남는다. 이러한 구체적인 문제를 깊이 있게 천착할 때 북한의 시문학은 이념과 서정 사이의 간극을 어느 정도 좁힐 수 있을 것이다.

김정일은 소설 속에 형상화된 생활은 "시대와 사회의 본질이 반영된 전형적인 생활이며 작가의 발견이 깃든 새롭고 특색 있는 생활"이라고 주장한다.

> 도식은 문학과 독자 사이를 갈라놓은 장벽이다. 작가는 온갖 도식에서 벗어
> 나 저마다 새로운 것을 들고나와야 한다. (244면)

그러나 이러한 장벽은 주체문예이론 자체의 도식성이 아니라 소설
창작 기법과 관련된 도식성이다. 이어 그는 "다주인공을 설정하는 수
법", "주인공을 감추어 놓고 형상하는 수법", "부정적 인물을 중심에 놓
고 형상하는 수법", "인물의 심리를 기본으로 펼쳐 나가면서 생활을 묘
사하는 수법", "랑만주의 수법" 그리고 "벽소설 같은 짧은 형식, 서한체,
일기체, 추리소설, 탐정소설, 실화소설, 환상소설, 의인화의 수법으로 엮
어진 소설, 운문소설, 지능소설" 등 다양한 기법과 형식을 소개하고 있
다. 이러한 기법과 형식의 도식 배제가 곧바로 주체소설의 도식성을 극
복하는 계기가 될 수는 없다. 하지만 다양한 기법과 형식의 실현이 주
체소설의 내부에 조그마한 균열의 징후로 기능할 수는 있다. 이러한 징
후에 대한 탐색과 발견이 소중한 이유도 바로 여기에 있다.

『주체문학론』에서 특히 주목하고 있는 영역은 아동문학이다. 아동들
은 새 시대를 이끌어 갈 주역이기 때문이다. 이러한 아동문학에 대한
논의에서도 여지없이 내용과 기법 사이의 균열이 감지된다.

> 작가는 아동문학을 우리 당의 정책과 우리 나라 어린이의 특성에 맞는 우리
> 식 문학으로 발전시켜야 한다. (254면)

이러한 당위적 명제에 이어 김정일은 구체적인 기법 차원에서 아동문
학의 형상화 문제를 언급하고 있다. 아동문학은 작품에 재미가 있어야
하며, 사상을 논리적으로 주입하려 하지 말고 흥미 있는 형상 속에서 감성
적으로 받아들이게 하여야 하며, 변화무쌍한 행동성과 강한 운동감이 느
껴져야 한다는 것이다. 또한 될수록 쉬운 말과 표현을 써야 한다.

아동문학에서는 의인화된 수법과 환상, 과장, 상징을 비롯한 이미 있는 수법을 다양하게 리용하는 한편 새로운 형상 수법과 기교를 대담하게 창조하여야 한다. (256면)

이러한 당위와 형상 사이의 괴리는 '주체문예이론'의 미래를 보여주는 징후로 기능할 수 있다. 이어 김정일은 "문학의 모든 형태를 다양하게 발전시켜야 한다"고 주장하고 있다.

김정일은 극문학, 텔레비죤문학, 평론문학 등 다양한 형태의 문학을 언급하면서 '그것을 발전하는 현실의 요구와 인민의 미감에 맞게 끊임없이 혁신해 나가는 것'이 중요하다고 강조한다.

우리는 력사적으로 이루어진 기성형태나 새로 창조하는 형태나 할것없이 모든 형태의 고유한 특성을 뚜렷이 살려 주체문학의 화원을 더욱 풍만하고 다채롭게 장식하여야 한다. (267면)

'제7장 당의 령도와 문학사업'에서는 문학에 대한 당의 지도와 문학조직에 대하여 논의하고 있다. 마지막으로 주체문예론의 정당성을 강조하고 있는 것이다. "문학사업에 대한 정책적 지도와 형상적 지도를 옳게 결합시켜야 한다"는 명제 하에 이 장에서 김정일은 "창작지도를 행정실무화하지 말아야 한다"고 강조한다. 행정실무화는 문학사업에서 관료주의, 주관주의를 낳는 주되는 요인이며 문학운동을 억제하는 장애물이라는 것이다.

『주체문예론』의 첫장이 '시대와 문예관'이라는 점을 상기한다면, 이 마지막 장은 주체문예론을 현실 속에서 어떻게 실현시킬 것인가 하는 문제를 구체적으로 강조하고 있다. 이러한 수미쌍관적인 구성은 새롭게 조성된 시대에 대응하는 주체문예론의 자의식을 역설적으로 반영하고 있다.

3. 결론

이상으로 김정일의 『주체문학론』을 '주체문예이론' 내부의 미세한 균열에 초점을 맞추어 일별해 보았다. 『주체문학론』은 1960년대 후반에서 1970년대에 걸쳐 확립되어 1980년대 다소 유연하게 전개된 주체문예이론의 1990년대 판 중간 결산이라 할 수 있다. 특히 1980년대 북한문학은 전일화된 유일사상체계에 대한 반성으로 전개되었다는 점에서 주목을 요한다. 이에 『주체문학론』은 북한문학 내부의 '변화하고 있는 것'과 '변하지 않는 것' 사이의 미세한 긴장을 보여준다. 이는 당위와 욕망, 혁명과 일상, 이념과 기교, 내용과 형식 등으로 변주되면서 다양한 스펙트럼을 보여준다.

이제 북한문학은 어디로 갈 것인가? 쉽게 예상하기는 어렵지만 이러한 균열은 더욱 심화될 것으로 보인다. '현실'과 '절대정신' 사이의 줄타기로 요약할 수 있는 『주체문학론』은 '주체문예이론'의 자의식, 더 나아가 북한 체제의 자의식을 유추할 수 있는 각주의 역할을 한다.

자의식은 스스로에 대한 객관적 거리를 바탕으로 형성된다. '주체문예이론'의 자의식은 스스로를 타자화하는 아픔, 즉 타자(개방)를 통한 스스로의 위상 정립과 맞물려 있는 절대절명의 과제 속에서 형성될 것으로 보인다. 이러한 자의식의 징후는 『주체문학론』을 통해 암시적으로 드러난다. 예컨대 '민족문화유산'에 대한 재평가는 '혁명적 문화유산'에 대한 타자화에 기여할 것이며, '기질', '개성'에 대한 강조는 '주체문예이론'의 이념성에 미세한 균열로 작용할 것이다. 이러한 흐름에 대한 지속적인 탐색은 북한문학 내부의 과제일 뿐만 아니라 통일문학을 준비하는 남한문학의 실질적 과제이기도 하다.

주석

1) 김정일, 『주체문학론』, 조선로동당출판사, 1992.

2) 강만길·김경원·홍윤기·백낙청, 「좌담, 통일시대를 어떻게 살아갈 것인가」, 『창작과비평』, 2000년 가을.

3) 『주체문학론』이 발표된 시기인 1992년과 현재를 비교할 때, 북한은 정치적·경제적·문화적으로 적지 않은 변화를 겪었다. 그러나 북한의 문예정책은 큰 차이를 보여주지 않고 있다. 따라서 『주체문학론』을 통해 북한의 문예정책, 더 나아가 북한 체제의 변화가능성을 탐색하려는 시도는 여전히 유효한 작업이라 생각된다.

4) 김재용은 1980년대 현실 주제의 북한소설은 북한 당대 현실 내에서 제기되는 절실한 문제들을 폭넓게 다룬다는 점에서 북한 사람들의 진지한 관심과 사랑의 대상이 되고 있다고 지적한다(김재용, 「1980년대 북한 소설의 특징과 문제점」, 『북한문학의 역사적 이해』, 문학과지성사, 1994, 271면 참조).

5) 이하 인용문은 출전은 생략하고 쪽수만 표시한다. 인용문의 철자법은 원문 그대로 표시하는 것을 원칙으로 한다.

1970~80년대의 북한의 서정시 고찰
주체적 시 창작 이론을 중심으로
염철

1. 북한문학과 만나는 일

북한문학을 이해하기 위해 우리는 첫째, 그들의 문학이 우리와는 다른 사회적 상황 하에서 창작된다는 점, 둘째, 그들 사회의 변화 양상에 따라 그들의 문학도 일정 정도의 변화를 겪게 된다는 점, 셋째, 우리에게 그토록 획일적인 것으로 보이는 그들의 문학이 그 사회 내부에서는 문학적 감동을 불러일으킬 수 있다는 점 등을 고려해야 한다. 사실 이것들은 별개의 문제라기보다는 북한사회가 처한 특수한 상황에서 파생된 하나의 문제라 해도 과언이 아니다.

이러한 점을 고려하면서 본고는 1970~1980년대의 북한의 서정시에 대해 살펴보고자 한다.

류만에 의하면 1970년대를 전후한 이 시기는 "당의 유일사상 체계를 튼튼히 세우며 사회주의 완전 승리와 온 사회의 주체사상화를 위한 투쟁 속에서 우리 시문학의 일대 전성기가 준비되고 활짝 펼쳐진 시기"에 해당한다.1) 그는 이 시기 시문학 발전의 특징적 현상으로 첫째, 송가 문학의 활발한 창작, 둘째, 당 정책을 민감하게 반영하여 현실 주제의 폭과 깊이 의 확대, 셋째, 주제 영역의 확대와 시문학의 다양성 확보 — 금강산·묘향산 등에 대한 시초를 비롯하여 서정시·풍경시 등의 창작이 활발해짐 — 등을 들고 있다.

류만에 의하면 시문학의 이러한 양적·질적 성장은 60년대까지의 일부 시문학 작품(필자가 보기에 거의 대부분이라고 할 수 있지만)이, 시대 정신과 현실 반영에 대한 협애한 이해로 말미암아, '도식성, 유사성, 산문화, 미화 분식'과 같은 그릇된 창작 경향을 보였던 것에 대한 반성으로부터 비롯한다. 다시 말해서 도식성·유사성·산문화의 문제를 극복하고 진실성을 확보하는 것이 "전반적인 시문학 건설의 견지에서뿐 아니라 1970년대 시창작에서 일대 앙양을 일으켜 나가는 데" 있어 핵심적 과제로 설정되었던 것이다.2)

서정시에서 예술적 형상성의 제고 문제는 1960년대 초반부터 줄기차게 제기되어 온 문제이다. 김하의 「서정시에서 제기되는 몇 가지 문제」3)나 정서춘의 「시의 형상성을 결정적으로 제고하자」4) 등은 모두 이전 시대의 서정시가 사상적 측면을 지나치게 강조한 나머지 시대 정신을 올바르게 형상화하지 못하고 있다고 비판하면서 서정시의 형상성 제고 문제를 강력하게 촉구하고 있다.

이상숙은 이에 대해 1967년을 기점으로 하여 이전 시기는 천리마의 전형 창조가 강조된 반면, 이후 시기는 주체적 인간 전형의 창조가 강조되고 있다는 점에서 차이를 드러낼 뿐 구체적인 창작 방법에 대한 요구는 동일하다5)고 주장한다. 하지만 우리는 이 문제가, 앞에서 인용한 류만의 글에서도 확인할 수 있는 것처럼, 1967년 이후의 북한 시문학에서 더욱 더 강조되었다는 점을 간과해서는 안 된다.6)

이와 관련해 이 시기 북한의 시문학을 이해하려면 우리는 당시의 북한 문예 정책을 김정일이 주도하였다는 사실에 주목할 필요가 있다.

김정일은 4·15창작단을 비롯한 여러 창작단을 조직하여 새로운 창작 흐름을 주도하였을 뿐만 아니라 이후 북한문학의 이론적 체계를 세우는 데에도 결정적 역할을 수행한다. 그는 1960년대 중엽부터 '혁명적 영화예술창조 사업'을 지도하기 시작했으며, 1970년대 초부터는 '새 시대의 혁명문학건설'에 깊은 관심을 보임으로써 주체문학의 성립 과정에서 주도적인 역할을 담당해 왔다.[7]

우리는 김정일이 문예 정책의 전면에 나섰다는 사실을 수령론에 입각한 후계 구도의 완성이라는 북한의 정치적 상황과 관련하여 간단하게 설명해 버릴 수도 있다. 또한 김윤식이 언급한 것처럼 "당의 정책이 모든 분야에서 특히 정치성이 강조될 때는 문학예술 책은 종자이론의 일방적 강조로 펼쳐진다. 그러나 만일 당의 정책이 정치쪽보다 창의성을 요청하는 쪽으로 기울면 문학예술정책은 예술성 강조로 나타나는 것"[8]인데 이 시기의 북한문학이 예술성을 강조하는 쪽으로 기울어 있었다고 이해해 버릴 수도 있다.

하지만 우리는 김정일이 문예정책을 주도하면서 이전 시대에 비해 상대적으로 문학의 예술성이 강조되었으며 ─ 그렇다고 하더라도 북한문학의 핵심적 요소가 사상성이라는 점을 부정할 수는 없지만 ─ 이에 따라 시문학도 일정 정도의 양적, 질적 성장을 이루었다는 점에 주목해야 한다. 특히 김정일이 주체문학론을 체계화하면서 시의 형상성 제고 문제를 포함한 문학예술에서의 사상 예술성 고양 문제에 지속적인 관심을 보였다는 사실은 이 시기 북한문학을 이해하는 중요한 단서를 제공한다.

따라서 본고는 주체의 시 창작이론을 중심으로 1970~1980년대 북한의 서정시가 어떠한 양상을 보이고 있는지를 살펴볼 것이며, 나아가 이 시기 시문학의 핵심적 과제인 유사성과 도식성의 극복 문제를 검토하도록 하겠다.

2. 주체적 시 창작 이론

1) 시의 서정성

1990년 11월에 출간된 장용남의 『서정과 시 창작』에 의하면 주체적 시 창작 이론에서 가장 중요한 시의 특성은 '서정성'이다. 그는 김정일이 서정시론을 과학적으로 체계화했음을 강조하면서 "친애하는 지도자 동지께서 밝히신 바와 같이 시문학의 고유한 특성은 풍부한 서정성"이라고 밝히고 있다.[9]

그에 의하면, '서정성'이란 소설 문학에도 있고 극문학에도 있는 것이지만, "시문학은 서정성이 어느 문학 형태들보다 풍부하며 현실을 객관적으로 반영하는 것이 아니라 현실에 대한 정서적 체험에 의해 환기된 시인의 사상 감정을 직접 정서적으로 표현하는 서정적인 묘사 방식으로 창작"[10]된다는 점에서 여타의 문학장르와 구별된다고 한다.

장용남은 서정성이 "시문학의 본성을 이룰 뿐 아니라 사람들에게 정서적 공감을 불러일으키는 시작품의 미학적 견인력을 담보하는 요인"[11]이라고 말한다. 따라서 시에서 서정성을 높이는 것은 시의 예술성을 높이는 매우 중요한 요소가 아닐 수 없다. 이와 관련하여 김정일은 『주체문학론』에서 시의 서정성을 어떻게 고양할 것인가 하는 문제를 체계적으로 정리하고 있는데, 이는 다음 절에서 보다 자세히 살펴보도록 하겠다.

시에서 서정이란 단순한 감정의 산물이 아니라 "감정과 사상적인 지향을 결합시킨 형상적 사유의 산물"[12]이어야 한다. 왜냐 하면 정서란 항상 일정한 사상과 함께 생겨나고 드러나기 때문이다. 여기에서 사상은 "개별적 사물 현상에 대한 구체적인 계기들에서의 체험과정에 나타나는 감정의 표현인 만큼 사상을 포섭하고 있는 생활의 개별적 대상에 대한 정서적 표현을 요구"하므로 "정서적 표현이 없이는 생활 속에 체현된 시인의 태도와 립장이 나타나지 못하며 그것은 생활현상 그 자체와 다름이 없다. 따라서 시에서의 사상은 정서 발현의 요인이며 곧 시적 대상"13)이라고 보았다.

따라서 시의 사상은 '시대정신을 정서적으로 반영'한다. 소설작품이나 극작품에서는 등장인물들의 성격과 생활, 벌어진 사건에 대한 처리를 통해 시대의 지향과 염원이 반영되지만 시에서는 시인이 체험한 하나의 사상을 심오하게 파고 들어가 시대정신을 반영한다는 것이다.14)

그런데 장용남이 말하고 있는 바 "우리 시대의 주도적인 사상 감정인 인민들의 념원과 의지, 신념 등에서 핵을 이루는 것은 위대한 수령 김일성 동지와 친애하는 지도자 김정일 동지를 영원히 높이 우러러 모시고 흠모하며 끝없는 충성심과 지극한 효성을 지닌 충신이 되고 효자가 되려는 티없이 맑고 깨끗한 사상 감정"15)이므로 서정시의 가장 큰 존재 이유도 바로 여기에 있는 것이라 하겠다.

또한 시의 사상은 '생활의 개성적인 표현 과정'에 나타난다. 원래 인간이 간직하고 있는 사상은 생활과정에 현실적으로 드러난다. 따라서 시에서 구체적인 대상에 체현되지 않은 사상은 추상적이며 그것은 정서의 대상으로 될 수 없다는 것이다. 왜냐하면 추상적인 사상은 정서적 표현을 필요로 하지 않기 때문이다.16) 이는 곧 생활 감정에 충실한 표현이 개성적인 표현이라는 논리이다.

결론적으로 말해 북한의 서정시론은 '서정성'을 그 특징으로 하고 있다. 서정성은 사상과 감정의 결합으로 표현되는데 사상이 시대 정신을 반영하므로 서정시도 시대 정신과 밀접하게 관련된다. 이 때 '우리 시대(유일 사상 확립 시기)'의 주도적인 시대 정신이 '어버이 수령과 친애하는 지도자 동지, 그리고 당에 대한 충성'을 드러내는 것이므로 모든 서정시는 이를 위해 복무해야 한다는 것이다.

시의 서정성 문제에서 우리가 주목해야 할 점은 바로 '서정적 묘사

방식'이다. 이는 '인민성'의 원칙과 밀접하게 관련된 것으로 북한 시문학이 끊임없이 유사성과 도식성의 문제를 제기하는 중요한 요인이라 보여진다. '서정적 묘사 방식'이란 시인의 사상 감정을 '직접' 정서적으로 표현하는 시 창작 방법을 말한다. 그런데 이러한 창작 방법은 시적 표현의 참신성―그들에 의하면 부르주아 미학이라고 불려질―을 얻는 데 상당한 한계를 지닐 수밖에 없기 때문이다. 물론 정서를 직접적으로 표현한 것들이 모두 진부하다거나 문학적 감동이 떨어진다고 볼 수는 없다. 또한 그들이 '직접'이라는 표현으로 의미하고자 하는 바 역시 시적 형상화를 통한 깊이의 획득과 관련된 것이기는 하다. 그러나 그러한 시적 깊이는 시인의 독특한 시적 표현들과 만날 수 없을 때 금방 상투적인 것이 될 수밖에 없는 것이다.

이밖에도 시문학은 '진실성·독창성·음악성' 등을 그 특성으로 갖는다. 이러한 특성들은 모두 서정성과 상호 유기적 관계를 맺고 있는 것들로서 서정성을 살리기 위해 필연적으로 요구되는 특성들이다.

2) 시의 진실성

북한의 시문학에서 진실성의 문제는 예술성의 획득이라는 측면에서뿐만 아니라 인민성의 원칙을 구현하는 데 있어서도 중요한 시적 요소 중의 하나이다.

> 예술의 참다운 힘은 생활의 진실을 밝히는 데 있습니다. 진실은 누구에게나 명백히 납득되고 공감되기 마련입니다. 예술에서 진실성을 생명이라고 하는 리유가 바로 여기에 있습니다.[17]

> 문학예술작품은 여러 가지 형식을 통하여 생활을 '진실'하게 반영함으로써

만 사회주의적 내용과 민족적 형식의 옳은 결합을 실현하고 시대의 요구와 인민의 지향에 맞는 높은 사상 예술성을 구현하여 그 기능과 역할을 높일 수 있다. 인민들의 생활과 투쟁을 생동하고 심오하게 그려 내고 그들의 지향과 념원을 정당하게 반영한 문학작품이라야 근로자들의 심금을 울릴 수 있으며 그들의 열렬한 사랑을 받을 수 있다.[18)

예술에서의 진실성은, 그것이 생활의 진실을 표현함으로써, 누구에게나 명백히 납득되고 공감된다는 점에서 생명과 같은 요소이다. 그런데 시에서 서정이 생명이라면 그 생명을 낳는 것은 인간의 사상 감정을 진실하게 정서적으로 표현하는 것이므로 시에 서정이 없으면 시가 아닌 것처럼 시에 표현되는 생활 정서가 진실치 못하면 서정이 없게 된다는 것이다.

이와 같은 관점에서 장용남은 평양에서 열렸던 제13차 세계 청년 학생 축전에 참여했다가 국가 보안법 위반 혐의로 중형을 받은 전대협 대표 임수경을 생각하면서 지은 백인준의 「그리움」이라는 시를 두고 진실성이 뛰어난 작품이라는 평가를 내리고 있다.

> 그리움! / 그리움은 그 어디에서 오기에 / 이렇게도 멀게만 느껴지는가 / 그리움은 심장 속에 있으련마는 / 멀기도 하여라 네가 있는 곳 / 분계선 너머 구름 너머 서울에서도 / 또 다시 철창 너머 구치소 안에 …… / 그리운 수경아, 사랑하는 나의 딸아! / 너를 이렇게 부른다 탓하지 말아다오 / 내 너를 만나본 일도 / 단 한번 악수해본 적도 없다만 / 너를 이렇게 부름은 / 내가 나이 많아서만이 아니로구나 / 내 이렇게 네가 그리워 / 한낮에도 한밤에도 문득 그리워 / 멀리 남녘 하늘 바라볼 때에 / 구치소 앞에서 가슴 태우는 / 너의 친부모의 그 마음과 / 꼭 같다고야 어이 말하랴만은 / 그러나 결코 내 마음도 / 그만 못지는 않아라 / …… / 너 또한 철창 안에서 밖을 그리며 / 멀리 북을 우러러 우리들을 생각하리니 / 혹시 철창 너머 바람 소리 들리면 / 우리들이 너 찾는 줄 생각하여라 / 혹시 한밤중에 어쩌다 / 한줄기 별빛이 새여들어도 / 차디찬 감방 안에 스며드는 / 우리들의 뜨거운 숨결을 안아보거라 / …… / 그리움의 크기는 사랑의 크기 / 그 힘

은 기어이 합쳐지리라 / 하여 너 그렇게 굳게 약속했듯이 / 우리 또한 그렇게 굳
게 다짐했듯이 / 우리 다시 만날 그날은 기어이 오리라 / ……

— 백인준의 「그리움」 중에서

　　구치소 안에 갇혀 있는 임수경을 그리워하며 지은 이 시는 장용남에
의해 "림수경의 내면 세계를 깊이 있게 파고 들어 사랑과 그리움, 사랑
과 통일 념원의 뜨거운 열정을 토로"한 작품으로 평가되고 있는데, 그
는 시에 흐르는 서정이 이만큼 진실한 것은 '인간의 아름다운 내면 세
계를 깊이 있게 파고 들어 그리'었기 때문이라고 말한다.[19]

　　시인은 철창 안에 갇힌 임수경에 대해 부모와 같은 심정으로 안타까
워하는 마음과 빨리 통일이 되어 다시 만날 수 있는 그날이 꼭 올 것이
라는 믿음을 진솔한 감정으로 잘 표현하고 있다. 1961년에 나온 풍자시
집 『벌거벗은 아메리카』에 실린 작품들이 원색적 어휘를 사용하여 '미
제'에 대한 강한 증오의 감정을 드러내고 있는 것에 비하면 이 작품은
상당히 순화된 어휘 사용과 감정 표현이 이루어진 것이라 할 수 있다.

　　물론 1958년 경에는 시문학의 전투성과 다양성을 확보한다는 견지에
서 풍자시와 정론시에 대한 논의들이 『문학신문』과 『조선문학』 지상을
통해 활발하게 이루어졌다는 점을 감안하면 북한문학 내에서 『벌거벗
은 아메리카』의 위치는 결코 과소평가될 수 있는 것이 아니다. 하지만
유일 사상 체계가 공고해지고 주체문학론이 확립되던 1970~1980년대
에 있어서는 단순히 전투성과 다양성을 확보하는 것만으로 시의 진실
성이 얻어질 수 없었다. 이는 김일성이 1950년대 말 북한에서는 자본주
의적 생산 관계가 완전히 청산되고 사회주의적 생산 관계가 전면적으
로 확립됨으로써 현실에서의 '긍정 강화'의 방법을 전면에 내세울 것을
강조하면서 풍자 문학 형태가 완전히 자취를 감추게 되었다고 한 것과
관련하여 북한 시문학의 중요한 변화라 할 수 있다.[20]

　　한편, 류만은 김상오의 「나의 조국」, 김철의 「어머니」, 「용서하시라」

등을 형상의 진실성과 풍부한 서정성이 돋보이는 작품이라고 보았다. 이러한 평가가 김정일의 교시에 기대고 있다는 것은 새삼 언급할 필요도 없는 일이지만 그가 이들 작품에 대해 "정치적 표현을 많이 쓰면서 사상을 지내 로출시키던 지난 시기의 결함도 없고 산문 문장을 토막쳐 놓은 것과 같은 시문장도 없으며 생경하고 직선적인 표현도 없고 어느 면에서도 지난 시기에 나온 작품들과 류사한 점이 없다"[21]고 말한 대목은 서정성, 진실성, 독창성, 형상성 등이 상호 통일적으로 결합할 때 비로소 서정성의 고양이 이루어질 수 있다는 점을 강조한 것으로 이해할 수 있다.

3) 시의 독창성

시문학의 유사성은 창작이 기본적으로 비반복적이며, 독창적이라는 사실을 간과하는 데서 비롯한다. 따라서 시문학의 유사성을 극복하기 위해서 독창성의 강조는 필수 불가결한 요소라 할 수 있다.

> 창작은 본래의 의미에서 비반복적이며 독창적인 것이다. 독창성은 창작의 본성이다.[22]

장용남은 독창적이고 개성적인 시창작을 위하여 두 가지 방법을 내놓는다. 하나는 "사회주의, 공산주의 건설에서 날마다 기적과 혁신이 일어나고 있는 현실 생활의 모든 령역에 편중 없이 다 눈을 돌려 독창적이고 개성적이 생활 소재를 발견하고 선택취급하되 그것은 반드시 인간의 자주적 문제, 사회 정치적 문제를 안고 있는 것"이며, 다른 하나는 "같은 대상의 생활을 취급하는 경우에도 그것을 여러모로 다양하게 노래하는 것"이다.[23] 다시 말해서 현실 생활의 다양한 모습을 다양한 측면에서 다루어야 시문학의 독창성이 살려질 수 있다는 것이다. 이와 같은 독창성 강조는 주제 영역의 확대에 크게 영향을 미쳤는데, 우리는 이를 류만의『현대 조선시문학 연구』의 내용을 정리함으로써 간략하게 살펴보고자 한다.

류만은 주제 영역의 확대와 관련한 이 시기 서정시의 변화 양상을 크게 네 가지로 나누어 첫째, 혁명전통의 서정시, 둘째, 조국해방전쟁 및 군사물 주제 서정시, 셋째, 창조적 로동과 사회주의 건설 주제 서정시, 넷째, 남조선혁명과 조국통일주제 서정시 등으로 정리하고 있다.

혁명전통의 서정시는 김일성과 그의 가계 — 김형직·강반석·김정숙·김정일 — 를 혁명 전통으로 세우기 위해 창작되었는데, 이는 유일사상 체계의 수립과 관련하여 북한 시문학의 가장 중요한 주제가 된다. 먼저 '불요 불굴의 혁명투사인 김정숙을 형상화하면서 김일성에 대한 티없이 맑고 깨끗한 충성심을 노래한 작품으로 동기춘의「보천보의 홰불」(1970), 유성옥의「무송현성에 타오른 불길」(1970), 김석주의「위대한 신념」(1974), 김정옥의「어머님의 그 자욱은……」(1975) 등이 있다. 김정숙의 구체적 혁명 활동을 노래한 것으로는 정동찬의「진달래」(1976), 리종덕의「오산덕의 딸」(1982) 등이, 김정숙에 대한 숭고한 추억을 바탕에 깔면서 충성의 귀감으로서의 김정숙에 대한 찬양을 노래한 것으로는 박세옥의「그날처럼 우리 앞에 서계십니다」(1975), 정문향의「주고 주신 그 사랑 끝이 없건만」(1975) 등이 있다.

그리고 70년대 혁명 사적지 순례 답사 행군을 다룬 작품으로 리정술의「백두산의 노래」(1973), 차승수의「백두산은 말한다」(1974) 등이, 80년대 백두의 혁명 정신의 의의와 불멸을 노래한 작품으로 주옥양의「어디서나 백두산에 오르리」(1982), 동기춘의「생각 깊은 산마루」(1986) 등의 작품이 있다.

조국 해방 전쟁 및 군사물 주제 서정시는 혁명 전통의 서정시에 비해 그 양이 훨씬 적다. 이 주제에 해당하는 작품으로는 최승철의「병사들의 영예」(1968) 김시권의 「전사의 숭고한 뜻」(1972) 등 인민군들의 영웅적 투쟁과 그들의 사상 정신 세계를 그리면서 김일성에 대한 일관된 충성심을 노래한 것과 김정곤의 「전사여 내가 왔다」(1983)와 같이 6 · 25전쟁 시기로 거슬러 올라가 전화의 나날에 발휘된 인민군 용사들의 영웅적 위훈을 노래한 것들이 있다.

'창조적 로동과 사회주의 건설 주제 서정시'는 이 시기 생산된 작품 중에서 가장 많은 분량을 차지하고 있는 것으로 보인다. 이는 1970년 이후 조선노동당 제5차 대회의 결정과 1980년대에 와서 조선노동당 제6차 대회가 제시한 과업을 관철시키기 위해 북한 인민들을 '헌신적인 로력 투쟁'에 동원하려고 했던 시대 상황과 밀접한 관련이 있다.

'대고조의 불길 높이 전진하는 로동 계급의 전투적 기백과 들끓는 모습'을 그린 오영재의 「새벽도 세 시가 넘었는데」(1972)나 6개년 계획을 앞당겨 수행하기 위한 강행군 전투에 나선 노동 계급의 전투적 기상을 노래한 김우협의 시초『강선의 붉은 하늘 아래서』(1975), 기계화 자동화가 이루어짐으로써 농촌 문명에 '세기적 전변'이 일어나고 있는 현실을 노래한 김석주의 「산골 사람들을 문명의 한복판에 세워주셨습니다」(1971) 등 다양한 주제의 서정시가 이 시기에 창작되었다. 류만은 1980년대의 현실 주제 서정시의 특징을 "사회주의 건설의 10대 전망 목표를 앞당겨 점령하기 위한 중요 전선에 바쳐진 시가 집중적으로 기동적으로 창작"된 것으로 파악하면서 나아가 자연을 노래한 『금강산 시초』(1984), 사랑과 우정, 삶과 인생의 문제를 다룬 최철용의 「금골처녀」(1984), 안충모의 「삶에 대한 생각」(1985) 등이 창작되었다는 것도 큰 특징 중의 하나라고 보았다.

'남조선혁명과 조국통일 주제 서정시'는 북한에서의 유일사상체계의 확립, 남한에서의 한국 민족민주전선(창당 당시 명칭은 통일혁명당 임)이 창건됨으로써 새로운 양상을 띠고 창작되기 시작한다. 그러나 남한의 독재 정권과 미제국주의에 대한 비난, 남한 내 민주화세력에 대한 선전 선동 고무 등을 그 내용으로 하고 있다는 점에서 기본적으로 이전 시대의 시작품과 많이 달라진 것은 없는 듯하다. 주요 작품으로는 광주 민주화 운동을 다룬 문재건의 시초 『광주의 원한』(1986), 미제국주의와 일본 군국주의자를 규탄한 김시권의 「미제에게 죽음을 주라」(1971), 김응하의 「력사는 용서치 않는다」(1973) 등이 있다.

이상에서 우리는 시문학에서의 독창성 강조가 주제 영역의 확대라는 양적 성장을 가져왔으며, 또한 어느 정도 시적 형상화에 성공한 작품들도 상당수 창작된 것을 알 수 있다. 하지만 이러한 성장에도 불구하고 북한 시문학은 필연적인 한계를 지닐 수밖에 없는데 그것은 북한 시문학이 '당성, 인민성'이라는 그들의 문예 원칙을 벗어나서 존재할 수는 없기 때문이다.

3. 류사성, 도식성의 극복을 위하여

김정일은 1980년 1월 8일 당시 시문학의 실태를 지적하면서 "시문학의 경우에도 우리 시대 인민들의 념원과 의지, 신념을 비롯한 주도적인 감정들을 서정을 통하여 느낄 수가 없으며 시가 산문화되다보니 조금만 문장을 풀어서 련결시켜 놓으면 강연제강이 될만큼 직선적이며 겉만 번지르르하고 내용이 없"다고 말한 바 있다. 이와 같은 지적은 북한 시문학의 고질적인 문제에 해당하는 것으로서 이는 앞에서도 밝힌 바 있다. 다만 우리는 북한의 시문학이 유사성·도식성·산문성의 문제를 어떠한 방식으로 해결하려 하는지를 검토하고자 한다. 이를 위해 우리는 김정일이 『주체문학론』에서 제안한 내용들을 구체적으로 살펴보도록 하겠다.

1) 서정성의 고양

(1) 시대의 주도적인 감정을 깊이 있게 담아야 한다

김정일은 시문학의 서정성을 높이기 위해서는 가장 먼저 시대의 주도적 감정을 시 작품 속에 깊이 담아내야 한다고 하였다. 그가 말하는 시대의 주도적 감정이란 "시대의 기본 흐름과 인민 대중의 정서적 지향을 반영한 감정"을 의미한다. 그것은 "오늘 우리 인민이 지니고 있는 당과 수령에 대한 충성이 감정과 주체 사상을 신념화하고 혁명과 건설의 모든 분야에서 철저히 구현해 나가려는 뜨거운 지향, 인민 대중 중심의 우리식 사회주의 조국에서 사는 끝없는 긍지와 사회주의 제도를 끝까지 빛내려는 열정, 나라의 자주성을 짓밟으려는 온갖 원쑤에 대한 증오심과 조국을 통일하려는 불타는 열망을 비롯하여 주체 혁명 위업을 수행하기 위한 투쟁에서 발현되는 전형적인 감정" 등을 모두 지칭하는 것이다.

그러나 그가 중점적으로 강조하고자 한 대목은 바로 수령 형상화의 문제였다. 그는 "시대의 주도적인 감정을 형상화하는 데서 특히 중요한 것은 현시기 위대한 수령님께서 해결하시려는 절박한 문제와 당의 정책적 요구를 민감하게 받아 안고 제때에 풀어나가려는 우리 인민의 열렬한 감정세계를 깊이 있게 그려내는 것"24)이라고 역설한다. 그에 의하면 이와 같은 시대 정신을 가장 잘 구현한 작품은 김상오의 「나의 조국」이다.

> ……/ 그렇다, 조국은 / 더없이 신성하고 숭엄한 그 무엇 / 위대하신 수령님 한생을 바치시는 / 겨레의 삶이며 그 무궁한 미래 / 죽어서도 안기여 사는 영원한 품 / 그것은 그대를 바라보는 깊은 눈동자 / 맑은 거울 앞에서처럼 / 부끄러움 없이 그 앞에 서기 쉽지 않으리 / 오직 그의 영광 속에 그대의 삶이 있고 / 그를 저버림은 곧 그대의 죽음인 / 조국이란 그러한 것

뜨거운 심장 없이 안을 수 없고 / 진실한 사랑 없이 부를 수 없는 / 위대하고
신성한 이름…… / 조국을 사랑한다고 말하지 말라 / 조국에 그대의 심장을 주
기 전에는

오, 조국이여 조국이여 / 너는 손이 닳도록 / 쓰다듬고 싶은 우리의 땅 / 바라
보아도 바라보아도 더 바라보고 싶은 / 우리의 푸른 하늘

…… / 그렇다, 조국은 / 수령님 찾아 주신 우리의 삶 / 수령님 안겨 주신 우리
의 긍지 / 영원한 영원한 그이의 품

그 품이여라! / 조국이여 나의 조국이여
—김상오, 「나의 조국」 중에서

　김정일은 이 작품을 두고 "조국애를 노래하였지만 단순히 나서 자란
조국에 대한 사랑이 아니라 인간의 자주성과 나라와 민족의 자주성이
보장된 조국에 대한 사랑을 노래하고 있으며 조국에 대한 사랑을 혁명
적 수령관에 기초하여 생활적으로 감동 깊게 형상"한 것으로 "시는 이
렇게 되어야 오늘의 시대정신과 우리 인민의 미감에 맞는 노래가 될 수
있다"25)고 평한다. 이를 근거로 하여 장용남도 이 시가 "위대한 수령님
을 티없이 맑고 깨끗한 마음으로 높이 모시려는 신념, 수령님을 위해
더 일하고 싶은 충성의 결의, 수령님을 높이 모신 조국의 미래에 대한
낙천적 지향 등 시대정신을 사상 속에 관통시켰다"고 평가하고 있다.
　한편 김정일이 "위대한 수령님과 우리 당을 직선적으로가 아니라 유
자녀들의 정서 세계에 의탁하여 생활적으로 노래함으로써 우리 인민들
의 주도적 감정을 생활 정서 그대로 잘 형상"한 작품이라고 호평한 가
사 「세상에 부럼없어라」를 보면 후렴구를 제외한 본사에는 김일성이나
당에 대한 직접적인 표현이 나타나지 않음을 알 수 있다.

하늘은 푸르고 내 마음 즐겁다 / 손풍금 소리 울려라
사람들 화목하게 사는 / 내조국 한없이 좋네

(후렴) 우리의 아버진 김일성 원수님 / 우리의 집은 당의 품
우리는 모두 다 친형제 / 세상에 부럼없어라

— 「세상에 부럼없어라」

이상에서 우리는 김정일이 시대의 주도적 감정을 깊이 있게 다루어
야 한다고 말한 것의 의미가 곧 시대 신을 직접적으로 표현하기보다는
생활 정서에 바탕을 두고 노래해야 한다는 것임을 알 수 있다.

(2) 시인의 개성적인 얼굴을 뚜렷이 드러내는 것이 필요하다

북한 시문학에서 서정적 주인공의 형상 창조는 매우 중요한 시적 요
소 중의 하나인데, 서정적 주인공은 그것이 산생된 시기에 따라 역사
적·생활적 구체성을 띠고 나타난다. 다시 말해서 항일혁명투사, 전쟁
시기의 영웅, 민주건설의 주인공과 전후 복구건설의 주인공, 천리마 기
수와 3대 혁명전위 등 그 시기별로 서정적 주인공의 세계도 매우 다양
하게 드러난다는 것이다.

하지만 이렇게 서정적 주인공의 면모가 다양하다 할지라도 그것을
어떠한 방식으로 묘사하는가에 따라 서정성·진실성·독창성의 고양
문제가 달라진다.

류만은 「청춘, 우리는 개척자」, 「수상님 오늘도 만선입니다」, 「양수기
운전공 처녀」, 「광산처녀」, 「소성공」, 「용해공, 그대들은 서있다」 등을
예로 들면서 이 작품들에서 "당 정책이 빛나게 관철되고 있는 인민 경
제의 여러 부문들에 대한 다양한 서정적 일반화에 대한 지향을 느낄 수
있"는 반면에 그것들이 대체로 '유사한 방식으로 끝을 맺는' 결함을 보
인다고 지적한다.26)

그는 이들 작품이 서로 다른 시인들에 의하여 씌어진 것들이지만 한결같이 처음에는 "서정적 주인공의 초상과 그의 일터를 이러저러하게 묘사하고 그 직업의 중요성을 강조한 다음 다름아닌 그 초소에서 조국의 부강 발전에 이바지하고 있다는 영예감을 노래하"고 있을 뿐이라고 비판한다. 이렇게 되면 작업장만 약간 달리 설정한 후에 운전공·신호수·소성공·용해공을 그 어느 시편의 서정적 주인공으로 옮겨놓아도 무난할 정도로 매 시편들이 특색이 없어진다는 것이다. 그는 이러한 방식으로는 "영웅적 로동계급과 인민대중의 불타는 혁명적 열의와 로력적 혁신을 심오하게 천명할 수 없으며 독자들에게 깊은 여운을 남겨줄 수도 없다"고 말한다.[27]

이와 관련해 작가 동맹 함경도지부의 토론 자리에서 『조선 문학』 1970년 1월호에 실린 「새 포전의 탄생」과 「광산처녀」를 비교하며 전자가 논리적인 측면에 치우친 반면 후자가 사상을 현실 속에서 잘 감수하여 무리없이 쓰여졌고, 생활 감정이 개성적인 데가 있어 비교적 형상적으로 시인의 주장이 느껴지는 작품이라고 평가한 대목은 우리에게 시사하는 바가 크다. 왜냐 하면 류만이 이 작품 「광산처녀」에 대해 도식성을 지적하고 있기 때문이다. 다시 말해서 중앙의 비평가와 지방의 작가들 사이에 도식성에 대한 약간의 시각차가 존재하고 있다는 것이다.

이러한 시각차는 매우 단순해 보이기는 하지만 북한 시문학의 특징을 어느 정도 짐작할 수 있게 해준다. 그것은 단정을 내리기는 어렵지만 시의 형상성 제고 문제가 시적 상황의 도식성을 뛰어넘기 어렵다는 점을 보여주는 것으로 해석할 수 있다. 이렇게 볼 때, 북한문학의 고질적인 도식성 문제는 그들이 당성과 인민성의 원칙을 포기하지 않을 때 어쩔 수 없이 부딪혀야 하는 문제일 수밖에 없다.

2) 시문학의 음악성 강화-산문성의 극복

시작품은 서정적 내용을 운율적인 형식으로 표현한다. 그런데 시를 쓸 때에 글자수나 맞추고 적당히 끊어 쓰기를 한다고 해서 운율이 살아나는 것은 아니다. 물론 운율을 살리는 데 "시어의 소리마디와 시줄의 길이를 조절하는 것이 중요하다. 소리마디의 수량과 색갈을 고려하여 시어를 선택 배렬하고 호흡에 맞게 시줄의 길이를 조절하여야 운율이 생겨"날 수 있다는 것은 분명한 사실이다.

그러나 그보다 더욱 중요한 것은 "시인의 정서적 체험이 뜨겁고 시의 정서적 내용이 고도로 앙양"되어 있느냐이다. 다시 말해서 운율은 서정을 고양시킬 수 있을 때라야 가치를 지닌다고 할 수 있다. 삶은 원래 흥분하고 열정이 북받칠 때라야 보통 감정 상태에서는 느끼지 못하는 심장의 박동과 호흡을 느끼게 되며, 따라서 시의 서정도 고도로 앙양된 것이라야 운율과 자연스럽게 어울릴 수 있기 때문이다.

김정일은 메마른 정서적 체험을 가지고 단순하게 글자수나 맞추고 시줄을 조절하는 것은 일종의 형식주의에 지나지 않는다고 비판한다. 서정을 깊이 파고 들지 않으면서 무엇인가 자꾸 설명하려고 할 때에는 서술식 문장이 남발되고 그에 따라 운율이 파괴된다는 것이다.

김정일은 운율을 살리는 방법의 하나로 '민족어의 다양한 수단을 능숙하게 활용할' 것을 제안한다. 운율의 조성 방식은 민족어의 특성에 따라 많이 좌우된다. 그러므로 민족어의 우수한 특성을 최대한으로 이용하여 인민의 구미와 정서에 맞는 유창하고 아름다운 운율을 조성할 수 있다는 것이다 그렇게 해야 '혁명하는 시대에 어울리는 기백있고 고상하며 발랄한 새로운 운율을 끊임없이 창조해' 낼 수 있다고 주장한다.[28]

운율의 문제와 관련하여 산문화의 극복 문제는 이 시기 시문학의 핵심 과제 중의 하나이다. 류만은 시가 길어지는 이유에 대해 "시인의 현실체험의 빈약과 시대에 대한 열정의 저조로부터 오는 사상주체적 초점의 산만성"29)에 그 원인이 있다고 지적한다. 조성관도 "물론 서정시가 길고 짧은 것은 흔히는 그 시의 사상 감정의 열도에 의하는 것이지 결코 일부러 지어 만들 수는 없"지만 그럼에도 불구하고 "서정시란 시대에 대한 묘사나 전달에 목적이 있는 것이 아니라 깊은 서정적 파악에 있는 만큼 설명을 허용하지 않으며 무턱대고 길어질 수 없는 것"30)이라 하였다.

서정시의 길이와 관련하여 김정일은 "서정시 부문에서는 긴 형식도 리용하고 단시와 같은 짧은 형식도 리용하여야 한다"고 하면서도 원래 서정시의 특성은 짧은 형식 속에 풍부하고 깊이 있는 내용을 담는 것이 서정시의 기본 특성이므로 서정시는 짧으면 짧을수록 좋다고 강조한다.31) 실제로 이 시기의 북한의 서정시에서는 길이 면에서 상당한 절제의 흔적을 발견할 수 있다. 물론 그렇다고 그것이 곧바로 형상화 수준의 제고로 이어진다고 볼 수는 없지만 말이다.

4. 결론

이상에서 우리는 북한의 시가문학, 특히 1960년대 중반 이후의 시가문학의 경우 시 창작이론의 주요한 담당자가 김정일이라는 점을 고려하여 그가 체계화한 것으로 보이는 주체적 시 창작이론을 중심으로 해당 시기 북한의 시가 문학을 살펴보았다.

그리하여 이 시기의 북한 서정시의 핵심적 과제가 유사성·도식성·산문화의 극복으로 제시된 것은 이미 주체의 시창작 이론, 나아가 당성과 인민성의 원칙에 내재되어 있는 문제임을 확인할 수 있었다.

그와 같은 문제를 극복하기 위해 김정일은 시의 서정성 고양과 주제 영역의 확대, 시문학의 음악성 강화, 다양한 시문학 형태의 개발 등을 강조하고 있는데, 이에 따라 북한의 시 창작 분야는 물론 시 평론 분야에까지도 이 문제는 중요한 원칙으로 관철되고 있음을 알 수 있다.

그런데 앞에서도 보았듯이 김정일이 시문학에서 서정성의 고양을 강조하기는 했지만 그것은 당성과 인민성의 원칙 내에서 이루어질 수밖에 없는 것이었고, 이에 따라 시문학의 서정성 고양 문제는 근본적으로 한계에 부딪힐 수밖에 없었다. 이러한 이유로 북한문학에서 유사성·도식성의 문제는 앞으로도 끊임없이 제기될 것으로 보인다. 물론 이러한 문제가 북한의 정치적 상황과 분리되어 이해할 수 없다는 점도 분명하다.

주석

1) 류만, 『현대 조선시문학 연구』, 사회과학출판사, 1988, 5면. 한편 정성무(북한사회 과학원문학연구소 소장)는 1995년 프라하에서 발표한 「최근 조선민주주의인민공화국에서의 문학예술의 혁신적 발전」이라는 글에서 1960년대 말에서 1970년대 말까지는 "우리 시대 문학예술의 본보기 작품들을 창작하는 단계"이며, 1970년대 이후부터는 "문학예술의 본보기 창조에서 이룩된 성과와 경험들을 널리 일반화하면서 그것을 더욱 공고발전시켜나가는 단계"라고 정리하고 있다(김윤식, 『북한문학사론』, 새미, 1996, 320면에 재수록). 이 글에서 특이한 점은 서정 문학에 대한 언급이 전혀 없다는 점이다. 그는 주로 소설·영화·연극·음악·무용 등을 중심으로 문학 예술의 혁신적 발전을 언급하고 있을 뿐인데, 이는 북한사회에서 서정문학이 차지하는 위치를 짐작하게 하는 대목이다.
2) 류만, 위의 책, 37쪽.
3) 김하, 「서정시에서 제기되는 몇 가지 문제」, 『시문학』 1집, 1963
4) 정시춘, 「시의 형상성을 결정적으로 제고하자」, 위의 책, 1963.
5) 이상숙, 「사상 예술성 고양과 시대의 전형 창조」, 『남북한현대문학사』, 나남출판, 1995, 386면 참조.
6) 「현실 주제의 서정시를 두고」, 『조선문학』, 1970.3, 동맹소식란(자가동맹 함경'남도 지부도론회 취재기사); 한진식, 「서정시의 형상, 시인의 개성」, 『조선문학』, 1971.1; 김봉철, 「서정시에 대한 생각」, 『조선문학』, 1971.1.
7) 류만, 앞의 책, 35면.
8) 김윤식, 『해방 공간의 민족문학 연구』, 열음사, 1989, 282면.
9) 장용남, 『서정과 시창작』, 문예출판사, 1990, 7면. 이 글에서 소개하는 주체적 시 창작 이론은 대부분 이 책에 의거한 것이다.

10) 위의 책, 8면.

11) 위의 책, 9면.

12) 김정일, 『주체문학론』, 조선로동당출판사, 1992, 228면.

13) 장용남, 앞의 책, 25면.

14) 위의 책, 27~28면 참조.

15) 위의 책, 51면.

16) 앞의 책, 25면 참조.

17) 김정일, 「연극예술에 대하여」, 96~97면(장용남, 앞의 책, 68쪽에서 재인용).

18) 사회과학원 문학연구소, 『주체사상에 기초한 문예이론』, 사회과학출판사, 1976, 19면.

19) 장용남, 앞의 책, 75~76면 참조.

20) 김일성, 「천리마 시대에 맞는 문학예술을 창조하자」, 1960.11.27. 이에 반해 김정일이 『주체문학론』(1992)에서 다시 풍자 문학의 필요성을 역설한 것은 1990년대 북한사회와 문학예술의 변화와 관련해 중요한 의미를 지니는 것으로 보인다.

21) 류만, 앞의 책, 188면.

22) 김정일, 『영화예술론』, 128면(장용남, 앞의 책, 103면에서 재인용).

23) 장용남, 앞의 책, 108면.

24) 김정일, 『주체문학론』, 평양 : 조선로동당출판사, 1992, 228면.

25) 위의 책, 228~229면.

26) 류만, 「서정시에 천리마의 정신이 나래치게 하자」, 『조선문학』, 1970.7, 102면.

27) 류만, 앞의 책, 103면.

28) 김정일, 앞의 책, 231~232면 참조.

29) 류만, 앞의 책, 104면.

30) 조성관, 「서정시의 형상을 두고」, 『조선문학』, 1970.8.

31) 김정일, 앞의 책, 232면.

1990년대 북한소설에 나타난 사랑의 담론

『조선문학』을 중심으로

최강민

1. 북한소설과 사랑의 형상화

1945년의 해방은 일제의 식민지 수탈에서 벗어났다는 것을 의미하지만 동시에 남과 북의 분단을 불행하게 예고한 것이었다. 해방기에 첨예한 좌우 갈등과 미소의 냉전체제는 분단을 기정사실화했고, 1950년 한국전쟁이라는 비극을 연출한다. 한국전쟁의 깊은 상처는 남과 북의 이질성을 강조하면서 적대적 이항대립체계를 형성시킨다. 휴전 이후 남한문학은 개인을 기반으로 문학적 자율성(또는 미적 근대성)과 사회적 실천성(또는 계몽주의문학)이라는 양자의 팽팽한 대립과 긴장을 통해 문학을 발전시켰다. 반면에 북한문학은 김일성 수령을 중심으로 사회주의문학을 발전시켰고, 1967년 이후 주체문학을 확립한다.[1] 북한의 주체문학은 당성·계급성·인민성이 유기적 연관성에 놓여 있다. 이 중심에 존재하는 것이 바로 김일성 수령이다. '수령=당=조국=부모'라는 설정 속에 인민들은 자연스럽게 수령이 돌봐야 할 자녀로 표현된다. 주체문학이 강조되는 상황에서 수령인 김일성이 항일빨치산 혁명 시기에 직접 창작했다는 항일혁명문학인 『꽃 파는 처녀』, 『한 자위단원의 운명』, 『피바다』 등은 북한문학에서 최고의 문학사적 위치를 차지한다.

그렇다면 북한의 문학작품은 당의 정책 내지 김일성의 주체문학에서 벗어난 작품은 없는 것일까. 북한문학 연구자인 김재용은 당과 김일성에 지배된 작품을 북한문학의 공식성으로, 그것과 거리가 있는 작품을 북한문학의 비공식성으로 논평하면서 북한문학의 비공식성이 1980년대에 활발히 이루어졌다고 언급한다.[2] 북한문학은 당의 정책에 따라 창작이 이루어지기에 비슷한 인물 구성이나 사건이 나오는 경우가 많다. 이 것은 작품 창작에 있어 상투적 사건과 인물이 등장한다는 것을 의미한다. 이러한 북한문학의 도식성에 대한 반성이 1980년대부터 이루어졌다는 것이다. 이때 주의할 점은 북한문학의 비공식성이 김일성의 주체사상을 부정한 것은 아니라는 사실이다. 북한문학은 김일성과 김정일의 주체사상을 훼손하지 않는 범위에서 문학의 도식성을 벗어나고자 한다. 이러한 도식성의 탈피는 북한문학에서 일상성의 강화와 서정성의 표출로 드러난다.

그런데 1980년대에 북한문학이 보여준 비공식성의 상대적 활기도 1990년대 들어 된서리를 맞게 된다. 그것은 직접적으로 1994년 7월 8일 김일성의 사망에서 비롯된다. 북한문학의 최대 이론가이자 창작가였던 김일성이 사망하면서부터 북한문학은 다시 경직되기 시작한다. 북한은 김일성 사후에 가뭄과 경제난이 겹쳐 1990년대 중·후반에 수십만명의 주민이 아사하는 위기에 봉착한다. 이러한 시기를 북한은 '고난의 행군'으로 표현한다. '고난의 행군'은 김일성이 항일빨치산 활동을 하면서 겪었던 어려움을 상기하면서 고난을 극복하자는 의미를 담고 있다. '고난의 행군'으로 대변되는 경제적 어려움은 체제의 이데올로기를 강조하면서 국가의 위기를 극복하자는 국가주의 담론을 강화시킨다. 이 과정에서 북한문학의 비공식성 문학은 1990년대 중반부터 다시 위축된다. 그리고 그 자리에 화석화된 김일성이란 유령이 재강조된다.

북한문학을 연구하는 데에 있어 어려움은 남북한의 특수 사정으로 인해 연구 텍스트의 확보가 그리 쉽지 않다는 사실이다. 앞선 연구자들은 이런 어려움에도 통일문학 건설을 위한 연구에 매진했다. 그 결과 김일성 우상화 일색이라는 선입관을 깨뜨리며 통일문학의 초석을 다지는 데 일조를 했던 것도 사실이다. 그럼에도 북한문학 연구는 아직까지 본 궤도에 올랐다고 보기는 힘들다. 그것은 텍스트 확보의 어려움이라는 문제를 넘어 본질적인 문제에서 기인한다. 즉 대상 텍스트를 바라보는 연구자의 방법과 시각에서 문제점이 발생한다. 지금까지의 연구 방법은 리얼리즘이라는 범주 안에서 북한의 정치·경제 현실과 텍스트를 관련시켜 이야기하는 식이었다. 그 결과 북한문학을 다양하게 성찰하지 못하는 결과를 빚었다. 또한 연구 시각에 있어서도 북한문학을 통일문학의 틀로 끌어들이기 위해 가급적 북한문학을 옹호하려는 측과 반공 이데올로기의 입장에서 북한문학의 친체제적 속성을 들어 신랄하게 비판하는 측이 팽팽하게 대립해 왔다. 양자의 대립을 해결하는 실마리는 아주 기초적인 것에서 찾을 수 있다. 우리는 북한문학이 지닌 특수성이 문학의 보편성을 벗어난다고 판단하면 과감하게 비판을 해야 한다. 이와 마찬가지로 문학과 사회를 긴밀히 연관시키려는 북한문학의 장점을 반공이데올로기의 입장에서 무조건 폄하해서도 안될 일이다. 이런 점에서 약방의 감초처럼 등장하는 김일성이나 김정일이란 기표가 작품에서 미미하게 취급되거나 의례적 차원의 등장이라면 그것을 때로는 삭제한 채 텍스트를 파악하는 자세도 필요하다고 본다.

이 글에서 필자는 북한에서 발행하는 『조선문학』에 실린 1990년대의 단편소설을 중심으로 사랑의 담론을 분석하고자 한다. 사랑이란 기본적인 인간의 감정이기에 어느 시대나 어느 사회에서도 존재했다. 이러한 사랑의 속성은 혁명성의 고취와 김일성 우상화라는 북한문학의 공식성 이외의 목소리를 전달할 가능성을 높여준다. 1970년대를 지나 1980년대 들어 북한소설에서도 남대현의 『청춘송가』(1987)와 백남룡의 『벗』(1988) 처럼 개인간의 사랑 이야기가 본격적으로 모습을 드러낸다. 북한문학에 서 사랑의 담론은 대개 지배이데올로기를 선전·전파하는 첨병 역할을 한다. 개인간의 사랑마저 일일이 통제하려는 것이 전체주의 사회의 특성이기 때문이다. 그러나 동서양 문학을 역사적으로 살펴보면 사랑이 지닌 본능적 에너지의 폭발력은 견고한 지배이데올로기의 틈새를 뚫고 억압된 욕망의 진실을, 해방의 담론을 은밀하게 전달했다. 물론 북한문학에서 그 정도는 미미한 것이 사실이다. 그렇지만 그 작은 목소리는 북한문학의 역동적 가능성을 지필 불씨이다. 이런 점에서 북한소설에 나타난 사랑의 담론을 살펴보는 것은 충분한 의의를 갖는다고 하겠다. 1990년대에 북한문학에서 사랑의 형상화는 체제의 환경에 따라 변화는 있지만 전반적으로 1980년대의 경향을 이어받고 있다고 할 수 있다. 사랑의 담론은 개인적 욕망이 표출되지만 동시에 지배체제가 사랑의 담론을 통제하여 지배체제를 공고히 할 수 있다. 이런 이유로 1990년대에 사랑을 형상화하는 북한소설은 꾸준히 등장했다고 볼 수 있다. 문학 연구자 신상성은 이 부분에 대해 다음과 같이 언급한다.

90년대 후반기, 김정일 체제 이후는 북한문학사에서 또 하나의 획을 긋는 중요한 깃점이 되고 있다. 왜냐하면, 김일성 시대와는 분명히 다른 세계의 확대를 보여주고 있기 때문이다. 90년대로 접어들면서 남녀간의 애정문제나 이혼문제 등 개인적인 문제들을 다룬 작품이 증가되다가 김일성 사후, 김정일 시대에는 주제와 소재 면에서 이전보다는 확대되고 있음을 '조선문학' 등에 나타난 통계 등에서 보여주고 있기 때문이다.[3]

2. 억압된 개인적 욕망과 지배체제의 강화

대부분의 남녀들은 뜨거운 낭만적 사랑을 원한다. 사람들은 사춘기 시절을 겪으면서 이상적인 사랑을 꿈꾼다. 현대사회에서 유통되는 사랑은 상대방에 육체적·정신적으로 매혹된 남녀가 불가항력으로 빠져드는 일종에 열병이다. 이러한 개인적 사랑은 18세기 이후 진행된 자본주의 사회의 변화와 맞물려 새롭게 재구성된 것이다. 사랑의 담론과 방식은 고정된 것이 아니라 시대적 산물인 것이다. 과거의 사랑은 가문 대 가문이라는 집단적 계약의 구성물이었다. 그 시절에 개인의 열정적 감정은 중요하지 않고, 가문을 대표하는 가부장의 계약에 의해 남녀간의 사랑이 이루어졌다. 그렇다면 사랑은 감정일까. 크리스티안 슐트는 사랑은 감정이 아니라, "특정 감정을 표현하는 소통의 특수한 형식"[4]이라고 규정한다. 자기 포기와 자기 확인이 기묘하게 결합된 사랑은 상호모순성 위에 존재한다. 사랑이 개인간의 특수한 소통 방식이라는 관점에서 보면 사랑도 당대 사회의 소통 방식과 무관한 것이 아니라 일정 부분 그것을 반영한다. 다시 말해 북한소설에 나타난 사랑의 고찰은 개인만이 아니라 북한사회의 소통방식을 직간접적으로 투영한다.

북한에서 사랑은 남한사회에서 일반적으로 통용되는 것과는 다르다. 북한에서 사랑은 개인적 가치보다 집단적 가치가 우선시된다. 사랑의 대상에 몰입하기 전에 상대방이 어떤 당성·계급성·인민성을 지녔는지 파악하는 것이 먼저이다. 사랑은 이 사상성의 관문을 통과한 사람에게만 적용되는 혜택이다. 북한문학에서 사랑은 충동적이라기보다 사회주의적 세계관에 의해 통제되는 형태를 띤다. 이 사회주의적 세계관의 중심에 주체사상과 종자론이 존재한다. 김일성이 제창한 주체사상은 인간이 세계의 중심으로서 자기 운명을 개척한다는 것이다. 이것은 마르크스 레닌주의에 입각한 사회주의에서 벗어나 김일성 중심의 사회주의

체제를 건설한다는 것을 의미한다. 결국 주체사상이란 김일성의 일인 독재체제를 뒷받침하는 지배이데올로기이다. 북한에서 완벽한 주체를 소유한 것은 '위대한 수령 김일성과 그 정통성을 계승한 지도자 동지 김정일'뿐이기에 인민들은 아버지와 같은 수령의 혁명성을 계승해야만 제대로 된 사회주의 존재로 태어날 수 있다. 이러한 주체사상을 문학에 적용시킨 것이 주체문예이론이다. 주체문예이론은 김일성의 혁명성을 계승하고, 이것을 형상화기 위해 민족적 문예형식을 강조한다. 김정일이 주장했다는 종자론은 작품이 지닌 사상적 알맹이인 종자가 튼튼해야 좋은 작품이 생산된다는 것이다. 종자론은 주체사상을 문학작품에 적용하는 실천적 방법론이라 할 수 있다. 북한의 문학 텍스트들은 종자론에 의거하여 사건 구성, 작중인물의 성격, 소재의 선택을 하게 된다. 문성철은 종자론의 맥락에서 사랑이 어떻게 형상화되어야 하는지를 다음과 같이 규정한다.

> 한 처녀 혹은 한 남자를 사랑한다고 말하기전에 그의 아름다운 미모나 품성도 보아야 하겠지만 보다는 먼저 생활에 대한 견해, 량심에 대한 문제에서 서로의 일치가 이룩되여야 하며 그러한 사랑만이 공고한 사랑으로 될 수 있고 영원한 사랑으로 꽃펴나가는것이다.
> 우리 시대가 요구하는 청춘들의 사랑은 인간적으로 결합되기 전에 사상적으로 결합되고 사업과 생활을 통하여 공고화된 동지적 관계에서 출발한 사랑이다.
> 그 사랑이 단순한 동지적 관계가 아니라 위대한 수령님에 대한 끝없는 충실성, 혁명적 수령관을 생명으로 하는 사랑이기에 우리 시대의 혁명적 사랑으로 된다.
> 여기에 우리 시대 청춘들의 사랑관을 규제하는 근본 핵이 있다.[5]

앞의 글에서 보듯 북한에서 사랑은 본능적인 성적 매력과 무관하다. 사랑은 김일성의 혁명성을 계승한 두 남녀의 동지적 결합이다. 아니 그 것을 넘어 사랑은 김일성 수령에 대한 충성심을 확인하고 증폭시키는 과정이다. 북한소설에서 사랑은 사회주의적 이성에 의해 통제되고 관리되는 대상물이다. 여기에서 본능적인 사랑을 구하는 육체적 성충동인 리비도는 철저하게 억압된다. 리비도에 존재가 지배받으면 지배이데올로기에 순응하지 않고 반항할 가능성이 있다. 따라서 이런 소지를 원천적으로 봉쇄하기 위해 북한문학에서 리비도는 삭제된다. 경직된 북한체제는 무의식적 성 욕망을 억압하고 거세불안을 생산하는 거대한 시스템인 것이다. 김일성 수령이 구축한 기존 지배질서는 의심의 여지없이 정당성을 지닌 자명한 것들로 간주된다. 인민들이 할 일은 이러한 지배이데올로기를 내면화하여 믿고 따르는 것이다.

손광영의 「강변의 버드나무」(1991)를 보자. 이 소설은 광부인 희철과 평양 처녀 류경의 사랑을 다루고 있다. 희철은 지방에서 6년 동안의 광부 생활을 청산하고 평양에서 번듯한 직장을 잡고 류경과 결혼하려고 한다. 이것에 대해 류경은 개인적 이상을 실현하려는 희철의 행동을 이해하지만 당의 요구를 외면한 점에 따가운 비판을 가한다. 그러면서 류경은 희철의 빈 자리를 자신이 메우지 않으면 양심이 허락하지 않는다고 말하면서 대흥땅으로 떠난다. 희철은 자신의 잘못을 깨닫고 대흥땅으로 가 조국을 위한 봉사에 헌신할 것을 다짐한다. 이런 사건의 전개는 류경이 현실에 바탕을 둔 작중인물이 아니라 당의 의도를 독자에게 살포시키기 위해 등장한 매개인물이기 때문이다. 이처럼 북한소설은 개인간의 사랑에 지배이데올로기를 적극 투영해 형상화한다.

주인공 희철은 6년 동안 힘든 광부 생활을 하면서 조국을 위해 헌신적인 봉사를 했다. 그럼에도 그것은 무시된 채 류경을 통해 전달되는 지배담론은 더욱 더 국가를 위해 봉사를 해야 한다는 것이다. 이러한 류경의 입장은 류경이라는 매개체를 통해 전달되는 당의, 국가의 요구이다. 희철이가 류경의 사랑을 얻기 위한 전제 조건은 류경을 향한 일편단심의 그리움이 아니라 수령과 국가에 대한 헌신이다. 북한사회에서 수령은 일종에 초자아이다. 류경은 어버이 수령님을 향한 봉사가 미흡

하다고 판단하기에 양심적으로 죄의식을 느낀다. 류경이 요구하는 양심은 김일성 수령이라는 초자아에 반응하도록 길들여진 정신적 기제의 산물이다. 체제 이데올로기를 내면화한 류경이 보기에 희철은 아직 혁명성이 부족한 존재이다. 따라서 '가장 참되고 깨끗하고 숭고한 마음씨를 지닌 사람'들이 사는 평양에 살 자격이 없는 것으로 규정된다. 이러한 규정이 당에서 내려지는 것이 아니라 남녀간의 사적 관계에서 이루어진다는 것이 주목된다. 이때 류경과 당은 별도의 존재가 아니라 한몸이다. 이것은 북한이라는 국가의 지배이데올로기가 국민 개개인에게 효과적으로 학습 훈련되었음을 뜻한다.

> 저도 저의 생활에서 이런 변화가 있으리라고는 꿈에도 생각지 못했어요 전 조금도 동무를 탓하지 않아요. 동무가 평양으로 돌아온데 대해 그 누구든 시비는 하지 않을거예요. 하지만 개인적리상을 실현한다고 당의 요구를 외면한 동무가 아무리 새로운 초소에 충실한들 그 생활이 참 될수 있을가요. 동무와 사귀면서 사랑이 뭔지를 알게 된 저조차도 죄의식을 느끼게 되니 설사 남들앞에 떳떳하다 해도 자기 량심앞에는 부끄러울거예요. 전 동무를 진심으로 사랑했어요. 그래 동무가 결심하지 못하는 이상 저라도 그 빈자리를 메꾸어야 한다고 생각했어요. 그러지 않고서는 저의 량심이 …… 우리는 사랑을 약속하지 않았나요.[6]

롤랑 바르트의 이론을 이용해 「강변의 버드나무」에 나타난 사랑의 담론이 어떻게 지배이데올로기란 신화로 탈바꿈 하는지 간단히 살펴보면 다음과 같다. 바르트는 현대의 지배이데올로기를 일종의 신화로 간주하면서 그것이 생성되는 과정을 크게 세 단계로 분류한다. 전체적으로 보면 일차적 의미화 과정인 외연 과정에서 류경과 희철은 서로 사랑하는 연인들이란 기표를 소유한다. 이들의 사랑은 사회성보다 개인성이 앞지르려고 하자 위기에 봉착한다. 북한사회는 개인의 욕망보다 사회(또는 김일성에 대한 충성)의 욕망을 더 중시한다. '양심'으로 대변되는 지배이데올로기는 개인적 욕망을 추구하면 이내 자아와 초자아의 제어 시스템이 작동하도록 인민의 뇌리 속에 내면화된다. 특히 이 정도는 선택받은 존재로 자부심이 가득한 평양 시민에게는 더욱 심하다. 그래서 이차적 의미화 과정인 내포 과정에서 둘의 사랑은 시련과 갈등을 딛고 사회주의의 혁명성에 투철한 모범적 연인상이란 기의로 수렴된다. 이 내포적 의미에서 사랑의 조건은 개인적 호감이 아닌 사회주의적 혁명성의 강화와 김일성에 대한 충성이다. 만일 이 조건을 충족하지 못하면 희철이는 매력적인 처녀인 류경과 헤어질 수밖에 없다. 매력적인 북한 여성을 사랑하려면 북한 남성들은 먼저 김일성 수령에게 충성해야 한다는 신화란 기표가 생산된다. 결국 「강변의 버드나무」는 사랑하는 연인들(1차 : 기표)→사회주의의 모범적 사랑(2차 : 기의)→사회주의의 혁명성 강조와 김일성 수령에 대한 충성(3차 : 신화적 기표)이란 세 개의 의미화 과정을 거치면서 지배체제를 강화시킨다.

북한 지배층이 유포하는 지배이데올기의 신화에 중독된 북한 주민들은 자신이 처한 객관적 현실을 제대로 파악하지 못한 채 기만적 허위의식에 사로잡힌다. 각성한 노동자의 눈으로 세계를 보라는 것은 당대 사회의 문제점을 예리하게 파악하고 비판할 수 있어야 한다는 것을 뜻한다. 하지만 북한은 자신을 사회주의가 완벽하게 실현된 곳으로 간주하기에 무오류의 지상낙원으로 호명한다. 따라서 각성한 노동자의 눈으로 사회의 구조적 문제점을 들추어낼 여지가 없다. 비판할 수 있는 부분은 김일성 유일사상에 적응하지 못하는 인민들에 대한 비판이다. 결국 이것은 지배이데올로기의 정당성을 강화할 뿐 체제 자체에 대한 비판 자체가 원천적으로 봉쇄된다. 북한의 노동자는 각성된 주체 계급이어야 하지만 실상은 지배이데올로기의 억압적 담론을 수용하여 재생산하는 계층에 불과하다. 노동자 계급이 김일성 일가의 모순을 모순으로 보지 않고 본받아야 할 미덕으로 인식할 때 해방의 가능성은 전무하다.

북한소설에서 사랑의 형상화는 위대한 수령 김일성의 교시를 따르는 조건에서만 허용된다. 그 결과 북한소설은 사랑을 이야기하면서 끊임없이 사회적 책임, 조국 근대화, 김일성 수령에 대한 충성이 강조된다. 남녀간의 사랑은 사회적 관계망 속에서만 의미를 가진다. 인민과 당, 그리고 김일성이 반대하는 사랑은 타자화 되어 주변부로 추방된다. 윤승상의 「그의 집 대문」(1992)도 개인적 사랑을 통해 '위대한 김일성'이란 거대 신화를 강화시킨다. 제대군인 용석은 뜨락또르 운전수인 현순을 만나 사랑하게 되면서 자신이 가야할 길을 발견한다. 용석은 현순과의 맺어짐을 위한 조건을 충족하기 위해 뜨락또르양성소에 들어가 운전면허증을 획득한다. 하지만 여전히 현순의 집에 찾아가 결혼을 청하지 못한다. "내가 도대체 해놓은 일이 무엇인가? 부끄러웠다. 떳떳치 못했다. 더우기 사람들의 축복을 받으며 그의 집 문턱을 넘는다는 것은 상상하기도 어려울 것 같았다."7) 이 지문에서 보듯 용석의 자신감 결여는 자신이 조국 건설에 이바지 할 혁명성이 아직 부족하다고 생각하기 때문이다. 이것은 지배담론이라는 초자아의 내면화가 잘 이루어져 느끼는 열등 콤플렉스이다. 여기에서 현순을 사랑하는 뜨거운 사랑의 감정은 부차적 문제로 전락한다. 북한사회에서 멋진 배우자와 결혼하기 위해서는 주체사상과 사회주의적 혁명성을 지녀야 한다. 북한사회에서 사랑은 국경, 계급, 인종 등을 초월하는 낭만적 사랑과는 거리가 멀다. 북한의 청춘남녀들은 좋은 배필을 맞이하기 위해 지배체제에 열성적으로 충성해야 한다. 이러할 때 북한소설에서 남녀간의 사랑은 해방이 아닌 지배체제를 열심히 신봉하겠다는 충성 서약에 다름 아니다. 사랑은 당사자를 북한의 지배체제에 더욱 충성하도록 만드는 사회적 제도인 것이다.

석남진의 「한 녀교원의 사랑」(1996)은 여교사 금숙과 병사인 명진의 변함없는 사랑을 그린다. 둘은 사랑하는 사이지만 명진의 군복무 때문에 제때에 결혼을 하지 못한다. 금숙은 서른살의 노처녀임에도 전혀 아랑곳하지 않고 명진을 오매불망 기다린다. 이 소설의 결말은 군복무에 종사한 명진이 36살 되던 해에 공화국 영웅칭호와 함께 금숙과 곧 결혼

할 것이라고 암시한다. 북한에서 군복무 기간은 10년 이상으로 남한의 3년에 비해 3배 이상 길다. 북한의 젊은이들은 20대의 대부분을 군복무에 시간을 투자하게 된다. 당연히 결혼 연령이 늦추어져 노총각이 많을 수밖에 없다. 성적 욕망이 강한 20대의 젊은이들이 10년 넘게 군복무를 한다는 것은 쉬운 일이 아니다. 「한 녀교원의 사랑」은 군복무로 인한 만혼이 오히려 남녀간의 사랑을 행복으로 인도하는 조건이라고 계몽적으로 선전한다. 군복무 중에 있는 애인을 기다리는 여성이라면 상대방을 배신하지 말고 기다리는 것이 미덕임을 이 소설은 은연중에 유포시킨다. 이것은 여성의 분방한 성적 욕망을 통제하면서 동시에 군복무 중인 남성들을 안심시키는 이중적 포석이다. 이처럼 북한사회는 개인간의 사랑이 북한사회를 위협하는 것을 결코 용납하지 않는다. 개인간의 사랑은 북한사회를 이롭게 하는 경우에만 권장된다. 북한사회에서 사랑은 지배이데올로기를 내면화하고 계몽시키기 위한 효과적 수단이다. 북한소설에서 사랑은 개인간의 애틋한 그리움이 아니라 체제의 지배담론을 전파시키기 위한 매개체로 등장하고 있는 것이다.

3. 조국 근대화와 계몽적 사랑

북한은 한국전쟁 과정에서 많은 산업기반시설이 파괴되고 국토는 황폐화되었다. 휴전 후 북한은 극도의 경제난 속에 전후 복구작업이 무엇보다 시급한 일이었다. 따라서 전후 복구와 조국 근대화는 혁명적 과업으로 승격되었고, 이것에 소극적인 존재들은 반혁명성이란 낙인이 찍혔다. 1956년에 김일성에 의해 제시된 '천리마운동'은 사회주의 건설의 총노선으로 추진되어 '천리마속도, 천리마작업반운동'으로 확대 발전한다.

북한 지배층은 전후 복구와 조국의 근대화에 앞장서는 노동자에게 '노력 영웅'이라는 칭호를 부여해 북한의 재건을 가속화시킨다. 자립적 민족경제를 추진한 북한은 1960년대에 비약적인 경제발전을 이룩한다. 그러나 북한은 1970년대 들어 국제경쟁력의 상실, 중공업 중심의 과잉투자, 사회 기반시설의 미흡, 관료주의의 강화 속에 사회발전이 정체된다. 북한 경제의 위기는 2000년대 현재까지도 계속되고 있다. 특히 1990년대에는 김일성의 사망, 연이은 홍수와 가뭄 등에 의해 초래된 식량 생산의 위축, 사회주의권의 몰락이 빚은 상호의존적 생산망의 붕괴 등이 북한의 경제를 파탄시킨다. 이런 점에서 조국 근대화는 여전히 유효한 명제이다. 북한 작가들은 사랑을 통해 조국 근대화를 강조하는 서사 전략을 애용한다.

석남진의 「산정의 랑만」(1990)은 농촌에서 근무하는 나(철수)와 도시 처녀인 금희와의 사랑을 철도건설사업과 관련시켜 전개한다. 이 작품에서 조국 근대화의 모델로 설정되고 있는 것은 철도사업이다. 1990년대 소설에서도 국토건설의 모델로 철도사업을 설정하고 있는 것은 북한 경제의 낙후성을 암시해준다. 이런 낙후성은 역설적으로 조국 근대화의 당위성으로 이어진다. 철수와 금희를 맺어주게 한 근본적 동인은 연모의 감정이 아니라 투철한 혁명성이다. 철수는 도시인이면서 철도사업을 지원나온 금희의 혁명적 열정에 반한다. 이것은 금희도 마찬가지이다. 이 소설에서 개인적 가치를 추구하는 도시 청년 봉익은 금희의 남자친구이지만 이기적인 인물이자 반혁명성의 인물로 형상화된다. 철수는 '푸른 산과 푸른 강, 이 땅을 아름답게 가꾸는 사람들, 조국'에 대한 사랑이 금희에 대한 사랑으로 이어졌다고 말한다.

　그것은 나와 너의 사랑이기전에 이 땅의 푸른 산과 푸른 강에 대한 사랑이었으며 이 땅을 더욱 아름답게 가꾸는 사람들에 대한 사랑이었다. 그것은 이 땅에 태여난 청춘에 대한 사랑이였으며 그것은 조국에 대한 사랑이였다. 우리는 먼곳에 떨어져있어도 언제나 함께 있을것이다. 이 땅을 오고가는 바람이 나의 사랑의 노래를 금희에게 실어다줄것이며 하늘 높이 날으는 새들이 금희의 사랑의 속삭임을 나에게 전해줄 것이다. 철길을 타고 달리는 렬차의 기적소리에서도 우리는 서로의 사랑을 느낄것이다.[8]

북한사회에서도 결혼의 배우자를 찾는 것은 농촌보다 도시가 유리하다. 이것은 농촌 젊은이에 대한 기피현상을 일으키며 사회적 문제를 일으킬 수밖에 없다. 따라서 북한 당국은 계몽적 소설을 통해 이러한 요인을 사전에 제거할 필요성을 느꼈다고 봐야 한다. 석남진의 「산정의 낭만」은 비도시 청년을 기피하는 흐름에 제동을 걸 목적으로 서사가 구성되어 있다. 그래서 세련된 도시 청년인 봉익은 부정적으로, 조국의 근대화를 위해 비도시 지역에서 힘들게 일하는 철수는 긍정적으로 형상화된다. 작가는 철수와 금희의 사랑을 예로 들면서 혁명에 열성적인 젊은이의 경우 합당한 대가가 반드시 주어진다는 메시지를 전달한다. 혁명성에 투철한 철수는 금희와의 사랑뿐만 아니라 당 입당이라는 대가를 받게 된다. 공산주의 사회에서 출세의 첫 단계인 입당이 허락되었다는 것은 철수와 금희의 미래가 밝게 보장받을 것임을 암시한다. 이러한 성공의 미담은 조국 근대화를 위해 열악한 지역에서 일하는 노동자들의 공로를 치하하면서 더욱 열심히 일 하도록 채찍질하는 교묘한 당근으로 작용한다.

앞의 소설과 유사한 내용은 권강일의 「사랑 이야기」(1994)에서도 보인다. 노동자 리철은 병원에 입원했을 때 자신을 진찰하던 신정희란 여의사를 만나 사랑하게 된다. 하지만 그녀의 화려한 사회적 조건에 비해 리철은 평범한 용해공이다. 리철은 병원에서 퇴원한 후 다시 병이 도져 병원에 입원하지만 불구가 된다. 그렇지만 뜻밖에도 신정희는 리철을 사랑한다고 고백한다. 전문직 직종의 여의사가 평범한 노동자를 사랑한다는 장면 설정은 혁명성을 갖고 조국 근대화에 앞장서는 노동자는 복을 받게 된다는 신화를 생산한다. 이러한 신화에 포로가 된 노동자들은 죽어라 일할 수밖에 없다. 이것에서 보듯 북한소설에 등장하는 사랑은 본능적 사랑이 아니라 윤리적·도덕적 사랑이다.

리명의 「망부암」(1994)은 척박한 땅에서 잘 성장할 수 있는 나무를 연구하는 우진과 성악가인 예림과의 갈등이 중요 모티브로 작용한다. 예림은 중앙 무대로 진출하기 위해 우진에게 평양으로 이사를 가자고 제안한다. 하지만 육종 연구에 매진하는 남편 우진은 척박한 땅인 망부암에서 하는 것이 더욱 효과적이라고 하면서 이것을 거부한다. 이 소설에서도 중요 작중인물은 개인적 욕망보다 사회적 욕망에 더욱 충실하다. 이 소설에서도 북한의 수도인 평양 선호현상을 발견할 수 있다. 그렇다고 모든 이들이 평양에 살 수 있는 것은 아니다. 수도인 평양과 지방에 골고루 인원이 배치되어야만 균형적 발전을 이룩할 수 있다. 리명의 「망부암」은 석남진의 「산정의 낭만」처럼 상대적으로 열악한 지방에서 묵묵히 자신의 일을 열심히 하는 존재를 부각시킨다. 북한소설에서 사랑의 갈등은 있지만 그것은 사회주의적 혁명성이 부족한 존재가 자신의 잘못을 뉘우치면서 혁명적 전선에 동참하는 형태로 끝난다. 예림도 자신의 잘못을 반성하면서 우진이 일하는 망부암으로 찾아간다.

북한은 조국의 근대화 작업을 일종에 전투로 간주한다. 이때 적용되는 것은 속도전의 원리이다. 사회주의적 합리성이라는 언어가 종종 따라다니는 속도전의 원칙은 이분법의 논리에 기초해 있다. 조국 근대화라는 명제 아래 방해되는 모든 것들이 사회주의의 적으로 규정되어 비판받는다. 북한에서 남녀간의 사랑은 허용되지만 그것이 공공의 이익을 해치며 개인주의적 사랑으로 흘러가면 비판의 대상이 된다. 개인주의적 사랑의 추구는 조국의 근대화를 저해하는 방해물로 부각된다. 이런 이유로 북한소설에 나타난 사랑의 담론은 사회주의적 혁명성이 부족한 존재를 충만한 존재로 변신케 하는 계몽주의적 채찍질이다. 북한에서 사랑의 담론은 조국 근대화를 달성하고 김일성 수령 체제를 강화시키기 위해 인민에게 살포된 환각제인 것이다.

4. 북한의 남근중심주의와 슈퍼우먼 콤플렉스

　북한 여성은 표면적으로 보면 남성과 동등한 직업 선택의 자유를 가진다. 그렇지만 가사노동은 전적으로 여성의 몫이라는 인식이 지배적이다. 이혼의 자유는 법에서 보장받고 있지만 당대 사회 분위기는 여성이 남성과 이혼하는 것을 좋지 않게 바라보는 시선이 지배적이다. 계급없는 지상 낙원을 건설했다는 북한에서도 북한여성은 남녀 차별이라는 억압의 족쇄에서 완전히 벗어나지 못한다. 남녀간의 사랑은 가족을 구성하게 하는 근원적 에너지이다. 양자의 결합은 사회의 가장 기초적 집단인 가족을 탄생시킨다. 개별 가족 집단이 모여 마을·지방·국가로 단위가 확대된다. 북한 지배층은 모든 집단의 시작인 '가족'을 통제하여 체제를 공고히 하고자 한다. 이러한 가족을 지배하는 질서는 김일성 수령을 정점으로 한 북한의 피라미드적 지배질서가 고스란히 투영되어 있다. 가족의 중심은 남성이 중심이 되는 가부장제인 것이다.

　북한에서 신성불가침한 유일한 중심은 위대한 김일성 수령과 그것을 계승한 지도자 동지인 김정일뿐이다. 여기에서 주목할 것은 그들이 모두 남성이라는 점이다. 현실적으로 보아도 최고 지배층에는 여성보다 남성이 압도적이다. 물론 북한문학에서도 중심적 위치를 차지하고 있는 여성인물이 있다. 김일성의 어머니인 강반석과 그의 부인 김정숙이 바로 그러하다. 그러나 이들의 존재는 결국 김일성이란 한 남성의 위대성을 궁극적으로 말하기 위한 매개에 불과하다. 북한에서 김일성과 김정일은 일종의 거대 남근 역할을 수행한다. 김일성과 김정일과 같은 생물학적 성(sex)을 지닌 북한 남성들은 그 거대 남근을 떠받치고 있는 작은 남근들이다. 이 남근들은 남근중심주의를 유포하면서 여성들의 위에 군림하는 가부장제를 유지 강화시킨다. 이런 상황에서 남성과 동등한 위치를 차지하려는 개별 여성들의 시도는 거대 남근인 김일성과 김정일이 구축한 가부장적 권력을 위협하는 것으로 해석될 수 있다. 이런 까닭에 남녀평등을 요구하는 여성들의 요구는 일정한 한계를 가진다.

　북한 여성은 남한 여성과 양상이 다른 차별화 전략에 노출되어 있다. 남한 여성들이 남성에 비해 육체적으로 힘이 덜 요구되는 직업에 진출하였다면 북한 여성들은 남성과 거의 동일한 수준의 힘을 요구하는 분야에도 활발하게 진출해 있다. 북한소설에 등장하는 북한 여성들은 남한 여성에 비해 억척스럽다는 느낌을 강하게 준다. 이것은 북한체제가 여성들의 권익을 좀더 생각했다는 측면도 있겠지만 경제적 빈곤과 낙후에서 기인한 노동력의 필요성 때문이라고 볼 수 있다. 따라서 억척스러운 북한 여성의 형상화가 '남성／여성'의 위계질서를 근본적으로 해체하여 '남성=여성'이란 등식 관계를 생산하지 못한다. 북한 소설에서 그 빈도수를 살펴보아도 여성은 남성에 의해 비판을 받거나 도움을 받아야 할 약자로 등장하는 경우가 상대적으로 많다. 앞에서 언급한 석남진의 「산정의 낭만」, 리명의 「망부암」도 여성에 비해 남성이 우월한 위치를 차지한다.

　남성의 우월성과 여성의 열등성이 부딪치며 파생된 비극을 잘 드러낸 소설로 리광식의 「벗에 대한 이야기」(1990)가 있다. 이 작품은 여성의 자리에 안주하는 소극성 때문에 이별을 당해야 했던 진숙의 이야기를 다룬다.[9] 농업과학원 작물재배연구소에서 연구사로 일하는 정규는 애인 진숙이 연구소의 임무를 소홀히 한 채 소극적 여성의 자리에 안주하자 실망한 끝에 이별을 한다. 북한소설에서 남녀간의 이별은 치정 관계에 의한 갈등이나 육체적 욕망의 차이에서 발생하지 않는다. 자신의 자아개발과 사회적 책임을 불성실하게 수행할 때 이별은 필연적으로 찾아온다. 몇 년 후 정규는 전국농업생산부문 기술 일군들의 경험 발표장에서 확연히 달라진 진숙을 보게 된다. 진숙은 처음 실연의 아픔으로 고생했지만 자신의 잘못을 깨닫고 혁명적 과업에 다시 매달렸던 것이다. 진숙은 자신의 삶을 반성하도록 계기를 준 정규에게 고마움을 표시한다.

…… 정규동지, 요즘 와서 전 자주 자신이 걸어온 순탄치 않은 몇해를 돌이
켜보군하는데 그때마다 정규동지에 대한 생각을 하군합니다. 만일 그때 정규
동지가 나를 버리지 않고 그냥 사랑하고 어루만져주기만 했던들 내가 지금 어
떻게 되었을가 하고 말입니다. 저야말로 아무것도 하는 일 없이 훌륭한 남편의
등에 업혀 일생을 기생충처럼 살자고 한 인간이 아니였습니까?

정규동지. 비록 때가 늦어 첫사랑은 잃어버렸습니다만 전 결코 불행하지 않
습니다. 이 고마운 제도와 당을 위하여 무엇인가 자기로서의 기여를 할수 있다
고 확신한 사람만이 누릴수 있는 가장 값진 행복을 저는 지금 체험하고 있습
니다. 첫사랑이 아무리 귀중하다한들 어찌 이 행복, 이 기쁨, 이 보람에 비기겠
습니까…….10)

진숙이 이별을 당한 것은 집 안과 집 밖의 일을 동시에 잘 할 수 있
는 슈퍼우먼이 아니었기 때문이다. 정규가 바라는 여성상은 집 안과 밖
의 일을 모두 잘하는 슈퍼우먼 여성이다. 그 요건을 진숙이 충족시키지
못하자 동규는 진숙과 이별했던 것이다. 이렇게 남성에 의해 버림을 받
았던 진숙은 아이러니하게도 여성이 아닌 또 다른 남성인 일석의 도움
으로 위기를 극복한다. 잘못하면 '이기적 사랑'의 희생물이 되어 동시대
인들 앞에 '씻을 수 없는 죄'를 지었을 것이라는 진숙의 회상은 자신이
슈퍼우먼으로서의 노력이 부족하였다는 인식에 다름 아니다. 슈퍼우먼
콤플렉스에 빠진 여성은 집 안과 밖의 일을 모두 잘 하려고 노력한다.
하지만 그것은 쉽지 않다. 대부분의 여성은 둘 중의 하나를 잘 할 수밖
에 없고 그것은 곧 여성의 능력에 대한 부정적 인식으로 이어진다. 또
한 가령 집 안과 밖의 일을 모두 잘 하는 여성은 남성의 보이지 않는
견제와 질책 속에 별종 취급을 받으면서 소외된다. 결국 가부장제란 큰
흐름 속에서 남성들은 슈퍼우먼이란 허상적 신화를 통해 여성의 열등
성을 고착화시키면서 노동력을 착취하는 일석이조의 효과를 보았던 것
이다. 슈퍼우먼으로 부활한 진숙의 당당한 모습은 페미니즘의 주체적
여성상일 수도 있다. 작가 리광식은 「벗에 대한 이야기」에서 그것이 여

성이 걸어나갈 올바른 길이라고 힘찬 목소리로 재삼 강조한다.

앞의 작품들이 남성 우월적이었다면 여성 우월적 작품도 일부 존재한다. 손광영의 「강변의 버드나무」와 리태윤의 「사랑」이 대표적이다. 이 중에서 리태윤의 「사랑」(1992)은 관리위원장인 현심과 노동자 림욱의 사랑을 그린다. 3대 혁명소조원이었다가 련포리의 관리위원장으로 승진한 현심은 림욱에게 먼저 '현심이라고 불러주세요. 현심동무 하고 말이에요'라고 요구한다. 이것은 그녀가 관리위원장이기 전에 한 여성임을 림욱에게 주지시키는 말이다. 상사인 현심의 지위 때문에 사랑을 고백할 수 없었던 림욱은 수동적으로 현심의 사랑을 받아들인다. 이처럼 리태윤의 「사랑」에서 남성은 적극적이고, 여성은 소극적이라는 성역할의 고정관념은 무너져 있다. 하지만 이런 양상은 어디까지나 표면적인 것에 불과하다. 현심이 관리위원장이 될 수 있었던 것은 3대혁명소조원이었기 때문이다. 3대혁명소조원은 김정일의 직접 지휘 아래 김일성 일가의 지배구조를, 거대 남근의 현체제를 유지하는데 봉사하는 특권적 조직이다. 게다가 3대혁명소조원이 될 수 있는 요건이 능력보다 출신성분과 김일성 일가에 대한 충성도를 기준으로 하여 선발되었다는 점을 감안하면 현심이 림욱보다 뛰어난 능력을 가졌다고 말할 수 없다. 이런 점들을 고려해볼 때 현심의 우월한 위치는 한계성을 가진다.

생물학적인 성(sex)은 태어날 때부터 정해지는 것이지만 사회적 성(gender)은 사회의 제반 관계속에서 만들어진다. 북한 소설에 나타난 여성 인물이 상대적으로 남한 여성보다 억세게 형상화되어 있어 전통적 성 역할 고정관념에서 벗어난 것처럼 얼핏 보인다. 하지만 남한 여성처럼 가부장적 억압에서 헤어나지 못한 점에서 동일하다. 북한소설에 나타난 여성상은 남성의 보조자 역할을 수행하거나 상대적으로 자립심이 부족한 열등한 존재로 등장한다. 비록 남성과 같은 수준이거나 뛰어난 슈퍼우먼도 나타나지만 그들도 궁극적으로 가부장적 남근중심주의의 담론을 재생산하는데 도와주는 역할을 할 뿐이다.

5. 창조적 오독과 대항이데올로기

모든 독서는 오독의 씨를 안고 있다. 이때 창조적인 오독은 또 하나의 창조적 오독을 낳고, 그 오독은 또 다른 창조적 오독을 낳는다. 이런 오독의 순환 속에 문학사는 젊음을 유지한다. 북한소설을 읽다보면 이런 '창조적 오독'의 필요성을 절실히 절감하게 된다. 그렇지 않고 텍스트에, 작가의 목소리에 충실하다 보면 연구자들은 북한소설에서 김일성 수령(또는 사회주의) 찬양이라는 도식적 담론에서 헤어나기 힘들다. 북한소설에서 사랑은 혁명성 고취라는 지배이데올로기를 전달하기 위해 '사회주의적 혁명성/반혁명성'이라는 이원적 구도 속에 전개된다. 이런 까닭에 삼각 관계에서 비롯된 남녀간의 질투나 에로틱한 성적 표현이 드러나지 않는다. 그런 것들이 사회주의적 혁명성을 고취시키는 데에 방해 요소라고 당과 문인들이 판단했기 때문이다. 특히 사랑을 가시적으로 표출하는 성적 표현에 있어 손을 잡는 것이 고작이고 간혹 포옹 장면이 등장하기도 한다. 하지만 그 이상의 성적 표현인 진한 키스나 성교 등은 엄숙주의가 지배하는 북한소설에서 보이지 않는다.

롤로 메이는 사랑이 생각하지도 못했던 새로운 영역을 펼쳐보이는 속성을 지니고 있다고 말하면서 사랑이 지닌 해방적 성격을 암시하고 있다.[11] 북한 지배층도 이런 사랑의 속성을 간파하여 감시의 눈길을 게을리 하지 않는다. 그것은 필연적으로 성적 표현의 통제로 연결된다. 북한의 작가들이 당의 정책을 반영하는 친체제문학을 생산하는 것을 고려할 때 당의 의도에서 벗어나는 작품을 창작하는 것은 불가능하다. 그럼에도 불구하고 작가 자신도 모르게 사회주의의 혁명성 고취라는 단일 목적에서 벗어나 진솔한 개인의 본능적 목소리가 희미하게나마 전달되기도 한다. 우리는 한웅빈의 「새로운 기슭」, 손광영의 「갈매기」에서 이런 징후를 반갑게 발견할 수 있다.

한웅빈의 「새로운 기슭에서」(1990)는 군대에서 모범적인 전사였던 강일호의 사랑 이야기를 그린다. 간석지에 배치 받은 일호는 이 일이 혁명적 과업을 달성하는 업무로 부족하다고 생각한다. 하지만 아름다운 제방처녀의 모습을 보고 그런 생각을 버린다. 중요하지 않은 간석지의 일이 한 여자를 사랑하게 되어 의미가 있는 것으로 변했던 것이다. 즉 여기서 한시적이지만 기존의 '혁명적 과업/사랑'이란 위계적 질서가 역전되어 있다. 일호는 간석지의 처우 개선을 요구하면서 열심히 일한다. 하지만 그가 휴가를 보내고 다시 간석지로 돌아왔을 때 짝사랑했던 제방처녀는 간석지가 싫다고 떠난 뒤였다. 이제 그는 간석지를 끌어안을 촉매제였던 제방처녀가 사라졌기에 간석지에 대한 애정도 식어야 한다. 하지만 일호는 묵묵히 성실하게 일하는 문희의 모습에서 제방처녀와는 다른 투박한 아름다움을 깨닫는다. 미모의 제방처녀는 강일호에게 환상의 세계에 속하는 존재였다면, 가까이서 접하는 문희는 현실의 세계를 상징한다. 강일호는 그렇게 매혹적이던 처녀가 간석지를 버리고 도망쳐버린 과오를 믿기 힘들어 한다. 이렇게 제방처녀를 그리워하는 일호의 모습은 혁명성을 기준으로 타자를 사랑하지 않았음을 말해준다. 그는 본능에 이끌려 제방처녀를 사랑했던 것이다. 물론 강일호는 소설 후반부에서 미모를 소유한 제방처녀의 허위적 기만성을 깨닫고, 투박한 외모를 지닌 문희의 혁명적 성실성을 새로운 아름다움으로 인식한다. 이러한 아름다움에 대한 인식의 바뀜은 작가가 개인적 본능의 욕망보다 당의 정책을 따라야 한다는 당위론적 의지가 개입한 결과이다. 소설 후반부에서 강일호의 성적 본능은 지배이데올로기의 개입 속에 억압당하고 만다. 그렇지만 소설 전반부에서 본능적 욕망에 끌려가는 일호의 모습은 이 시기에 발표된 다른 소설에서 찾기 힘든 부분이다.

> 정말로 이 처녀가 문희란 말인가. 여직껏 투박한 솜옷과 커다란 벙어리장갑, 두툼한 솜신에 싸여 있던 문희가 바로 이 처녀였단 말인가.

나는 멍하니 서있었다. 그래서 그는 내가 작업조에 온 첫날 놀랜빛을 감추지 못했던 것이었다. '그 처녀'는 나의 상상속에서 만들어지고 아름다와진 하나의 신기루였다.!

　　사랑은 먼곳이 아니라 바로 곁에 있었다. 나는 나의 발밑에서 굳은 땅을 느꼈다. 순간 나는 간석지에 대한 나의 감정도 이와 같은것이 아닐가 하는 생각이 문득 들었다. 사실 내가 리성으로 사랑한 래일의 간석지, 아무리 상상해보아도 싫지 않은 래일의 아름다움도 지금 이 시간, 이 공간 속에서 태여나고있는것이 아닌가!12)

　　라캉은 인간을 비결정적 결핍의 존재로 파악한다. 사랑이란 이런 주체의 결핍을 친밀하게 인식되는 타자와의 심정적·육체적 합일을 통해 해소하려는 본능적 성격의 행위이다. 이때 본능성이란 무의식적 욕망을 의미한다. 일호는 제방처녀를 통해 자신의 본능적 욕망의 결핍을 채워줄 수 있는 가능성을 발견한다. 그녀는 일호의 '상상 속에서 만들어지고 아름다워진 하나의 신기루'로 작동한다. 이때 일호는 라캉이 언급한 상상계에서 행복하게 머문다. 하지만 이런 행복은 오래 가지 못한다. 상징적 아버지인 지배이데올로기가 등장하여 거세 공포를 발산했기 때문이다. 아름다운 제방처녀가 간석지를 싫어해 떠나는 것으로 설정된 사건은 일호의 본능적 욕망을 차단하며 새로운 아름다움에 매혹되도록 강요한다. 이제 제방처녀가 간석지를 떠날 수밖에 없었던 이유는 작가의 개입에 의해 당면한 현실을 도피하는 반혁명주의자로 낙인 찍힌다. 이 소설도 결말은 개인적 성적 본능보다 사회주의적 혁명성이 더욱 중요하다는 지배이데올로기를 강조하면서 종결된다.

　　손광영의 「갈매기」는 탄광을 배경으로 광부 정우와 재단사 현옥의 사랑을 다룬다. 도시에서 재단사로 일하는 처녀 현옥은 휴가 때마다 탄광으로 일을 도우려고 온다. 정우는 이런 현옥에게 사랑을 고백하고자 하지만 도시 여자인 그녀가 과연 자신의 사랑을 받아줄 수 있을지 몰라 주저한다. 약속된 기간이 지나고 정옥이 다시 도시로 가는 날, 정우는 정옥의 손을 잡는다. 이때 정우는 온몸이 뜨겁게 달아오르고 머리가 혼돈되는 성적 본능을 체험한다. 억압되었던 정우의 리비도가 순간적으로 발산되었던 것이다. 억압된 성적 본능의 분출은 정옥도 마찬가지이다. 이 둘은 서로에게 끌리는 본능적 욕망을 제어하지 못한 채 일순간 사랑의 교감을 나눈다.

> 처녀는 그만 아무런 대답도 못하고 고개를 돌려버렸다. 무슨 말을 할수 있으랴. 아프도록 꽉 틀어쥔 청년의 억센 손길을 느끼자 심장이 급하게 뛰놀고 온몸은 뜨겁게 달아올랐으며 머리가 혼돈되어 버렸다. 처녀는 그만 여직껏 아껴오던 소중한 것을 청년에게 다 맡겨버리고싶어졌다. 그들 사이에 지속된 침묵은 길었다. 어느덧 현옥의 눈가에는 맑은것이 가랑가랑 차올랐다.
> 순간 그 어떤 깨달음이 정우의 가슴을 쳤다.
> (내가 무슨 실수를 저지를번했는가. 탄광지원을 마치고 떠나는 처녀에게 어떻게 그런 말을……)
> 정우는 눈물어린 그의 얼굴을 일별하고나서 잡은 손을 슬며시 놓았다.[13]

그러나 두 남녀의 성적 욕망은 지배이데올로기의 개입에 의해 재빨리 진압된다. 정우가 정옥의 손을 슬며시 놓는 부분은 지배이데올로기에 의해 정우의 무의식적 욕망이 다시 억압되고 있음을 알려주는 장면이다. 정우는 "지금 내 마음 속에는 석탄밖엔 아무것도 없지요. 왜 이렇게 됐는지 나두 모르겠습니다"라고 말하면서 "더 많은 석탄을 캐내여 친애하는 지도자동지께 기쁨을 드릴수 있다면 이몸을 부셔 막장에 바치고 싶은 심정이요"[14]라고 정옥에게 말한다. 이것에서 보듯 정우의 개인적 욕망은 사라지고 김일성 수령 또는 사회주의적 혁명성에 대한 임무가 그 자리를 대신한다. 그렇지만 이러한 언표의 밑바탕에 성적으로 끌리고 있는 남녀의 원초적 욕망을 발견할 수 있다. 우리는 김일성 수령 또는 사회주의적 혁명성을 강조하는 지문을 의례적 차원으로 간주한다면 억압된 남녀의 본능이 분출되고 있음을 이 소설에서 확인할 수 있다.

한웅빈의 「새로운 기슭」이나 손광영의 「갈매기」는 모두 사랑을 혁명적 과업인 조국 근대화와 연결시켜 전개된다. 이 작품들의 본래 주제는 혁명성으로 무장한 청춘남녀의 아름다운 사랑이다. 그 의미의 무게 중심을 작가 한웅빈과 손광영은 모두 '사회주의적 혁명성'에 두었음은 물론이다. 하지만 우리는 소설 전반부에서 작가들의 의도를 벗어나려는 본능적 욕망을 발견할 수 있었다. 이것에서 우리는 지배이데올로기에 저항하는 대항이데올로기의 징후를 포착한다. 물론 이런 저항적 목소리는 작가의 작위적 개입에 의해 결말에 이르면 소멸한다. 하지만 우리는 그것에서 변화의 가능성을, 거대담론이란 권력에 의해 억눌려진 미시담론의 꿈틀거림을 확인할 수 있다.

6. 사랑의 규격화와 탈피 가능성

북한문학을 근원적으로 규정하고 있는 것은 김일성 주체사상이다. 그것은 지배이데올로기로서 인민의 삶을 통제하면서 허위의식을 확대 재생산하는 거대 신화이다. 북한소설에 나타난 사랑의 담론은 그 거대 신화에서 파생된 작은 신화이다. 이러할 때 사랑의 담론은 존재를 구원하는 것이기보다 지배이데올로기란 권력의 신화를 선전하여 증폭시키는 역할을 담당한다. 이런 상황에서 북한소설에 나타난 사랑의 모습은 '근엄한 사랑'이다. 이 '근엄한'이란 수식어 속에 김일성 유일사상과 사회주의적 혁명성에 저해되는 모든 것들이 타자화되어 탄압된다. 즉 개인성・감성・욕망, 나약한 여성상, 키스 이상의 성적 표현 등은 혁명성 고취를 방해하는 요소로 분류된다. 북한의 지배층은 개인주의적 성적 욕망이나 리비도에 반혁명성이나 자본주의적 퇴폐성이란 호명을 통해 철저하게 중심에서 소외시킨다. 이제 사랑의 담론은 김일성 주체사상이나 사회주의적 혁명성을 더 잘 습득하기 위한 윤활유로서의 가치만을 인정받는다. 이처럼 북한소설에서 사랑의 담론은 계몽주의적 선전 목적으로 소설에 도입되어 김일성 신화의 구축, 조국 근대화의 강조, 사회주의적 혁명성의 강화를 하는데에 봉사한다.

북한에서 김일성은 거대남근을 소유한 가부장적 수장으로서 군림해 왔다. 북한주민들은 일종의 집단적 오이디푸스 콤플렉스를 경험하며 거세불안 속에 김일성 주체사상을 모방하면서 생존을 도모해왔다. 그런데 김일성의 사망은 바로 이런 무소불위한 가부장적 권력의 흔들림을 의미하면서 억압되었던 것들이 솟아날 기회였다. 이런 까닭에 북한 지배층은 유훈통치란 이름 아래 김일성 수령이 계속 살아있다는 환상을 북한주민에게 심어주면서 체제의 기득권을 유지하고자 했다. 김일성이 부재함에도 여전히 존재한다는 환상은 바로 사랑의 속성이 지닌 환상적 성격과 비슷하다. 북한체제는 지배이데올로기를 남녀간의 사랑에도 투영시켜 사랑하는 연인 대신에 김일성 수령이나 사회주의적 혁명성을 상상계의 대상으로 배치한다.

사랑이란 주체의 결핍에서 출발한다. 타자와 합일을 통해 결핍에서 벗어날 수 있다는 주체의 믿음은 사랑의 환상을 지탱하는 근본 요소이다. 이때 사랑의 환상은 주체가 타자와 일정한 거리를 유지하고 있을 경우에만 발생한다. 이러한 사랑의 구조는 김일성에 대해 충성을 강요하는 북한체제와 유사하다. 북한에서 김일성은 완벽한 주체이자 북한주민들이 지향해야 할 완벽한 타자로 저 높은 곳에 존재한다. 북한주민들은 자신이 지닌 주체의 결핍을 완벽한 타자인 김일성이란 기호와의 합일을 통해 벗어날 수 있다고 세뇌받는다. 그 결과 북한소설에 나타난 개인적 사랑의 담론은 완벽한 존재인 김일성이란 타자에 다가가려는 사회적 행위로 탈바꿈된다. 북한 작가들은 김일성 수령에 대한 충성이 부족하면 청춘남녀들이 헤어지는 것으로 사건을 설정해 지배체제에 봉사한다. 북한소설에 나타난 사랑은 개인적 본능의 분출이 아니 김일성 수령과 사회주의 국가인 북한에 대한 충성도를 비교 검증하는 자리로 변모했던 것이다.

그러나 북한소설에 나타난 사랑의 담론에서 억압된 성적 욕망을 미약하나마 확인할 수 있다. 사랑의 담론 속에 존재의 본능적 목소리를 담아 대항이데올로기를 형성하려는 징후 속에 우리는 통일문학의 미래를 본다. 물론 이것이 북한소설에 지배적 경향으로 나타날 기미는 아직 보이지 않는다. 게다가 이 글에서 검토된 단편소설들은 『조선문학』이란 일종에 당기관지에 발표된 글이었기에 대항이데올기의 목소리가 더욱 위축될 수밖에 없었다. 그럼에도 『조선문학』이란 잡지에 실린 소설을 대상으로 한 것은 그 잡지가 바로 북한을 대표하는 월간문예지이기 때문이다. 1990년대 북한소설을 고찰해본 바에 의하면 개인적 사랑의 담론은 아직 활성화되어 있지 못하다. 사랑의 형상화를 지배이데올로기의 학습과 훈련의 장으로 이용하려는 북한과 개인적 욕망의 분출로 파악하는 남한과는 인식에 있어 상당한 거리가 있다. 이 거리를 좁히는 작업이 바로 통일문학을 건설하는 길이 될 것이다.

1) 김정일은 1973년 4월 「영화예술론」에서 "노동계급의 당이 새로운 문학예술을 건설하기 위하여서는 위대한 주체사상을 유일한 지도적 지침으로 삼고 모든 문제를 주체의 요구에 맞게 풀어나가야 한다"고 언급하였다. 그의 말처럼 북한문학에서 주체사상에 저항하는 작품이 공식적 지면을 획득한다는 것은 있을 수 없었다.

2) 김재용, 「북한문학의 공식성과 비공식성」, 『민족예술』, 1995.10.

3) 신상성, 「북한 현대소설연구(1)」, 『동악어문논집』 36집, 동악어문학회, 2000, 491~492면.

4) 크리스티안 슐트, 장혜경 역, 『사랑의 코드』, 푸른숲, 2008, 17면.

5) 문성철, 「사랑과 인간문제」, 『청년문학』, 1988.7, 40면.

6) 손광영, 「강변의 버드나무」, 『조선문학』, 1991.7, 58면.

7) 윤승상, 「그의 집 대문」, 『조선문학』, 1992.3, 49~50면.

8) 석남진의 「산정의 랑만」, 『조선문학』, 1990.6, 28면.

9) 김현숙은 이 점에 대해 「북한문학에 나타난 여성인물 형상화의 의미」(『이화여대 여성학논집』, 1994, 188면)에서 다음과 같이 말하고 있다. "1980년대 북한 집체문학의 시기에서 개인 작품시기로 오면서 북한문학에는 젊은이들의 사랑이 소재로 다루어지고 있다. 이들에게 있어 드러나는 특징은 연인들 사이에는 성격 차이로 인한 갈등이나, 삼각관계와 같은 문제는 발생하지 않는다. 그 대신 사회에 대한 의무 수행 정도에 따라, 사랑할 수 있는 자격이 생기게 된다. 또 사회가 부를 때에는 아무 갈등없이 이별함을 당연한 것으로 여기는데 사회가 필요해서 부르는 산업 역군은 남성쪽이고, 여성은 보내는 인물로 그려지고 있다."

10) 리광식, 「벗에 대한 이야기」, 『조선문학』, 1990.12, 48~49면.

11) 롤로 메이는 Love and Will(박홍태 역, 『사랑과 의지』, 한벗, 1981, 83면)에서 "사랑에 빠짐으로써 자기 자신의 존재를 잃을지도 모른다는 우려는 새로운 경험의 땅으로 던져진 데 대한 현기증과 충격으로부터 나오는 것이다. 이때 세계는 갑자기 넓혀지게 되며 우리로 하여금 우리가 결코 그것이 존재하리라고는 상상조차 하지 못했던 새로운 영역들과 부딪치게 한다"고 언급한다.

12) 한웅빈, 「새로운 기슭에서」, 『조선문학』, 1990.5, 43면.

13) 손광영, 「갈매기」, 『조선문학』, 1994.8, 68면.

14) 위의 글, 68면.

남과 북의 새로운 역사감각들
김영하의 『검은 꽃』과 홍석중의 『황진이』
최원식

1. 하위자집단의 반란

최근 역사물이 대유행이다. 『다모(茶母)』(2003)에서 시작하여 『대장금(大長今)』(2004)으로 이어진 사극열(史劇熱)에는 새로운 역사감각이 준동하고 있다. 궁중 암투극으로 시종하던 기존 역사물에서는 전경(前景)으로 나서기 어려운 다모나 궁녀 또는 의녀(醫女)같은 하위자들이 드라마의 축으로 떠오른 것은 중세 기사도소설(romance)이 근대 '부르조아서사시(novel)'로 이행한 변화에 준한다고 해도 지나친 말이 아니다. 그런데 왕실과 양반권인층이 지배하던 궁정사극을 일거에 해체한 이 하위자 반란은 단지 때늦은 부르주아혁명일까? 최근 역사물에 또렷이 드러난 반란적 성격은 2002년 월드컵에 신화처럼 출현하여 마침내 참여정부를 출범시킨 대중의 문화적 폭발과 일정하게 연락될 것이다. '구텐베르크 은하계'와 경쟁하는 '인터

넷 은하계', 이 미지의 영토에 익숙한 이 '대중'은 왕년의 '민중' 즉 민족주의 또는 사회주의 기획에 기초한 역사의식으로 무장한 민중이 아니다. 그것은 민중을 계승하는 한편, 민중의 전위적 성격을 다시 해체하고 있기 때문이다. 저항적 전위가 새로운 지배집단으로 전향하는 것에 대한 거의 무의식적 경계심을 공유하고 있는 새로운 대중 또는 새로운 민중은 근대와 탈근대의 경계에 둥지를 틀고 있는지도 모른다.

대중문화부문에서 뚜렷한 새로운 역사감각은 역사소설에서 이미 징후를 드러낸 바 있다. 그 앞장에 선 작가가 김탁환(金琸桓)이다. 그는, 우리 민족주의 서사를 대표하는 이순신(李舜臣)이야기를 탈신화화한 『불멸』(4권, 1998) 이후, 『홍길동전』(洪吉童傳)보다 더 소설적인 작자 허균(許筠) 이야기를 '복원'한 『허균, 최후의 19일』(2권, 1999), 그리고 명청교체기의 격동 속에서 좌절한 광해군(光海君) 기획의 전말을 새로 쓴 『압록강』(7권, 2000~1)에 이르는 "조선중기 비극 3부작"[1]의 완결을 통해, 외롭게 그럼에도 집요하게 이 작업을 추진해 왔다. 이 고독한 작업은 또 하나의 '주변인' 김훈(金薰)의 가세로 새로운 국면을 맞이한다. 역시 이순신에서 취재한 『칼의 노래』(2001)가 그해 동인문학상 수상작으로 선정되면서 세간의 주목을 받기 시작하더니, 급기야 노대통령과 그 참모들의 애독서로 선전되면서, 뜻밖에도 베스트셀러로 떠올랐던 것이다. 이 작품은 『불멸』에서 드러나기 시작한 이순신의 탈영웅화를 한 극점까지 끌고간 소설이다. 그런데 '나, 이순신'의 긴 독백으로 점철된 이 소설에서 독자가 만나는 인물은 이순신인가? 그것은 '김훈의 이순신', 아니 이순신의 의상을 입은 작가 자신일지도 모른다. 김훈은 뛰어난 복화술사(腹話術師)다. 안팎의 적의에 맞서 절대고독 속에서 전쟁을 수행한 비극적 무인의 황량한 내면풍경을 통해서 작가는 역사를 사적(私的)으로 전유(專有)한다. 작가는 말한다. "2000년 가을에 나는 다시 초야로 돌아왔다. 나는 정의로운 자들의 세상과 작별하였다. 나는 내 당대의 어떠한 가치도 긍정할 수 없었다. 제군들은 희망의 힘으로 살아있는가. 그대들과 나누어 가질 희망이나 믿음이 나에게는 없다. 그러므로 그대들과 나는 영원한 남으로서 복되다. 나는 나 자신의 절박한 오류들과 더불어 혼자 살 것이다."2) 이 멋진 발언의 속뜻은 무엇인가? 작가는 수상 인터뷰에서 이 발언을 감싸고 있는 의고적 감상주의를 벗고 솔직하게 고백한다. "이 작품을 쓰게 된 힘은 이 세상에 대한 증오감"(『조선일보』, 2001.11.7)이라고. 기실 이 작품의 반영웅주의는 영웅주의와 은밀히 제휴하고 있는 것이다. 이 점에서 이순신의 집합적 표상을 개체화하는 해체적 성격에도 불구하고 과거와 현재의 대화를 강잉히 놓지 않으려는 『불멸』과 차별된다. 『칼의 노래』는 이광수(李光洙)의 『이순신』(1931)과 닮았다. 박해에도 불구하고 왕조에 충성을 바치는 이순신의 순교자적 면모를 부각함으로써 조선에 저주를 퍼붓는 이 작품에서 이광수는 어느 틈에 '식민지시대의 이순신'으로 자신을 축성(祝聖)한다. 물론 『칼의 노래』는 역사의 사적 전유를 민족주의로 포장한 춘원풍(春園風)과는 차별되는 작품이지만, 역사영웅을 작가의 입마개로 바꾸는 변신술은 공통적이다. 이 점에서 『칼의 노래』를 전반적으로 지배하고 있는, 독한 허무주의에 기초한 행동주의를 애독자 특히 노대통령에게 경계하는 고언(苦言)이 인터넷에 떠도는 것도 흥미롭다. 바야흐로 새로운 역사감각들이 21세기 벽두의 한국사회를 유령처럼 배회하는 것 또한 우리 시대 넋의 한 모습일 터이다.

그런데 대중적 역사극과 역사소설에서 보이는 새로운 경향의 근원에 이은성(李恩成)의 허준(許浚)이야기가 놓인다는 점에 유의할 필요가 있다. 천한 신분에서 최고의 의료전문가로 떠오른 허준이야기를 처음으로 창안한 사극 『집념』(1975~76)의 각본을 집필한 그는 그 소설화에 착수, 『동의보감』을 1984년부터 연재하는 도중 1988년 서거하였다. 이 미완의 소설이 창비에서 출간되고(1990) 때마침 이 소설에 의거하여 다시 드라마로 꾸며지면서(1991) 소설과 사극 모두 공전(空前)의 열기에 휩싸임으로써 작가의 소설적 죽음을 완성하였던 것이다. 반체제적이든 체제적이든 남성영웅들의 투쟁을 축으로 삼는 사극과 역사소설의 캐논을 파괴하고

'권력의 교체서사' 사이에서 실종된 허준같은 인물의 숨은 영웅주의를 드러낸 이은성은 역사적 과거의 재현이 아니라 현재의 문화코드로 과거를 재창안하는 퓨전사극 또는 새 역사소설의 길을 열었다.[3] 허준이야기에서는 보조자에 지나지 않던 의녀가 어의(御醫)로 등극한 『대장금』이나, 질서에 대한 도전과 그 수호라는 지극히 남성적인 세계의 가장 깊은 내측에 위치한 규방(閨房)을 규찰하는 특수임무에나 투입되는 다모가 무협멜로의 여주인공으로 화려하게 상승한 『다모』는 허준이야기를 한층 하방(下放)한 것이다. 물론 후자에는 황석영(黃晳暎)의 의적소설 『장길산(張吉山)』(1974~84)도 물리지만, '큰 이야기'로부터 '작은 이야기'로 코드를 바꾼 이은성이 더 직접적 원천으로 될 것이다. 남성주인공 중심에서 그 하위자인 여성주인공 중심으로 전환한 것도 그렇거니와, 허준보다 기록이 영성함으로써 상상의 자유를 더욱 누리는 퓨전사극의 등장은 하위자 반란이 새로운 수준으로 진행되고 있음을 잘 보여준다. 역사영웅의 정전을 해체한 김탁환과 김훈의 작업도 속종으로는 하위자 반란과 기맥을 통하는 것이라는 점에서 통속소설과 본격소설의 중간지대에서 대중의 새로운 역사감각을 담아낸 이은성의 위치는 결코 가볍다고 할 수 없다.

우리 시대의 이 흥미로운 역사전쟁에 대해 한편에서는 원본으로서의 역사 또는 대문자 역사가 한줌의 '얄푸른 연기'로 사라지는 것이 아닐까 우려하고, 또 한편에서는 그 역사로부터의 탈주에 환호한다. 과연 이 전쟁은 어떻게 진행할 것인가? 나는 최근 두 편의 역사소설, 김영하(金英夏)의 『검은 꽃』(문학동네 2003)과 홍석중(洪錫重)의 『황진이』(평양: 문학예술출판사, 2002)를 흥미롭게 읽었다. 두 작품은 여러모로 대조적이다. 대한제국이 반식민지로 전락하기 직전(1905.4) 인천항(仁川港)을 떠나 아득한 미주대륙으로 팔려간 멕시코노동이민의 집단적 운명을 추적한 전자와, '조숙한 근대인' 황진이(黃眞伊)의 초상을 16세기 개성(開城)이란 '장소의 혼' 속에 재창안한 후자. 김영하가 1980년대 문학의 과잉사회성에 대한 반란을 주도한 1990년대 남한 신세대작가의 하나라면, 홍석중은 남한에도 잘 알려진 북조선의 중진작가다. 특히 『임꺽정(林巨正)』(1928~40)을 통해 의적소설의 길을 연 홍명희(洪命熹)의 무거운 전통으로부터 대담하게 이탈한 후자는 최근 남한을 떠도는 역사감각이 북에서도 함께 작동하고 있음을 잘 보여준다. 남과 북은 역시 둘이면서 하나다. 새로운 변화의 물결을 타면서도 근본적 질문을 자제하지 않는 본격문학의 응전이라는 성격을 공유하고 있는 두 작품을 자상하게 검토하는 것은 우리 시대, 비평의 즐거운 임무일 터이다.

2. 집합적 자서전의 형식

역사로부터 실종한 멕시코 노동이민의 운명을 다룬 김영하의 『검은꽃』은 분명 민족서사시를 꿈꾸지 않는다. 한국인에게 멕시코는 지금도 여전히 너무나 멀다. 하와이 노동이민(1902~05)이 20세기 한미관계의 복합 속에서 모국과의 인연이 단절되지 않은 집단이라면, 그 뻗신 에네껜(henequen, 어저귀, 龍舌蘭) 농장으로 팔려간 멕시코 노동이민은 역사의 블랙홀로 사라진 '버림받은 백성[棄民]'이다. 나라가 버린 또는 나라를 버린 1033명의 기민들을 운반한 일포드(Ilford)호는 화물선이었다.[4] 화물선에 짐짝처럼 실려 노예처럼 팔려간 이 사건, 귀환의 고리를 잃어버린 분절성으로 디아스포라란 말조차도 호사스러운 이 참담한 사건은 역사적 의미의 생성을 원천적으로 봉쇄한다. '중도적 주인공'을 축으로, 한 시대의 상층과 하층을 동시에 조망함으로써 총체성을 지향하는 루카치의 역사소설 모형은 이 소설과 거의 무관하다. 작가는 주인공이 부재하는 이 집단의 이야기를 집합적 자서전의 형식으로 재구성한다. 그렇다고 뤼시앵 골드만이 지적한, 주인공 중심 19세기 소설의 20세기적 변형의 하나인 집단적 주인공의 소설도 아니다. 이 경향을 대표하는 벽초(碧初)의 『임꺽정』이 잘 보여주듯이, 청석골에 모여든 의적은 당대 사회와의 불화라는 들끓는 분노를 공유한 불온한 집단인 데 반해, 『검은 꽃』의 이민단은 도망자들이다. 가슴마다 다른 꿈을 안고 이민선에 까마귀떼처럼 몰려 긴 항해 끝에 멕시코의 어저귀농장들로 뿔뿔이 흩어진 이 기민은 역사적 의미를 생산하지 못하는 불임(不姙)의 집단인 것이다. 루카치와 골드만의 소설 모형들을 비껴간다는 점에서 이 소설은 최근 역사소설의 경향에 동참한다. 그럼에도 한편으로는 경향성에서 이탈한다. 이 작품에서 역사는 살아있다. 20세기 초의 격동하는 과거가 한국소설로는 드물게도 세계사적 차원에서 자신의 고유한 빛깔로 생생하다. 과거가 충실한 존재감으로 재현됨으로써 현재와 마주 세워지는 이 소설은 그래서 단순한 소문자 역사로 미끌어지지 않는다. 소문자 역사의 삽화들을 퍼즐 맞추듯 치밀하게 축조함으로써 대문자 역사의 의미를 근원에서 다시 묻는 이 소설은 대문자와 소문자를 횡단하는 새 역사소설의 가능성을 열었던 것이다.

이 작품은 3부로 이루어져 있다. 러일전쟁(1904~05)의 와중에서 고국을 떠나 멕시코의 어저귀농장에 팔려가기까지 3년간의 생활을 그린 제1부(1~52장), 1910년 폭발한 멕시코혁명 전후(前後)를 배경으로 그 소용돌이에 빨려들어간 이민들의 이야기를 그린 제2부(53~76장), 1916년, 멕시코혁명의 여파로 번진 과떼말라혁명에 참여한 44인의 한인용병들의 '신대한(新大韓)' 건설의 전말(顚末)을 기록한 제3부(77장), 그리고 살아남은 이민들의 후일담을 점묘적으로 보고한 짤막한 에필로그. 얼핏 보면 이민선의 출발로부터 신대한의 건국과 파멸이라는 절정을 향한 순탄한 연대기적 구성이지만, 내부의 결을 살피면 이야기의 선형성(線形性)이 곳곳에서 파열한다. 우선 부의 구성이 비대칭적이다. 가장 긴 제1부로부터 점점 축소되어 제3부는 단 한 장으로 그친다. 과떼말라 밀림에 건설되었다가 흔적없이 사라진 신대한 이야기라는 절정이자 파국, 이 소실점을 향해 소설 전체가 휘우뚱한 바로끄적 구성이다. 각부를 구성하는 장의 길이도 들쭉날쭉이다. 부로서는 가장 짧은 제3부를 구성하는 77장은 장 가운데 가장 길다. 작가는 이와같이 장과 부의 비대칭성을 의식적으로 조직한 모자이크적 구성을 실험함으로써 리얼리즘서사와 모더니즘서사를 횡단하는 것이다.

그런데 이야기와 인물들을 초기 설정하는 앞부분 읽기가 폐롭다. 우선 제목이 수수께끼다. 마지막 장을 덮을 때까지 제목에 대한 그 어떤 암시도 없다. '검은 꽃', 이 불길한 제목은 이 작품의 성취와 어긋나는 일종의 뱀다리다. 정사(正史)에서 침묵당한 소문자 역사의 파국을 드러냄으로써 거꾸로 역사의 꿈을 강렬히 환기하는 이 작품은 물론 기존 역사소설의 틀에 비판적이지만, 그렇다고 역사허무주의를 선전하는 것은 결코 아니기 때문이다.

제목에 대한 의문은 제사(題詞)에 다시 걸린다.

> 그는 예전의 믿음으로 돌아가 옛날 방식으로 사느니 / 차라리 가난한 주인의 노예가 되어 흙을 파며 산다든가 / 또는 다른 끔찍한 일을 견디는 편이 / 훨씬 낫다고 생각한 것이 아닐까?
>
> ─ 플라톤, 『국가』에서

이는 플라톤의 유명한 '동굴의 비유'에서 따온 것이다. 그런데 어느 번역본인지 너무 의역되었다. 그 대목은 이렇다.

> 아니면 호메로스의 처지가 되어, '땅뙈기조차 없는 사람의 농노로서 남의 머슴살이를' 몹 시도 바랄 것으로, 그리고 그런 것들에 대해 '빅전(판단)을 가지며'(doxazein) 그런 식으로 사느니보다는 무슨 일이든 겪어내려 할 것으로 생각하는가?[5)]

이는 인용문에 보이듯 호메로스를 물고 있다. 오뒤세우스가 저승에 가서, 사후에도 죽은자들의 통치자로 영광스러운 아킬레우스를 위로하자 아킬레우스는 탄식한다.

> 죽음에 대해 나를 위로하려 들지 마시오, 영광스런 오뒤세우스여.
> 나는 이미 죽은 모든 사자(死者)들을 통치하느니,
> 차라리 시골에서 머슴이 되어,
> 농토도 없고 가산도 많지 않은 다른 사람 밑에서 품팔이를 하고 싶소6)

플라톤은 '동굴의 비유'에서 아킬레우스의 탄식 대목을 끌어다가 동굴에서 풀려난 죄수가 동굴 밖의 삶이 아무리 낯설더라도 다시는 동굴 속의 눈먼 행복상태로 돌아가지 않을 것을 변증하였다. 이때 "동굴 안은 가시적인 현상의 세계를, 동굴 밖은 지성에 의해서(라야) 알 수 있는 실재(實在)의 세계를 각기 비유한 것이다."(박종현, 447면) 그런데 이처럼 진리의 빛에 쏘인 사람(즉 철학자)이 다시 동굴로 돌아가 "혼의 등정"을 이루지 못한 동료들을 위해 봉사해야 한다는 것이 플라톤의 주지라는 점에 유의해야 한다(H. D. P. Lee, 278면). 김영하가 이 대목을 제사로 삼은 속셈은 아마도 근대라는 불의 세례를 받은 멕시코난민들의 근원적인 고향상실을 강조하는 데 있을 터인데, 그것은 플라톤과 썩 어울리지 않는다.

작품은 신대한의 최후를 알리는 용병대장 이정의 죽음을 제시한 짧막한 서두(1부1장)로 시작된다. 그리곤 11년전 이민들이 모여든 제물포항(濟物浦港)으로 플래쉬백하는 낯익은 영화적 전환을 보이는데, 이 장(1부2장)은 특히 사실들이 부정확하다. 만주군 총사령관 오오야마 이와오(大山巖)를 성을 빼고 이름만 호칭한 것은 차치하고 대한제국의 성립과 미서전쟁의 발발 시기가 맞지 않는다. 제물포를 일본인 거류지와 일본 영사관을 제외하면 볼품없는 "황량한 항구"(13면)로 설정한 것도 그렇다. 개항 20여년이 넘는 1905년이면 인천은, 서울을 향한 비수같은 지정학적 위치로 말미암아 제국주의 열강이 다투어 진출하여 이미 작은 중국, 작은 일본,

그리고 작은 서양을 품은 '식민지' 국제항으로 흥청거릴 때가 아닌가?

이후 인물들을 소설 속에 처음 앉히는 대목들에서도 갸우뚱한 부분이 없지 않다. 박광수(바오로) 신부의 성당 이탈은 지나치다.(1부5장~6장) 일찍이 말레이반도의 페낭(Penang, 檳榔) 신학교에 유학한 바오로가 당진(唐津)사람들의 교회공격에 겁먹어 주교[7]의 간곡한 권고에도 불구하고 이민선에 올랐다는 것은 납득하기 어렵다. 우선 이 시기에 성당을 박해하는 사건이 일어날 수 있었을까? 개항 이후, 천주교는 곧 권력으로 이동했다. 왕궁을 내려다보는 종현(鍾峴)에 성당을 건설한 것(명동성당은 1892년에 정초식을 가졌다)은 그 상징인데, 1905년 무렵 천주교의 위치는 이미 공고했다. 천주교도들의 횡포에 분노한 백성들이 봉기한 제주민란(1901)은 희귀한 예외라는 점을 감안할 때 바오로를 이민선에 태우려면 다른 설정이 필요할 것이다. 이민 가운데 가장 신분이 높은 이종도를 황제의 사촌(37면)으로 지정한 것도 과잉이다.(1부11장) 아무리 왕조의 황혼이라고 해도 고종의 지친(至親)이 난민에 드는 것은 실감에서 먼 일이다. 더구나 "어서 서양의 문물을 배"(24면)우기 위해 이민선에 오른 것은 너무 순진하다.(1부7장) 김영하가 멕시코이민을 처음으로 다룬 이해조(李海朝)의 『월하가인(月下佳人)』(1911)을 참조했더라면 하는 아쉬움이 든다. 충청도 목계(木溪)의 양반 심진사가 갑오년에 봉기한 농민군을 피해 서울로 이사, 서당 훈장으로 연명하다가 그나마도 신식학교에 학생들을 뺏기고 곤궁한 차에 친구의 권유로 이민선에 몸을 싣는 과정이 아주 사실적인데,[8] 허황하기 짝이 없는 이종도와는 천양지차다.

이런 크고 작은 어긋남이 1부 초반에서 단속(斷續)된다. 일본을 개항한 미국의 쿠로후네(黑船)가 '구로카네'(27면)로 오기되었고(1부8장), 태평양의 명명자는 중국인이다.(1부12장) "중국인들은 일찍이 이 바다를 클 태(太), 평평할 평(平), 바다 양(洋)자를 합하여 '태평양'이라 불렀다."(40면) 이 대양에 '잔잔한 바다(Oceano Pacifico)'라고 이름 붙인 자는 마젤란(Magellan)이다. 중국인이 최초의 명명자라면 아시아가 서양 또는 아서양(亞西洋) 일본에 의한 불의 세례를 받지 않았을 것이다. 이민선에 오른 일군의 군인들을 초기 설정하는 대목에서도 의심스런 점들은 다시 발견된다.(1부 26장) 서기중을 '종성진위대'(83면)로 지정한 것은 아마도 경성진위대의 착오일 것이다. 함경북도에는 종성(鍾城)이 아니라 경성(鏡城)에 진위대를 두었다.[9] 그리고 이 함경도군인들이 "단발령 반대하는 의병들 쫓아다"(83면)녔다고 자조하는 것도 자연스럽지 않다. 명성왕후 시해와 단발령 실시에 촉발된 1895년의 을미의병은 주로 경기 이남에서 봉기했다가 사그라든 근왕적(勤王的) 동원이었기 때문에 이 함경도군인들까지 투입했을 듯싶지 않다. 역사소설은 이래서 쓰기 어렵다. 더구나 한국사는 미시사 분야가 덜 발달했기 때문에 생활이라는 육체성의 두터운 획득을 근간으로 삼는 소설장르에서는 더욱 큰 곤경에 처하게 되는 것이다.

그런데 이 작품은 뒤로 갈수록, 다시 말하면 조선적 흔적들이 지워지면서, 인물들이 작가의 조종술 너머 자신의 생존권을 독자적으로 획득하는 지경에 도달한다. 그 분수령이 한달간의 긴 항해생활이다. "바다에 떠있는 영국의 영토"(36면), 이 거대한 강철화물선에서 유구한 왕조의 질서는 일거에 녹아내린다. 남진우는 해설에서 이를 "근대적 주체의 탄생"을 상징하는 "새로운 창세기"(331면)라고 지적했는데, 구질서의 강제적 해체과정라고 보는 편이 더 적절하지 싶다. 김이정이 불로 이글거리는 이 배의 거대한 주방을 보고 "지옥"(46면)을 연상했듯이, 이민단은 묵시록적 풍경을 건너 새로운 지옥 멕시코에 상륙한다. 바로 이 지점부터 소설은 한국소설의 새로운 영토로 들어선다. 농장들로 팔려간 이민들의 생활을 생생하게 보고한 그 솜씨도 뛰어나지만 농장주들을 개체화하는 데 이 작품의 진정한 새로움이 있다. 특히 첸체 농장주 돈 까를로스 메넴과 부에나비스따 농장주 이그나시오 벨라스께스의 형상은 얼마나 뛰어난가? 바스끄출신 건달에서 프랑스군 장교가 되어 꼭두각시 황제 막시밀리안을 따라 멕시코에 건너와 멕시코의 지주로 상승한 아버지와 메스띠소(mestizo, 스페인사람과 인디오의 혼혈) 어머니 사이에서 태어난 전자나(1부33장), 예수회 수도사로 멕시코에 건너와 사설군대를 조직, 인디오들의 신앙과 가차없는 투쟁을 벌인 호세의 후손답게 근본주의 신앙을 광적으로 밀어붙이는 후자, 모두 멕시코의 권력을 독점한 가츄삐네스(Gachupines, 스페인 본국에서 태어난 사람들)가 아니라 일종의 진골 또는 육두품에 준하는 끄레올레스(Creoles, 스페인 혈통으로 멕시코에서 태어난 사람들)다. 이 둘은 멕시코혁명에서 다른 길을 걷는다. 영리한 메넴은 더 높은 상승을 위해 혁명에 기웃거리다 금세 꼬리를 내리고, 후자는 "지주들의 십자군"(271면)으로서 장렬히 반혁명에 순교한다.

　바로 이 농장주들을 매개로 각기 다른 길로 멕시코혁명의 불길에 싸여가는 이민들의 모습을 그려낸 제2부에서 작품은 정채를 발한다. 1911년 마데로가 이끈 혁명군에 의해 디아스독재가 붕괴함으로써 20세기를 여는 최초의 혁명, 멕시코혁명은 일단 성공한다. 그러나 망명하는 디아스가 "마데로는 호랑이를 풀어놓은거야"(252면)라고 예언했듯이, 멕시코혁명은 이내 전국시대로 돌입한다. 혁명의 민중적 성격을 대표하는 에밀리아노 싸빠따와 빤쵸 비야, 그 부르조아적 성격을 대변하는 까란사와 오브레곤, 두 진영 사이의 일진일퇴가 흥미진진하다. 작가는 김이정을 빤쵸 비야의 북부군에, 이정의 애인 이연수(이종도의 딸)가 기구한 유전을 거쳐 마지막으로 안착하는 남편, 대한제국 군인 출신의 박정훈을 오브레곤의 군대에 배치함으로써 멕시코혁명의 핵심에 육박한다. 산적 출신의 까막눈으로 멕시코혁명의 살아있는 전설로 된 빤쵸 비야의 질풍노도의 기마대가 기관총과 참호와 가시철조망으로 엄호한 오브레곤의 산문적 보병대에 의해 궤멸하는 1915년 셀라야전투(The battle of Celaya),[10] 멕시코혁명의 운명을 가른 이 전투의 삽화(73장)는 민중적 낭만주의에 대한 부르조아 리얼리즘의 승리를 묘파한 압권이다. 디아스독재에 대한 투쟁에서 시작된 멕시코혁명이 부르조아적 재편으로 귀결되는 결정적 모퉁이를 포착하는 작가의 눈이 서늘하기 짝이 없다.

　이 소설을 일관되게 지배하는 화두는 나라다. 이민들은 나라를 버렸다. 그런데 멕시코에서도 나라는 악령처럼 쫓아다닌다. 요시다가 "언제부터 개인이 나라를 선택했지?"(260면)라고 이정에게 반문했듯이, 대한제국이 식민지로 떨어진 이후 이민들은 공적으로 일본제국의 신민이다. 더구나 새로운 거주지로 선택한 멕시코가 '새 나라 만들기'에 돌입함으로써 이민들은 다시 격동한다. 아무리 전사로 참여했어도 이민들에게 멕시코혁명은 남의 떡에 지나지 않는다. 혁명의 타자로부터 탈출하여 근대적 주체로 태어날 마지막 실험이 작품의 최후를 장식하는 신대한 이야기다. 신대한은 멸망했다. 근대적 주체의 탄생은 또다시 좌절했다. 신대한이야기는 건국신화를 탈신화화하는 단지 포스트주의적 종말론인가? 이 작품은 귀향을 축으로 삼는 오뒤세이아적 서사를 뒤집고 있다. 그럼에도 반오뒤세이아적 탈향의 서사를 통해서 오뒤세이아에 대한 강한 향수를 스스로 어쩌지 못하는 역설이 숨쉰다. 근대적 주체의 탄생이 끊임없이 유예되는 것은 김이정과 이연수의 연애가 끝없이 지연되는 것과 깊이 조응한다. 우리 소설이 창조한 가장 독창적인 여성의 하나인 이연수의 후일담은 외제니 그랑데의 노년만큼 황폐한 것이다. 애인과 남편을 잃고 고리대금업자가 되어 "어떤 자선사업도 벌이지 않고, 어떤 종교에도 의탁하지 않고, 오직 갈퀴처럼 돈을 긁어들이는 일에만 전념했다."(320면) 연애의 끝없는 지연 속에 사막같은 여생을 견딘 그녀의 삶이야말로 나라의 꿈을 강렬히 환기하는 아픈 표상이 아닐까?

3. 조숙한 자유인의 초상

홍석중 이전에도 황진이를 다룬 소설이 없지 않았다. 이태준(李泰俊)의 『황진이』(1935년 연재, 1938년 출간)는 첫 시도다. 그런데 상허(尙虛)의 작품치고는 범작에 그쳤다. 그후 최인호(崔仁浩)가 단편 「황진이」 1·2(1972)를 발표했지만, 역시 종작이 없는 작품이고, 최근 이 과제에 도전한 김탁환의 『나, 황진이』(2002)는 소설이라기보다는 연구보고서에 가깝다. 나는 벽초의 『임꺽정』에 나오는 황진이의 모습을 사랑한다.[11] 비록 이 장편의 작은 삽화에 불과하지만 벽초는 화담(花潭)써클의 마담, 황진이를 잊을 수 없는 카메오로 부조(浮彫)하는 일류의 터치를 보여주었던 터다.

앞에서 지적했듯이, 벽초는 고전적 자본주의시대의 주인공 중심 소설(노블)을 사회주의적 지향을 머금은 집단적 주인공 소설로 재창안하였다. 그리고 이 모형은 이후 남북의 역사소설 또는 대하소설의 한 준거로서 작동하였던 바다. 그런데 홍석중은 다시, 조부의 모형을 주인공 중심 개인전으로 분해한다. 이는 다시 근대소설로 돌아가는 것인가? 일면 그렇다. 규방에서 몰래 거리로 나선 황진이는 마음으로 절규한다. "오 자유여! 자유로운 귀신이 묶이운 신선보다 낫고 여윈 자유가 살진 종살이보다 낫다."(78면) 아킬레우스의 탄식 대목을 연상시키는 이 외침은 아버지 황진사의 감추인 추악에 접촉되면서 극렬한 우상파괴로 발전한다. "절대적인 것이 선언되는 곳에서 진리는 죽어 버린다. 위인이나 성현들이 보여 준 아름다운 선행과 놀라운 덕행과 신비한 기적들, …… 그것들 모두가 …… 위선과 거짓에 불과한 것"(140면). 이 작품에도 최근 남한의 역사소설에서처럼 반영웅주의가 작동하고 있는 것이다. 그런데 황진이라는 인물이 복합적이라는 데 유의해야 한다. 그녀는 일면 루카치적 의미의 '문제아적 주인공'이다. 양반신분으로부터 자발적으로 이탈하여 천민 기생으로 하강한 특이한 경력을 지닌 그녀는 신분을 원천적으로 부정한다는 점에서 문제아다. 그 때문에 춘향이처럼 신분상승을 도모하지 않는다. 근대소설의 비옥한 토양인 쥘리앙 쏘렐의 욕망을 공유하지 않는 황진이는 그래서 더욱 매력적이다. 사실 쏘렐의 질주를 이해하다가도 우리는 문득 끔찍한 느낌에 사로잡히기도 하는데, 신분상승에 목숨을 건 춘향이의 집심 또한 버금가는 것이다. 신분상승을 중개자로 우회하여 실현하려는 '타락'을 거절함으로써 '욕망의 삼각형'이 구성되지 않는 황진이는 바람처럼 자유롭다. 물론 다른 차원의 '욕망의 삼각형'은 존재한다. 돈 판(Don Juan)의 여성편력이 모성탐구이듯이, 이 여성 돈 판의 남성편력은 아버지 또는 남성에 대한 복수의 형식을 빈 아비찾기의 한 형태다. 그녀는 편력의 끝에서 화담을 만난다. 그런데 그것이 성적 관계가 부정됨으로써 이루어진다는 점에 유의해야 한다. 연애영웅의 연애가 섹스의 부정을 통해 절정에 이르는 역설! 바로 이 지점에서 황진이는 단순한 근대소설의 주인공으로부터 이탈한다. 체제와 반체제 사이의 긴장으로부터 면제된 하위자 황진이는 근대소설의 주인공을 넘어서는 곳에 둥지를 튼 독특한 성격이 아닐 수 없다. 민족의 영웅도, 계급의 영도자도 아닌, 이 모든 남성적 세계를 조롱하는 무정부주의적 자유를 온몸으로 시현했던 16세기에 돌출한 이 조숙한 여성에 대한 작가의 간절한 관심은 최근 북조선 문학의 변화의 징조를 예각적으로 드러낸다고 보아도 좋을 것이다.

이 작품의 반영웅주의가 여성주의와 제휴하고 있는 점도 주목할 대목이다. 역사소설의 주인공을 거의 독점하는 남성이 아니라 여성을 주인공으로 내세운 이 작품은 여성주의텍스트이기도 하다. 황진사 부인이 편지에서 여자로 태어난 운명을 한탄하고 있듯이(138~9면), 작가도 이 점을 명백히 의식한다. 그런데 실제로 소설에서는 그녀의 여성적 지표들에 대한 강조가 지나치다. 전승들이 한결같이 지적하듯이, 그녀는 치장에 무심한 반미인적(反美人的) 기행에 거침이 없었던 것이다. 유몽인(柳夢寅)은 심지어 '임협인(任俠人)' 즉 협객으로 본다.[12] 그녀의 여성성은 남성성과 교착하는 것인데, 산과 물을 함께 노래한 그녀의 시조들은 이 착종을 흥미롭게 드러낸다. 대표적인 작품을 잠깐 보자. "靑山裏 碧溪水야 수이감을 자랑마라/一到滄海ᄒ면 다시 오기 어려웨라/明月이 滿空山ᄒ니 쉬여간들 엇더리." 자신을 '빈 산'으로 남자는 물로 비유한 이 시는 전통적인 이미지의 전도를 보인다. 그런데 모든 물줄기를 품어

안는 산은 남성적이면서 동시에 여성적이다. 어쩌면 그 복합은 황진이의 중성성의 표출인지도 모른다. 이 소설에 황진이의 그런 면모가 생략된 것은 아쉽지만, 남한의 사극들에 하위자 여성들이 횡행하는 것과 기맥을 통하고 있는 점은 단순한 우연은 아닐 것이다.

이 작품은 3편으로 구성돼 있다. 양반집 고명딸로부터 기생으로 전신하는 고비까지 서술한 제1편 '초혼'(26장), 남성에게 복수하는 편력 끝에 아버지요 스승이자 애인인 화담을 만나는 데 이르는 제2편 '송도삼절'(26장), 파국 속에 송도(松都)를 떠나는 데서 끝나는 제3편 '달빛 속에 촉혼은 운다'(20장), 그리고 3편의 끝에 붙인 '그후의 이야기'(1장). 작가는 각편의 시간적 배경을 밝히고 있다. 1편은 '1534년, 갑오년' 즉 중종 29년이고, 2편은 '1539년, 기해년' 즉 중종 34년, 3편은 '1539년(기해년) 겨울~1540년(경자년) 봄' 즉 중종 34~35년, 그리고 후일담은 '1546년, 병오년 가을' 즉 명종 2년이다.

이제 작가가 황진이를 어떻게 재창안하고 있는지 구체적 경로를 따라가 보자. 그녀는 소설의 서두에서 "황진사댁의 고명딸"(13면)로 제시된다. 비록 아버지 황진사는 "진이가 일곱 살이 되는 신사년(1524년 중종 20년—필자)"에 "작고"(14면)했지만 그녀는 어머니의 엄격한 보호 아래 반가의 규수로 고이고이 자라난다. 서울 윤승지댁의 도령과 혼약을 약조하는 데까지 그녀의 삶은 순조롭다. 그런데 윤승지댁으로부터 파혼이라는 청천벽력의 기별을 받는 데 이르러 그녀의 숨은 신분이 드러난다. 그녀의 생모는 황진사 부인이 "시집 올 때 친정에서 데려온 교전비"(131면) 현금이었던 것이다. 겉으로는 도학군자지만, 실은 "아주 흉악한 색마"(133면)인 황진사에게 농락되어 임신한 것을 황진사 부인이 딸의 전정을 위해 곁을 떠날 것을 강박하여 황진이의 신분이 보호되었던 터다. 그리운 딸의 모습을 멀리서나마 지켜보려고 병든 몸으로 "천리밖 남도 끝에서 올라"(55면)와 송도 청교방 색주가에 몸을 붙였다 죽는 생모의 감상적 운명을 인지하고 황진이는 스스로 양반신분으로부터 걸어내려가

기생에 투신한다.

작가는 황진이를 가족로맨스를 뒤집은 모세(Moses)형으로 설정하였다. "아이가 부모를 고귀한 신분으로 바꿔 버리는 상상"에 기반한 기본형이거나, "형제 자매들을 서자(庶子)로 만들어 버림으로써 영웅이자 주인공인 자신은 합법성을 얻는" 변형이거나를 막론하고 부모로부터 독립하는 아이의 발달과정에 조응하는 가족로맨스[13]의 일반적 형태에 비추어 모세전승을 분석한 프로이트는 모세가 이스라엘 노예의 자식이 아니라 "이집트인(어쩌면 귀족)"[14]이라는 점을 날카롭게 추론한바, 이 작품에도 모세전승의 그런 무리가 엿보인다. 가족로맨스의 전복이 자연스럽지 못한데다가 위선에 대한 작가의 분노로 말미암아 황진사와 그 부인의 형상에는 정치성이 과잉이고, 황진이와 그 생모의 형상에는 생기가 부족이다. 기존전승을 홀대한 결과다. 황진이 어미의 신원에 대해서는 정설이 없지만, 나는 그 이름에서 출발하고 싶다. 그녀의 이름 현금(玄琴)은 거문고를 뜻한다. 허균은 황진이가 공금선가(工琴善歌─거문고에 공교롭고 소리를 잘함)라고 찬양했다. 송도 아전 진복(陳福)이 황진이의 근족(近族)이라고 기록함으로써 그녀의 신분을 암시한 이덕형(李德泂)은 그 출생담을 알린다. 18살 때, 병부교(兵部橋) 밑에 빨래갔다 황진사의 그윽한 눈길과 멋진 노래에 반해 황진이를 낳은 현금의 연애담은 근사한 것이다.[15] 이로써 미루건대 딸 못지 않게 대담한 여성, 현금은 송도 중인 가계의 예능인이 아닐까 싶다. 이 풋풋한 전승에 비하면 이 소설의 초기 설정은 너무 음울해서 감상에 떨어진 감이 없지 않다.

황진이의 본격적인 남성편력을 그린 제2편은 흥미진진하다. 양반들의 세계가 내재적 시각으로 파악되었는데, 특히 황진이와 수작하는 송도 유수(留守) 김희열은 이 소설의 한 축을 구성하기에 조금도 모자람이 없다. 황진이와 김희열의 연합 속에 그녀의 우상파괴활동이 전개된다는 점에서 이 대목은 제주목사의 사주 아래 기생 애랑이 군자인 체하는 배비장을 유혹해 망신주는 『배비장전(裵裨將傳)』과 상호텍스트성을 이루고 있다. 종실 벽계수(碧溪守)와 지족선사(知足禪師)와 화담, 세 인물과 댓거리하면서 자신의 여성성을 세워나가는 과정이 충실하다. 그런데 지족이야기는 사실주의의 기율을 너무 의식해서 오히려 덜 자연스럽다. 황진이를 연모하다 하인들에게 무리매를 맞고 그녀를 잊으려고 긴 면벽수행에 들어가 생불소리를 듣는 것으로 이면을 붙인 이 설정 역시 위선에 대한 작가의 분노에 강박되었다.(283~285면) 선비의 세계에 대한 곡진한 이해에 비할 때, "큰스님(주지)"(262면)16)의 예가 단적으로 보여주듯이 불교에 대해서는 데면데면하다. 그리고 화담이야기도 화담써클의 집합적 호흡 속에 문맥화되지 않고 외따로 놀아 좀 추상적이다. 고려의 터전으로서 조선왕조의 예교질서에 대한 저항이 내면화된 송도라는 장소 가운데서도 특히 형제·자매같은 우애의 세계로 따사로운 화담써클의 자리는 희귀하게 보호된 일종의 시민적 영토인데, 이 점이 잘 부각되지 못해 아쉽다.

작품은 황진이·김희열 연합이 균열하면서 파국으로 치닫는다. 게임을 즐기듯 진이의 자발적 투항을 인내하던 김희열은 그녀의 약점을 기화로 수치심에 전율하는 진이를 강간한다. 표면으로는 자발적이지만 실제는 비자발적인 이 결합은 그녀가 권력에 자신의 육체를 봉헌하는 것이기에 화담의 예와 달리 섹스가 성취되는 순간 둘의 관계는 파열하는 것이다. 그 결정적 계기를 제공한 인물이 남주인공 놈이다. 황진사댁의 하인으로 진이와 함께 자란 놈이는 계급적 자의식을 타고난 불온한 민중이지만 그녀에게만은 지순한 사랑을 바치는 수호천사다. 이 작품에서도 둘의 연애는 무한히 지연된다. 단 한번의 성적 결합에서도 연애는 부재한다. 그녀는 기생으로 전신하기를 결심하면서 놈이에게 몸을 줌으로써17) 양반 고명딸의 정체성을 반납하는데 놈이는 이 제의(祭儀)에 선택된 희생양인지도 모른다. 이 작품에서 성은 인간들을 결합시키는 것이 아니라 균열짓는다. 이탈과 복귀를 거듭하던 놈이는 진이의 수호천사직을 벗어버리고 결국 화적패의 두목으로 물러앉는다. 홍길동·임꺽정·장길산보다는 규모가 작지만 이 인물을 통해서 작품은 의적소설을 품는 것인데, 아주 퇴행적 모습이다. 놈이가 괴똥이를 살리기 위해서, 아니 진이를 보호하기 위해서, 관에 자현하여 죽음을 맞이하는 약간은 허탈한 결말을 짓기 때문이다. 이 작품에서 화적당은 연애의 좌절이 흘러들어간 피난처에 지나지 않는바, 이 설정에는 화적패를 혁명가로 오해하지 않는 리얼리즘이 작동하고 있긴 하지만, 그보다는 기존 의적소설에 대한 비판이 승하다고 볼 수 있다. 이 작품에는 놈이를 매개로 하층민의 세계가 풍부하게 펼쳐지는데, 이 점에서 황진이는 일종의 중도적 주인공이다. 물론 황진이는 역사적으로 잘 알려진 인물이기에 허구적 인물인 중도적 주인공이 될 자격이 미달이라고 볼 수도 있지만, 그녀의 삶이 워낙 박명에 싸여있어 허구적 설정의 여지가 크기 때문에 작가의 역사의식에 의해 중도적 주인공으로 재창안되지 못하란 법도 없다. 작가는 이 작품에서 16세기 조선사회의 상하층을 아울러 조망할 축으로 그녀를 중도적 주인공으로 선택하였던 것이다.

그럼에도 이 역사소설은 루카치형으로부터 이탈한다. 놈이의 허무한 죽음과 함께 진이는 결국 송도를 떠나 종적없이 떠돈다. 어둠에 묻힌 여생을 섬광처럼 비추는 마지막 장 '그후의 이야기'는 송도를 떠난 뒤 황진이의 후일담을 보고한다. 금강산 입구 안교리댁 노마님의 칠순잔치에 선전관 출신 가객 이사종18)과 함께 거지꼴로 홀연 나타나 노래와 춤으로 좌중을 압도하곤 다시 현실 너머로 사라져간 삽화 속에 그녀의 면모가 생생하다. 산수(山水)에 숨어 "하늘을 지붕 삼고 수풀을 벽으로 삼아 천지간에 방랑하는 계집"(523면)을 자처하는 그녀는 결국 '방외인'(方外人, 林熒澤의 개념)을 자신의 마지막 거처로 삼았다. "산수유람은 넋이나 혼을 가지고 하는"(526면) 것이라고 이사종이 토로했듯이, 양반에서 기생으로 다시 방외인으로 이동한 황진이는 체제와 반체제의 텍스트 바깥으로 이탈함으로써 도가적 소요유(逍遙遊)의 경계를 거닌다. 화담마저 부정되는 이 절대자유의 경지! 이 지점에서 작품은 신분사회 또는 계급사회의 질곡에 대한 침통한 숙고로 인도하는데, 그것은 자본주의는 물론이고 현존사회주의 너머로 우리의 사유를 확장시키는 것이기도 하다.

이 작품은 주인공 중심 소설답게 정통적 사실주의의 수법을 십분 활용하였다. 인물들의 성격을 축조하는 방식이나 이야기판을 짜나가는 구성도 정통적이다. 제1편이 발단이라면 제2편은 전개, 제3편은 절정과 결말에 해당하니 충실한 3단구성이다. 그런데 오직 사실주의로만 시종한 것은 아니다. 소설 곳곳에 사실주의의 흐름을 차단하는 장들이 배치되어 있다. 1편 5장의 말미에 황진이의 긴 독백이 문득 삽입되더니 15장은 아예 장 전체가 그녀의 1인칭 독백이다. 21장은 황진사 부인의 긴 편지로, 24장은 황진이의 짧은 독백으로 이루어졌다. 2편에서도 이러한 실험은 계속된다. 8장은 황진이의 긴 독백, 12장은 놈이의 긴 편지, 21장은 황진이의 긴 일기. 그리고 3편은 6장에 황진이의 긴 독백을 두었다. 황진이의 독백(1편 5장)에서 시작하여 역시 그녀의 독백(3편 6장)으로 마감한 이 장치는 일종의 소격효과를 겨눈다. 물론 독백·편지·일기같은 고백적 장르들을 삽입한 이 실험이 모두 성공적인 것은 아니다. 고백의 감상성이 때론 거추장스럽기도 하다. 그럼에도 1인칭 서사들을 요소요소에 묻어 3인칭 서사의 통일성 또는 사실주의적 환상의 평면성을 구원하려는 작가의 실험은 주목되어야 한다.

그런데 이 실험보다 더욱 종요로운 것이 두터운 장소감각이다. 이 작품에서 개성은 마치 컴퓨터그래픽으로 복원되듯이 골목골목이 되살아난다. 그 골목들 하나하나에 배인 문화사적 추억과 풍속이 함께 인간화함으로써 이 작품의 소설적 육체성을 두텁게 받치고 있다. 『임꺽정』에서 중세 조선의 총체를 기억하고자 한 벽초를 이어 작가는 송도에 집중한 가장 탁월한 인문지리서를 개척하였던 것이다. 그곳에는 벽초와 함께 구보(仇甫)가 산보한다. 「소설가 구보씨의 일일」(1934)·『천변풍경』(1936~7)·『갑오농민전쟁』(1977~86)에서 서울의 근대풍경을 탐구한 박태원(朴泰遠)은 우리 소설에 장소감각을 도입하여 사실주의서사의 평면성을 타개한 선구자이자 일인자인데, 홍석중은 서울과 평양(平壤)이 아닌 개성, 반수도적

(反首都的) 기풍이 농후한 이 도시를 선택, 분권주의적 상상력을 실험함으로써 21세기 북조선소설, 나아가 남북문학 전체에 말을 걸고 있다. 표면적으로는 소통이 금지된 남북문학이 이면에서는 변화의 싹을 공유하고 있다는 사실은 경이로운 것이다. 분단 이후 형성된 자신의 문학적 전통의 독자성에 기반하여 이제는 의식적 소통 속에 남북문학이 함께 한반도 또는 조선반도 전체를 아우르는 민족문학 건설의 새 시대로 나아갈 때가 도래했다.

주석

1) 김탁환, 「작가의 말」, 『압록강』 1, 열음사, 2001, 9면.
2) 김훈, 「책머리에」, 『칼의 노래』 1, 생각의나무, 2001, 12면.
3) 그러나 하위자반란이 성공담이라는 대중코드에 제약되고 있는 점은 명백히 기억되어야 한다. "고백된 하나의 작은 악이 감춰진 많은 악을 승인하는 것을 구제"(Roland Barthe, *Mythologies*, trans. by Annette Lavers, New York : Hill and Wang, 1972, 42면)함으로써 다른 차원의 체제서사로 떨어지는 한계까지 옹호하는 것은 결코 아니다.
4) 최근 이 배의 사진과 기초항목이 공개되었다. 영국기선회사(Britain Steamship Co. Ld.) 소유의 일포드호는 1901년 영국 뉴카슬에서 건조된 총 4,266톤의 강철선이다. 오인환·공정자, 「발굴자료로 본 구한말 멕시코이민사」, 『신동아』, 2003년 10월호, 601면.
5) 플라톤, 박종현 역주, 『국가·政體』, 서광사, 1997, 452면. 희랍어 원전에서 번역한 이 대목은 난삽하다. 영역본(Plato, *The Republic*, trans. by H. D. P. Lee, Penguin Books, 1970, 281면)이 간명하다.
6) 호메로스, 천병희 역, 『오뒤세이아』, 단국대 출판부, 1996, 177면. 희랍어 원전에서 번역된 이 한글판과 함께 영역본도 참고했다. Homer, *The Odyssey*, trans. by E.V.Rieu, Penguin Books, 1958, 184면.
7) 이 작품에서는 주교의 이름을 시몬 블랑쉬(21면)라고 밝히고 있는데, 비슷한 이름으로는 7대 주교 블랑 백(J. M. G. Blanc, 白圭三)이 있다. 그런데 그는 이미 1890년 서거하고 뮈텔(Mutel, 閔孝德)이 8대 주교로 계승하였다. 柳弘烈, 『한국천주교회사』, 가톨릭출판사, 1962, 1073면.
8) 최원식, 「신소설과 노동이민」, 『한국 근대소설사론』, 창작사, 1986, 272~281면.
9) 陸士韓國軍事硏究室, 『韓國軍制史—근세 조선 후기편』, 육군본부, 1977, 399면.
10) 이 전투에서 승리함으로써 혁명의 부르주아적 주도권을 장악한 그는 뒤에 대통령이 되었다. 자영 목장주의 아들로 태어나 우수한 기술자로도 활약한 그는 1912년 3백명의 목장주들로 구성된 '부자부대'(the Rich Man's Battalion)를 조직하여 혁명에 뛰어들었다. Eric R. Wolf, *Peasant Wars of the Twentieth Century*, Harper & Row, 1969, 39면.

11) 최원식, 「동지(冬至)에 대한 단상—황진이와 서화담」, 『문학의 귀환』, 창작과비평사 2001, 322면.

12) 李能和, 『朝鮮解語花史』, 東洋書院, 1927, 105면.

13) 프로이트, 김정일 역, 「가족로맨스」, 『프로이트전집』 9, 열린책들, 1998, 59~60면.

14) 프로이트, 이윤기 역, 「인간 모세와 유일신교」, 『프로이트전집』 16, 열린책들, 1998, 21면.

15) 李能和, 앞의 책, 104~6면.

16) 주지는 살림중[事判僧]의 우두머리지 수행이 높은 큰스님이 아니다.

17) 이 장면에서 진이가 놈이에게 '기둥서방'(162면)이 돼달라고 청하는데, 이는 의문이다. 이능화에 의하면 서울기생은 유부기(有夫妓, 기둥서방을 둔 기생)고 지방기생은 무부이 유모(無夫而有母, 기둥서방이 없고 기생어멈이 있음) 즉 무부기(無夫妓)다. 이능화, 앞의 책, 139면.

18) 이 소설에 나오는 이야기와는 다른 전승을 유몽인(柳夢寅)이 전한다. 李士宗과의 연애 는 섹스로 남성을 시험하는 벽계수·지족·화담 이야기와는 달리 몸과 마음이 함께하는 황진이 최고의 연애담의 하나다. 이능화, 앞의 책, 106면.